La bible du confinement
Tome I

Alexandre Arobache

La bible du confinement

Tome I

Roman

LE LYS BLEU
ÉDITIONS

ISBN : 979-10-377-3549-2

Cet ouvrage est dédié à :
Annie Carletti, 52 ans d'amour orageux.
Danièle Kaiser et Pierre Hipp, mes « indispensables ».
Anne Latil, ange gardien d'écriture.

***

Être.

Ne pas être.

Être ou ne pas être.

Être où ?

Où ne pas être ?

Au commencement était le Verbe, et le Verbe était avec Dieu, et le Verbe était Dieu.

Voilà.

Une merveille ! Cette phrase est une merveille.

De simplicité lexicale, syntaxique, et de complexité philosophique.

Quatorze mots tout simples, ordonnés basiquement, dans une phrase basique (Je sais, il y en a seize), mais que celle, ou celui (oui, j'ai placé le masculin après. Je compte beaucoup sur le lectorat féminin). Je cherche encore quelque personne qui me fasse comprendre, à moi, le mot Dieu…

De complexité conceptuelle du fait de l'usage, ludique et profond à la fois, du verbe être…

Premier « était » : Être, au sens de réalité conceptuelle, au sens d'exister, même comme entité immatérielle…

Deuxième « était » : localisation, « placé près de », « être là ».

Troisième être : retour au sens du premier.

Lecture distraite, rapide.

« J'ai tout compris, c'est tout simple. »

Choc, l'œil s'écarquille, la lèvre inférieure cède à la gravité, le front se plisse comme un kilt, sous le gratouillis de l'index dubitatif…

Relecture, ânonnée à mi-voix, pour mieux comprendre…

Hhhmmmmmm… voyons… le Verbe *était*... existait quoi… existence immanente et transcendantale (gargarisme lexical). Je pige…

Était avec Dieu... à côté, sur le canapé, mettons… Je pige…

Et le verbe Était Dieu ! Je coince !

Si moi, pour dire, je pétanque devant la caravane *avec* mon beau-frère, je *suis* moi, *à côté* de mon beauf, mais je ne suis pas mon beauf !

De trois choses l'une :

– Soit le(s) biographe(s) de Dieu avait (aient) pris THE murge.

– Soit z'ont voulu faire une jolie phrase, avec récurrence euphonique, en se battant les steaks du sens… M'étonnerait, je pense que le taulier relit.

– Soit…

– Soit Dieu, avant de créer le ciel, la terre, les autres corps célestes, tout ce qui bouge, marche, court, vole, gravite, pousse, boit, vomit…

S'est fait un petit plaisir perso, comme ça, pour se chauffer…

Dieu a inventé… *La schizophrénie* !

Livre I
Genèse

Création

Premier jour : la lumière

Noir.

Est-ce que je peux écrire « noir », puisque le noir n*'est pas ?*

Le *concept* de noir non plus. Un concept implique une pensée.

Est-ce que Dieu pense ?

Nomme-t-il cela autrement ?

Se nomme-t-il ?

On nous a appris : « Dieu est partout. » Point.

« Ah ouais ? Et d'où qu'il est partout, Dieu, si y'a tellement rien que même *l'idée* du rien n'existe pas ? Hein ? Hein ? »

« Bon, y'a pas d'sortie, d'issue, de solution, si on biaise pas un peu… »

« Biaiser, c'est tricher, non ? »

« Je raconte, ou tu prends le manche ? »

« D'accord, tu racontes, mais biaiser, c'est pêché. »

Des multitudes de concepts différents, en devenir, en gestation, sont là, confusément présents, *en* Dieu. Emmêlés, sans frontières, immense soupe chaotique, que…

chaotique ! C'est ça ! Le chaos !

Chaque millionième de millimètre cube de ce que sera l'univers est là.

Possible, potentiel, éventuel, dans ce que, faute de vocabulaire adéquat, on nommera pensée de Dieu.

Donc, je résume : le chaos et le noir, foncé, très.

Dieu dit : « Que la lumière soitt ! »

Et la lumière futt, pardon, fut.

Ben oui, Dieu, dans ma version des choses bibliques, parle comme parlera

Jacques Chirac, bôôôôcoup, bôôôôcoup plus tard. Il prononce tous les T finaux. C'est mon Dieu, dans mon mythe, Il cause comme je veux.

Je reprends : Dieu dit « gna gna gna. » Et la lumière gnagnagnagnagna.

Et Dieu trouva que la lumière était bonne…

Ben tiens c'est lui qui l'a faite.

L'a pas un peu le melon, l'Éternel ?

Pour faire propre, Il sépara la lumière des ténèbres, ce fut le début de « l'ordre des choses ».

Puis, Il contempla le chaos éclairé et soupira :

« Y a du taf ! »

Car Dieu est près du peuple.

Tout au long de sa contemplation, l'Éternelle[1] pétrit une masse informe de boue et de roches.

Lorsqu'Il cessa de pétrir, Il vit une sphère brunâtre d'aspect peu festif.

Il la nomma Terre et dit :

« Bon, c'est moyen, mais on va s'occuper de la déco. »

Car Dieu est proche du peuple et optimiste de nature.

Il y eut un soir, il y eut un matin, et vint le 2e jour.

---

[1]On sait jamais, c'est p'têtre une fille…

Intermède explicatif à tendance paranoïde

À peine avais-je mis le point après : « Car Dieu est proche du peuple », que j'entendis des centaines de voix (ben koi ?) de pisse-vinaigre, de croisés de la chrétienté syntaxique et de la logique chronologique me dire (en gros) « *est* ? Au *présent ?* Comment Dieu peut-il être « proche du peuple », alors qu'il *n'y a pas encore* de peuple » ?

Ce à quoi je répondrai :

1. « Chrétiens de peu de foi ! »

2. « Dieu est *Éternel.* Ce qui signifie sans début ni fin. De plus, il est omniscient. Il sait tout. Ce qui est pour nous passé, présent, avenir, est, pour lui, un présent permanent. »

Mieux : éternel (le), comme lui (ou elle, au fait, ou les deux, voire des genres qu'on n'imagine même pas !).

Comment ? Schizophrénique, pas paranoïde ?

Les voix ?

Bien sûr que j'entends des voix, dujnou, puisque j'te réponds !

Et pis, kicèkiécrit, nom de D... d'un p'tit bonhomme ?

Non, mais !

Deuxième jour : Le ciel

De l'eau, de l'eau, de l'eau.

La terre ? Une boule d'eau… Baignant dans l'eau.

Dieu dit :

« Nom de moi, ça peut pas rester comme ça ! »

(Oui, Dieu ne s'embarrasse pas de négations.)

Il sépara les eaux du haut, les fit voyager dans un espace qu'il nomma *firmament,* ou *ciel.*

Il sépara les eaux du bas et les appela *océan.* (Oui, y en a qu'un.)

Il hocha la tête – oui (encore !) ce jour-là, il avait une tête, arrêtez de m'interrompre.

D'esprit très pratique, Il créa une copieuse brigade de messagers aéroamphibies et les nomma *anges,* ce qui signifie… messager.

Car Dieu est logique.

En plus de ses autres qualités qui sont légion.

Miséricordieux, bienveillant, mais pas truffe, Il créa les *archanges,* moins nombreux, sorte de DRA : « Direction des Ressources Angéliques », pour, à la fois, surveiller les anges au comportement douteux et distribuer les tâches.

Nous reviendrons ultérieurement sur le « cas » Lucifer…

Il contempla – quand il ne bosse pas, l'Éternel est très contemplatif – le résultat et se dit (oui, Il *se* parle beaucoup) :

« Ça vient, y a pas, ça vient… mais ça manque de *couleurs.* »

Et paf, une création de concept !

Il y eut un soir, il y eut un matin, et vint le troisième jour.

Intermède à tendance : « On sait pas, ça fait débat »

Les anges…

Éliminons d'entrée ce qui *ne fait pas* débat.

Dieu a créé les anges, puisqu'Il a tout créé. Ce fait ne soulève ni question ni contestation.

Non.

Le point de divergence(s), de polémique(s), d'engueulades homériques, de fâcheries séculaires, c'est « quand ».

Quel jour...

La religion juive, issue du Livre des livres se divise en une foultitude de courants, écoles de pensée(s), de tendances théologiques qui feraient passer l'idéologie trotskiste, ou le défunt parti socialiste, pour des blocs monolithiques.

Tous ces braves gens se traitent mutuellement d'ignares blasphémateurs avec un entrain digne d'admiration.

Ce qui ne tranche pas la question.

Pour ma part, faute de trouver, miraculeusement, une information probante, j'ai choisi.

Le deuxième jour : le ciel.

Argumentation :

Le premier jour, avant la lumière, rien n'est créé.

Créer les anges dans le chaos *et* le noir avec une robe *longue* et des ailes *blanches*, c'est de l'inconscience ou du sadisme (anachronisme, je sais).

Ce même premier jour, après la lumière, on voit clair, mais on est toujours dans la m... le chaos.

Donc, le deuxième jour.

Quelle meilleure place, pour un être séraphique à grandes ailes, qu'un ciel pur de toute pollution à base de particules fines ?

J'imagine déjà des milliers de *Rabbis* furieux qui m'envoient des argumentaires rageurs pour me prouver mon erreur !

En tout cas, il y a une preuve de l'existence des anges :

Moi !

Troisième jour : Le « sec », la végétation

L'aurore timide du troisième jour pointa.

L'éternel se dit – car Il s'aime bien, alors Il se cause… – :

« Des nuages d'eau dans le ciel, de l'eau partout sur la Terre… ça fait quand même beaucoup… beaucoup trop ! Que le sec, le solide, s'arrache du liquide ! »

Ainsi fut-il.

Non, pas futile, andouille, fut-il, comme ainsi soit-il, du verbe être !

T'as pas écouté le début ?

Ainsi fut-il, disais-je, avant d'être grossièrement interrompu.

Apparurent des montagnes arrogantes, de douces collines, des plaines et des vallons, des plages, des plateaux… d'argile, de granit, de craie, de basalte… Bref, Dieu se lâcha graaaave !

Une fois de plus, il contempla son œuvre et vit que c'était bon.

(De toute façon, qui allait le contredire ?)

Mais…

« C'est pelé, tout ça, nu, morne, monotone… »

« Il faut un revêtement, non, des revêtements… »

Et là, il se lâcha, mais alors vraiment !

Du brin de lichen invisible à l'œil nu au baobab obèse ou au séquoia tutoyeur de nuages, de la feuille de violette au nénuphar géant, en passant par la feuille *rouge* du jacaranda.

Et… les fleurs.

En corolles, en boules, en couronnes, en clochettes, en coiffures punk !

Des myriades de milliers de formes et de couleurs !

Et, là, Dieu ne se dit pas :

« Je vois que c'est bon… »

Non, il gueula un grand coup :

« C'est le pied ! »

Il y eut un soir, il y eut un matin, et vint le quatrième jour.

Intermède à tendance…
Qu'est-ce que je vais bien trouver ?

Adoncques (classe, non ?), Dieu est pris d'une incoercible poussée botanigène[2], et lance en tourbillons multicolores, pour ne pas dire bariolés, ce qui ferait moins sérieux pour un dieu de son niveau, des dizaines de milliers d'espèces végétales.

Sur la terre et au fond des océans.

Dont des plantes *carnivores.*

Ce qui est cruel.

Non pour la bestiole boulotable qu'Il n'a point encore (faites bien la liaison, c'est plus joli) créée.

Comment « et alors ? »

Si la plante est carnivore… Elle va manger quoi en attendant la création

du hamburger de sauterelle ?

Je ? Je me fous du monde ?

Meueueuh non…

Ou alors, si.

Mais juste un peu.

Quatrième jour : Les astres, les saisons

L'Éternel éternua. (Je trouve que ça sonne bien !)

De ces postillons divins naquirent étoiles et planètes.

Organisées en « systèmes stellaires », à l'infini, dans toutes les directions.

Les secondes tournant autour des premières.

Attention ! Pas n'importe comment !

---

[2]Une fois pour toutes, j'invente les mots que je veux, du moment qu'ils ont une légitimité étymologique !

Le chaos, c'est fini.

Le changement, c'est maintenant.

Parce que, c'est mon projet !

Certaines étoiles, jugées inabouties : trop chaudes, grosses, petites, faibles, ou pas assez lumineuses, rayonnantes, ou autre, furent, sans sensiblerie exagérée, changées en « trous noirs ».

« Je verrai plus tard quoi en faire. »

Dans cette infinie infinitude de systèmes, tournant aussi les uns autour des autres, dans une harmonie invraisemblable, le nôtre.

Pas le plus grand, pas le plus rapide, mais pas le plus lent, pas le « plus plus », mais le nôtre.

Un système stellaire moyen.

Étoile : le Soleil.

Planètes : Huit, dont la terre. Troisième en partant du soleil.

Plus quelques satellites, dont la Lune, tournant autour de la terre.

Rotations et révolutions amenant les jours et les nuits et les saisons.

Avec elles, nous avons les marraines du temps.

Dieu vit que tout cela était bon.

Il y eut un soir, il y eut un matin, et vint le cinquième jour.

Intermède à tendance… horlogère

Padici.

C'est ce que j'entendais, quand les voisins parlaient de lui.

Un jour, j'ai compris. Ils disaient : « pas d'ici ». Étranger, quoi.

Tu parles ! Un Berrichon, en Charente ! On est envahi, c'est le Grand Remplacement !

Horloger, Artisan horloger, il tenait beaucoup au mot artisan.

Allez savoir pourquoi, il m'avait à la bonne.

« Tiens, vlà Ti Marcel ! » C'était moi, Ti Marcel.

Je passais des heures à le regarder manipuler des pièces minuscules, d'autant plus bluffé par son habileté qu'il avait des paluches de docker !

Il se mit à imaginer une pendule murale sur le modèle d'une montre de gousset. La chaîne, le couvercle et, surtout, un mouvement d'une complexité comme je n'en avais jamais vu avant dans son atelier.

Il y avait des roues dentées horizontales ET verticales !

Tous ceux à qui j'en ai parlé après m'ont traité de menteur ou de neuneu…

Un matin (un jeudi, à 9 ans, les autres jours j'avais école.), il m'interpelle : « Viens voir, Marcel – pas Ti Marcel, ça sent l'évènement, le pas banal ! –

Regarde, regarde BIEN ! »

Entre pouce et index, il tenait une infinitésimale tige spiralée qu'il laissa tomber droit au centre du plus petit engrenage…

Tout le système se mit en mouvement.

Créer l'univers, composé d'un nombre infini de montres sidérales, c'est ça, tout pareil :

Maison Dieu et Cie
Artisan horloger sidéral

Cinquième jour : Vie aquatique, aérienne, terrestre

La nature, nous dit Aristote, a horreur du vide. Donc, Dieu, créateur du concept autant que de l'objet « nature », a aussi horreur du vide.

Car le Créateur puise dans ce qu'Il EST pour donner sens à ce qu'Il crée.

Or, si Dieu a contemplé chaque étape avec satisfaction, s'Il l'a trouvée « bonne », s'Il a varié les couleurs quasiment à l'infini, Il sent, Il sait qu'il lui manque quelque chose.

Le mouvement, l'animation, la vie.

Pas les vagues qui se suivent à la queue leu leu, même vite et fort, pas la répétition… Pas les ondulations diverses des mousses, fleurs, arbustes, canopées qui ne font que céder aux vents, pas la passivité…

Non…

Des sauts, des courses, du ramper, des plongeons, des envols, des chutes en vrille, du grimper, des lancers, des saltos arrière, la lambada, des gratouillis, des balancés, des marches avant, des marches arrière, du demi-tour…

Que chacun de ces mouvements ait UN BUT !

Satisfasse un désir, le poursuive, l'accomplisse, se plante, recommence, attende, accélère, ralentisse…

L'éternel veut de la VIE !

L'eau, le ciel, la terre, c'est bien, mais, tout cet espace doit grouiller de vie, de lutte pour elle, de bonheur et de souffrance, à parts égales.

Et, là, le Divin Taulier laisse flotter les rênes. Comme pour les constellations sidérales, il choisit, pour remplir chaque milieu, l'éternuement producteur de postillons d'une infinie variété de tailles, formes, couleurs, modes de nourriture, and so on…

Dans l'eau, du microplancton à la baleine bleue, des mollusques, des coquillages, les coraux, x milliers de sortes de poissons…

Dans l'air, du colibri gros comme une châtaigne, au grand condor…

Il ajoute des millions d'insectes volants…

Sur terre, Il va du puceron (et tous insectes « rampants »), au mammouth laineux, de la musaraigne au tigre…

Pour donner du boulot aux zoologistes, biologistes et autres savants en « giste »,

Il crée des mammifères qui volent, des poissons qui se passent d'eau le temps d'une sécheresse, des oiseaux qui ne volent pas, des reptiles avec ou sans pattes et des lézards semblables à des serpents…

Là où Il se surpasse, c'est quand Il crée un bestiau parfaitement improbable : mammifère semi-aquatique, creuse des terriers, poil de loutre, queue de castor, bec de canard, pond des œufs ET allaite ses petits…

Bon courage pour le classement de l'espèce.

L'ornithorynque.

Pas de doute ; en le créant, Dieu a voulu que nous sachions :

« Qui c'est Raoul ? »

Et comme nous sommes créés demain, ça urge !

Il y eut un soir, il y eut un matin, et vint le sixième jour.

Intermède à tendance comparative, admirative, et… inquiète

Je SAIS ! Ça va !

C'est un titre un poil longuet, pour un intermède, défini, en littérature, comme un texte court faisant « pont » entre deux autres plus importants.

Mais, ça m'est venu comme ça, comme soufflé, sans doute par le Spielberg à auréole… Hein, vous voulez VRAIMENT contrarier le producteur ET scénariste ET metteur en scène ?

Chiche ?

Bon, on peut s'y remettre ?

Meeeerrrrci !

Après avoir admiré la dextérité du divin horloger dans la mise en place d'un univers (ou *multivers,* allez savoir ...) en mouvement perpétuel ayant une précision micrométrique sur des milliards de milliards de kilomètres, appréciez la superbe mécanique du fonctionnement de la biodiversité : comme chaque rouage d'acier de la montre dépend de la bonne marche de ses voisins, comme les mouvements d'une planète ou d'une galaxie peuvent influencer ceux d'autres systèmes stellaires, la perpétuation, ou la mise en danger de Toutes les espèces peut être liée au sort d'une seule. Supprimez les abeilles. Un nombre incalculable d'espèces végétales, herbacées, fleurs, arbres fruitiers ne se reproduiront plus aussi facilement, donc, des espèces animales herbivores, frugivores, vont avoir le même problème du fait de la raréfaction de sa bouffe, donc des carnivores vont en baver des rondelles de chapeau scout (ou de la police montée canadienne, c'est pareil).

Enfin, ne soyons pas si pessimistes.

Dieu a forcément tout prévu.

Vous le voyez, créer UNE espèce qui foutrait le bouzin là-dedans ?

Impensable !

Car il ne peut ni se tromper ni nous tromper.

Allez, on y croit !

Sixième jour, jardin, Adam, Ève
I

Dieu créa un lieu de bonheur absolu, dont lui seul connaissait les limites.

De nombreux cours d'eau le sillonnaient en tous sens.

Du fleuve majestueusement lent au torrent parsemé de rapides, de la rivière capricieuse au ru discret murmurant les secrets des écrevisses amoureuses.

Il y mit aussi des lacs, des mares…

Toutes ces eaux avaient la saveur et la transparence de l'innocence.

Il façonna des plaines onduleuses, velues d'herbes odoriférantes et drues, des collines à prairies de fleurs qui auraient fait pleurer Van Gogh.

Quelques sommets, qu'Il saupoudra de blanc au-dessus du vert-noir des résineux d'altitude.

Le tout peuplé de myriades grouillantes de vies animales aquatiques, terrestres, dont certaines combinaient deux qualificatifs, voire, même, les trois ! (Si, aériennes, suivez, bon sang !)

Pour le climat, un mix savamment dosé entre Quiberon, Gap et la douceur angevine…

Et la lumière !

Que ce soit pour le rose pâle de l'aurore ou le rouge sang qui rejoint, en dégradé imperceptible, le pourpre de la nuit au coucher du soleil dans un lac, le même éclat de bouclier d'Achille tamisé par des brumes impalpables, des cumulus paresseux…

De temps à autre, la phosphorescence explosive d'un éclair générateur de roulement, grondement caverneux.

Juste pour rappeler qu'il y a quelqu'un, là-haut…

L'éternel est content de son œuvre.

Bien sûr, Il a des raisons de l'être, d'accord… Mais quand même.

Il vint à Dieu l'ardent désir de créer, pour qu'il jouisse de ce lieu sublime, un être à son image, juste l'image, voyez ? Pas les super pouvoirs. Faut pas déconner non plus…

L'éternel façonna donc, à son image, comme prévu, le premier Homme.

« Dieu créa Adam à son image, il le créa mâle ET femelle, Il les créa »[3]

SCOOP ! Adam, maillot jaune de l'humanité, est un(e) hermaphrodite, une prise multiple, il est « trans »…

Façonné à l'image de Dieu ?

Tirez-en les conclusions qui vous conviendront.

Moi, c'est fait.

Sixième jour
II

Dieu voulut qu'Adam connaisse et nomme les animaux, pour se sentir moins seul.

Adam vit toutes les bêtes du paradis terrestre.

Adam les nomma.

Adam s'emmerda tout pareil.

---

[3]Genèse, I.27

Un zeste agacé, mais résigné à ne pas gâcher son œuvre maîtresse sur Terre, le tout puissant justifia son deuxième prénom : « le miséricordieux », qu'il affectionnait particulièrement.

Vu que c'est lui qui se l'était donné…

Il endormit Adam.

Lui ouvrit le torse.

Préleva une côte.

Referma (Vaut mieux, non ?)

Souffla délicatement dessus. (Sur la côte, Kévin !)

Le Sosie d'Ava Gardner fut. (Non, Kevin, elle ne savait pas qu'elle était le sosie d'Ava Gardner, tu sais même pas qui c'est, Ava Gardner !)

Mine de rien, le Dr Dieu, avec six mille ans d'avance – datation biblique – venait d'inventer l'anesthésie ET la chirurgie thoracique ! une paille !

Puis, Dieu réveilla « le terreux » – une des significations possibles du nom Adam, y a encore débat, selon que l'on considère l'hébreu, l'araméen, ou les langues assyriennes…

Adam vit Ève.

BA-BA !

Cloué ! Figé ! Statufié !

Bras et langue ballants, ballante !

Bras et langue seulement, car, pour les qui suivent distraitement, je rappelle que la tenue de rigueur, en ce temps et en ce lieu, c'est ?

RIEN !

À poil, au sens strict.

Dieu n'allait pas se farcir deux mouflets à élever, avec les coliques, les dents qui poussent, l'acné…

A-DUL-TES !

Avec la panoplie complète ! Le kit !

Barbe et service trois-pièces, d'un côté.

Obus de marine et tirelire-velours de l'autre.

Or, Adam est « ému »…

Et, là, l'émotion se voit !

Le bambou siffleur !

Ève vit le colibri devenir faucon pèlerin.

Et pensa : « Je dois pouvoir en faire quéq'chose… »

L'Éternel vit aussi.

Comme il avait soufflé la notice d'utilisation à Ève, Il préféra se retirer, souriant…

Car Il a, parfois des pensées coquines.

D'ailleurs, il vient de les inventer.

Enfin, en ce temps d'innocence, il n'est point de péchés.

Pourvu que ça dure…

Septième jour, RTT divine

Du chaos au jardin d'Éden
Débriefing…

Être… Dieu était peinard, aucun souci, Il pouvait se diviser en autant de personnes qu'il souhaitait s'Il s'ennuyait…

Qu'est-ce qui a bien pu le pousser à vouloir créer quoi que ce soit ?

Que la lumière… Bon, là, on comprend.

Tant qu'à bosser, autant voir clair.

Le ciel… Rien à dire, faut de l'ordre et du personnel. Normal.

Si c'est pour être le patron de personne, à quoi bon être patron ?

Le « sec », la végétation… Pareil, que de l'eau c'est pas top… Et faut habiller tout ça.

On comprend qu'il soit content.

Les astres, les saisons… CHA-PEAU !

Un boulot de haute technicité, et pas avec un puzzle belge à deux morceaux ! Un fourmillement, grouillement, une infinie quantité de pièces qui ne fonctionnent que si chacune tient sa place !

Qui crée, par l'alternance des saisons, les conditions du maintien de la vie…

La vie aquatique, terrestre… Un silence respectueusement admiratif me semble la seule attitude appropriée… La biodiversité animale « connectée, interdépendante, régulatrice d'elle-même et de la perpétuation de la vie végétale ». Et inversement.

Un chef-d'œuvre ! Mozart au carré !

Jardin, Adam, Ève… Bon, le côté paysagiste, c'est chacun son truc.

Mais on sent le côté affectif, genre « préparons la chambre d'enfant »…

Les deux journées précédentes donnent une idée de la perfection, d'accord ?

Il est omnipotent, omniprésent, omnidimensionnel, et, surtout, omniscient.

Il sait tout.

Alors, comment ce fait-ce (chouette, non), qu'il ne sache pas – ne veuille pas savoir ? – qu'Il crée un grand con qui va lui cramer, pourrir, son chef-d'œuvre ?

Autre chose :

Adam est modelé avec de la poussière, de la glaise, de la boue.

Adam, le « produit fini » est supérieur à la matière dont il est issu il est un progrès de la matière.

Donc, Ève, « produit fini » issu de la « matière » d'Adam est un progrès par rapport à celui-ci.

Application du même principe.

Alors, dites-moi…

Pourquoi les trois religions du livre n'ont que condescendance et méfiance pour les femmes ?

Tout va très bien…

Que le temps passe légèrement, caressant, quand chaque instant apporte bon, beau, doux, jouissif…

Dieu toussa légèrement, mais fermement, pour signaler au sac de bras et de jambes emberlificotés, agité de secousses multidirectionnelles, que la récré était bel et bien terminée.

Ils se séparèrent avec un joli bruit de ventouse, comme début janvier, quand on ôte, en forçant un peu, de la vitre du salon le renne du père Noël dont le nez rouge a clignoté pendant 3 semaines…

Assis côte à côte (normal… si, si, cherchez bien…), les doigts entrelacés, les yeux bordés de reconnaissance, une longue tige de graminée au coin du bec, il et elle levèrent la tête vers la douce lumière du père du monde.

Père aimant, certes, mais qui se demandait, à ce moment précis, s'il n'aurait pas un peu forcé sur le dosage hormonal…

L'Éternel leur parla ainsi : « Aimez-vous d'esprit, de cœur, de corps. Soyez féconds par cet amour, croissez, et multipliez, autant que les étoiles.

Marchez aussi longtemps que vous voudrez, dans toutes les directions, ce sera toujours votre terre. Maîtrisez, soumettez les animaux, du sol, des eaux, des cieux, mangez les baies, les fruits des arbres, de tous les arbres, À L'EXCEPTION ABSOLUE DE CELUI-CI, L'arbre de la connaissance du bien et du mal. »

« Si vous en mangez, vous mourrez. »

Adam et Ève entendirent à peine cette dernière injonction, pourtant capitale…

Il-elle retenaient surtout, avant tout, par-dessus tout, le côté « open-bar-club Med » du laïus divin…

Ils firent leur vie, heureux de tout.

De temps à autre, intrigués malgré l'innocence, les deux mammifères verticaux tournicotaient autour de l'Arbre.

Ève se tapotait le menton, Adam se grattait les siamoises, dubitative, dubitatif…

Quand même, il y en a de plus hauts, majestueux, prolifiques, bruissants, productifs… Alors, pourquoi celui-là ?

Ils reprenaient leurs activités, jardinaient (disons entretenaient le jardin, hein, parce que, le gros du boulot était déjà fait par Lui…), exploraient, copulaient avec acharnement, béatitude et créativité… Tout pareil.

Mais… là, entre bulbe rachidien et moelle épinière, un début de commencement d'obsession s'installait.

Pourquoi ?

Et, c'est quoi, « vous mourrez ? »

Quand on voit que, quelques brouettes de millénaires plus tard, on se pose toujours cette question…

Pour deux êtres qui n'ont rien vu « mort… »

Au bout d'un temps difficile à déterminer, Adam lâche l'affaire.

Ève ne dit rien.

Mais le Serpent n'est pas dupe.

Qué serpent ? Où tu vas là ?

LE serpent, là, au pied de l'Arbre.

Endormi d'un œil, enroulé comme un fil de réglisse. Noir, évidemment.

D'une voix douce d'enfant naïf, il s'adressa à Ève, qui cueillait des mûres : « Ai-je mal compris ? Dieu ne vous a-t-il pas dit de ne pas manger les fruits du jardin ? »

Ève haussa les sourcils et les épaules, tout en secouant doucement la tête (trois choses en même temps, y a pas, c'est bien une femme ! Adam, lui, a du mal à marcher, manger une figue et penser (même au cul) simultanément.)[4].

« Meueueu non, ballot ! Nous pouvons manger TOUS les fruits du jardin, SAUF ceux de l'arbre tout pile poil au-dessus de toi… C'est rien… »

« Et… pourquoi ? »

Paf ! THE question de killer !

« Si on en mange, on sera mourus ! »

Désolé, la conjugaison n'est qu'au stade du tâtonnement.

L'ophidien charbonné rigola sardoniquement :

« Tu parles, vous ne mourrez pas ! (le serpent est en avance en conjugaison !) Pas du tout, c'est seulement que Le Vieux (insolent !) veut garder tout le savoir de l'univers pour lui ! Or, il sait que, le jour où vous en mangerez, vous saurez tout de l'univers, du bien, du mal ! Et Il n'est guère partageur ! »

Entre temps, Adam s'était approché.

Ève regarda Adam, Adam regarda Ève.

Adam ferma les yeux, en signe d'assentiment.

Ève cueillit, Adam partagea.

Il et elle mangèrent.[5]

---

[4]Ça, c'est de la parenthèse !

[5]Fin du mythe d'Ève seule pécheresse ! Invention de l'Église Romaine (Fortement « soufflée » par Saint-Paul.)

Quoique…

Il n'y eut pas de grondement de tonnerre terrifiant.

Pas de milliers d'éclairs de feu blanc.

Pas de tempête hurlante, de blizzard rageur couchant comme brindilles les plus grands arbres.

Pas de torrents célestes noyant toute vie.

RIEN.

Seulement deux bipèdes, mâle et femelle, face à face, se regardant.

Les pieds dans l'herbe, le cul à l'air.

Nus.

Il et elle se regardaient.

Et surent qu'ils étaient nus.

La honte les envahit.

Ève courut vers les arbres.

Adam aussi.

Adam arracha les plus grandes feuilles qu'il put trouver.

Ève aussi.

Chacun a cousu ses feuilles.

Couvert les parties de son corps *devenues* honteuses.

Fin de l'innocence.

La forêt leur offrit son ombre, mais rien, de toute éternité, n'échappe au regard du créateur…

« Où es-tu, Adam ? »

(À remarquer qu'il n'appelle qu'Adam.)

« J'ai eu honte d'être nu, je me suis caché… »

« QUI t'a enseigné la honte et la nudité ? »

« … Eueueuh… »

« As-tu mangé le fruit que Je t'avais INTERDIT de manger ? »

(C'est pas pour faire des remarques désobligeantes – je tiens à mon paradis mais, là, il est un chouïa faux cul, le tout puissant…)

« La femme que *tu* as placée près de moi me l'a donné… »

(Adam est un prototype du mâle catholique de base : s'il y a un cheveu dans la Bolognaise, c'est *forcément la femme qui l'y a mis* !)

« Ève, as-tu mangé le fruit défendu ? » (même remarque que pour Adam)

« Le serpent, seigneur, m'a tentée, m'a séduite, j'en ai mangé… *Avec Adam… »*

(Tacle discret, léger, mais tacle tout de même.)

« Serpent, pour cela je mettrai la haine entre l'humaine créature et toi. »

Tu ramperas dans la poussière. Leur postérité t'écrasera la tête, et tu lui mordras le talon !

(Dieu à toutes les qualités plus une, mais, la médiation « peace and love », c'est pas son truc !)

« Toi, femme, j'augmenterai les douleurs de tes grossesses et de ton accouchement. »

(Donc, cela aurait *déjà* fait mal ? Sympa, le paradis terrestre ! Pourquoi « aurait » ? Parce que, il me semble, personne n'a enfanté, jusque-là, non ?)

« Ah, oui, j'ai failli oublier, ton désir te poussera vers ton homme, mais il dominera sur toi. »

(Et hop, justification de milliers d'années de machisme : « c'est Dieu qui l'a dit ! »)

Adam serait bien entré dans un trou de taupe, mais Raoul (Pourquoi Raoul ? – Pourquoi pas ?) l'avait à l'œil.

« Toi, Adam, puisque tu as mangé le fruit interdit, la terre cessera de t'être nourricière, plus rien ne poussera que tu n'aies arrosé de ta sueur ou de ton sang. Il poussera des ronces et tu mangeras l'herbe des champs. Ce qui poussera encore seul, tu devras marcher des heures et des jours pour les trouver et les cueillir, parmi les bêtes sauvages que tu pourras chasser, mais qui te chasseront aussi. Tu épuiseras ta vie pour pouvoir la vivre. »

(Miséricordieux Dieu), c'est un peu exagéré, vous trouvez pas ? Rancunier, plutôt, enfin, je peux me tromper, pas LUI !

« Ce sera ainsi, jusqu'à ce que tu retournes à la poussière, dont je t'ai sorti. »

Dieu leur fit des habits de peau.

Dieu les chassa d'Éden.

Et, LÀ, il y eut des grondements terrifiants, des éclairs aveuglants, des vents de folie, des tempêtes destructrices, des océans de pluies célestes…

Ballottant deux bipèdes morts de peur comme fétus inertes.

« Vous n'êtes plus innocents, vous *savez*, démerdez-vous ! »

(Traduction non littérale, mais c'est l'idée.)

N. B. : Adam et Ève savent coudre des feuilles, pas des peaux. Logique divine, je dis rien, mais…

Intermède tendance… « Je t'en pose, des questions ? »

Donc, Dieu installe deux êtres « à son image » dans un lieu à faire pleurer de jalousie un milliardaire texan, leur donne toute liberté de passer un temps sans montre, à faire ce qui leur plaît, manger ce qui leur plaît, boire itou, baiser comme des briques Lego (image ? Oui ? Je continue) sans avoir à culpabiliser, ni rendre compte à qui que ce soit…

Soit.

Sauf UN interdit, Tabou, verboten !

Ne pas manger un seul fruit du plus bel arbre de l'Éden.

L'arbre de la connaissance du bien et du mal.

Très violent, l'interdit : « Si vous en mangez, vous mourrez ! »

C'est pas rien !

Et là, je coince.

Suivez-moi bien (mais pas de trop près, Kevin !) :

Dieu SAIT TOUT.

Donc, là, Il prend les deux bipèdes pour des billes !

Puisqu'Il sait, *forcément*, qu'ils craqueront !

Voyez ? Franchement (hum !), ça serait pas l'Éternel, je dirais que ça sent le pervers narcissique manipulateur…

Mais, C'EST l'Éternel.

Qui ne peut ni se tromper ni nous tromper.

Ergo (c'est plus classe que donc, et faut éviter les répétitions, nous serinait monsieur Nigron, mon maître de cm2… Pardon, je m'égare), c'est pas possible.

Maintenant, je peux aussi faire preuve de logique biaisée, moi :

1. Il et elle sont « à l'image du créateur ».

2. Le Créateur n'a jamais obéi à PERSONNE.

3. Alors, pourquoi il et elle obéiraient à qui (ou quoi) que ce soit ?

Parce que, dans « l'image », y a pas que le physique qui compte, si ?

Alors…

Veut-Il insinuer qu'ignorance et innocence vont de pair ?

Et *sont* le bonheur ?

Qu'il vaut mieux être con comme une fourchette à escargots dans une usine de soupe en boîte que se poser trop de questions ?

Passons…

Comment ne pas être frappé, également, par le premier maillon de la chaîne qui va durer des millénaires, imperturbablement semblable, la chaîne qui pourrait être une définition de la nature humaine, la chaîne dite « du passage de la patate chaude », caractérisée par la répétition litanique (je viens de l'inventer) de la formule :

« C'EST PAS MOI, C'EST X, Y, Z… »

Pour Adam, c'est « la faute à Ève »

Pour Ève, c'est « la faute au serpent »

Dans ce cas, cela se limite à deux maillons, mais, croyez-moi, on fera mieux, beaucoup mieux…

Ce seront toujours des chaînes hiérarchiquement descendantes, de l'empereur à l'esclave, ou du pape au bedeau rural.

Si le maillon du bas se trouve être une femme, c'est parfait :

On lui collera l'étiquette « sorcière », et on pourra griller les merguez sur le bûcher.

Enfin, serait-il impertinent de suggérer, respectueusement, au Tout Puissant, de s'auto-organiser un petit stage de gestion de la colère ?

Apprendre…

Avoir peur. De l'obscurité et de la lumière, d'un interminable roulement d'orage, d'un glissement chuchoteur dans les herbes, de la branche qui craque, du vent, qu'il murmure ou qu'il hurle, de l'aboiement, du hululement, du feulement, des bourdonnements, piétinements, froissements de feuilles, du mouvement d'une ombre et d'une ombre immobile.

Du contact humide, sec, doux ou râpeux, chaud, tiède, froid…

Des odeurs…

DE TOUT.

Dans le Jardin d'Éden, il et elle n'avaient pas *besoin* de mettre un nom sur ce que captaient leurs sens.

Pas *besoin* de la peur éducatrice pour la survie.

Peur et survie n'existaient même pas à l'état de concept.

Pas plus que *danger, risque, blessure, mort…*

L'Éden était *conçu pour eux.*

Soudain, ils étaient livrés à l'inconnu et bien que vêtus, plus nus que jamais.

Déchirés de repentir, qui n'est que le regret… de s'être fait prendre, Adam et Ève tentèrent, maintes fois, de revenir au Jardin… Mais, dès qu'il-elle arrivaient à portée de vue de l'Arbre, une armée de chérubins armés de…

Pardon, Kevin ? C'est quoi, un chérubin ?

En principe, une catégorie d'anges *musiciens chantant la gloire de l'éternel.*

Dans ce contexte, ce doit être la chorale des commandos divins !

Je reprends. Armés de glaives foudroyants menaçaient de les changer en brochettes cramées…

Les deux bipèdes imploraient, suppliaient, se frappaient la poitrine…

Que dalle ! Pas de réseau ! Le Père, si bavard jusque-là, restait muet.

Le couple finit par se lasser, abandonner, lâcher l'affaire.

Il allait falloir, comme suggéré par le Rancunier Suprême, *se démerder.*

Il y avait la peur, la faim, la soif.

La peur leur fit chercher un lieu abrité des éléments climatiques, d'accès plus aisé pour eux que pour les fauves, d'où on pouvait voir venir le danger.

Adam trouva (après qu'Ève ait pointé l'index…) une entrée de caverne, assez loin du sol pour qu'aucun prédateur n'y puisse entrer d'un bond, *mais* « desservie » par une longue branche d'un arbre qui supporterait leur poids (surtout qu'ils avaient bien minci !), pas celui de gros félins.

La soif ne serait pas un problème, des filets d'eau claire, venus du sommet, remplissaient quelques petits bassins.

La faim. LE problème.

Dieu les avait créés végétariens. Le Jardin fournissait, au-delà du nécessaire, les fruits et légumes, les oiseaux, les œufs, les mammifères femelles le lait… Végétariens, pas Végans.

Hors du Jardin, pas la même chanson ! Des heures d'exploration menaient à mâchouiller quelques poignées de fruits rabougris, souvent amers, et surtout, peu roboratifs…

Un jour, la femme, agenouillée au bord d'un torrent pour boire, captura, presque sans le vouloir, un gros poisson vert et argent.

Adam et Ève le mangèrent, passant de végétariens à omnivores.

Jamais la nostalgie de l'Éden ne les quitta.

Plus ou moins étouffante, plus ou moins diffuse, légère mais là.

Elle sera transmise à chaque homme et femme, de chaque génération de leurs descendants.

Du brouillard du réveil à la douce noyade de l'endormissement.

La nostalgie des jeux de l'enfance, des copains d'école perdus de vue, des amours avortées par la timidité, des habitudes passées que les jeunes bousculent…

Toutes filles de LA nostalgie du paradis perdu.

C'était mieux… Avant.

Apprendre, encore…

Omniautodidacte.

« Je sais, Vanessa (Kévin est aux toilettes), ça « ziste pas », pour une excellente raison, je viens de le créer. Comment ? Oui comme Dieu, en vocabulaire, *je suis* Dieu ! Et ceinture noire de néologismes.

Autodidacte, qui a appris tout seul. Omni, tout.

Qui a tout appris seul.

Comme Ève et Adam. *Les deux seuls* dans ce cas.

Créés *adultes*, pas de parents, de moniteurs, d'instituteurs(trices), d'entraîneurs sportifs, de stages en entreprise…

De plus, créés dans un environnement bienveillant, confortable, où tout leur tombe dans le bec sans trop d'effort...

Et vlan ! Virés ! Sans préavis, sans indemnités (je rigole, Kévin !), et, surtout, sans expérience !

Or, il ne s'agit pas d'apprendre la climatologie, l'histoire, ou le macramé, seul.

Il s'agit d'apprendre *la survie.*

Avec, en guise de formateurs, la peur, la faim, la soif.

Et le désir.

Le désir de l'autre.

Tant qu'il-elle ont été obsédés par le regret du Paradis perdu, leur couple n'a été qu'un compagnonnage de misère. Une alliance défensive.

Une fois venue la résignation, qui clôt le deuil de la perte, venue aussi la sécurité relative de la caverne rocheuse, le tour de main pour prendre un poisson, puis pour le piéger dans un cul-de-sac de cailloux à fleur d'eau où le demi-tour était impossible, faits qui firent entrer dans leurs cerveaux vierges le principe : « la solution est *dans* le problème »… Le désir revint.

EN FORCE !

Véritable substitut de l'Éden. Violent, épuisant.

Cicatrisant, réanimateur, stimulant.

Les trois angoisses *et* leur remède sentimental et physique firent faire des bonds importants en tous domaines…

Après la nasse de rochers pour les poissons, ils trouvèrent plusieurs sortes de pièges pour les petits animaux terrestres… (à noter, on ne peut manger les poils !)

En se coupant la paume sur une pierre, Ève eut l'idée du premier outil, une sorte de scalpel, permettant de séparer chair et peau-velue-qui-fait-tousser…

Avec deux grandes perches, des lianes et des morceaux de branche,

Adam finit par achever une échelle pour atteindre à moindre effort l'entrée de leur nid… non sans s'être fait moult bleus, coupures, et même fracture du nez, car, fixer des barreaux avec de la liane, c'est pas de la Tatin !

Le soir de « l'inauguration » de l'échelle, repus, ne craignant pas la soif, il-elle se lancèrent dans une finale de la coupe de l'univers de jambes en l'air.

Ainsi fut conçu Caïn

Intermède, tendance… « À bâtons rompus »

Je sais, certain(e)s lecteurs(trices), chatouilleux sur la vraisemblance, quoique la vraisemblance… quand on a la foi, on s'en badigeonne le coquillard au pistolet à peinture de l'indifférence, non ? Donc, des « scrogneugneu » du « c'est pas possible ! », s'exclament (la guêpe bourdonne, le scrogneugneu s'exclame) : « Z'apprennent vite ! », goguenard… (le lion est majestueux, le scrogneugneu goguenard).

Aaaaah, bon ?

Et d'où ce que c'est que quelqu'un a donné la moindre parcelle de molécule de poil de cul de notion de *durée* ? Hein, *où* ? Nadine ? (Kévin et Vanessa ont piscine.)

Bien sûr mes chéries (Comment ça, sexiste ?), qu'il leur a fallu du temps.

Je *concentre*, pour ne pas lasser…

Et puis dites, la pointeuse n'existait pas, c'est pour bien plus tard, un avant-goût du purgatoire, pour le moins.

Il n'en est pas moins vrai que, sans conseils (leur père fait la gueule), sans Google, seulement poussé(e)s par les motivations fondamentales, il-elle ont survécu et organisé une vie supportable en milieu hostile.

Sans le savoir, ces deux primitifs sans passé de référence, apprenant de leurs échecs, ont découvert, inventé, ce qui servira pour la roue, la céramique, l'ampoule électrique, le BCG, la fission nucléaire et la brochette à barbecue :

Le tâtonnement expérimental !

Caïn

BUT !

À force de multiplier les entraînements et les matchs amicaux, ce qui devait être fut.

Ève devint enceinte et donna naissance à un fils : Caïn.

C'est un peu léger, pour ce qui représentait quand même la première naissance humaine due à un accouplement sexuel. Cependant, l'odyssée de l'espèce continuant aujourd'hui, on peut s'autoriser à penser que « les choses » se sont bien déroulées… sauf peut-être pour Ève à qui, si on veut bien se souvenir, le Miséricordieux avait promis qu'elle en chierait des pneus de tracteur. Comment Nadine ? Vulgaire et déplacé ? Bon, ben, remplace par « baverait »… Mais, à plus de 5 kilos pour un premier, Ève dirait comme moi !

Ève dit : « Avec l'aide de l'éternel, j'ai formé un homme. »

Arrêtons-nous un instant.

Soit le couple ne fait aucun lien de cause à effet entre leurs parties de bilboquet magique et l'arrivée du rejeton.

Soit la dame croit vraiment qu'elle a conçu « avec l'aide de l'éternel »…

Ce qui est moyennement sympa pour le papa, qui, comme de nos jours, court partout, fait des moulinets avec les bras, propose un bon millier de choses inutiles…

La seule différence avec maintenant, c'est qu'il ne peut pas aller fêter ça au Balto avec ses potes en se torchant grave au Picon bière !

Éternel qui leur fait la gueule depuis belle lurette, et qui a coupé la communication unilatéralement…

D'autre part, une femme enceinte de Dieu, on connaît.

Mais c'est pour BEAUCOUP plus tard, et ce n'est pas dans le même livre !

Il et elle le nommèrent Caïn.

Ne me demandez pas « Pourquoi Caïn ? ». J'essaie de narrer, de façon accessible et ludique, ce que les prétendus secrétaires particuliers du Divin Taulier ont rédigé dans un langage seulement compréhensible pour des *Rabbis* érudits. Et d'imaginer, à partir de bases solidement logiques, ce qu'ils ont *oublié* de décrire dans un chapitre genre « j'élève mon premier enfant, et je suis la première mère de l'histoire de l'humanité ! » (Et mon mec a l'air d'une autruche devant un juke-box !)…

Or, voici ce que ces protoparents ne savent pas (liste non exhaustive…)

D'abord, Le Sommeil !

Tou(te) s les humain(e)s ont un rythme d'alternance veille-sommeil qui leur est propre… Personnel…

OU-BLI-EZ !

Quand vous voyez un couple qui a l'air d'avoir l'énergie d'un café « à la chaussette » après cinq passages sur le même marc, dans la même chaussette, ne doutez plus : vous êtes devant des parents qui, dans cinq secondes, vont vous dire, d'une voix agonisante :

« Y fait pas ses nuits… »

Suivent, généralement, les raisons de ce dysfonctionnement pouponnier : coliques, dents, faim à horaires « disruptifs », érythème fessier maous, ou, tout simplement, casse burnes garanti NF.

Je connais, VOUS connaissez…

Les deux protoparents, non.

Bonne chance !

Soyons honnêtes, les circonstances ont quand même de vrais avantages.

Par exemple, pas de fâcheries possibles avec d'autres parents, pour des bisbilles avec d'autres mômes.

Pour le reste, tout le reste, Les changements physiques et psychologiques, l'opposition nerveuse ou apathique de l'ado, les maladies infantiles, les bouderies pour rien (rien, d'après les parents…) Eh bien, bonne chance !

Encore que… Malgré les conseils de tata Jacqueline, de ta sœur aînée qui en a deux, des experts psys « qui causent dans le poste », de l'horoscope, tout ça, à ton premier, tu es Ève, ou pire, Adam…

Manifestement, même si je ne suis pas en mesure de vous dire comment,

Il-elle l'ont élevé.

Caïn-caha…

Vous pensiez pas que j'allais la laisser passer, celle-là ?

Si ?

Le sang du frère

Caïn ne jouit pas longtemps du statut de fils unique.

Ève peina un peu à revenir à son meilleur niveau de forme…

Adam trouvait le temps très, très long… Surtout avec une sévère tendinite du poignet…

Aussi, lorsqu'un matin, alors qu'il sortait difficilement d'un sommeil agité par de troubles fantasmes imprécis, Ève, revenant d'avoir fait le plein lactique de Caïn, entama au pied de sa couche une danse des sept feuilles de bananier, lui fit-il constater le niveau « alerte rouge » de son émoi, sans s'embarrasser outre mesure de préliminaires chronophages. Cette session de rattrapage dura quatre jours pleins et fut révélatrice de la vraie nature de cet archétype de ce que serait, longtemps après, mais assez rapidement quand même, de ce que serait, dis-je « un beauf ».

Avec un manque total de fibre paternelle, il protesta avec véhémence, contre chaque pause lolo nécessaire à la survie de son fils bien aimé, mais qu'il trouvait fort encombrant…

Ève retomba enceinte.

Démonstration, s'il en fallait une, de la qualité certaine de la semence du mâle et de la boîte à œufs de la femelle, mais qui faisait augurer d'une nouvelle phase d'inflammation tendineuse.

Ce deuxième accouchement bénéficia de l'expérience acquise lors du premier.

D'abord, le nouveau postulant à la vie terrestre était moins costaud que le précédent. Ensuite, Ève savait à quoi s'attendre, donc la crainte d'un évènement inconnu ne jouait plus contre elle, donc elle fut plus détendue, donc, dans l'ensemble, elle souffrit moins. (J'avais un surplus de « donc » dont je devais me débarrasser.)

Adam, dûment chapitré par sa compagne qui était, reconnaissons-le, la seule personne compétente en la circonstance, se montra aussi prévenante que sa nature bourrinesque (no comment', please) le lui permettait, suivit « à la lettre » – ce qui est très fort à une époque où l'écriture n'est même pas encore un concept – les consignes haletées par sa compagne, allant même jusqu'à trancher proprement le cordon avec un éclat de silex, sans blesser le néo-terrien, ce qui évita à Ève d'avoir à le faire avec les dents, comme la fois précédente.[6]

Un garçon. Abel.

Caïn a quinze mois, dans l'étalonnage du temps que nous utilisons actuellement.

Ça y est, vous le voyez ?

Première réaction… Aucune.

Seulement un lever de sourcil (le gauche, mettons) curieux du contenu du paquet – emballage moitié peau de capybara, moitié nymphéa géant que sa mère serre dans ses bras.

Ève, accroupie, écarte les plis du colis, lui montre le visage de son frère.

Indifférence distante.

Fermeture de l'emballage.

---

[6]Moi qui aime les phrases courtes…

Hurlement de gibbon contrarié, indubitablement issu de la chose emballée, signifiant (traduction libre) : « Ça vient, la bouffe ? »

Présentation immédiate du téton nourricier.

« Aaarrreueueu ! » de satisfaction de *l'intrus*, avec dégoulinage de lait sur le menton.

L'intrus. Caïn a bien suivi l'action. Et compris. Tout de suite.

Fin de la situation de monopole.

Ça lui plaît moyen. *Très* moyen.

Ici commence une longue concurrence-collaboration, pour l'amour des parents, le meilleur coureur, chasseur, pêcheur, le plus pisse loin, pisse haut, etc., bref, ce qui deviendra inhérent à la cohabitation de frères au fil des générations.

Adolescents, Caïn se mit à cultiver des plantes vivrières, Abel préféra le pastoralisme.

Les chèvres, les moutons…

Le temps passa.

À l'instigation des parents, qui les avaient éduqués dans l'adoration craintive de l'Éternel, les frères firent chacun offrande au créateur.

Caïn offrit belle quantité et variété des produits qu'il avait sortis de la terre, avec patience et travail.

Abel sacrifia les premiers nés de son troupeau, en offrit les meilleurs morceaux.

Dieu fut indifférent aux présents de Caïn.

Dieu remercia chaudement Abel.

Pour parler clair, Caïn fit la gueule sérieux !

« Pourquoi fais-tu la gueule, Caïn ? »

TROIS REMARQUES :

1. Dieu n'a pas dit un mot depuis, au moins vingt ans, avant de féliciter Abel.

2. Je l'ai déjà dit – mais l'essentiel de la pédagogie est dans la répétition – :

Dieu connaît forcément la réponse.

3. On pourrait, respectueusement, en conclure qu'Il se fout du monde.

« Tu méprises mon offrande, qui m'a demandé des jours entiers courbé vers le sol, et tu remercies Abel pour la sienne, pour laquelle il a travaillé, bien sûr… Mais ça m'étonnerait qu'il ait autant mal aux reins, de cloques aux mains, et de terre sous les ongles que moi… » Répondit Caïn.

Là-dessus, Dieu fait un grand sermon sur la jalousie, que c'est un vilain défaut gna, gna, gna…

Ce qui ne calme pas le cultivateur frustré comme un pou sur un chauve.

Le lendemain, Caïn, en route vers un de ses champs, croise son frère, en compagnie de quelques brebis et d'un bélier.

Détail inutile, mais qui fait authenticité rurale.

Abel bombe le torse, comme s'il avait reçu dix Oscars à Hollywood.

(Je sais, Vanessa, c'est juste pour le niveau de frime.)

Fou de rage, Caïn pète un câble.

Et le crâne d'Abel.

Intermède à tendance psychanalytique

Au milieu du vingtième siècle, un célèbre ténor du barreau donnait à ses stagiaires le conseil suivant :

« À la barre, ne posez aux témoins QUE des questions dont VOUS connaissez la réponse. »

Sans y penser, sans doute, il reprenait la technique divine.

Pour le fruit défendu :

« Adam, pourquoi te caches-tu ?

« As-tu mangé LE fruit ? Etc.

À Caïn :

« Pourquoi fais-tu la gueule, Caïn ?

« Où est ton frère ?

Chaque question *contenant*, pratiquement, sa réponse *et* amenant implacablement la suivante…

L'éternel semble avoir une propension irrépressible (ça sonne, ça, non ?) à démontrer de façon compulsive, à la pauvre loque qu'est sa créature, son savoir et son pouvoir absolus.

Comme le disent souvent des personnages de films ou séries télévisées, surtout anglo-saxonnes, très portées sur le « psy », « Il faudrait qu'il voie quelqu'un, qu'il se fasse aider. »

Euh… Vous verriez qui, pour « aider » Dieu, vous ?

La généalogie est un sport de combat

« Caïn, où est ton frère ? (Voix de baryton-basse dans un opéra de Wagner…)

« Seigneur, suis-je sa nounou ?

« Les cris de son sang montent jusqu'à Moi ! Tu l'as tué ! La terre que tu cultiveras ne te nourrira plus, après avoir bu le sang d'Abel !

Tu seras maudit et errant.

« Le châtiment est lourd, dit Caïn, déjà résigné…

Il partit vers l'Orient. Loin. Encore plus loin. S'arrêta dans le pays de Nod. (Kévin, ce n'est pas quelqu'un, c'est le nom de la région.)

Le vagabond maudit murmura :

« C'est là. »

Caïn connut *sa femme* et engendra Henoc.

STOP ! D'où-elle-sort-celle-là ?

Nous aurait-on caché des choses ?

K.O. debout, je finis par me reprendre.

Je re-re-relis les trois versions dont je dispose des quatre premiers livres de la genèse… :

De 4-1 à 4-16 : naissance des deux minots, jalousie, meurtre… pas la queue d'une fille ! (T'as raison, Nadine, c'est moyen-moyen.)

Puis, 4-17… *Caïn connut sa femme* ! (Pour les lents, en 2018, *connaître* se dit *ken*, abrégé verlan de *niquer.* Classieux).

Kévin avait compris, rien n'est perdu.

Déductions logiques qui ouvrent des abîmes (à ne pas confondre avec la *mise en abyme,* effet miroir porté à l'infini – et au – delà.) de perplexité interrogative :

1– Pour que Caïn engrosse sa femme, qui n'a même pas le minimum pour *être*, c'est-à-dire un prénom, il a bien fallu qu'il en naisse dans le même espace-temps que les deux pompistes (c'est pour l'image).

Je me trompe, ou bien ?

2– Comme notre père céleste, pourtant un pro de la « com » par cocaïnomanes interposés, n'a jamais fait savoir, qu'il avait créé un *autre couple* qu'Adam et Ève, la première fournée de petits enfants sera, forcément, un panier de fruits *incestueux !*

« Bienvenue chez les ch'tis ! » brailleraient ces cons de supporters du Paris Saint Germain…

Ne pas s'étonner, après une caution pareille – car le tout puissant n'aurait pas laissé passer cette énorme omission méprisante pour 51 % de l'humanité, de la part de ses biographes zélés, s'il ne l'avait pas approuvée.

L'Être de lumière aurait-il une part d'ombre ?

(Non, Vanessa, je ne parle pas du côté obscur de la force.)

Il faut attendre le livre 5 (de la Genèse, rappel), pour que, après avoir annoncé que : « À CENT TRENTE ANS, Adam engendra Seth, son troisième fils ». (G 5-3)

Oubliant, quand même, que c'est Ève… qui accouche, détail insignifiant, et, en passant, que la ménopause n'existait pas, ce qui est historiquement instructif.

On apprend aussi que la qualité de la capacité de reproduction des femmes *actuelles* s'est drôlement dégradée !

Le G 5-4, nous apprend : « Après Seth, les jours d'Adam furent de HUIT CENTS ANS (!), il engendra (encore merci pour Ève !) des garçons et des filles…

Voilà, voilà, voilà… Les trois premiers garçons, des stars, les autres…

Dans LE livre, comme ailleurs, il y a « ceux qui ont réussi, et ceux qui ne sont rien » ![7]

Suivant cette logique, cet exemple donné par les secrétaires du Très-Haut, je vais vous épargner les litanies généalogiques issues des boules de Caïn et Adam, pour me concentrer sur les premiers rôles, sortis des bourses de Seth…

De toute façon, je sais pas vous, mais moi, dès qu'on me parle de liens de parenté plus de 30 secondes, j'ai l'impression d'écouter un GPS qui ne parle que le mandarin !

De plus, vu la faible population de l'époque, ta fille pouvait être un chouïa ta sœur et ta cousine, et ton père, ton oncle et ton cousin issu de germain.

Mais si, rappelez-vous, l'inceste, les ch'tis, tout ça…

Gueule pas, min p'ti Quiquin, j'arrête !

---

[7]Emmanuel Macron, président, accidentel, de la République.

Débriefing 2

Le premier meurtre – prémédité – ? Ou pas ? Va savoir… de l'histoire de l'humanité.

Ce n'est pas rien. Pas anecdotique.

Pulsion soudaine et irrésistible ?

Longue rumination d'un sentiment violent, aigu d'injustice ?

Caïn s'est-il torturé l'esprit à tenter de comprendre *pourquoi* Dieu a ignoré son offrande, faite, pourquoi en douter, avec le même amour, la même sincérité qui ont présidé à l'offrande d'Abel. Qui lui a coûté autant d'efforts et de fatigue, si ce n'est plus, que celle d'Abel n'en a coûté.

Jalousie ? Invasion lente de l'âme du premier maraîcher jusqu'à l'étouffement, le geste meurtrier, bref et violent, vécu comme un orage libérateur de l'obsédante angoisse de dépossession ?

En posant un tabou sur le fruit de la connaissance, le Créateur savait que ses créatures passeraient outre.

En félicitant Abel, en dédaignant Caïn, Il savait que ce choix signait la mort de l'un et la destinée maudite de l'autre…

Alors ?

Alors, si le récit du sixième jour nous dit que Dieu fit l'humain à son image, il y a entre six et sept mille ans, gardons bien à l'esprit que, la Genèse, à laquelle nous nous intéressons ici est datée du troisième siècle avant l'ère chrétienne, soit avant-hier, en gros.

Des *hommes* ont écrit ces pages. Plutôt ces rouleaux, d'ailleurs.

Des hommes, pas Dieu, *rapportent* ces faits… À partir de quels documents ?

Quelles sources ? Quelles traces ?

Au risque d'être taxé d'abominable hérésie, ce qui ne me fait ni chaud ni froid, car, pour être hérétique dans une foi, il faut, d'abord, avoir cette foi ; or ce n'est pas le cas, je serais tenté de suggérer que ces braves scribes nous racontent un Dieu à *leur*, ou *notre* image, soit : jaloux, coléreux, manipulateur, provocateur… ?

Cela expliquerait quelques contradictions fâcheuses, vous ne trouvez pas ?

À moins d'admettre que ce Créateur soit tantôt un PDG de start-up « écoresponsable et solidaire », tantôt un DRH de multinationale chargé « d'assainir » la masse salariale avant une grosse OPA à Wall Street.

Cochez la case correspondant à votre choix.

Événementiel & people

Introduction à la deuxième partie

Même en se cantonnant à la genèse, on croise des personnages dignes de faire de l'ombre aux super héros des « block buster » de Hollywood, mêlés à des aventures à côté desquelles Star Wars c'est « Martine tricote ! »

On croit tout savoir de ces « vieilles histoires », comme celui ou celle qui a vu la comédie musicale « Notre-Dame de Paris », sur DVD, croit qu'il est inutile de lire « la version » de Hugo ! (Authentique, j'ai vraiment entendu cette bourde, désarmante d'ignorance innocente… Chez des gens « bien »).

La série de films tirée du « Seigneur des Anneaux » ne dispense pas de lire Tolkien…

Cramponnez-vous, y a de l'action !

Le cas Noé I
Fils de, fils de, fils de, fils de…
On va pas s'emm… à compter les filles !

Abel est mort.

Caïn porte le poids de son crime et la malédiction divine là-bas, dans le pays de Nod, où il fonde sa lignée.

Adam a 130 ans.

Ève est sur le point d'accoucher.

Ce sera un fils : Seth.

Les jours d'Adam, après la naissance de Seth, seront de 800 ans.

D'autres fils et filles naîtront.

Nous allons suivre la lignée de Seth.

Seulement.

Et moi, ça m'arrange.

Parce que, raconter par le menu les péripéties du quotidien de gens qui vivent une brouette de siècles en se reproduisant comme s'ils étaient des imprimantes « 3D », je m'y voyais mal !

Donc la lignée de Seth.

Seth engendra Enosch qui engendra Kénan (Non, pas Kévin, Kévin !) Kénan engendra Mahalaël, qui engendra Jéred, lui-même engendrant Henoc, géniteur de Métuschélah, géniteur de Lémec, géniteur de Noé !

OUF !

J'avais l'impression de commenter les passes d'un match de coupe du monde de foot !

Ne vous plaignez pas, petits veinards, je vous ai épargné la répétition des détails de chacun de ces personnages qui, si l'on s'en tient à ce qui est écrit, ont eu chacun un fils doté d'un prénom, ont vécu tant ou tant d'années, ont eu « des fils et des filles », anonymes.

« Comment ? Passionnant ? J'entends votre ironie condescendante, gens de peu de foi !

Je vous connais, et Dieu vous voit, il vous faut du sang, des trahisons, du sexe, si possible du « pas casher », des pillages, des rires diaboliques…

Tout ça, et plus encore !

Ça va venir.

Ne zappez pas !

Le cas Noé II
Rappel de produit défectueux

L'éternel se repentit d'avoir fait l'homme sur la terre, et il fut affligé dans son cœur. »

Genèse. 6-7.

Texto ! Sic ! Mot pour mot !

Vous imaginez, vous, le Père Éternel regardant en bas, qui dit :

« Oups, la boulette ! » ?

« Je les ai faits pour être solidaires, généreux, compatissants, aimables et aimants, sincères, francs, fidèles en amitié, pacifiques, respectueux… »

ET…

Les voilà, envieux, agressifs, trompeurs, sournois, voraces du sang des autres, même de leurs voisins, amis, frères, sœurs, fous du pouvoir absolu, brûleurs de forêts, de cultures, de villages, avides de guerres, de mort…

Quant au plaisir de la chair, offert pour les encourager à peupler la planète, c'est n'importe quoi !

C'est le moteur de la plupart de leurs actes ! Si encore ils s'en tenaient aux emboîtements prévus par ma notice de base !

Polop ! (Oui Vanessa, Dieu dit « polop », pourquoi non ?)

On « innove », on essaie, on teste, toutes les combinaisons !

L'humanité n'est plus que chair corrompue, dont la vue, l'odeur, les gargouillis luxurieux ou agonisants insultent mes sens !

Ça suffit !

Table rase ! Game over ! Remise à zéro ! Réinitialisation !

(Car Dieu touche sa bille en Anglais et en informatique)

Il (dorénavant, je mettrai deux majuscules à il, quand il s'agira de Dieu, un peu de respect, que diable !) (Celle-là, elle est bonne !), regarda Noé et vit que c'était LE juste dont Il avait besoin pour son projet.

Bon père, bon époux, honnête, travailleur infatigable… Éducateur strict et aimant à la fois, géniteur des premiers triplés de l'humanité : ses trois fils Sem, Cham, Japhet… Une femme qui reste à sa place et quelques sœurs discrètes et obéissantes, le schéma familial idéal, fait pour durer des millénaires !

« Noé ! Eh, Noé ! »

« ? »

« Noé, c'est l'éternel, ton Dieu, qui te parle ! »

« C'est pas Dieu possible ! s'exclama Noé, avec un manque d'à-propos consternant. Limite vexant. »

« Impossible n'est pas divin, dit l'éternel (qui sera honteusement plagié par Napo 1er…) »[8]

« L'humanité n'est que violence, haine et débauche, menacer et punir ne suffit plus, je vais la détruire avec la planète. Toi et les tiens serez les racines d'une humanité meilleure, plus empathique et aimante… »

(Nadine et Sophie, les remarques genre : « Hé ben, c'est loupé ! » n'apportent rien de positif !)

---

[8]« Impossible ? Pas français ! » Napoléon 1er.

« Tu construiras une arche en bois enduit de poix, de 300 coudées de long que tu diviseras en cellules. Dans chacune prendra place un couple de chaque espèce. »

« Essaie de ne pas te planter, en formant les couples, pour la reproduction.

Je ne vais pas recréer à tout bout de champ !

« Je vais faire venir le déluge d'eau sur la terre, toute vie périra.

Ton clan et toi, ainsi que les couples animaux, serez dans l'arche. Sous ma protection. Pense à faire des provisions de bouche. »

Voici, d'un seul coup, d'un seul, notre Noé, plutôt agriculteur-éleveur, promu architecte naval, zoologue, comptable, intendant, chef de chantier, « pacha » d'un vaisseau de 300 coudées (du jamais vu à l'époque !)…

Et vous savez quoi ? Vous savez quoi ? Il le fait ! Fingers in the noze !

Et ce, malgré un défaut sur lequel Dieu a, semble-t-il, fermé les yeux, en, balance avec toutes ses qualités…

Un goût, sinon excessif, du moins très net pour les jus de fruits fermentés…

Pas distillés, hein ? Pas du brutal façon Lulu la Nantaise, non, du goûteux, 12 degrés maxi…

Nous serons, peut-être amenés à y revenir…

Bon, en tout cas, quand le barbu lumineux ouvre les vannes, l'arche est prête à voguer.

Et pleine à ras bord.

Le cas Noé III
Que d'eau, que d'eau !

Sept jours (discret rappel de la création) avant d'ouvrir les écluses du ciel, L'Éternel fit venir Noé devant lui :

« Entre dans l'arche, Noé, avec Sem, Cham, Japhet, ta femme et tes filles. » (qui n'ont pas besoin de nom, bien sûr !).

« Faites monter tous les couples de toutes les espèces. Quand le dernier sera à l'abri, la pluie purificatrice effacera tout ce qui court, saute, rampe et vole de la surface de ce monde. »

Noé obéit en tout point.

Ferma l'arche.

L'eau tomba.

Pas en pluie.

En nappe.

En vague.

Un océan céleste tombait sut la Terre.

Noyant tout.

Seule, la portion de voûte surplombant l'arche ne laissait qu'une douche timide mouiller le bateau. Et bénéficiait de la faible clarté d'un soleil voilé. Le reste, tout le reste, n'avait ni lumière ni couleur.

40 jours.

Le déluge cessa.

Les cieux restèrent sombres, les eaux ne baissèrent point.

Pendant 150 jours.

Les plus hauts sommets des plus hautes montagnes restèrent invisibles.

Dieu fit souffler un vent qui balaya l'ombre et amorça la baisse du niveau des eaux.

Le dix-septième jour du septième mois, l'arche s'échoua sur le mont Ararat.

Le jour où la colombe que Noé lâchait quotidiennement revint avec un petit rameau d'olivier dans le bec, Noé sut que lui, sa famille et sa ménagerie pouvaient sortir de l'arche.

(Au vu de l'importance accordée jusqu'ici aux femmes, faut-il les ranger dans la catégorie « famille » ou « ménagerie » ?)

Noé prit dans les animaux purs et fit un sacrifice à L'Éternel, qui en fut satisfait.

LÀ, je vais encore passer pour un mauvais esprit, un pinailleur compulsif, un chercheur de couille dans le potage, mais Je m'insurge avec énergie :

Les animaux étaient dans l'arche dans un but de perpétuation de leur espèce, non ?

Si ? Donc… il nous manque des espèces animales !

Oui, ou bien ?

Voilà donc de pauvres bêtes qu'on transbahute, 1 AN ! dans un rafiot fermé, pour, dès leur retour à l'air libre en faire des kebabs pour L'Auréolé de frais !

Qui en est satisfait !

Et la biodiversité, bleu de bleu ! D'où qu'elle est (pas français, je sais, ce sont les nerfs qui lâchent !) la biodiversité ?

« Repeuplez la terre, croissez et multipliez, gnagnagna… »

Il l'a déjà faite, celle-là, pas vrai ?

T'as raison Kévin, c'est chelou !

Le cas Noé IV
Un verre, ça va… ou : de la cuite de Noé et de ses conséquences

Dieu dit :

Petite pause, pour petite remarque : vous avez certainement noté que, question discours, Il passe par des phases… contrastées.

Tantôt Il fait des discours interminables, façon Fidel Castro au mieux de sa forme, tantôt Il plonge dans un mutisme, boudeur, réflexif, méditatif, ou autre.

Passons.

Donc, Dieu dit :

« Je livre entre vos mains les animaux de la terre. Vous en disposerez comme il vous plaira. » Vous pourrez les faire travailler, les chasser, les manger.

Il se met alors à énumérer une litanie de règles *divines* (donc incontournables) pour fixer les listes des animaux que l'on peut manger ou pas.

Ainsi que les conditions requises pour les consommer selon SA loi.

Genre : « Tu ne mangeras pas l'agneau dans le lait de sa mère. »

C'est pas pour critiquer, mais celle-ci est des plus simples et faciles à retenir !

Des millénaires après, des rabbis érudits s'étripent intellectuellement à propos des cas ambigus !

Tenir un restaurant, dans ces conditions, c'est pas de la tarte (casher) !

Vivement le christianisme, puis la laïcité, qu'on puisse becter, à peu près, comme on en a envie !

Il dit encore :

« JE (Dieu parle de LUI en majuscules…) ne détruirai plus la terre par le déluge. L'arc-en-ciel, dans les nuages, me rappellera mon engagement.

(Notons que Dieu a besoin de pense-bête…)

Ainsi s'établit l'alliance de Dieu et du clan de Noé.

Noé reprit la culture de la vigne. Avec talent et ténacité.

Producteur scrupuleux, soucieux de la santé des siens, même des femmes, c'est vous dire, le patriarche testa sa production.

Il la testa.

Beaucoup.

Beaucoup, beaucoup.

Ses honorables scrupules déontologiques eurent un résultat fracassant.

La biture himalayesque ! Le K O technique œnologique !

Il rampa jusqu'à sa tente.

Où il s'endormit comme un sénateur centriste après un banquet républicain, à Castelnaudary. (Ou ailleurs…)

La robe de travail remontée aux aisselles, la chipo et les deux Rattes du Touquet exposées mieux qu'au Louvre.

Son fils Cham, le noir, sur les trois, il y en avait un noir.

Ne me demandez pas, je n'ai aucune idée du pourquoi.

Mais je ne vois pas pourquoi il y aurait un roi mage sur trois qui soit noir, et pas un fils de Noé sur trois !

Cham, donc, qui le cherchait (pour un conseil vinicole avisé, sans doute) entre dans la tente patriarcale et tombe sur la vision inattendue du pipeline dynastique de son géniteur.

Petit rappel : depuis la consommation transgressive du fruit de la connaissance, la nudité est honteuse.

De plus, il n'y a ni prisons, ni service militaire, ergo, pas de douches collectives… Un homme peut donc ne jamais voir d'autre fée Clochette que la sienne.

C'est « TABOU » !

Que ne trouve-t-il pas de mieux à faire, le Cham ?

Il fonce hors de la tente, rigolant comme un dromadaire – oui, un bossu, c'est pareil, ça va !

Plié en huit, il raconte à ses frères éberlués ce qu'il vient de contempler !

Noé, une fois réveillé, sort de la toile, une migraine biblique aux tempes.

Sem et Japhet caftent Cham !

Il hurle : « Maudit soit Canaan ! – C'est le fis de Cham – qu'il soit l'esclave des esclaves de ses frères, pour les siècles à venir !

Vous avez bien lu :

1. Cham voit Noé à poil.

2. Il le dit à ses frères qui le dénoncent au père !

3. Le père Noé maudit non pas Cham, l'auteur de la *faute*, mais toute sa descendance ! Ce qui signifie que les enfants doivent payer pour les péchés des parents !

4. Enfin, il y a quatre hommes sur terre, dont un noir.

Sur qui tombe la malédiction de l'esclavage ?

LE NOIR !

Manquerait plus qu'il soit Juif ! En plus !

Annonce

Si l'Être Suprême se repent, a des regrets, des remords, c'est qu'il est *faillible*, et qu'il en a conscience.

De ce fait, comme ont pu le constater les lectrices (je fayote, et alors ?) les intermèdes et débriefings, créés pour respecter la continuité du récit, ne sont plus nécessaires.

Il comprendra.

Ou pas.

Je laisse aux doctes théologiens des trois religions « du livre » le soin de décider si la faillibilité divine est globale et structurelle ou épisodique et conjoncturelle.

Un ONG médicale neutre prendra en charge les survivants aux débats.

Pompes Funèbres Sans Frontières s'occupera des autres.

Des trois frères à Abraham
I
Babel

Sem eut 5 fils.

Cham eut 4 fils.

Japhet eut 7 fils.

Chacun de ces fils des trois frères eut entre 2 et 6 fils, qui eux-mêmes…

Je vous épargne les listes de prénoms qui ne servent qu'à glorifier la remarquable productivité des bourses des descendants de Noé.

À croire qu'ils s'étaient reproduits seuls. Sans génitrices !

Puisque les mots « femme » « fille » sont TOTALEMENT absents des 32 versets du chapitre X de la Genèse !

Le *concept* de féminité a disparu !

Alerte, disparition inquiétante !

Chacune de ces branches dynastiques avait pour destinée de former les divers peuples de la Terre. Mais, l'ignorait encore.

Du fait de leur longévité (300 500 950 ans !), de leur fertilité qui ne s'arrête qu'avec la mort, ils furent bientôt plus nombreux que les chômeurs en Europe de l'Ouest au XXIe siècle.

Les femmes aussi, enfin, on suppose, vu que les gratte papyrus araméens n'en disent rien.

Aussi prirent-ils rapidement une grosse tête format montgolfière.

Ils bâtirent une grande ville, Babel, au centre de laquelle ils érigèrent une tour plus haute que la plus haute montagne.

Se vantant de faire aussi bien que Dieu en personne !

Autant dire que Celui Ci en fut quelque peu chiffon !

« Ça va chier dans l'ventilo ! »

Non, Vanessa, Il n'a pas dit ça.

Mais ça résume assez précisément sa pensée.

Et son humeur.

Le temps d'un claquement de doigts, les rois du BTP se mirent à parler

150 langues différentes !

Le chantier ne dura pas une minute de plus.

La tour non plus.

Les descendants de chaque branche, sous branche, se regroupèrent selon leurs langues.

Les peuples qui ne se comprenaient plus, donc déjà ennemis, se dispersèrent sur toute la terre.

C'était, une fois de plus, TRÈS mal barré.

Abram/Abraham
I

Babel en ruines, les enfants de Japhet et Cham se dispersèrent comme des poulets de Loué (Label Rouge) à l'arrivée de Renart. (Si, Vanessa,

Renart avec un t ! Qui c'est le cultivé, ici ?)

Le clan de Sem resta sur place.

Sem engendra Arpacshad.

Arpacshad > Schelach

Schelach > Héber

Héber > Péleg

Péleg > Réhu

Réhu > Serug

Réhu > Nachor

Nachor > Térach

Térach > Abram+Nachor (2) +Haran

STOP ! ALERTE ! MÉFIANCE ! Arrivée de triplés !

Souvenez-vous, première livraison de triplés ?

C'est ça, les fils de Noé, le capitaine Haddock de l'antiquité.

Et, il arrive quoi ?

Le Déluge !

Ça sent pas bon !

D'ailleurs, Haran meurt !

Laissant seul son fils, Lot. (Donc la mère est morte aussi mais c'est une femme, on s'en fout.)

Térach décida de partir vers le Pays de Canaan (mais si, le fils de Cham ! Suivez, un peu !).

Il prit avec lui Abram, Lot et… Son épouse Saraï (ou Sarah).

ALLÉLUIA ! HOSANNA ! ALLEZ LES BLEUS ! (pardon, c'est nerveux)

UNE FEMME ! Avec un NOM ! La première depuis Ève !

Presque trois cents versets sans un nom de femme !

Saraï était stérile.

Ben voyons, je me disais aussi…

Enfin, ça a son importance… moi qui connais la suite…

Vous, vous attendrez, un peu.

Nota : À la moindre occasion, les copistes de la parole divine nous balancent des généalogies dont on oublie très vite tous les noms successifs, vu que les personnages cités ne servent qu'à établir le lien entre un patriarche important et un autre… Ici, Noé et le futur Abraham.

On les paierait pas un peu à la ligne, ces ancêtres des anarcho-syndicalistes de l'imprimerie ?

J'avoue, j'ai des doutes !

Abram/Abraham
II
Abram mythonne…

Térach mourut.

À la fin du deuil, Abram réfléchit.

« Au tout début du commencement (Abram était souvent pléonastique, voire tautologique), on était partis pour le pays de Canaan… On a fait halte ici et bricolé une installation parce que papa avait un gros coup de mou, qui s'est confirmé par son décès définitif (qu'est-ce que je vous disais ?)… Bon, Saraï, Lot, sortez-vous les doigts (un peu vulgaire, aussi, il était, l'apprenti patriarche !), on plie les gaules (et métaphorique) et on trisse sur Canaan ! »

Vers Canaan, Abram, *vers,* bon sang !

Il prit avec lui, ses biens, ses bêtes de charge, ses serviteurs (on ne disait pas *esclaves*, c'était grossier. Or Abram pouvait être vulgaire, mais jamais grossier.)

Moi, c'est le contraire. Pardon, Sophie ?

T'as raison, c'est pas le sujet.

Bon, un journal de voyage n'aurait aucun intérêt… Ils arrivent.

Ils s'installent.

PAF ! Famine ! Pas une disette, Lisette. LA famine !

On fait lécher les cailloux aux mules, après les avoir peints en vert pour leur faire croire que c'est de l'herbe.

On mange la poule avec ses plumes !

Ni une, ni deux, redépart, direction l'Égypte.

Avant d'entrer en Égypte, Abram dit à Saraï – qui aurait fait bander un eunuque mort – :

« Tu es une très belle femme. S'ils voient que tu es ma femme, ils me tuent pour te prendre à moi (à qui veux-tu qu'ils la prennent, simplet !).

Dis que tu es ma sœur. Je resterai en vie et bien traité, grâce à toi…

En effet, les avantages remarquables de Saraï furent *très* remarqués.

Très, un « buzz » d'enf… pardon, du tonnerre ! Au point de mettre Pharaon en appétit…

En deux coups de cuillère à jarre, ce fut réglé :

Abram, en tant que mâle adulte responsable, se retrouva couvert de lingots, précieux, de brebis, chèvres, dromadaires, esclaves nubiennes à grande bouche, soumises comme des députés de la majorité (de n'importe quelle époque, gueulez pas !), et se vit offrir un territoire maous, avec accès au Nil, pour créer toute entreprise qu'il voudrait… Le Pied géant !

Sauf que, Dieu, distrait quelques instants du suivi de tout ça par la coupe inter anges de lancer d'auréoles, s'aperçut soudain que ce n'était plus Abram, dans Saraï…

(Voilà ce qui arrive quand on n'est pas à ce qu'on a à faire !)

Colère abracadabrantesque !

La cité sacrée de Pharaon (à l'époque, le mot *sacré* n'était encore réservé à personne) vit s'abattre sur ses habitants la peste, les sauterelles, un tremblement de terre, la grippe aviaire, l'arthrose foudroyante et Nadine Morano [9] (enfin son équivalent(e) du moment, vous cassez pas, y en a forcément une !).

Pharaon comprit vite où était la source de ce pack de catastrophes, engueula copieusement Abram pour son mensonge déclencheur et expulsa illico tout le clan avec armes et bagages, troupeaux, lingots, un dédommagement titanesque pour la rupture de bail…

Ça lui coûte un bras, voire deux, mais, pour avoir la paix avec un Dieu furieux, c'est donné.

Retour à Béthel !

Avec femme, neveu, butin.

Je sais, on le lui a donné… sur un coup de mythonnage peu scrupuleux.

Il écoute, en entretien d'embauche, l'Éternel ?

---

[9]On pourra, à volonté, changer pour Frédégonde, Catherine de Médicis, la Thénardier, Mme Thatcher ou Chantal Goya, ou ma mère.

Abram/Abraham
III
Terre promise, chose due

Abram et Lot avaient reçu grande abondance de présents de Pharaon, en échange de ses parties de trombone à coulisse (surtout « à coulisse » !) avec SaraÏ… (Oui, Lot aussi, quand on aime, on ne compte pas !)

Ils étaient riches.

Très riches.

La terre de Béthel se révéla vite trop petite.

Insultes, menaces et pains dans la tronche survinrent très vite entre bergers de Lot et d'Abram.

Ça tournait vinaigre, et pas balsamique !

L'oncle dit au neveu :

« Ni toi, ni moi, ne voulons d'aigreur haineuse entre nous. Les gens de Béthel en ont plein la musette de nos bagarres qui font des dommages collatéraux. Séparons-nous. Choisis une direction, j'irai à l'opposé. »

Lot partit à l'orient, en direction de Sodome, il planta ses tentes dans la plaine du Jourdain, jusqu'à Sodome.

Les gens de Sodome étaient méchants et pêchaient contre l'éternel.

Généralisation outrageusement raciste, d'accord, Sophie, Je sais, merci !

C'est pas moi qui le dis !

Ça s'appelle un cliché péjoratif, dégradant, et, forcément, ne serait-ce que partiellement faux.

MAIS C'EST ÉCRIT ! GENÈSE, CHAP. XIII, verset 13 !

Soit le Grand Manitou *dicte vraiment* à son pool dactylo, et il dénigre ce *qu'il a créé…*

Soit l'aile droite du Likoud existait déjà, *avant la nation juive elle-même,* et, si je choisis, mon billet de paradis est carbonisé, ou je suis tamponné, officiellement, au mieux antisioniste, au pire antisémite !

Je choisis donc… de ne pas choisir.

Wait and see...

« Regarde vers le nord, le midi, l'orient, l'occident.

Aussi loin que tu pourras voir, de là où tu es, dans les quatre directions, Je te donnerai la terre.

À toi, et à ta postérité, pour toujours ! » dit LE SEIGNEUR à Abram, une fois Lot parti.

Et hop ! Une terre promise, une !

Terre promise, chose due…

Sauf… Sauf, que l'Éternel promet une terre où Il a déjà casé du monde.

Il est omniscient, mais un peu tête en l'air.

Je parie que ça va faire des histoires pendant un sacré bout de temps.

Pas vous ?

Abram/Abraham
IV
Baston et voyance

En ce temps-là, alors qu'Abram pose ses tentes près d'Hébron, le titre de « roi » était quelque peu galvaudé.

Dès qu'un bled avait l'importance d'un de nos actuels chefs-lieux de canton :

Paf, un roi !

Rien qu'avec des noms faciles à retenir, pour un orthophoniste !

Amraphel, roi de Bishar (vous avez dit Bishar ?) [10] , Kedorlaomer, roi d'Élam… Ce sont les plus faciles !

En plus, susceptibles ! Faut associer le bon nom de roi avec le bon nom de ville ! Sinon, c'est l'incident diplomatique… C'est à dire, dans le contexte, guerre, siège, massacre, viols, pillage, esclavage ! Ça joue pas au « cochon qui rit » !

Or, il se trouva que, à l'arrivée d'Abram et Lot, l'un dans la forêt d'Hébron, l'autre à portée de fronde de Sodome, le roi de celle-ci, Béra, allié à Birsha, roi de Gomorrhe et deux ou trois autres monarques de moindre envergure, étaient sur le point d'en découdre avec une autre coalition, menée par Kedorlaomer, leur ancien « suzerain » (anachronisme lexical volontaire), contre

[10] Blague cinéphile !

lequel ils s'étaient rebellés. Kedormuche leur colle une pâtée, genre « à plate couture et soigne les ourlets », pille tout ce qu'il peut y avoir à piller, embarque une foultitude de Sodo-gomorrhiens en esclavage.

Dont Lot, neveu d'Abram, qui résidait dans Sodome. Avec tous ses biens, ainsi que tous ceux-celles qui formaient son clan.

Au mauvais endroit, au mauvais moment…

Informé du sort de son neveu par un rescapé qui fuyait un éventuel retour des vainqueurs, Abram arma les plus braves de ses serviteurs, 318, nous dit le Livre, poursuivit les rois, attendit que le sommeil les eût pris, rendu plus profond par le vin de la victoire, en fit étriper sans état d'âme une quantité impressionnante, laissant filer les rares qui pouvaient encore courir, à poil et désarmés.

Il récupéra le butin des ex-vainqueurs, son neveu avec tous ses biens, sa femme et tous les « pas esclaves, mais de peu ».

Ai-je besoin de préciser qu'Abram « l'Hébreu » (d'Hébron) fit un retour triomphal, genre vainqueurs de la coupe du monde, mais sans le bus ?

Il joua les grands modestes, refusa les présents des ex-vaincus… L'humilité des vrais grands.

La foule en délire lançait des bigorneaux, par poignées de deux !

(Oh ! Je délire, là ! Et je frôle le blasphème ! On se calme !)

À la fin de la grosse teuf célébrant la victoire, l'Hébreu magnanime fut le dernier à tomber comme une bouse en fin de course.

Il dormait avant même de toucher le sol.

Dans le rêve qui l'envahit, Dieu, l'Unique, lui parla :

« Ta descendance et toi serez, pour toujours, possesseurs et maîtres de ce pays, comme je te l'ai promis. »

« Je veux pas vous contrarier, mon Très Haut, mais je ne suis plus tout jeune, Saraï est stérile, pour ma descendance, ça risque de faire un flop magistral… »

« Tu vois les étoiles du ciel ?

Ben, les yeux fermés, c'est coton, mais j'ai l'image, oui, Seigneur.

Tu peux les compter ?

Pas vraiment…

Ta postérité sera comme les étoiles…

Alors ça, ça me la coupe !

Vaut mieux pas, » dit Dieu qui pouvait se laisser aller à la blague grivoise.

Abram mit sa confiance en l'Éternel.

Histoire de ne pas avoir l'air de donner dans le favoritisme excessif, Dieu ajouta : « Sache que tes descendants connaîtront l'esclavage, sur quatre générations, mais que je les en sortirai, et leur rendrai leur terre promise.

« L'esclavage, c'est pas pour tout de suite ? » Demanda Abram, un poil inquiet…

Non.

Bon, et bien, que ta volonté soit faite. »

Ainsi fut scellée l'alliance.

Abram/Abraham
V

Donc, l'Éternelle (pourquoi ne serait-ELLE pas femme, même en étant quelque peu misogyne ?) donna à Abram la terre comprise entre le Nil et l'Euphrate…

(Cherchez dans Google !)

C'est gentil… Ça va beaucoup plaire aux Kéniens, Kénisiens, Kadmoréens, Hétiens, Phéréziens, Réphaïm (Non, pas de s), Amoréens, Cananéens, Gurgasiens, et Jébusiens… qui y vivent déjà depuis une « paire » d'années (la paire est une mesure vosgienne, qui va de 2 à… beaucoup, beaucoup).

DIX peuples ! On va pas chipoter pour si peu ? Si ?

D'ailleurs, les descendants du patriarche, trouvant lassant de les énumérer, en feront un « pack » qu'ils nommeront *les Philistins*.

Les « pas descendants du patriarche », les autres, les losers…

Comment, Mimi ? C'est ? Raciste ? Je confirme. Mais, chacun de ces peuples pense, avec le même mépris, aux peuples voisins… Alors…

Bon, on revient à l'action.

Abram raconte à Saraï son échange avec le Très Haut.

Saraï, « baba cool » longtemps avant l'heure, exprime son avis en ces termes :

« Stérile, ma salle de jeu est disponible, mais, pour en faire une nursery, macache ! Pas moyen… Mais, ma servante Agar (non, Kévin, pas de l'est !

Du respect, morbleu !), dont j'ai remarqué qu'elle te mettait l'aiguille à midi pile, a déjà un enfant… T'en penses quoi ? »

Mais il était inutile que son époux répondît, tant le tissu de sa tunique était tendu haut devant lui par… disons l'idée imagée, très, qu'il se faisait de la chose !

Et en couleurs !

Saraï mena Abram devant Agar et coacha celui-ci pendant toute la séance.

Non, Nadine, ce n'est pas dit dans la Genèse, mais moi, c'est ce que j'aurais fait !

Un serviteur, connu pour répandre des rumeurs, prétendit même qu'il l'avait entendue crier :

« Pas par-là, faut pas gâcher ! »

Passons.

Quand on sait que « Abram » signifie « Père exalté », on peut dire que, sur ce « coup » là, il le fut, exalté !

Bref, Agar tomba enceinte.

Petite aparté, pourquoi « tomber » enceinte ? Mystère obstétrique…

Dès qu'elle le sut, genre « t'es sûre-SÛRE ? », « Oui, sûre-SÛRE ! », elle regarda l'épouse officielle avec mépris, dédain, condescendance.

Des deux yeux !

Saraï en fut meurtrie. Elle se plaignit à son époux.

Comme 99 % des mecs, devant une chicaya entre filles, Abram avait le courage du lièvre devant le lynx…

Choisissant l'habitude confortable face à l'aventure incertaine, il prit le parti de sa *régulière*, en précisant, toutefois :

« Tu en fais ce que tu veux, mais n'abîme pas mon fils. »

Car, bien sûr, il ne pouvait *que* s'agir d'un fils !

Immédiatement, Saraï se mit à faire la misère à la mère porteuse, qui finit par s'enfuir.

Un ange du Seigneur l'arrêta près d'une source, lui enjoignit de retourner se soumettre à sa maîtresse, lui annonça qu'elle enfanterait un fils qu'elle appellerait Ismaël (Dieu m'a entendu).

Bref, c'était le dirlo du staff de « com » céleste.

Tout fut accompli en suivant les consignes à la lettre.

Ainsi naquit Ismaël.

Premier fils d'Abram.

Fils d'Abram et d'Agar l'Égyptienne.

Père des Ismaélites, ancêtres de la nation arabe.

Je sais pas pourquoi, mon nez me démange, signe de soucis force 10 en fermentation.

Abram/Abraham
VI
Coupez ! Miracle et obstétrique

Abram (père exalté, vous vous souvenez ?), âgé de 99 ans, fut à nouveau visité par Dieu.

Je vais vous synthétiser le flot d'informations contenues dans ce nouveau message, car Il a une légère tendance à la multirépétition, même s'Il change l'ordre des mots… comme s'Il tentait de se faire comprendre par une créature privée de neurones.

Le créateur lui annonça donc :

Qu'il sera père de multitudes.

Que lui et sa descendance auront le bénéfice d'une alliance avec LUI (comme une carte de fidélité, quoi.)

Que le signe, la marque, le « logo » de cette alliance sera la circoncision, ablation du prépuce, pour TOUS les mâles de sa « maison » présente et à venir. Ceux nés dans sa maison ou acquis à prix d'argent.

Que lui et ceux qui « sortiront de lui » doivent appliquer cette consigne à la lettre.

Que tout incirconcis vivant au milieu des circoncis sera mis à mort[11].

---

[11]Genèse, 17-14. Je n'invente rien !

À ce propos, il me semble légitime de se demander si le Dieu de la Bible ne friserait pas la xénophobie pathologique ?

Ainsi, également, que se demander pourquoi doter les mâles d'un prépuce, si c'est pour le faire couper – et ça fait mal- *à ceux qu'il « préfère »* ?

Un petit peu pervers, non ?

Reprenons.

Que son nom n'est plus « Abram », père exalté, mais « Abraham », « Père des nations ».

Enfin, gâteau sous la cerise, que Saraï va lui donner un fils que tu appelleras Isaac.

« Mon fils s'appellera il rira » ?

« Ça te pose problème ? »

« Non, Très Haut… »

« C'est réglé ! Ah, au fait, elle se nommera Sara, de ce jour. »

Non, Sophie je ne sais pas pourquoi.

Décision de l'échelon hiérarchique le plus élevé. Pas de débat.

Fin de communication.

Le jour même, Abraham se fit circoncire.

Devenant, du même coup, le premier homme à chanter (gueuler ?) la Tyrolienne, le Yodl.

Parce que la circoncision, ça fait mal ! Surtout pratiqué par des novices !

Il fit circoncire Ismaël et tous les mâles de sa maison.

Je ne vous dis pas le concert !

Un peu plus tard, ce même jour, assis devant sa tente, il vit venir trois hommes, qu'il reconnut sur le champ comme messagers de Dieu (l'uniforme, sans doute, comme le facteur.).

Ils demandèrent Sara.

Mis en sa présence, ils lui annoncèrent sa grossesse, Isaac et tout le toutim, y compris son changement de nom.

Sceptique, la Sara. Voire légèrement moqueuse…

Les messagers faisant des têtes d'huissiers de justice devant un chèque sans provision, elle se reprit…

« Si vous le dites… »

Et se confondit en remerciements.

Les trois messagers qui, en fait, étaient l'Éternel déguisé en trois facteurs célestes (il s'avérera, beaucoup plus tard, qu'il avait un penchant pour le chiffre 3…) partirent, accompagnés par Abraham, vers Sodome, qui était loin de se douter de ce qui lui pendait au nez.

Mais ceci est une autre histoire, comme disait Rudyard Kipling[12]…

---

[12]Contes des collines.

Abram/Abraham
VII
Sodome, Gomorrhe, homophobie…

En vue de Sodome la pécheresse, Dieu s'ouvrit à Abraham de son projet de châtiment contre Sodome et Gomorrhe, les sœurs sanguinaires, iniques, luxurieuses, débauchées, traîtresses à leur foi, adoratrices du Veau d'or, cupides, cruelles aux vaincus…

« Quand on en fait trop, Je ne correctionne plus, Je disperse, Je ventile,

Je rase, Je néantise, comme dira, à peu près, Raoul Volfoni, quand J'aurai créé Audiard !

Il ne restera que pierres stériles et sang corrompu par les excréments…

Abraham ne comprit pas vraiment les allusions cinéphiliques de l'Éternel

(et pour cause !), mais enregistra l'essentiel : L'Auréolé en chef allait craquer sévère !

Des pierres stériles, de la merde mêlée au sang… L'horreur…

Humble et terriblement respectueux, le Père des nations, trouva au tréfonds de son âme le courage de souligner que, détruire Sodome (et Gomorrhe, je ne l'oublie pas), mènerait, sans un tout petit, petit, vraiment, temps d'investigation, à une erreur judiciaire divine qui ferait tache…

Peut-être y avait-il 50 justes, qui méritaient de survivre au châtiment ?

« Trouve 50 justes, et pour ces 50-là, Je gracie ces deux cloaques ! dit Dieu, soupe au lait, mais joueur.

« Peut-être n'y en aurait-il que 40, ou 30 », dit le patriarche en devenir, retrouvant ses racines marchandeuses…

« Bon, lâche-moi, dit l'Éternel, sans préciser ce qu'il fallait lui lâcher.

Trouve 10 justes, et Je passe l'éponge sur les deux bourbiers, ça va, comme ça ? »

Abraham acquiesça, pensant : « Ben, j'ai pas perdu la main ! ».

Pendant ce temps, deux envoyés de Dieu arrivèrent à Sodome.

Reconnus comme anges par Lot (le neveu d'Abraham, suivez, bon sang !), qui avait un flair de setter hébreu pour ce qui était surnaturel, ils furent reçus comme, heueueu… des anges dans sa maison…

Ils mangèrent, puis se préparèrent à se coucher.

L'ange est, par essence, un gros dormeur, c'est connu.

Ne dit-on pas : « Regardez, il dort comme un ange. » ?

Ah, vous voyez !

Ils n'étaient pas encore couchés, qu'ils s'aperçurent qu'une grande foule grondante, Gomorrhéens et Sodomites mêlés, s'était amassée devant la Maison de Lot, ordonnant à celui-ci : « Envoie-nous les deux beaux gosses, *que nous les connaissions* ! »

Pause !

Souvenez-vous :

« Caïn *connut* sa femme »… un fils fut conçu.

Le verbe « connaître », dans la Bible, a un sens précis : copuler.

Copulation à but reproductif, ou simplement *festif*…

Oublions la reproduction, s'agissant, en l'occurrence, de mâles voulant « connaître » d'autres mâles.

Comment je peux en être certain ?

Parce que, mademoiselle, ceci se passe à une époque bénie où les femmes restent à leur place, entre les couches à changer et les marmites ! Ne sortent pas comme elles veulent, surtout pour aller manifester.

D'autre part, le nom « sodomite », devenu nom commun, tout le monde comprend.

Le Sodomite, citoyen de Sodome, est devenu celui qui « prend du rond, du long, ou les deux ».

Ce qui est mal vu par Le Très Haut.

Surtout sans consentement mutuel.

Et à cent contre un, minimum !

Y a du cataclysme ciblé dans l'air !

Abram/Abraham
VIII
Punition des « méchants »
Dépannage filial…

Toutes les tentatives d'apaisement de Lot restèrent vaines.

Pourtant, il alla jusqu'à proposer d'offrir ses deux filles.

Ce qui laisse à penser que la sexualité du Sodomite moyen n'était pas exempte d'un certain éclectisme…

Rien à faire.

Les messagers tendirent les mains, bloquant la foule. Lot rentra à l'abri, relatif de sa maison.

« Prends avec toi ta femme et tes filles, des provisions, et quitte cette ville, car nous allons la détruire. » Dit le plus barbu, qui devait-être le chef.

(Chez les messagers célestes, sous forme humaine, le grade se voyait à la barbe. Enfin, je crois. Et c'est moi qui raconte.)

« Surtout, ne te retourne pas, en traversant la plaine, attends d'être dans la montagne. Réfugie-toi dans Tsoar, qui sera épargnée. »

Lot « le juste » et les trois femmes, qui n'étaient ni justes ni mauvaises, sur les tablettes de l'Éternel, n'étant *que* des femmes, prirent la route en toute hâte.

Le soleil se levait quand Lot entra dans Tsoar.

L'Éternel fit pleuvoir du soufre en fusion sur Sodome et Gomorrhe.

La femme de Lot, attardée dans la plaine, se retourna pour regarder.

Elle fut changée en statue de sel.

Lot en fût effondré de chagrin.

La curiosité est un vilain défaut.

Dès le lendemain, Lot quitta Tsoar avec ses filles, inquiet de l'agitation qui régnait, après la destruction des deux voisines, et s'installa dans une grotte, type F3, assez confortable.

Le deuil le rongeait, il picolait pas mal.

Il s'endormit.

L'aînée des filles dit :

« On est arrivées à Tsoar au moment de la cata sodomite, y a pas un clampin qui voudra de nous, les porte poisse… La lignée de Lot va s'éteindre… Bon, on lui met le limaçon au garde à vous, et on tente de perpétuer la race.

« Question de devoir ! » dit la cadette.

Ayant gros appétit, elles prirent du rab.

Plusieurs fois.

On a que le plaisir qu'on se donne, et, la famille, c'est sacré.

Les deux furent enceintes du père.

L'aînée enfanta Moab, père des Moabites.

La cadette enfanta Ammi, père des Ammonites.

Deux garçons, Alléluia !

Moralité.

Il faut beaucoup aimer son papa ![13]

---

[13]Genèse : 19,31 à 19,38. Je n'invente rien.

Abram/Abraham
IX
Le « coup de la sœur (2)
Miracle et obstétrique (fin)

Abraham, avec Sara et quelques serviteurs et serviteuses (si, ça se dit, en tout cas, moi, je le dis. Point barre !) entra sur les terres d'Abimélech, roi des Philistins de Gérare.

Toujours parano *et* mytho compulsif, il présentait Sara comme étant sa sœur… encore !

Comme Pharaon avant lui, Abimélech Trouva Sara à son goût et se la fit amener…

Petit rappel, Sara frise les cent ans…

Petit rappel (bis), la mémoire de l'Éternel est trouée comme une passoire à nouilles, ou il roupille la moitié du temps, ou, ce qui me paraît se dessiner de plus en plus, il est d'un favoritisme éhonté envers Abby le menteur, et lui passe tout.

Il a un chouchou, quoi.

Même schproum qu'en Égypte, Dieu menace Abimélech, lequel plaide la bonne foi, d'autant qu'il n'a pas encore sauté Sara…

Dieu passe l'éponge.

Le roi de Gérare engueule Abraham pour son mensonge, Abby plaide le demi-mensonge ; Sara est sa femme, d'accord, mais *aussi* sa demi-sœur, ils ont le même père : Térach.

Question aux juristo-théologiens : est-ce un demi-inceste ?

Prenez tout votre temps pour me donner vos 5 000 pages d'argumentaire… chacun.

Je cherche toujours à quoi cet épisode peut bien servir dans le fil du récit.

Les voies de Dieu sont impénétrables…

Distraits comme je vous connais, vous avez déjà zappé la promesse divine de « déstériliser » Sara.

Je me trompe ?

Admettons…

Dieu tint parole. Sara enfanta. Ils le nommèrent Isaac et le firent, à son huitième jour, circoncire, comme exigé par l'Éternel.

Sara était sidérée d'avoir, après 90 ans de stérilité, donné un fils au patriarche.

Un *deuxième fils*… Qui devrait partager le patrimoine avec Ismaël…

Pas bon. Pas bon du tout !

Oubliant (ben tiens !) qu'*elle même* avait poussé Abraham entre les cuisses d'Agar, sa servante égyptienne, elle fit un numéro de furie à Abraham :

« Vire-moi, Illico, cette roulure à esclaves et son avorton ! Pas question qu'il hérite avec Isaac, MON fils ! »

Mécontent, mais lâche comme tout homme devant une colère de femme, Abraham demanda conseil au Très-Haut (ses bureaux étant ouverts de 8 h à 12 h, sauf le dimanche, et sur rendez-vous, par invocation au sommet de la plus haute montagne).

« Ne contrarie pas ton épouse, car c'est d'Isaac que viendra la postérité, chère à mon cœur, qui portera ton nom. Et ne te soucie pas d'Agar, Ismaël aussi engendrera un grand peuple. Un ange veillera sur eux. »

En effet, un ange les accompagna jusqu'en Égypte, terre natale d'Agar, et veilla sur eux si bien qu'elle trouva, plus tard, une fille de cette terre pour son fils.

Une production Disney !

Abram/Abraham
X
Humour divin

Pendant qu'Agar découvrait, sur la terre de Pharaon, les galères du boulot de mère célibataire, Abraham ouvrait une négociation avec Abimélech, roi des Philistins de Gérare, à propos d'une baston entre gardiens de troupeaux pour un puits revendiqué par les Philistins et les « Abrahamiens » (ben oui, hein ? Je n'ai pas de nationalité, pour cette famille… C'est encore flou…).

Intelligemment, ni l'un ni l'autre des deux chefs ne chercha à prouver son bon droit (de proprio), s'entendirent rapidement sur un partage calendaire, avec protocole d'approche, horaires, priorités, cas d'exception, la totale !

Un vrai G7, mais à deux.

Pour faire bonne mesure, ils se jurèrent alliance inconditionnelle, amitié indéfectible, fidélité totale et immortelle !

Ils se le jurèrent.

Comme moi, quand une demoiselle (ou une dame, je ne suis pas sectaire) me demande si je l'aimerai toujours, *pendant* que je suis encore dedans et que je n'ai pas encore joui… Je jure tout ce qu'elle veut.

Pour que vous ayez une idée réaliste de la valeur de ce genre de serment.

Les deux parties se séparèrent satisfaites.

Là, pas de comparaison perso, j'y perdrais.

C'est cet instant que choisit l'Éternel pour apostropher Abraham :

« Vous avez fini ? Je peux en placer une ? »

« Pardonne-moi, Seigneur. »

« Prends avec toi ton fils *unique*, Isaac, emmène-le où je t'indiquerai, offre-le-moi en holocauste. »

Pause : fils unique… Dieu peut-il nous faire un Alzheimer ? Ismaël, c'est quoi ?

Dieu demanderait-il des « preuves d'amour » monstrueuses, comme n'importe quelle maniaco-dépressive souffrant, en plus, de jalousie morbide ?

Toujours est-il qu'Abraham, qui a mis cent ans à avoir ce fils avec son épouse de quatre-vingt-dix, ne semble pas étonné, perturbé, choqué, marri (pour qu'il n'y ait pas que des « é »), obtempère sur le champ, embarque le mouflet, en lui expliquant que, maintenant, il a l'âge de « participer » à un sacrifice.

Je vous la fais brève, ils marchent, grimpent une montagne, aménagent un autel (non, Vanessa, pas 4 étoiles), construisent un bûcher.

Pour un holocauste, l'animal peut être égorgé, mais *doit* être réduit en cendres, pour que l'odeur monte aux narines de Dieu. Ce qui est, d'ailleurs, un plagiat peu glorieux des holocaustes polythéistes, de la part des scénaristes de la Genèse.

Passons.

Isaac, en fils modèle, participe au travail.

Aussi est-il très désagréablement surpris quand son père vénéré le ligote comme une longe de porc dans une potée (surtout que ce n'est pas casher !) et le balance sur le tas de bois, avant de lever très haut le couteau sacrificiel, d'un bras tremblant, mais résolu.

« AAABRAHAAAAM ! » crie le Très Haut.

« C'est pour quoi ? »

Chevrote le patriarche, qui a quand même l'air très con, bloqué le bras en l'air…

« Arrête, c'est pour de faux (comme dit mon petit neveu à ses potes de CP).

Tu en as assez prouvé comme ça, c'est une blague-test. »

Pas une ligne pour dire si Abby a trouvé ça drôle.

Isaac

I

Rébecca

Sara mourut à Hébron, âgée de 127 ans.

Abraham prit le deuil, sincèrement malheureux.

Il demanda à Ephron, noble entre les nobles, de lui vendre une parcelle pour enterrer Sara.

Ephron refusa de lui vendre. Il lui *donna* un sépulcre prestigieux, la parcelle, ainsi que le grand champ contenant la parcelle et les arbres du pan de montagne qui surplombait le champ.

En signe de respect et d'hommage à sa bonne nature.

Le patriarche, se sentant las et affaibli, songea à assurer la pérennité de sa lignée en trouvant une épouse pour Isaac.

Il envoya dans son pays de naissance, en Mésopotamie, un serviteur chargé de choisir une épouse digne de l'idée qu'il se faisait de son fils.

Il ne voulait pas d'une Philistine pour Isaac.

Il voulait absolument une femme de sa terre d'origine

Abraham serait *un identitaire*, de nos jours…

Le brave serviteur se résigna, malgré un niveau d'enthousiasme très en dessous de la moyenne.

Tout au long du voyage, il rumina, comme nous le faisons encore, tous ou presque, les scénarios d'approche, de négociation, explorant une voie, une autre, une troisième, effaçant tout…

Il fit baraquer ses chameaux près d'un puits, à quelque distance de la ville de Nachor, frère d'Abraham. À l'heure où les femmes viennent puiser l'eau pour le repas du soir.

Son plan était arrêté, il l'exposa, en une courte prière, à Yahvé l'Éternel quêtant son approbation :

« Je demanderai aux jeunes filles de pencher leur cruche pour me donner à boire, et, parmi celles qui accepteront, je prendrai celle qui me proposera d'abreuver aussi mes chameaux. Merci de me porter chance. »

Yahvé ne répondit rien.

Yahvé parle aux chefs de tribus, pas aux larbins.

Sauf nécessité absolue !

Coup de bol ! Se présente au puits un fantasme ambulant.

Longs cheveux lisses « goudron foncé, des yeux d'antilope, les monts du Golan à l'avant, le mont Sinaï à l'arrière, des hanches à quintuplés, un sourire à faire perdre leur hébreu aux scribes d'élite…

Mise en application du plan « A » : « Penche ta cruche, gna-gna-gna. »

« Si tu le souhaites, gnagna chameaux gnagna… sourire. »

TOUT BAIGNE !

D'accord, Yahvé n'a pas répondu, mais Simon (j'ai décidé de lui donner un nom, même un chien peut avoir un nom !) peut, à juste titre, penser que

Sa Sérénité a veillé au grain !

Là-dessus, je vais synthétiser, car nous sommes au verset 27 et il y en a 67, avec beaucoup de redites, de ronds de jambes, de politesses convenues…

« Moi, c'est Rébecca, fille de Melcha fille de Nachor… »

« Moi, c'est Simon, chef de rang dans la maison d'Abraham, frère de Nachor… »

« Ah ben ça, alors ! »

« Si le monde est petit ! »

« Mais non, crème de courge, il est venu exprès ! »

« Oui, pour trouver une femme pour Isaac, fils, et seul héritier d'Abraham « le pété de tunes », maître de troupeaux incomptables et de serviteurs fidèles. Rébecca est-elle libre ? »

« Mais comment donc ! Et toute neuve ! Modèle d'expo ! Bichonnée, nourrie au grain et au chèvre « lait cru bio, Label Rouge ! »

« Tope là, allez, ça s'arrose ! »

Grosse teuf, musique, danseuses, serments d'amitié(s)…

Retour, présentation, Isaac au garde à vous, de partout, re-grosse fête, Isaac emmène Rébecca sous la tente de Sara, qui devient la sienne, Apocalypse Now nuptial.

Mariés !

Y a pas eu la soupe à l'oignon.

Et Rébecca va changer cette « déco à chier ! »

Isaac
II
Ésaü et Jacob

Abraham, malgré son grand âge, prit encore femme.

Cétura.

Mieux encore, il lui fit des enfants. Six garçons.

Zamran, Jecsan, Madan, Madian, Jesboc et Sué.

Petit aparté, je me demande un peu *qui* pond des filles, dans la Genèse…

À moins que les féministes radicalisés que sont les rédacteurs préfèrent ne pas en parler, de peur d'en dire trop de bien ?

Non ?

Un peu avant ses 175 ans, Abraham annonça qu'il léguait tout son avoir à Isaac.

Tout de chez tout.

Les fils de sa concubine reçurent quelques présents, puis furent, fermement, invités à émigrer le plus loin possible…

Avec le sentiment d'avoir bien fait les choses, Abraham mourut.

Isaac et Ismaël (invité par son demi-frère) l'enterrèrent dans le sépulcre du champ d'Ephron, près de Sara, sa bien-aimée.

La tribu d'Abraham devint la tribu d'Isaac.

Cela faisait déjà de nombreuses lunes qu'il se lamentait de la stérilité de Rébecca.

Comme sa belle-mère, la femme d'Isaac ne parvenait pas à concevoir.

Notons bien que *personne* ne se demande, à chaque fois, si l'infertilité ne viendrait pas du mâle…

L'Éternel finit par tenir compte des doléances d'Isaac.

Rébecca conçut.

Rébecca enfanta.

Deux garçons. (Quelle surprise !)

Ésaü, le premier sorti, balèze, roux, poilu comme une noix de coco.

Le second, Jacob, nettement moins fort, sortit accroché au talon de son frère, pour avoir moins d'efforts à faire.

Pas difficile de deviner qui va passer sa vie à prendre l'autre pour un con.

Ésaü devint un grand chasseur, homme des champs, tout dans les bras.

Jacob devint un paisible penseur, assis sous sa tente…

Un *intello*… dirait-on de nos jours…

Ou un feignant ? (diraient tous les Ésaü de la terre et de l'histoire…)

Ce qui laisse à penser que le cliché, le stéréotype, la grosse généralité ne sont pas des concepts récents !

Sans l'exprimer, chacun des parents préféra l'un des frères.

Isaac, Ésaü, pour tous ses signes extérieurs de virilité.

Rébecca, Jacob, pour son côté penseur pensif…

Comme Jacob se préparait un ragoût au parfum enchanteur, Ésaü rentra brisé par une rude journée de labeur (non Kevin, il n'a pas « sauté une

Maghrébine ! Malappris !), l’odeur lui emplit délicieusement les narines.

« Donne-moi ton ragoût, tu t’en feras un autre… C’est bon ? »

« En échange de ton droit d’aînesse, ça me va. »

Le droit d’aînesse, une loi qui donnait TOUT l’héritage du père au premier enfant mâle d’une fratrie…

Épuisé, Ésaü accepta…

C’est ainsi que naquit le mythe du petit malin qui nique le grand con.

Isaac
III
Casse-toi, T'es pas d'la cité !

Souvenons-nous : Abraham était devenu un opulent éleveur, avait cultivé avec succès, les terres que lui avait louées Abimélech, roi des Philistins, réalisant de confortables bénéfices.

Isaac avait pris le relais, avec le même talent et, peut-être la même part de chance…

MAIS, ils n'étaient pas natifs, de souche, du coin…

Le serment d'alliance prononcé entre Abimélech et Abraham n'avait été rompu par aucune des deux parties, mais (une fois de plus) une jalousie, d'abord rampante, puis de plus en plus rageuse, gagnait les cœurs des Philistins aborigènes (ne cherche pas les kangourous, Sophie, nous sommes bien au Proche Orient ! Ab-originae= depuis le commencement) devant l'insolente réussite de deux générations de « sans peuple » qui mangeaient sans vergogne le pain des « vrais » Philistins…

« C'est vrai, enfin, on est chez nous, quand même ! »

D'autant plus que, la connerie étant la partie forte du code génétique, Isaac n'avait rien trouvé de mieux à faire que de vouloir faire croire au roi des Philistins que Rébecca n'était pas sa femme mais sa sœur !

Comme papa !

« Bien sûr, dit le roi, et ça, c'est pas une aubergine, mais une courgette ! »

En brandissant une pastèque. (Humour philistin typique.)

Pour tout arranger, une sécheresse interminable s'abattit sur la contrée, rendant l'eau encore plus rare et précieuse.

Il y eut des frictions de plus en plus fréquentes et hargneuses entre bergers.

Poussé par la grondante pression populaire, Abimélech ordonna à Isaac de s'éloigner au plus vite, avec tous ceux qui dépendaient de lui, ses troupeaux de gros et de petit bétail.

Il ne pouvait garantir leur sécurité.

Durant le voyage, Isaac constata que les premiers puits creusés par son père avaient été bouchés.

Il les fit recreuser.

Une foule menaçante, bergers, commerçants, mais aussi guerriers en armes hurla : « L'eau est à nous ! »

Isaac s'éloigna encore.

Et encore.

Il fit creuser un puits, trouva de l'eau.

Personne ne vint lui en contester le droit d'usage.

Une douce pluie tomba longuement sur ses tentes et ses troupeaux.

Quelques jours passèrent.

Un matin, Isaac vit arriver Abimélech et sa cour.

« Je ne suis pas encore assez loin ? »

« Non, heueu… C'est pas ça… »

« Je t'écoute… »

« Il pleut sur les tiens, l'herbe repousse pour tes troupeaux. Notre ciel à nous est sec et vide, les puits tarissent, les bêtes meurent… Ton Yahvé, c'est pas un apprenti ! »

« L'alliance passée avec ton père n'a pas été dénoncée, ni par moi ni par toi. Nous avons commis une erreur. Mais le sang n'a pas coulé. »

Isaac leur offrit un festin.

Chacun renouvela son serment.

Pendant ce temps, la pluie nappa la terre des Philistins.

Que les plus réacs parmi vous se rassurent, il y eut encore des Philistins pour se méfier de « ces étrangers vagabonds et sournois », et des gens d'Isaac (Isaac compris) pour voir en chaque Philistin un potentiel meurtrier voleur d'épouse.

On n'est pas à BisouLand !

Isaac
IV
Affaires familiales

Isaac se faisait vieux. Très… Il se sentait approcher du terme.

S'il entendait encore correctement, un voile de grisaille avait couvert son regard, le faisant vivre dans un crépuscule brumeux permanent.

Il fit venir son fils aîné, Ésaü le velu.

« Mon fis, tu es l'archer le plus adroit de toute ma maison.

Bon, là, j'entends déjà les plus pinailleuses de mes lectrices :

« Y perd ses bas, l'écrivain stagiaire, ils vivaient sous tente, et pis, c'est lui qui l'a dit ! »

Sachez, mesdames, que *la maison*, ici, désigne l'ensemble des personnes vivant autour et sous l'autorité d'un même patriarche.

Épouse(s), enfants, serviteurs libres, employés, esclaves, chèvres…

Reprenons…

« Mon fils, gnagnagna… maison. Prends ton arc et ton carquois, va tuer du gibier et fais-moi un ragoût comme tu sais que je les aime, pour réjouir mes derniers jours, que je te bénisse avant de paraître devant l'Éternel. »

« Ça va pas traîner ! », répliqua Ésaü, peu porté sur la phraséologie littéraire.

Rébecca, étant une femme, était organiquement : « guette au trou, écoute aux portes », entendit tout le dialogue.

La complicité d'Isaac avec son aîné de style « menhir à poil long » l'agaçait quelque peu. Elle préférait clairement la dominante cérébrale, caractéristique du cadet, associée, de plus, à un abord physiquement plus avenant…

L'ayant trouvé, elle lui narra en détail la scène qu'elle avait « suivie par pur hasard ».

Ben voyons.

Devant le sourcil (droit) en point d'interrogation de Jacob, elle lui donna les consignes suivantes :

« Va aux chèvres, rapporte-moi un beau chevreau non sevré, j'en ferai un plat en sauce du goût de ton père, tu le lui porteras. Ainsi, c'est toi qui recevras sa bénédiction solennelle, tu hériteras. C'est mieux pour nous tous,

Ésaü a la comprenette d'une poule morte.

« Ça va pas le faire », dit Jacob, très en pointe question langage.

« À cause ? », demanda Rébecca, très elliptique, pour son époque…

« Le frangin, il est velu comme un ours des cavernes, il pue comme un troupeau de putois, C'est mort !

« Ne sois pas inquiet, j'ai tout prévu. Rapporte-moi le chevreau. »

Jacob s'exécuta, pas convaincu.

Rébecca vêtit Jacob d'effets appartenant à son aîné (non, Kevin, pas son néné, obsédé !), car il émanait d'eux une douce fragrance de purin en fermentation depuis un siècle, caractéristique de l'hirsute.

Ensuite, elle colla les poils du chevreau sur les mains, la peau du cou et le visage de Jacob, qui, hormis le volume, commença à faire un Ésaü crédible, pour un (très) mal voyant. Deux queues des chevaux qui tiraient les travois fournirent une barbe fleuve.

Enfin, touche de l'artiste, elle fit avaler une mixture amère et irritante, composée à parts égales de vinaigre et de purin d'ortie, qui lui râpa les cordes vocales, lui donnant une voix de mammouth catarrheux.

Non, mimi, je n'ai jamais entendu un mammouth tousser. C'est de la création littéraire, Béotienne !

Plat en main, Jacob aborda son père :

« Yahvé a guidé le gibier et la flèche de mon arc. Béni soit-Il. Voici ton plat, selon ton désir. Prends place pour manger à ton aise, je vais te conduire. »

Il prit la main de son père pour le conduire à son repas.

Isaac sentit les poils sur la main, l'odeur des vêtements…

Il pensa : « Un instant, j'ai cru entendre Jacob, mais le poil et l'odeur, la barbe généreuse me rassurent. C'est bien Ésaü. »

Il mangea, il but le vin.

La main sur le front de Jacob, il prononça la bénédiction réservée à l'héritier.

Comme Jacob sortait de la tente paternelle, Ésaü y entra.

Il ne fallut pas longtemps pour qu'Isaac et son premier-né comprennent qu'ils s'étaient fait rouler.

Isaac ne pouvait pas prononcer la bénédiction deux fois.

Jeu, set et match !

Ésaü en avait les boules *dans* les trompes d'Eustache !

Le voilà, lui, le balèze archétypal, asservi à son freluquet de frère !

L'intello assis, c'est Jacob.

Le con qui marche, c'est lui. Et qui marche pour *l'autre* !

Sortant de la tente, il fait serment de manger du carpaccio de Jacob, dès la mort de leur père.

Ce que, naturellement, Rébecca, qui a plus d'oreilles que la C.I.A. et le F.S.B. réunis entendit !

Illico, elle expédie son chouchou, chez tonton Laban, sur la terre entre les grands fleuves nourriciers[14], pour le mettre à l'abri de l'ire de son frère.

« Ne cherche pas à revenir. Je t'enverrai chercher. »

Isaac approuva la fuite salvatrice de Jacob.

Il ne souhaitait pas que le fratricide devienne une tradition familiale.

[14]La Mésopotamie, terre de naissance d'Abraham.

Jacob

I

Trompeur trompé

Jacob se mit en route vers la terre de Laban, son oncle, frère de Rébecca sa mère, où il serait à l'abri de la rage d'Ésaü, son frère aîné, moins malin et retors que lui, mais sacrément costaud, expert du maniement d'armes… et fâcheusement rancunier.

Parti seul, avec deux méhara, un méhari de monte et un de bât, il choisit de faire le plus de chemin possible pour la première étape, craignant de se voir rattrapé et trucidé par le frangin frustré. (Au passage, quelle belle allitération !) Sans cependant épuiser ses bêtes.

La fatigue venue, il finit par trouver un lieu propice à une pause réparatrice. Il mit ses montures à brouter les quelques végétaux disponibles, mangea, but deux gorgées et s'endormit.

Il venait tout juste de fermer les yeux, déjà, le générique d'un rêve en technicolor, format panoramique 3D et musique de John William, se mit à défiler.

Ne manquait que le seau de popcorn !

Dans son rêve, comme dans la réalité, il était allongé sur le sol.

Tout près de ses pieds, d'autres pieds. Ceux d'une échelle d'or, large comme deux hommes bras écartés, doucement lumineuse, dont le sommet semblait prendre appui sur une masse de nuages d'un blanc éblouissant.

Éberlué, Jacob dormeur entendit Jacob rêvé dire : « Pas grave, ce sont des nuées de beau temps ! »

Ce qui n'était pas très correct !

On doit dire : « Ce sont des nuées… »

Des anges montaient et descendaient tout au long des échelons en jouant de la trompette.

Ce qui est assez casse-gueule, chacun en conviendra.

Tout en haut se tenait Yahvé.

« Je suis Yahvé, le Dieu d'Abraham, père de ton père et d'Isaac, ton père.

(Pour être sûr que Jacob ne l'ait pas pris pour un démarcheur en assurance dromadaires.) La terre sur laquelle tu dors, je te la donnerai, à toi et à ta postérité… siècles… poussière de la terre… étoiles du ciel… »

J'abrège un peu, c'est quand même la TROISIÈME alliance de Yahvé avec la famille, après Abraham et Isaac, et avec des mots à peu près identiques.

Jacob s'éveilla et dit, à voix haute :

« Si Yahvé me garde en vie pendant ce voyage, que je trouve une femme qui me convienne et que je retourne vivre avec elle chez les miens, Yahvé sera mon dieu : »

Car ce n'est pas une échelle de foire du trône et des effets spéciaux à la E.T. qui vont convaincre, comme ça, Jacob le rusé. Non mais !

Un matin, il arriva à un puits.

Il faut savoir qu'à cette époque, dans ces pays à forte amplitude thermique quotidienne, un puits avait le même rôle que la machine à café à la COTOREP : désaltérer et ragoter sur tout le monde.

Comment ça « Ziste pas, « ragoter » ? » Ben, maintenant, SI !

Trois bergers, leurs apprentis et leurs troupeaux semblaient y attendre quelque chose, ou quelqu'un, en tapant la discute.

Jacob se présente, s'enquiert de tonton Laban, fils de Bétouel et frère de sa môman…

« Sûr qu'on le connaît, dirent les autochtones en reposant les caillasses qu'ils destinaient à ce va nus pieds d'immigrant, c'est même son troupeau qu'on attend pour virer le rocher qui tient le couvercle du puits et abreuver les bêtes… Ah, tiens, elles arrivent. »

Elles, ce sont les brebis de Laban, ET Rachel.

Pour Jacob, Yahvé faisant le funambule en haut d'une échelle stratosphérique au milieu d'un Big Band à ailes blanches, à côté de l'arrivée de Rachel en mini tunique, c'est comparer un interlude à base de poissons rouges avec une cascade de Tom Cruse dans mission impossible !

Peanuts !

Il se précipite, en essayant de ne pas se marcher sur la langue, pour enlever la pierre, qui tient le couvercle, qui bouche le puits.

Grand sourire de la bombe qui chuchote « merci » en battant des cils comme Marylin, mais sans « pou-pou-pidou ». Gros gueuleton de trouvailles, pas de « retrouvailles », puisqu'ils se voient pour la première fois, nouvelles des uns, des autres, des affaires…

« Tiens puisqu'on en parle, t'aurais pas un taf pour moi ?

« J'ai besoin d'un polyvalent multitâches débrouillard, tu veux quoi, comme salaire ?

« Je travaille sept ans pour toi, tu me donnes Rachel.

« Vendu !

Voilà mon Jacob qui veille aussi bien sur l'irrigation des légumes que sur la formation des apprentis bergers, cuistots ou tisseurs… Sept ans, qui passent vite car il voit Rachel tous les jours.

« Donne-moi ma femme, car mon temps est fait. »

Or Rachel avait une sœur aînée, Lia, pas moche, mais atteinte d'une infection oculaire peu appétissante…

Dans l'obscurité de la tente, Lia fut menée à Jacob, qui la connut.

Imaginez le dialogue : « Tu es bonne, mais qu'est-ce que tu baves...

« Je ne bave pas, je suppure. »

Autant vous dire qu'au matin, Jacob était remonté !

« Tu devais me donner Rachel, pour… ; »

« Il n'est pas coutume de donner la cadette avant l'aînée, sur ta seule parole, je te donne Rachel à la fin de ta première semaine avec Lia, et tu travailleras encore pour moi, sept années. »

« Vendu ! » dit Jacob, pour imiter tonton.

Il n'empêche qu'il avait trouvé meilleur que lui, question arnaque.

Il en fut ainsi.

Au bout de la semaine, Jacob connut Rachel.

Comme put en témoigner tout le campement de Laban qui ne put fermer l'œil.

Au fil du temps, Lia enfanta 4 fils : Ruben, Siméon, Levi et Juda.

Rachel alla beaucoup plus qu'elle au radada, pour une production nulle.

L'Éternel avait béni la mal aimée.

La cadette avait déjà sa récompense, vingt centimètres, avec la notice…

Jacob
II
Concours de ponte et d'arnaque

Lia, avec ses yeux chassieux en permanence, mais trois garçons au compteur, prenait une sérieuse revanche sur sa splendeur de sœur.

D'ailleurs, on l'entendait souvent chantonner (quand Rachel était assez proche pour entendre) : et un, et deux, et trois zé-ro !

Mesquinerie, certes, mais qui lui faisait un bien fou !

Rachel se consumait de frustration, de jalousie aigre, de rage aussi en étant tous les jours confrontée à l'arrogance condescendante de Lia.

« Fais-moi un enfant, ou je meurs ! Tu entends ? » (Rachel)

« Je ne suis pas Dieu, et ne voudrais pas l'être ! » (Jacob)

« Alors, prends Bala, ma servante, fais la grosse. Elle accouchera sur mes genoux, me donnant une famille. »

Jacob obéit. Avec un zèle remarquable.

Ce que femme veut…

Il faut reconnaître que, bien que servante, Bala était « bonne ».

Elle conçut deux fois.

Deux garçons : Dan, puis Nephtali.

Menant toujours au score, mais voyant fondre son avance, Lia fourra Jacob dans la couche de Zelpha, sa servante.

Clairement, Jacob commençait à apprécier la compétition…

Re- doublé !

Deux garçons : Gad et Aser…

Rachel fit un troc avec sa sœur : l'usage de Jacob contre des mandragores cueillies par Ruben.

« Tope là !

Jacob rentrant des champs, vit venir Lia qui lui expliqua le deal.

Bon faut pas vexer.

Devinez ? Gagné ! Un garçon, Issachar. Puis un autre, Zabulon.

Enfin, une fille ! DINA !

Une Fille ! AVEC UN NOM !

Dieu regardait tout ça, songeant qu'il avait au moins créé un « truc » qui marchait du feu de D... Oubliez… Qui marchait très bien.

Oubliant, au passage, qu'il avait cramé deux villes pour le même genre de motif…

Enfin, c'est Dieu, hein, il fait ce qu'il veut.

Il repensa à Rachel et décida de la bénir, pour éviter un bain de sang entre les chipies.

Bénédiction divine ou effet de la mandragore au parfum de sorcellerie païenne, Rachel enfanta.

Joseph. Oui, un garçon, faut pas pousser, non plus !

Dès la naissance de Joseph, Jacob demanda d'être libéré de son service.

Laban approuva, ajoutant :

« Personne n'a jamais travaillé pour moi avec autant de zèle, demande ce que tu voudras. Tu l'auras.

« Je passerai, parmi tes troupeaux. Les agneaux qui seront tachetés ou noirs, les chèvres qui seront tachetées ou rayées seront mon salaire.

Si, en contrôlant, tu en trouves un seul, ou une seule qui n'ait ces marques, tu pourras tout reprendre.

« Soit, » dit Laban qui savait faire dans le sobre.

Le « tope là » à peine prononcé, Jacob parti vers sa journée de travail-famille (mais pas patrie), Laban envoya ses fis et ses serviteurs retirer de son cheptel toute bête répondant aux critères cités par Jacob.

Avec ordre de mettre le plus d'espace possible entre eux et les pâtures familiales.

Addict à l'arnaque, le beau-père…

Au même instant, le gendre, qui avait quelque science sur les vertus des plantes, taillait de jeunes branches de divers arbustes pour les faire tremper dans les abreuvoirs.

Toutes les femelles qui y burent firent des petits tachetés, rayés, noirs…

Comme le troupeau que lui et les siens gardaient était le triple de celui des fils de Laban…

Trompe-couillon, ce n'est pas pour les amateurs.

D'autant que l'Auréolé Premium, ayant jugé que Laban avait encore une fois, une de trop, tenté de rouler son « bi-gendre », avait fait en sorte que toutes les femelles de ses troupeaux soient saillies par des mâles portant les caractéristiques stipulées par ledit gendre.

Dont Jacob rafla les petits.

En génétique aussi, dieu fait ce qu'il veut !

Sentant que ça n'allait pas tarder à sentir la mayo oubliée sur la nappe un jour de canicule, le gendre roublard, rassembla ses troupeaux, ses épouses, ses gosses, ses serviteurs, une fin de nuit brumeuse, et tailla la route.

Au passage, Rachel vola les théraphim de son père, statuettes de divinités protectrices, d'un foyer, d'une famille.

Laban était sur les pâtures, pour la tonte.

Elle omit (?) de parler de cet emprunt à Jacob.

La petite troupe partit à marche forcée vers la montagne de Galaad.

Ils étaient partis depuis quatre jours quand Laban fut prévenu que Jacob n'était plus dans ses pâtures et que ses filles aussi avaient disparu.

Retour au camp central, rassemblement des fils, des frères, des serviteurs.

Distribution d'armes et constat de la disparition des divinités domestiques.

La poursuite est lancée.

Au cinquième jour, les bêtes et les gens de Jacob étaient visibles sur les pentes des monts de Galaad.

Laban choisit de bivouaquer, de prendre du repos, avant la rencontre.

Le Dieu de son gendre le visita en songe :

« Garde-toi de faire le moindre mal à Jacob. »

Il ne devait pas avoir l'air de rigoler, car Laban eut une fin de nuit agitée et un réveil difficile.

La jonction se fit dans l'après-midi.

À ma droite Laban, à ma gauche Jacob…

« Ouais, même pas au revoir, j'ai pas pu embrasser mes filles, ni mes petits-enfants, as-tu été élevé chez les hyènes ? »

« Et toi tu m'as pris pour une buse, tu m'as roulé sans arrêt, et tu étais en rogne que je t'aie rendu la monnaie. J'ai préféré reprendre la route vers les tentes de mon père. »

« En plus, tu m'as volé mes dieux. Pourquoi ? »

« Eh, beau papa, en Dieu, j'ai le modèle platinium ! Rien à faire de tes statues ! Tiens, fouille ! »

« Je vais me gêner ! »

Les tentes de Jacob, Lia et Rachel furent fouillées.

Rien.

Rachel avait caché les Théraphim dans la selle de son chameau, dont elle s'était fait un siège, près de sa tente.

« Mon père, pardonnez-moi si je ne me lève point devant vous, mais c'est mon premier jour de fatalité féminine, et vous savez comme je suis lasse ce jour-là. »

Ce qui était quand même plus classe que : « Mon clown saigne du nez ! »

Laban, embarrassé comme beaucoup d'hommes à ce propos, abandonna les recherches.

Jacob joua les outragés : « En vingt ans, t'ai-je volé le moindre objet ?

Ai-je mangé la part d'un des tiens ? Ai-je été négligent dans les soins du bétail ? »

« Ben… non. Bon, c'est pas tout ça, on va marquer notre réconciliation, la paix revenue dans nos têtes et nos cœurs ; Allez, on mange, on boit, on fête… et un serment d'alliance. Encore un, direz-vous.

Et ce n'est pas le dernier !

Jacob
III
Et Jacob devint Israël

Le plus difficile restait à faire.

Ésaü n'était certes pas un phare de la pensée, mais Jacob l'avait fréquenté assez longtemps pour savoir qu'il avait la mémoire solide et que lui, le « pti frère », roi de l'embrouille, n'avait pas les moyens physiques, matériels et humains, de lui faire entendre raison par la force.

Ça n'allait pas être du miel à la louche !

D'abord, tâter le terrain, par des travaux d'approche humbles et gratifiants pour le Yéti colérique.

Je sais, Vanessa, que le mot Yéti n'était pas connu de mes personnages, excepté l'Éternel, c'est une image actuelle, de l'auteur actuel, pour des lecteurs actuels itou ! Ça éclaire, ça illustre, ça portraitise. Capisce ?

Reprenons.

Histoire de mettre toutes les chances du bon côté, le sien, il fit un sacrifice à l'Éternel afin qu'un vent bienfaisant d'indulgence et de pardon soufflât sur l'âme du granitique frangin.

Ce qui était assez gonflé de sa part, vu que cela ne semblait pas être dans la nature dudit Éternel…

Puis il forma cinq troupeaux :
Un de deux cents chèvres et vingt boucs.
Un de deux cents brebis et vingt béliers.
Un de trente chamelles allaitantes et leurs petits.
Un de quarante vaches et dix taureaux.
Un de vingt ânesses et dix ânons.
Qu'il confia à des serviteurs sûrs, avec ses consignes :

« Partez devant, laissez mille pas entre chaque troupeau. Toi Gargamel, mon dévoué second, tu iras devant. Ésaü, mon seigneur et frère voudra savoir à qui tu es. Tu lui diras : à Jacob, ton frère et serviteur, qui vient après nous. Ce troupeau est pour toi, en gage de son obéissant respect. »

Il donna les mêmes consignes à chaque responsable d'un troupeau.

Il fit passer le gué à ses biens, ses serviteurs, épouses, enfants.

Resta seul au camp.

Toute la nuit, il lutta contre un étranger sorti de nulle part, en qui il reconnut un ange de Dieu, peut-être Dieu lui-même.

Il ne savait s'il était dans le rêve ou la réalité.

Il mena le combat mais se démit la hanche.

Le combat cessa.

L'ange dit : « Tu n'es plus Jacob, tu seras Israël, « fort contre dieu », car tu as lutté jusqu'au bout. Tu n'es pas vaincu. Je te bénis »

Jacob-Israël boita un sacré bout de temps.

***

Eueueuh… Une ou deux questions, je peux ?

Que vient faire cet épisode « Les stars du catch », au beau milieu d'une narration n'ayant aucun rapport avec lui ?

1. Dieu s'em… pardon s'ennuyait ferme et a choisi de faire du Krav Maga avec Jacob, histoire de garder la forme et, pendant qu'Il y était, de changer le nom du ci-devant Jacob pour Israël qui « claque » plus…

2. Les scénaristes de la Genèse, en panne d'idées, ont casé le passage de Jacob à Israël où ils ont pu.

3. (Je sais, j'avais dit deux…) Jacob craint de se faire piler par son frère pileux, mais tient la distance toute une nuit contre « l'ange/Dieu » ?

Bon, si vous le dites…

Israël

I

Embrassons-nous, frérot !

Jacob était en méditation-prière-Yoga babylonien-trouillomètre au rouge quand une rumeur, encore vague et lointaine, lui fit lever la tête.

Ce qu'il vit lui fit craindre que ses douleurs de hanche ne soient que pipi de fennec à côté de ce qui était à venir, selon l'humeur d'Ésaü…

Lequel, droit comme flèche, sur un cheval digne du char de Pharaon, menait une troupe de quatre centaines d'hommes (à la louche) en armes.

Il plaça en tête, au bord de la route, les servantes de ses épouses et leurs enfants, puis Lia et les siens, enfin, Rachel et Joseph.

Il s'avança vers Ésaü, se courbant tous les cent pas.

Il se courba sept fois.

Ésaü sauta de sa splendide monture, fonça en rugissant droit sur son cadet.

Qu'il faillit étouffer dans une étreinte de boa en le couvrant de baisers et en pleurant comme un veau devant la mort de la mère de Bambi.

Une image parlante, Kevin, rien qu'une image ! Figure-toi que je SAIS, que les veaux ne vont pas au cinéma !

Ce qui fit couler des torrents de larmes des yeux de Jacob. (Pour Ésaü, il s'appelle encore Jacob)

Cela dura un certain temps…

« Qui sont ces femmes et ces jeunes gens ? »

« Les servantes de mes épouses, mes épouses, les enfants que je leur ai faits. »

Il les présenta au seigneur Ésaü, qui souligna, admiratif : « Eh bien, tu as

le repos du berger » productif ! Et ces troupeaux de toutes sortes que j'ai croisés ?

« Yahvé a veillé sur moi, il a béni autant mon travail que ma semence d'homme. Ce sont des présents, pris dans mes biens, pour t'en faire offrande en signe d'obéissant respect… »

Ésaü avait pris du carafon, en prenant de la bouteille.

La preuve : au lieu de se jeter sur la belle aubaine comme sur un plat de lentilles aux tripoux de mouton, il mit les formes, en choisissant ses mots, pour expliquer à son frère qu'il débordait de richesses validées par Dieu, et que, « alors donc »[15], mieux valait que ledit frère gardât ses biens…

Jacob surenchérit dans le rond de jambe et le compliment fleuri, arguant qu'il se sentirait mal tant que son sublimissime frère et seigneur n'aurait accepté ses « modestes » signes d'affectueuse soumission.

Le cadet remporta ce match de faux culs, Ésaü accepta.

L'aîné insistant pour qu'il vienne chez lui, Jacob mit en avant la fatigue des femmes et des enfants pour rester sur place et prendre du repos.

Ésaü reprit le chemin de ses terres.

[15]La syntaxe d'Ésaü est restée aléatoire.

Jacob construisit sa maison en un lieu qui lui plut, puis des abris pour ses troupeaux, ce pour quoi il appela cet endroit Socoth.

Quoi, « traduction », Nadine et Mimi ? Choisissez : « au repos du bétail », « le hamac du dromadaire », « sweet cows home », « villa mouton »…

S'il est écrit « pourquoi », c'est qu'il y a un rapport…

Israël
II
Pour une dent, toute la gueule

En quête de pâtures à louer, Israël (Jacob pour les neurones anorexiques), s'en fut vers la ville de Hémor, père de Sichem.

Il campa près des portes de la cité Cananéenne, achetant le morceau de terre où il planta sa tente.

Dina, fille d'Israël et Lia, sortit du camp familial et entra en ville pour voir les filles du pays.

Dans l'animation joyeuse du marché, l'équivalent antiquo-moyen oriental de nos centres commerciaux, elle se fit quelques copines.

Sichem, fils de Hémor et prince héritier la croisa, la dragouilla vite fait, l'entraîna encore plus vite sous une tente entrepôt de tissus divers et la prit sur un ballot de carpettes, sans s'inquiéter plus que ça de ses hurlements clairement désapprobateurs…

Il arriva que, les gonades vidangées à plusieurs reprises, et après être sorti de la tente où Dina pleurait de désespoir, il s'aperçût qu'elle emplissait encore son cœur… Ce qui était inédit chez lui.

« Je veux épouser la fille du chef des bergers nomades qui campent à nos portes, annonça-t-il à son père, elle a pris mon cœur ! »

Se gardant bien de dire cc que *lui* avait pris…

Au même moment, Jacob-Israël apprenait le drame vécu par Dina. Mais ses fils et ses serviteurs étaient aux pâtures… Il retint sa colère.

Il écouta Hémor, venu lui présenter la requête de son fils, Sichem.

Les fils d'Israël et la majorité des serviteurs arrivèrent.

En apprenant le forfait de Sichem, ils manifestèrent une colère proche de la rage.

Hémor, venu avec une escorte réduite, choisit l'apaisement et leur parla ainsi :

« Votre fille et sœur a envahi l'âme de mon fils, il se ronge de regrets…

Donne-la-lui, alliez-vous à nous, vos fils épouseront nos filles, et inversement. Nous partagerons tout. »

« Faut voir, dit Israël ». Sous l'œil furibard de ses fils.

Hémor déploya des torrents d'éloquence argumentaire, laissant entendre que leurs vœux seraient exaucés, s'ils acceptaient.

Israël reprit la parole.

« Dina ni aucune de nos filles ne peut être donnée à un homme non circoncis. Car ce serait aller contre la loi établie par Yahvé, notre Dieu.

Que tous les hommes de la ville soient circoncis, et nous pourrons unir nos enfants et devenir un seul peuple. Sinon, nous reprendrons notre fille et repartirons. »

Sichem, qui avait rejoint son père, le pressa de conclure ce pacte.

Ce qu'il fit.

Père et fils rentrèrent en ville et convoquèrent une assemblée de tous les mâles, du nourrisson du jour au centenaire grabataire.

Ils firent briller les avantages de cette fusion des deux peuples, et, en procession encadrée par des soldats armés (pour surveiller les douillets), rejoignirent le camp d'Israël où on leur décapsula le goulot.

Ce qui déclencha une chorale tyrolienno-celtique, avec vocalises et binious !

Le retour fut beaucoup moins ordonné que l'aller. Et moins rapide.

Les fils d'Israël attendirent deux jours.

À la nuit tombante, épée en main, ils entrèrent en ville, au milieu des gémissements de douleur des hommes brûlant de fièvre due à l'infection…

Les conditions sanitaires avaient quelque peu manqué d'asepsie.

Quel dommage !

TOUS les hommes, TOUS, furent égorgés.

Les troupeaux furent emmenés, les vivres des greniers, les enfants et les femmes capturés.

Israël s'indigna, pour la forme.

« Ça va pas, la tête ? Vous croyez qu'il va falloir longtemps, avant que tout le pays et ses voisins soient rameutés pour nous bouffer tout crus ?

Siméon, frère de Dina répondit :

« Fallait-il laisser notre sœur souillée et humiliée ? »

« Pour un œil, les deux yeux, pour une dent, toute la gueule ! »

Et toute la troupe, avec son butin, décampa.

Direction la terre d'Isaac.

Générations
Isaac et fils

Dieu apparut à Jacob-Israël.

Quand Dieu a un coup : de mou, de blues, de bambou, de Trafalgar (anachronisme, je sais !), de moins bien, de pompe, de Gilles de la Tourette, ou tout autre coup de quoi que ce soit, bref quand il s'emmerde autant que s'il regardait Derrik sans le son ou tentait de comprendre l'élocution d'un hybride de Finkielkraut et de Mimi Houellebecq, ou lisait une phrase de Proust (3 pages), Il apparaît à quelqu'un.

De préférence, pas un cardiaque.

« Repars vers Béthel, où Dieu t'est apparu (Oui, Dieu aime Dieu comme Delon aime Delon, alors Il parle de LUI, comme Delon de Delon). Quand tu fuyais la colère d'Ésaü. »

Fin de communication.

Israël a un principe : le Patron, c'est le Patron, on ne discute pas.

Il rassembla tout son monde, épouses, servantes maîtresses, enfants, serviteurs rémunérés ou esclaves :

« Je sais que beaucoup d'entre vous ont des statuettes des faux dieux, et les invoquent en secret. Or, l'Éternel m'enjoint d'aller à Béthel, en terre de Canaan. Là j'ai l'intention de lui ériger un autel à sa gloire. Vos petits bonshommes, ça va pas lui plaire des masses, et c'est moi qui vais me faire tirer les étagères à stylet… »

Les oreilles, Vanessa, et non, pas stylo. Stylet, un fin bâtonnet pointu, pour graver une tablette d'argile…

Comment ça : « J'te dis pas le poids du cartable ! »

C'est malin !

On peut continuer ?

Les playmobils furent enfouis au pied d'un térébinthe.

Un arbre Kevin, qui pue, en plus, enfin, moi, j'aime pas…

Où en étais-je ?

Ah, oui, Béthel.

Ils partirent. Dieu déclencha des tempêtes, des ouragans, derrière eux.

Les potes d'Hémor et Sichem se le tinrent pour dit et la troupe d'Israël ne fut poursuivie par aucun vengeur…

On dira ce qu'on voudra du PDG de Paradise Incorporated, mais quand il a une légère préférence, il le montre !

Dès qu'ils arrivèrent à Béthel, Un autel fut bâti à la gloire de Yahvé.

Qui apparut… Pour rappeler à Jacob qu'il s'appelait désormais Israël, des fois que ça lui serait sorti de la tête.

Puis, il lui fit le même laïus – non, Nadine, ce n'est pas un centurion romain dans Astérix – au mot près, qu'à son père et son grand-père, comme quoi de lui naîtraient des nations, que la terre de Canaan serait à ses descendants, et patin, et couffin…

Dieu serait, un peu, comme un notaire qui ne connaîtrait qu'une seule formule de contrat.

La troupe reprit la route vers Bethléem, Rachel ne connut jamais Isaac, elle mourut en couches, en mettant au monde Benjamin.

Heureusement, cela aurait été encore plus triste en accouchant d'une fille !

Non, Sophie, je n'exprime pas mon opinion. Je résume l'impression globale qui émane de l'ensemble des chapitres de la Genèse.

Israël lui fit ériger un tombeau digne d'elle. Il fut triste.

Moyennement.

Il lui restait quand même trois couveuses à spermatozoïdes.

Lia, sœur aînée de Rachel.

Bala, servante de la défunte.

Zelpha, servante de Lia.

Quoique… Bala doit être considérée comme une copropriété père-fils, puisque Ruben ne se gêna pas pour sauter la concubine de papa.

Quand il y en a pour un…

Tous arrivèrent à Hébron, pour y assister au dernier jour d'Isaac.

Il avait cent quatre-vingts ans.

Ésaü et Jacob (pour Isaac, Israël était encore Jacob) l'enterrèrent avec toute la piété filiale qu'on puisse attendre de deux bons fils.

Ésaü
Le Averell Dalton biblique

Pastilla-houmous, ragoût d'agneau aux fèves, lentilles-aiguillettes de canard… Les doctes théologiens des diverses écoles rabbiniques se tirent la bourre depuis des siècles à propos du plat pour lequel il aurait abandonné son droit d'aînesse à Jacob le rusé…

Laissons ce point épineux à ces sages, et tirons-en, pour notre part, la conclusion incontestable que la question philosophique, rayon métaphysique, qui taraudait la pensée profonde de ce pur esprit velu était :

« Quand est ce qu'on mange ? »

Suivie de : « Et quoi ? »

Il se concerta avec Israël, qu'il avait beaucoup de mal à ne plus appeler Jacob.

« Ma petite entreprise ne connaît pas la crise, la tienne non plus. Ce qui fait qu'avec mes femmes, tes femmes, mes enfants, les tiens, mes serviteurs, tes serviteurs, mon bétail, tes troupeaux, la terre d'Isaac, notre père ne peut plus nous contenir tous.

Tu as gagné le droit d'aînesse, même si c'est aux dépens de ma naïveté. Tu restes donc sur la terre du père.

Moi et les miens… Oui Mimi, on doit dire : « les miens et moi. »

Mais Ésaü est plus proche de Depardieu jouant le Bérurier de San Antonio que de la baronne de Rotschild !

Moi et les miens, on part vers les montagnes de Séir, chercher une bonne terre. »

Ainsi parla Ésaü, ainsi fit-il.

Pendant les vingt ans d'exil de Jacob-Israël, Ésaü le coléreux avait fondé une famille, au pays de Canaan.

Comme son aïeul Abraham et son père Isaac, le velu était monothéiste. Depuis l'alliance Yahvé-Abraham, on adorait et servait un seul dieu : Yahvé.

Là-dessus, les hommes de la famille étaient très stricts.

En ce qui concerne le rapport aux femmes… Moins.

Disons, plus ouverts.

Toute femme qui épousait un descendant d'Abraham devait se faire au « travail posté » : une en cloque, les autres disponibles pour la « charrette assyrienne sans les mains ».

Je vous ferai un dessin… on comprend mieux.

Valable pour les officielles, les officieuses, les intérimaires, voire les intermittentes du fauteuil à bascule.

Si, y avait des fauteuils à bascule, dans MA Genèse, en tout cas !

Revenons aux choses sérieuses.

Ésaü prit trois femmes, estampillées « casher », car prévues pour produire des héritiers :

Ada, fille de… fille de… etc., qui lui donna Éliphaz.

Oolibama, fille… (pareil), qui lui donna Rahuel.

Basemath… etc., qui lui donna Jéhus, Iléon et Coré.

Je ne dispose pas de la liste des remplaçantes.

La famille, les troupeaux et les serviteurs, de quoi remplir une manif

Bastille Nation, se mit en marche vers les montagnes de Séir.

Les alpages entourant Edom plurent à Ésaü.

Il fit vite comprendre aux Édomites, inférieurs en nombre, qu'il valait mieux qu'ils allassent voir ailleurs la couleur de l'herbe, en zigouilla quelques-uns, laissa filer les autres, réduisant les traînards en esclavage, faut pas gaspiller.

Seuls, les héritiers mâles des fils des trois femmes eurent des garçons reconnus, plus tard, comme chefs des tribus de la généalogie d'Ésaü.

Les fils de Séir l'Édomite, revinrent et firent allégeance au poilu.

Avec circoncision obligatoire.

Fallait avoir envie ! Ou pas le choix.

Leurs généalogies (plus de 60 noms quand même !) n'ont qu'une importance relative, car, en Edom comme ailleurs, il y a ceux qui réussissent et ceux qui ne sont rien.

Joseph
I
Haine, fille de Jalousie

Israël avait douze fils.

De quatre femmes différentes.

Lia et Rachel, filles de Laban, et leurs servantes respectives, Zelpha et Bala.

Lia, bien que première épousée, et traitée avec tous les égards, n'était pas l'élue, l'épouse choisie.

À la première poussière de seconde du premier regard, Rachel avait provoqué chez lui un ouragan, un séisme force mille, un urticaire géant lié à une violente attaque de timidité paralysante, un hoquet incoercible, un bégaiement pire que celui de Démosthène (avant les cailloux dans la bouche), et même, même, un épanchement de synovie psychosomatique !

C'est pas de l'amour, ça ? Sérieux ?

Or, l'amour de sa vie, sa lumière dans les ténèbres, son étoile polaire, après des lustres de stérilité, au tournant de la maturité, comme disent les critiques d'art(s) pour faire « classe », lui donne un fils qu'il n'attendait plus !

Triple alléluia !

Hosanna – comme dirait un pneumologue – au plus haut des cieux !

Le premier fils de son seul amour !

Une manifestation divine évidente !

Israël en devient aussi intensément gâteux qu'il fut aveuglé d'amour pour Rachel.

Il le favorisa en tout.

Il le cita en exemple à ses dix demi-frères et à son frère cadet, Benjamin.

Celui-ci, Rachel mourut en le mettant au monde.

Sans en avoir vraiment conscience, Israël le tint à l'écart.

Joseph était LE fils.

Les onze autres l'ont mauvaise. Très.

Si, tout au long de sa croissance, vous serinez à un enfant qu'il est une erreur de la nature, un bon à rien, un mauvais en tout, il y a de fortes probabilités pour qu'il finisse par en être intimement convaincu, s'automéprise et devienne *vraiment* une chiure de mouche.

À l'inverse, qu'un père répète à l'envi que son fils Joseph vaut, à lui seul, le soleil, les planètes qui tournent autour et toute la proche banlieue stellaire visible.

Que ses frères aînés sont, certes, bien gentils mais n'ont été que des brouillons... Que son frère cadet est un porte-scoumoune, qui a causé la mort de sa mère...

Vous pouvez être quasi certain que ce Joseph va se choper un melon digne de la plus haute marche du podium du concours international de Cavaillon, Vaucluse.

Se choper, aussi l'arrogance, la condescendance, le narcissisme qui vont avec la miraculeuse cucurbitacée cérébrale…

Tandis que ses frères ressentent une tenace envie de le dépecer à la pince à épiler et de le cramer lentement, à la bougie, pour que ce soit plus long.

Non, Marie, pas une TRÈS GROSSE bougie, une bougie normale, une à la fois, mais en disposant d'un ÉNAUAUAURRRME STOCK !

C'est pas croyable, ce que les chouchous peuvent agacer !

Pour les dix-sept ans de Joseph, son père lui confectionna, de ses propres mains, une sublime robe tunique du meilleur lin blanc, rebrodée de fils d'or et de fils écarlates, couleurs de la majesté.

Un vêtement princier, « de ouf », comme dirait Théo…

Chez les onze « deuxième choix », le niveau de l'aiguille du rageomètre arriva au milieu de la zone rouge.

Le lendemain, la fratrie au complet partit pour la moisson.

Faucher le blé à la serpette c'est crevant. Ils dormirent tôt, sur leur lieu de labeur.

Joseph eut un songe.

Qu'il raconta à ses frères.

« Nous avions mis le blé en gerbes. Ma plus belle gerbe se tenait debout.

Les vôtres l'entouraient, prosternées devant elle. »

« Faut que t'arrêtes le lait de chamelle fermenté, avant de dormir, ça te réussit pas ! » dit Ruben.

« Si c'est pour nous dire que tu succéderas au père, tu te la racontes grave, dit Zabulon, c'est Ruben, l'aîné. Et dix autres avant toi ! »

La nuit suivante, Joseph fit encore un rêve, dont il fit le récit devant son père et ses frères :

« Le soleil, la lune et onze étoiles se prosternaient devant moi ! »

Israël lui-même le houspilla, pour une fois…

« D'où tu sors que moi, ton père, Lia et tes frères devrons te lécher les orteils ? T'aurai-je mal élevé, mal instruit des lois de Dieu pour la famille ? »

Attaque brutale de lucidité paternelle qui, hélas, fut très brève.

À l'aube suivante, onze frères partirent pour la tonte des moutons, près de Sichem.

Ayant pensé que son fils « extra premium » devait être au bord du burn-out pour raconter des conneries pareilles, Israël laissa Joseph faire une grasse mat'.

« Bon, te voilà réveillé… Bien dormi ? Aurais-tu rêvé, je ne sais pas... Que tu montais sur le trône d'Égypte ? Oui ? Non ? »

Joseph sentit bien l'ironie, mais préféra faire profil bas…

« Non, père. »

« Donc, tu ne te sentiras pas déclassé de rejoindre tes frères qui s'affairent à la tonte sur les pâtures entre Sichem et Dothain… Bala t'a préparé un viatique pour la route. Tu n'arriveras pas au travail mort de faim. »

Le fils salua respectueusement le père et se mit en chemin.

Vers Sichem.

Il croisa une petite caravane de marchands ismaélites qui lui indiquèrent qu'ils avaient vu les troupeaux de Jacob (eux continuaient de l'appeler ainsi) se diriger vers Dothain. Ils devaient être à mi-chemin, pensaient-ils.

Après avoir remercié, Joseph reprit sa marche.

Pas frimeur pour un sou, il portait sa tunique scintillante.

Pour tondre des moutons !

Autant, de nos jours, laver le carrelage à quatre pattes, en Chanel et Louboutin !

Ce qui fait que les onze frangins rumineurs de frustration rageuse et de jalousie rancunière le virent arriver de loin.

« On le tue ! On l'écorche ! À poil ! la bite au cirage ! Alors, invente le cirage, Dugland ! On le vend ! On le fait crever au soleil entre quatre poteaux ! On lui fait lire du Rabbi Zemmour ! Non, ça, c'est trop dur ! »

« VOS GUEULES ! hurla Ruben, on s'entend plus penser »

« Pas une goutte de son sang ne doit être versée de notre fait. Même si ce n'est pas l'envie qui me manque ! On le fout à poil et on le balance dans

la vieille citerne. On verra après. »

Plutôt ennemi des solutions radicales, généralement sanglantes, il avait la secrète intention de le libérer, de nuit, et de le renvoyer à son père.

Seulement, les sentiments extrêmes alliés à une totale absence de réflexion mènent, le plus souvent, à des chaînes de catastrophes.

« Quand on joue au con, en général, on ramasse le jackpot merdeux », aurait dit le Bérurier de San Antonio…

Lorsque le « trésor d'Israël » les rejoignit, ils passèrent du projet à la réalisation.

Joseph se retrouva comme à la veille de sa naissance, nu dans une cavité noire et humide.

S'attablant pour manger, calmés d'avoir commencé de punir le prétentieux, ils virent arriver une caravane de commerçants ismaélites (encore ? Oui, encore !), chargée de produits précieux.

Judas dit : « Tuer Joseph ne nous rapportera rien, nib, zéro… Sans compter que ça pourrait réveiller la colère de Yahvé… On ne le touche pas, c'est quand même notre frère, après tout. (Exactement : après tout !)

Ruben se trouva débordé. Seul contre dix.

Ils le vendirent 20 pièces d'or aux caravaniers qui l'emmenèrent en Égypte où ils le vendirent comme esclave pour 30 pièces d'or.

Et pas à n'importe qui : à Putiphar, commandant militaire du palais de Pharaon.

Les onze comploteurs, lacérèrent, avec une joie qui put aller jusqu'à l'orgasme, la belle tunique princière, la trempèrent dans le sang d'une chèvre, se frottèrent le visage des cendres du méchoui, pour « faire deuil », et envoyèrent Benjamin, porteur de la relique sanglante, annoncer la nouvelle à leur père.

Qui manqua – de peu – d'en crever.

Joseph
II
De taulard à ministre

Toute ressemblance avec un personnage politique réel serait accidentelle, puisqu'il ferait le trajet dans l'autre sens…

Donc, pour les mémoires de cyprin doré, Joseph a été vendu à des Ismaélites qui l'ont vendu, à leur tour, à Putiphar, chef de la maison militaire de Pharaon.

Afin de venir en aide aux lecteurs-trices qui n'auraient pas dépassé le stade de complexité littéraire de « La belle voiture rouge de Oui-Oui », l'évolution sociale de Joseph comportant une succession copieuse d'étapes basées sur le principe « cause-conséquence », chaque palier sera précédé d'un intertitre sinon explicite, du moins indicatif.

Avec une phrase comme celle-ci, j'ai sûrement déjà perdu du monde…

Ce que femme veut…

Joseph avait un heureux tempérament.

Dû aux patrimoines génétiques de ses parents, certes, mais aussi, bombardé qu'il avait été par son géniteur de superlatifs élogieux, il était persuadé qu'il était, à chaque instant, dans la main de Yahvé, donc, Yahvé pas à s'en faire. Pardon.

Il commença tout au bas de l'échelle de la carrière servile, accomplissant les tâches les plus rudes.

Son contremaître s'aperçut très vite qu'il avait un sens pratique remarquable, que l'application de quelques-unes de ses propositions facilitait le travail, diminuait la fatigue, *donc,* améliorait le rendement…

De contremaître en directeur adjoint, l'info remonta jusqu'au DRH, qui en informa Putiphar. Je vous la fais courte.

Lequel, devant les résultats des méthodes joséphines, lui confia la direction générale de ses affaires personnelles, pour se consacrer exclusivement à la garde rapprochée du Souverain Soleil.

Une ascension sociale remarquable.

ET dangereuse.

Putiphar ne passait plus chez lui que pour le repas du soir et retournait veiller à la bonne marche de son système de protection de la famille de

Pharaon…

Laissant seule une femme qu'il savait chaude comme un barbeuc à merguez à la fête de l'huma…

Comble de malchance, circonstance aggravante du risque, Joseph, en sus d'un cerveau d'organisateur hors normes, avait hérité d'un corps de décathlonien olympique et d'une gueule d'ange.

« Couche avec moi. »

Le regard balayait Joseph de haut en bas, comme pour le repeindre, le sourire montrait deux fois plus d'incisives que le quota légal et faisait plus penser à la morsure qu'à la salade de langues.

Et, même pas un : « s'il te plaît » !

« Mon maître m'a donné toute sa confiance. J'y tiens. Trahir ce maître serait pêcher contre Yahvé ! Je n'irai pas dans ton lit !

Qui te parle de lit ?

Je ne forniquerai pas avec toi. »

Le même genre de scène se répéta quotidiennement.

Un matin, elle se jeta sur le malheureux, empoigna sa tunique d'une main, sa verge de l'autre (ce qui lui permit de constater « de manu » que c'était bien le sens du devoir qui l'empêchait de la poinçonner, pas le manque de désir), et commença une manœuvre d'astiquage…

Bond en arrière de Joseph, avec éjaculation précoce sur le morceau de tissu déchiré qui resta dans les griffes de la panthère…

Aucun témoin.

Dalida hurle (dans le récit original, elle n'est que « la femme de Putiphar », j'ai cherché une Égyptienne et je trouve que « Dalida hurle » c'est raccord), déchire son décolleté, se cogne le front contre un mur et s'écroule dans des gémissements de freinage ferroviaire d'urgence…

Penserez-vous que ça tourne au vaudeville, si je vous dis que Putiphar fait un retour impromptu, imprévu, inopiné ?

Oui ?

Tant pis, je le dis quand même !

Il se précipite vers son épouse, à demi noyée dans ses larmes, qui se cramponne à un bout de tissu de lin imprégné de liqueur séminale.

Qui l'engueule : « Ton Hébreu, là, ton serviteur modèle, il a voulu me prendre de force ! Moi ! L'épouse du plus haut dignitaire du palais ! Il m'a frappée ! Tiens, regarde, REGARDE ! Il a joui sur le lin de son vêtement qui s'est déchiré !

Fini le lin. Toile de jute et prison.

Après fils préféré, marchandise, esclave, voilà Joseph taulard.

En sortir…

Yahvé a une qualité : Quand il a un faible pour quelqu'un, il est très rare qu'Il le lâche. J'ai bien dit LE, pas LA. Dieu n'a pas de temps à perdre avec les femmes. Au mieux, il les guérit d'une stérilité qu'Il a installée…

Heureusement pour Joseph, car s'il commence à se dire que, peut-être, il n'est pas vraiment un être incomparable, supérieur, à part du tout-venant humain, il va devoir faire des efforts côté relationnel.

Sans savoir que l'Éternel veillait sur son sort, il fit un réel travail introspectif sur son attitude envers autrui qui lui permit d'être assez bien vu tant par les autres détenus que par le personnel…

Notamment le chef de la prison, rendu indulgent d'un seul coup du fait de l'irruption inespérée, dans son lit de gros beauf borné, d'une post-pubère récente à forte poitrine et lèvres toujours humides…

Mais Yahvé n'y était, sans doute, pour rien.

Ben tiens…

Peu à peu, Joseph se vit confier, l'organisation des services, l'intendance alimentaire, les sanctions et les récompenses… Bref, le rustaud érotomaniaque se dégagea du temps de galipettes en confiant les clés du bouzin à ce super taulard multifonctions.

Un soir, l'échanson et le panetier de pharaon, qui avaient dû faire une boulette dans leur service furent amenés, sans ménagements excessifs, à la prison.

Chacun d'eux fit un rêve, dès la nuit de leur arrivée, qui les impressionna fort, sans qu'ils en comprennent le sens.

La prison, unanime, leur recommanda de consulter Joseph.

« Dites-moi tout. Sans tourner autour de la jarre, j'ai une bastonnade sur le feu. »

Échanson : « J'étais assis en tailleur devant un cep de vigne qui avait trois branches. Nues. En très peu de temps, bourgeons, fleurs et grappes sortirent. Mûres directes, les grappes… J'avais la coupe de Pharaon à la main.

Je pressai les grappes au-dessus de la coupe et la donnai à Pharaon. »

« Fastoche, s'exclama Joseph, qui avait, de temps en temps des remontées de « sale gosse qui sait tout », trois branches, trois jours. Le reste se comprend aisément : dans trois jours, la grâce de pharaon te rendra ton service et ton rang. Félicitations ! … Souviens-toi de moi, quand tu auras retrouvé le bonheur, un petit mot au Souverain Soleil ne me fera pas de mal. »

Panetier : « J'avais sur la tête trois corbeilles de pain blanc. La corbeille du dessus débordait de pâtisseries que toutes sortes de piafs venaient becter. »

« Trois corbeilles, trois jours. Pharaon te fera sortir pour être jugé pour corruption (les piafs voraces), tu seras pendu et ces mêmes oiseaux ne seront pas de la pâtisserie à la viande. »

Tout se passa selon le récit de Joseph.

Mais l'échanson ingrat oublia Joseph.

Et Yahvé faisait une longue (très) sieste.

À sa décharge, la notion de temps, quand tu es éternel, c'est flou…

Au sommet

Deux ans passèrent.

Une nuit, Pharaon eut un songe.

« Du fleuve père et mère de l'Égypte sont sorties sept vaches grasses et luisantes de poil, solides, à la démarche noble, des vaches dignes d'allaiter les dieux. Elles se mirent à paître paisiblement l'herbe drue qui borde le fleuve divin. »

« Elles furent suivies de sept autres vaches sorties des eaux, celles-là efflanquées, côtes saillantes, l'œil éteint… Les vaches squelettiques dévorèrent les vaches grasses. »

« Un second songe suivit immédiatement. Sept épis gonflés de vie, dorés comme autant de soleils, avaient poussé sur une même tige. Et sept épis desséchés poussaient près d'eux. Les sept épis secs engloutirent les beaux en un rien de temps ».

« Qui peut me lire ces rêves ? »

Silence concentré des courtisans, peu désireux de se mouiller…

Le fils d'Amon Ra avait la pendaison, décapitation, lapidation faciles.

Le chef des échansons vit une opportunité intéressante à se rappeler Joseph.

Il prit le temps de vanter le talent de traducteur onirique de l'Hébreu.

On fit venir joseph au palais.

Le fils préféré, esclave, intendant, taulard se prosterna, le nez dans un tapis poussiéreux et le

cul en l'air, aux pieds du trône, pour entendre le récit du dieu vivant.

« Explique-moi tout ça. »

« En broutant la moquette, ça va pas être simple, lumineuse présence. »

« Redresse-toi… Alors ? »

« Dieu a été très clair : vaches grasses, épis dorés, sept ans d'abondance.

Puis viendrons les vaches maigres et les épis desséchés, sept ans de famine.

Le sens même du mot abondance tombera dans l'oubli.

Si les deux songes disent la même chose, c'est qu'Il a arrêté sa décision définitive.

Maintenant, si Dieu nous envoie la famine, il a la bonté de prévenir.

Nous pouvons limiter les effets de cette catastrophe.

Que notre souverain nomme un responsable de l'organisation des mesures à prendre.

Que des intendants parcourent le pays et prélèvent un cinquième des récoltes des années d'abondance. Que ces réserves soient confiées à des officiers locaux, qui en répondront sur leur vie et celles de leurs familles.

Quand la famine sera là, la misère des Égyptiens sera moins grande. »

Pharaon et ses conseillers furent impressionnés par la sagesse, l'assurance, la rapidité de pensée du jeune Hébreu.

« Je ne crois pas pouvoir trouver homme plus sage à qui confier cette tâche gigantesque, malgré ta jeunesse. Prends mon sceau personnel – il retira de son annulaire l'anneau de Ra – le plus humble des ouvriers agricoles de la terre d'Égypte le connaît. Nul ne lèvera la main sur toi, et ta parole sera celle de Pharaon. »

Joseph mit l'anneau à son doigt, des serviteurs le vêtirent de lin et lui passèrent au cou un collier d'or.

Oui, Nadine, même pour aller visiter une prison, Pharaon voyage avec son dressing d'urgence et un coffre à bijoux. Et alors ?

On le fit monter sur le second char du roi, les gardes faisant agenouiller la foule sur le passage du nouvel homme fort d'Égypte.

En quelques jours – et quelques entretiens d'embauche – il recruta des scribes-intendants, fonda un service de messagerie exclusivement dédié à la liaison provinces productrices > capitale.

Il partit, parcourut tout le pays, fit défricher et mettre en culture des terres abandonnées, construire des silos. Partout, il nomma un officier responsable de leur conservation.

Chaque année produisit plus du double des meilleures années passées, du fait de la mise en culture des terres délaissées, du fait, aussi, de la poigne de fer du taulard miraculé.

Il trouva quand même le temps de faire deux fils à la fille de Putiphar que Pharaon lui avait donnée pour épouse, ce qui lui une causa joie modérée.

Et la première vache maigre pointa son mufle hideux.

Tous les pays voisins manquèrent de pain, pas l'Égypte qui put vivre sur l'excédent de la dernière année grasse.

Puis, l'Égypte fut atteinte.

Joseph fit ouvrir les greniers. Le peuple du Nil put acheter du pain.

Des caravanes arrivèrent de tous les pays pour acheter du blé égyptien.

Les années de vaches maigres et d'épis desséchés allaient paraître très, très longues.

Joseph
III
Surprise, surprise

La famine atteignit le pays de Canaan.

On eut beau peindre les cailloux en vert gazon, l'effet « psy » sur les divers herbivores comestibles fut infinitésimal.

La motivation des graines de céréales à pousser, devant toute cette verdure, fut encore moins palpable.

Israël réunit ses dix fils aînés.

« J'ai appris que l'Égypte, loin de manquer de blé et autres céréales, en a des milliers de greniers pleins comme grand-père Noé à la fin de sa première vendange. Menez chacun deux ânes et revenez chargés de grains.

Benji est trop jeune, et c'est le seul fils de Rachel qui me reste. Je ne veux lui faire courir aucun risque. »

Ce qui, au passage, était moyennement sympa pour les dix autres.

Le voyage se passa sans encombre, vu qu'on avait épuisé la provision d'encombres…

Humour, Théo, humour ! Cherche pas. C'est du San Antonio.

Les étrangers acheteurs de grain égyptien avaient obligation de traiter avec l'homme de confiance de Pharaon, le « sauveur du grain », Joseph.

Ce que firent les dix frères, menés par l'aîné, Ruben, fils de Lia.

Joseph reconnut immédiatement ses frères.

Eux, non.

Le « sauveur du grain » ne fit rien pour les éclairer.

Bien au contraire.

« DES ESPIONS ! Vociféra son Excellence. Vous êtes venus, suspects serpents sournois, repérer les points faibles du royaume d'Égypte ! Prison ! »

« Votre grandeur ne saurait faire erreur, mais il a été mal renseigné.

En Canaan, les mieux nourris sont ceux qui se rongent les ongles. C'est vous dire ! » dit Siméon, l'humoriste de la fratrie Yahvéphile.

« Nous sommes tous les fils d'un même homme, Israël, honorablement connu en terre de Canaan, il en a encore un, resté près de lui. Le plus jeune.

Un autre est mort depuis déjà longtemps. » Ajouta Aser, fils de la servante Zelpha.

« Je ne vous croirai que lorsque votre dernier frère sera devant moi.

En attendant, allez réfléchir en prison. Je vous en ferai sortir pour vous instruire de la procédure que j'aurai définie. »

Ainsi faut-il.

Ah, et puis, Sophie, je t'ai entendue… Yavéphile, ça existe, puisque je viens de l'inventer ; Yahvé, ben c'est Yahvé, phile : qui aime… Donc, la secte qui aime Yahvé… Quod erat demonstrandum. Pas de l'hébreu, mais tout le monde comprend.

Trois jours passèrent.

Au matin du quatrième, un peloton de vingt gardes, choisis pour leurs visages avenants de tueurs psychopathes, armés jusqu'aux ouïes, vint chercher les dix frères, pour les mener, mains entravées dans le dos et chaînes aux chevilles, au palais du Grand Conseiller.

Ils furent jetés au sol devant le parvis, avec interdiction absolue de lever nez de la poussière.

Bonjour les allergies !

C'est donc en aveugles qu'ils entendirent la décision de Joseph :

« Voici ma décision :

Je vous laisse repartir chez votre père. Tous, sauf un, que je garderai tant que je n'aurai pas votre plus jeune frère devant les yeux.

Vous repartirez avec vos ânes chargés de grain, au prix fait à tous les étrangers. Vos proches auront du pain.

Revenez avec votre frère et je croirai en votre innocence.

Et vous aurez encore du grain. Allez. »

Le sort désigna Siméon, pour être l'otage.

Les neuf frères, les ânes chargés, prirent le chemin de Canaan.

Aser, le premier, posa LA question :

« Des espions. Pourquoi le maître du grain nous prend-il pour des espions ? D'autres caravanes étrangères sont venues et reparties sans être inquiétées… Pourquoi nous ? »

« Joseph, dit Juda, Joseph… et Yahvé »

« Quoi, Joseph ? Et quoi, Yahvé ? »

« Nous payons notre faute envers Joseph. Notre père est un préféré de l'Éternel, et Joseph le préféré de notre père. Donc de Yahvé aussi. La jalousie nous a fait pêcher contre Dieu en vendant notre frère comme du bétail.

Il nous demandait grâce, nous avons eu plaisir à voir sa détresse… »

« Je voulais seulement lui donner une leçon, je n'ai pas su vous convaincre.

Peut-être est-il mort. Tu as raison, Dieu nous punit », dit Ruben.

À la halte du soir, Nephtali ouvrit un sac, pour donner un peu de fourrage à son âne.

« Ah ! Ben merde alors ! Y a de l'argent dans ce sac… Le prix, exact du grain sur mon bourricot ! C'est quoi ce shproum ? »

« Pareil ! »

« Pas mieux ! »

« Itou ! »

« Comment ce fait ce ? »

Et autres exclamations de surprise dubitative à tendance inquiète (ou l'inverse).

La réaction de leur père fut un mélange de colère, d'incompréhension, de suspicion, de chagrin…

« Siméon est prisonnier, Joseph est mort et vous voulez me prendre Benjamin ? Vous voulez donc que mes derniers cheveux blancs achèvent de tomber au séjour des morts ? »

On admirera, au passage, le sens de l'image percutante chez Israël…

Ruben tenta de le convaincre :

« Si je ne te ramène pas ton plus jeune fils, tu pourras tuer les deux miens, confie-moi Benjamin, je te le ramènerai. »

« Des clous ! »

Ici, on admirera deux choses :

Chez Ruben, la force de l'amour filial.

Chez Israël, le sens du raccourci explicite.

Joseph
IV
Pleure pas, ça finit bien

Au pays de Canaan, si les provisions fondaient, la pénurie alimentaire, elle, s'aggravait.

« Retournez en terre d'Égypte, acheter un peu de grain. »

Juda, fils de Lia, comme Ruben, l'aîné de tous, prit le relais de son frère pour discuter avec Israël :

« Le seigneur du grain a dit, sans ambiguïté : ne revenez pas sans votre cadet. Votre vie en dépend, j'hésiterai seulement entre la lapidation, la pendaison ou la décollation à l'épée… Donc, sans Benjamin, on cherchera du grain ailleurs. Et c'est pas gagné. »

« Mais, nom de d… d'un chien, pourquoi lui avoir dit qu'il me restait un fils en Canaan ?

C'est pas pour te manquer de respect, papounet (et alors, ça vous dérange ?), mais tu n'étais pas là ! On a subi un interrogatoire poussé, à propos de nous, toi, la famille, et tout et tout. On n'était pas au garde à vous, mais en garde à vue, si ! Ce seigneur ne doit rire que quand il perd un œil, et il en a toujours deux ! Attends, je reprends mon souffle. »

« On répondait franchement à tout, pour qu'il nous lâche la tunique avec sa fixette d'espions sous couverture ! »

« Laisse Ben nous accompagner, si nous ne le ramenons pas, tu feras de nous ce qui te conviendra. Parce qu'avec ton entêtement, on a raté deux allers-retours ! »

« Bon. Alors, autant l'amadouer d'entrée. Chargez un âne de présents, miel, baumes guérisseurs, parfums… Enfin, tu vois… Prenez le double de l'argent du dernier voyage, plus celui retrouvé dans vos sacs de grains.

Gages de bonne volonté et de respect… Et que Yahvé veille sur vous. Qu'il en soit selon sa volonté. »

Ils prirent la route.

Joseph reçut un messager de ses avant-postes :

« Les frères du prisonnier hébreu arrivent. Ils sont dix. »

Joseph donna ses consignes à l'intendant du palais.

« Fais préparer un repas de cérémonie, ces gens mangeront avec moi. »

La garde personnelle du Seigneur du grain encadra les dix frères, pas rassurés plus que ça, et les mena au palais…

« Là, on joue gros… D'ici qu'on se retrouve esclaves, y a pas deux jours de marche… »

Un moral de winners !

Zabulon (même à l'époque, ça faisait marrer) tenta de tâter le terrain :

« Euh… Vous vous souvenez sûrement, on est déjà venus. Acheter du grain.

Son Excellence nous prenait pour des espions… Mais nous a laissés repartir avec nos provisions. En ouvrant les sacs, y avait les sous avec, mais c'est pas nous qu'on les a pris ! Juré ! »

Note de puériculture : affubler un enfant d'un prénom ridicule nuit gravement à sa syntaxe !

L'intendant de la maison de Joseph les rassura :

« C’est sûrement le Dieu de votre père qui l’y a mis, nous, nous avons reçu notre dû. Venez, le souverain du grain vous attend. »

Ruben et Juda en tête, portant le coffre de cadeaux diplomatiques, ils entrèrent dans la salle de banquets.

Déposèrent le coffre aux pieds de Joseph, se prosternèrent devant lui.

Il les fit relever, s’informa des conditions de leur voyage, de la santé de leur père, remercia pour les présents, avec sincérité.

S’arrêta devant Benjamin.

« Voilà donc votre jeune frère… Que Dieu te soit favorable, jeune homme. »

Masquer son émotion ne fut pas chose aisée.

Il s’assit au bout de la table, fit asseoir les douze frères, l’aîné au plus près de lui, à droite, les autres par ordre d’âge, ce qui amena Benjamin à sa gauche.

Les Hébreux furent servis à une table, les Égyptiens à l’autre.

Manger à la même table qu’un Hébreu eut été une abomination pour un Égyptien.

Ce qui permet de constater que la connerie raciste remonte à la plus haute antiquité.

Une « tradition », en somme.

Comme l’excision, la peine de mort, la corrida, la chasse à courre ou le viol des femmes de l’ennemi… lui-même souvent « traditionnel », voire « héréditaire ».

Je m’égare.

Bizarrement, les plats servis à Benjamin débordaient de son écuelle.

Chacun mangea, but, chanta « Il est des nôÔtreu », et…

Le lendemain matin, regretta, amèrement, la non-invention de l'Alka Seltzer !

Joseph donna à son intendant les consignes suivantes :

« Remplis leurs sacs de vivres, autant que leurs ânes pourront en porter, mets l'argent à l'entrée des sacs. Dans le sac du plus jeune, tu mettras ma coupe précieuse, offerte par Pharaon. »

L'intendant s'exécuta.

La fratrie cananéenne partit peu après.

Ils étaient encore visibles des murs de la ville quand Joseph donna de nouveaux ordres :

« Prends vingt gardes, rattrape-les, accuse-les de vol, de trahison, hurle qu'ils paieront cher pour leur infamie, que mille douleurs les attendent. Je veux qu'ils soient à ramasser à la serpillière en arrivant devant moi.

Une olive dans le cul, un litre d'huile sur les dalles ! Vu ? »

Tête des frangins en se voyant cernés de gardes surexcités, menés par un intendant bavant de rage qui les agonissait de noms d'oiseaux charognards, émettait des hypothèses peu aimables sur l'orientation professionnelle de leurs mères, voire de leurs propensions à sucer des suidés domestiques, ou pas…

« Keski- keskiki… di, sui sui suillllla ? » Commença Issachar, ce qui aide à comprendre pourquoi il parlait très peu.

« Certes, mon seigneur, nous n'avons rien à nous reprocher, vis-à-vis de votre maître… »

« Très bien, donc, celui dans le sac duquel je trouverai la coupe sera mon esclave ! Je garantis qu'il va en chier des ronces ! Et pas de RTT, hein, c'est pas une carrière de fonctionnaire ! »

Ce qui démontre que les clichés-préjugés à tendance péjorative ne sont pas nés hier matin…

« Les autres, pousseurs de pierres, au chantier de la pyramide, heures sup. obligatoires, payées double en coups de fouet ! Gardes, les sacs ! »

Têtes des frères devant les bourses de pièces d'or, tête de Benjamin, d'un très seyant « blanc lavabo de cave » devant la coupe sortie de SON sac !

« Si tu veux plumer un pigeon, veille à ne pas t'en prendre à un aigle, gronda Joseph, au-dessus des Hébreux prosternés, votre jeune frère finira sa vie en esclavage. Vous, je vous laisse repartir, pour que chacun sache ce qu'il en coûte d'insulter mon intelligence ! »

Siméon, Juda, Gad, Ruben, tous quatre avocats de nature, défendirent leur cause, décrivirent le désespoir de leur père, privé des deux fils de sa femme adorée, son cheminement inéluctable vers le séjour des morts, affaibli, épuisé par le chagrin meurtrier…

Cela dura longtemps.

Ils lâchèrent l'affaire.

Il y eut un long silence.

Puis…

« Gardes, laissez-moi seul avec eux. Que tout le monde sorte. »

Imaginez (oui, toi aussi Vanessa, tu peux le faire !) : une immense salle genre gymnase pour super héros, avec dôme verrière.

Les douze Cananéens, accroupis, assis la tête entre les genoux enserrés par les bras ou étalés, bras en croix, nez au sol.

Face à eux, trois marches plus haut, raide comme une barre à mine, assis, hiératique, mais en pleurs, le Souverain du grain, maître, officieux mais incontesté, de la puissante Égypte, qui dit, qui répète, crescendo :

« Je suis Joseph. Je suis Joseph. Je SUIS Joseph ! »

Onze statues de sel. Telle la femme de Loth après s'être retournée pour contempler la destruction de Sodome.

Onze allégories de la terreur, de la honte, de l'incrédulité, du remords, du désespoir.

« Approchez-vous. »

Hagards, sidérés, mécaniques, ils s'approchèrent.

« Dénudé, jeté dans une citerne, vendu aux trafiquants ismaélites, puis à Putiphar qui a fini par m'envoyer pourrir en prison sur la foi des mensonges de sa femme…

« Joseph, commença Ruben…

« Je n'ai pas… plus… de rancune. Ce n'est pas votre jalousie qui m'a mené ici. C'est Yahvé, c'est le Dieu de Jacob, qui m'a fait prédire devant Pharaon les années de famine, qui m'a inspiré la conduite à tenir pour en combattre les effets… Et vous a permis d'acquérir des vivres pour la maison de Jacob.

Ma maison. Ceci dit… La leçon que je vous ai donnée m'a fait le plus grand bien ! À vous aussi, je crois ? »

Il y eut un brouhaha approbatif. Et soulagé.

Juda résuma : « Quand même, tu y es allé plus avec la masse du forgeron qu'avec la baguette du scribe ! »

« Faut c'qui faut. » répondit Joseph, oubliant la syntaxe policée du ministre pour celle de l'apprenti berger qu'il avait été.

Pharaon, entre temps, avait été informé de la présence des frères de son bras droit (si ce n'est les deux bras, car ce grand flemmard à chapeau bizarre n'en foutait pas une rame, laissant tout le taf à Joseph) invita tout le monde à une « teuf de ouf » (je m'étais promis de placer ça !). Grand espace temporel de convivialité, comme on dirait dans les pages culture de Libé ou de Télérama, qu'il entama, après un conciliabule avec Joseph, par un fort sympathique discours :

« Cet homme, commença-t-il, bras tendus vers Joseph, cet homme a sauvé l'Égypte. Qui, dans mon royaume, lui refuserait quoi que ce soit ? Si nous ne mourons pas de faim, si, même, l'Égypte s'enrichit, nous le lui devons.

Aussi, quand il me demande d'accueillir votre père, avec qui il voudra, c'est avec reconnaissance que je mettrai tout en œuvre pour satisfaire ce vœu plein de piété filiale… Allez chercher tous ceux, toutes celles qui vous sont chers. Le royaume mettra maisons et terres à leur disposition, en toute matière, ils recevront le meilleur. »

Pharaon fournit chariots et bœufs, pour un aller-retour confortable.

Joseph les regarda partir, ému aux larmes.

Les onze frères eurent plus de mal avec Israël quand ils lui annoncèrent la survie de Joseph…

« Combien de fois devrai-je vous dire de ne pas fumer le papyrus du Nil ? »

Il leur fallut décrire, expliquer, raconter…

Finalement, il finit par se rendre à l'évidence, plutôt flatté de « la carrière du petit »…

« Bon, c'est pas tout ça, mais je commence à me faire vieux, ça serait couillon de chez couillon que je claque avant de l'avoir revu !

On part quand ? » s'enthousiasma le père, qui n'avait jamais eu un langage d'énarque à hiéroglyphes…

Joseph
V
La famille, c'est la famille les affaires, ce sont les affaires

Partir, deux syllabes. Pour les dire, moins d'une seconde.

À réaliser, ce n'est pas la même tisane !

Ce n'est plus Adam et Ève cavalant dans la nature cramponnée à leur string en feuille (s ?) de figuier !

Ils ont suivi les consignes de l'Auréolé, les descendants de Seth !

Bon, d'accord, c'est d'abord parce que, génération après génération, ils avaient apprécié la technique obligatoire pour parvenir au résultat exigé par le Grand Manitou… Méthode à la fois unique et diversifiable quasiment à l'infini !

« Croissez et multipliez ! », qu'il a dit.

Tu parles qu'une fois la procédure acquise, ils ont obéi comme des chiens de cirque…

Comme s'Il avait voulu les faire jouer à « un, deux, trois, soleil ! »

Mais avec la variante « un, deux, trois, niquez ! »

Alors, ils ont crû. Et multiplié.

Et, pas qu'un peu !

Malgré la perversité de certains qui sont allés balancer la sauce dans des niches anatomiques pas du tout prévues pour la reproduction par le concepteur.

Raison pour laquelle, faire transhumer la famille de Jacob-Israël de Canaan en Égypte, c'est pas finir un puzzle belge à deux pièces !

Le Jacob, il était peut-être économe, côté monnaie, mais, côté spermatos, c'était une fleur de pissenlit !

Les seules images qui me viennent, pour vous faire comprendre le bazar que ça représente, sont celles de ces westerns qui racontent la conquête de l'ouest par les pionniers venus d'Europe (et mal vus par les Américains blancs de la côte est), souvent des Irlandais chassés par plusieurs grandes famines successives. Les scènes de regroupement avant le départ vers le paradis américain fantasmé. Comme les Hébreux vers l'abondance égyptienne…

Un chaos difficile à décrire, qui s'apaise lentement, s'éclaircit, s'ordonne…

D'ailleurs, comme dans « La kermesse de l'ouest », la vraie star de ce moment crucial, pour les pionniers comme pour les jacobites, c'est le chariot.

… C'est pas tout ça, mais, après cette comparaison, à forte teneur culturelle, il s'agirait peut-être de reprendre le fil narratif biblique.

Un petit bilan comptable nous permettra de savoir de quoi on parle.

Laban, chez qui s'était réfugié Jacob, après avoir roulé son frère aîné

Ésaü dans le mil pilé en lui piquant au passage son statut de tête de gondole, avait « fourni » quatre femmes à l'Hébreu.

Lia et Rachel, épouses officielles, cérémonies, serments, Mazel Tov, tout le toutim.

Les « statut cadre A », en somme.

Zelpha et Bala, servantes des deux premières, concubines officielles, en CDI, mais cadre C, seulement.

Mais titulaires en CDI, sécurité de l'emploi.

Laissons de côté les servantes, esclaves, au statut flou, intérimaires, auxiliaires, contractuelles à usage unique, prépubères tardives, – post pubères récentes… Leur production pouponnière on s'en tape.

Lia donna six fils à Jacob :

Ruben eut quatre fils.

Siméon en eut six.

Lévi, trois.

Juda, cinq, mais deux moururent avant ce jour.

Issachar, quatre.

Zabulon, trois.

Rachel, la bien-aimée, eut deux fils.

Joseph n'eut pas d'enfant en terre de Canaan.

Benjamin en eut dix. La valeur n'attend pas le nombre des années !

Les servantes, Bala et Zelpha, eurent deux fils chacune.

Dan n'eut qu'un fils.

Nephtali, quatre.

Gad, sept.

Aser, quatre.

Fils qui, au moment du départ, avaient, pour la plupart, eux-mêmes des enfants…

Sans compter les filles, qui ne sont pas nommées, et leurs enfants…

Qui n'ont aucune importance, mais qui font nombre.

Moi aussi, Sophie, moi aussi, le féminisme radical de la Bible m'épate…

À la louche, autour de cinq cents personnes, sur la ligne de départ.

Plus le bétail. Moutons, chèvres, ânes, quelques vaches, quelques chevaux…

Juda, nanti de trois chevaux, fut envoyé vers Joseph, avertir de la mise en route de la troupe…

Joseph retrouva son père, Israël retrouva son fils.

Ils pleurèrent longtemps dans les bras l'un de l'autre.

De joie sur ce bonheur inespéré, de regret sur la séparation.

Joseph, le premier retrouva son sang-froid et conseilla père et frères.

« Quand Pharaon vous questionnera, mettez en avant le fait que vous êtes d'abord des bergers. L'Égypte est un pays de cultivateurs, sédentaires.

Cultivateurs méfiants envers les bergers, sans cesse en mouvement, des nomades. Et, quand un Égyptien pense « nomade », il voit un bandit, voleur, pillard potentiel…

Donc, Pharaon vous donnera des terres en pays de Gessen, faible en cultures, mais riche de pâtures sauvages et de maquis… »

Malgré la fatigue du voyage ajoutée au poids des ans, Israël décida de suivre Joseph au palais de Pharaon pour lui rendre grâce de son hospitalité.

Joseph choisit Ruben, Gad, Siméon, Benjamin et Aser pour compléter la délégation Cananéene.

Le Roi Dieu quitta son trône et s'avança vers eux, signe patent de l'importance exceptionnelle qu'il conférait à Joseph.

« Établis ton père et les siens sur les meilleures pâtures de Gessen, dit le souverain, après les échanges protocolaires.

D'ailleurs, s'il est parmi eux des hommes de grande compétence, joins mes troupeaux aux vôtres. »

Ce qui tendrait à suggérer que Pharaon n'hésitait pas à cumuler les fonctions de Roi d'Égypte et de patron du Pôle Emploi local.

Multicarte, en somme…

Il y eut les ronds de jambes obligatoires de ce genre d'évènement, musique, danseuses et danseurs, banquet, libations, joints de papyrus…

La routine.

Joseph installa la smala jacobite, fournit le pain par famille, au prorata du nombre de gosses. On aurait pu appeler ça les AFB : Allocations familiales boulangères.

Avec ses proches, Joseph faisait preuve d'une empathie proche de l'excès.

Dans ses rapports avec le peuple égyptien, il en allait tout autrement.

Cette année-là, la production agricole d'Égypte et des terres circumvoisines (super mot, on en a plein la bouche !) atteignit la profondeur de la fosse des Philippines, au-dessous de zéro.

Joseph fit monter les cours des céréales comme le mercure dans le thermomètre d'un colon impaludé.

Tondant le peuple jusqu'à la dermatite.

Mais… Faisant vomir de trop plein les caisses du trésor de Pharaon.

Le tout, sans que Yahvé « le miséricordieux » ne pipe mot.

Car Yahvé est pour le respect de la Loi… du marché.

Lorsque les manants n'eurent plus un rond, le Seigneur du grain leur prit leurs troupeaux, en échange du grain…

Bovins, caprins, ovins, équidés divers, camélidés furent ajoutés au cheptel de Pharaon qui confia le tout aux conducteurs de troupeaux jacobites, assorti d'un contrat fort avantageux pour le clan de Canaan.

L'année suivante, les délégués de « ceux qui ne sont rien » se présentèrent au palais de « Supercomptable », plus à poil moralement qu'Adam et Ève avant d'avoir mangé le fruit défendu.

« Nous n'avons plus d'argent. Nous n'avons plus de troupeaux.

Achète-nous, ainsi que nos terres, pour du pain.

Nous serons les serfs de Pharaon.

Donne-nous des semences, que nous tentions encore de ranimer les terres, qu'elles ne restent pas stériles et désolées. »

Toutes les terres d'Égypte devinrent propriété du Roi-Dieu.

« Voilà le deal, dit Joseph, qui n'avait pourtant jamais mis les sandales à la Courneuve, vos terres sont à mon maître. Voici des semences.

À la récolte, vous en donnerez un cinquième aux collecteurs du roi.

Les quatre cinquièmes restants serviront à nourrir vos familles et à réensemencer. »

Il ajouta : « Si ça fait des petites portions, tant mieux, le Surpoids, c'est Surfait ! Humour ! »

Là aussi, le silence divin fut assourdissant.

Yahvé est donc pour :

La Loi…

Du Marché…

Aux esclaves.

Pas de majuscule à esclaves. Faut pas déconner.

Seules, les terres des prêtres ne furent pas confisquées. Ils ne souffraient pas de la famine, les accords passés, quelques siècles avant, avec le palais, les avaient mis à l'abri.

Un des rares principes des religions polythéistes que les divers monothéismes concurrents conservèrent soigneusement.

Le clan d'Israël prospéra au pays d'Égypte.

Jacob-Israël y vécut dix-sept ans.

À quelques semaines de ses cent quarante-sept ans, il fit venir Joseph.

« Ne m'enterre pas en terre d'Égypte. Tu m'emporteras reposer près des miens. Jure-le. »

« Je le jure ! »

Rassuré, Israël s'endormit.

Il ronfla…

Joseph
VI
Bénédictions
prédictions et dernières volontés d'Israël

Fut un jour, Joseph vit arriver en son palais ses frères, Ruben, l'aîné, et Benjamin, le puîné.

« Le père veut te voir, avec tes fils Manassé et Ephraïm », dit Ruben.

« Et vaut mieux pas traîner. Ajouta Benjamin, pour se faire comprendre sans prononcer de mots néfastes.

Le maître du grain confia la boutique à son intendant et partit sur le champ, avec ses deux fils.

Israël, les voyant entrer, se redressa sur son lit, aidé par deux de ses fils qui lui calèrent le dos pour lui éviter de se fatiguer.

« J'étais certain de ne jamais te revoir, et Yahvé te met là, devant moi, avec tes deux fils ! Béni soit-il ! »

« Approche-les, que je pose mes mains sur leur tête, afin que Yahvé les écarte du malheur. »

Joseph s'exécuta, poussant devant lui ses deux ados peu enthousiastes.

Faut dire que le papy ressemblait déjà à sa future momie et fleurait plus la boue du Nil après la crue que le bouton de jasmin au printemps.

Voyant que son père posait sa main droite sur le front d'Ephraïm, privilège de l'aîné, Joseph voulut lui signaler son erreur…

« Tout fils préféré quc tu fus, tout Vice-Pharaon que tu sois, tu es d'abord un fils ! Je suis mourant, pas gâteux ! Manassé sera grand, mais son cadet plus encore ! »

L'ex-chouchou se le tint pour dit.

Israël eut quelques mots pour chacun de ses douze fils, appelant la bienveillance de l'éternel sur leurs douze têtes, leur fit quelques prédictions du style : « en gros, ça ira de super à caca boudin », ce qui permet de se souvenir de son passé d'arnaqueur familial.

L'ensemble de son discours semblait lui peser quelque peu, comme une corvée nécessaire et obligatoire, avant d'en arriver à ce qui était le plus important pour lui…

« Je me refuse à passer ma villégiature éternelle dans la terre d'un pays où on écrit en dessinant des bonshommes contorsionnistes.

Je veux reposer dans le champ donné à Abraham par Ephron, là, dorment

Abraham et Sara, Isaac et Rébecca, et Lia, ma première épouse.

Ayant dit, Israël qui fut Jacob mourut comme une lampe s'éteint.

Funérailles
Entre ici, Israël, avec ton cortège de douleur
(D'après André Malraux)

Joseph confia le corps de son père à ses médecins embaumeurs, amenés avec lui « au cas où ».

Il partit, avec sa garde, pour le palais de Senoustret III, prince souverain d'Égypte.

Les embaumeurs firent un travail d'une précision remarquable, tout au long des quarante jours nécessaires à l'embaumement d'un corps.

La maison de Joseph décréta soixante-dix jours de deuil, que les Égyptiens suivirent aussi, malgré leur aversion pour les Hébreux, exceptionnelle manifestation de respect envers le père de celui qui leur avait évité de mourir de faim. Même s'il les avait dépouillés au profit de Pharaon et rendus corvéables à volonté… « Fatalisme oriental », dirait le cliché… occidental ?

Joseph exposa les volontés de son père au préféré de Râ.

« Personne n'est plus en dette envers toi que moi. Je serai honoré d'offrir l'hommage funèbre qu'il mérite au géniteur de notre homme providentiel ! »

Déclaration protocolaire nickel.

« On va faire péter l'évènementiel ! »

Car Sésostris, autre nom de Senoustret III, était, avec plusieurs millénaires d'avance, un proto « hipster disruptif », mais sans la barbe taillée « green de golf ».

Et il tint parole.

Il mit les petits sarcophages dans les grands !

Cent chars de guerre, disposés en vol d'oies sauvages, prirent la tête du convoi funèbre.

Dans les deux premiers chars, près du conducteur, Pharaon et Joseph.

La fratrie occupait les chars suivants, alternant aile droite-aile gauche.

Mille pas derrière les deux derniers chars, un catafalque, tiré par quatre étalons noirs.

De part et d'autre de l'illustre défunt, quatre rangs de deux cent cinquante cavaliers en armes, montures noires à gauche, montures blanches à droite.

Enfin, vingt chariots mus par des bœufs à bosse, intégralement blancs, portant chacun dix pleureuses hurlant des lamentations désespérées, se griffant le visage et déchirant leurs tuniques.

Bref, ce n'était pas le défilé des vingt majorettes de la fête des vendanges à Valenciennes !

« Pardon ? Y a pas de vignes, à Valenciennes ? Raison de plus pour que ce ne soit pas ça ! »

Par souci de solennité, le cortège avançait à un rythme auprès duquel le pas de la Légion Étrangère aurait semblé un sprint éperdu de fin de cent mètres olympiques.

Le voyage demanda… un certain temps.

Ce qui permit aux Cananéens, avertis par des messagers, de se masser autour du mausolée du champ de Macpela.

La cérémonie fut un modèle du genre.

De retour en terre de Gessen, près de leurs troupeaux, les frères de Joseph avaient l'air d'avoir deux airs, de ne pas savoir sur quel pied danser…

En gros, ils se faisaient du mouron, s'attendant, Israël mort, à un effet

« retour de bâton » des vacheries qu'ils lui avaient faites. À Joseph.

Suivez !

Il les rassura :

« Certes… Vous m'avez jeté dans le malheur… MAIS, ce malheur m'a élevé au plus haut du pouvoir, de la gloire, de la renommée.

Ce qui m'a permis de sauver toute la maison de Jacob-Israël de la famine.

Je suis certain que votre faute faisait partie du plan de Yahvé.

Il ne faut pas que je vous pardonne.

Il faut que je vous remercie. »

Le soupir de soulagement des frères créa une pyramide de sable maousse.

Qui inspira beaucoup les architectes égyptiens ultérieurs.

***

Des années plus tard, Joseph, très malade malgré – ou à cause de – la science des médecins du palais, réunit ses frères, ses fils et les fils de ses fils.

« Je vais mourir. N'oubliez pas, vous portez en vous un peuple à qui Dieu a promis la terre de Canaan comme patrie.

Vous ramènerez mes os près d'Abraham. »

Ils jurèrent.

Mais le pharaon le fit enterrer en Égypte, près de SES pères à lui.

Fin du livre de la Genèse.

« Dis, Alex…

— Oui ?

— Sacrée série de coups de bol, la tribu de Jacob-Israël ! Ça finit bien, pour eux…

— Ça « finit bien » ? Qui a dit que c'était terminé ? L'accumulation de beau apporte souvent de gros orages, des tempêtes, même. Attends la suite… »

Livre II
Exode

Un nouveau maître

Dans les épisodes précédents :

Tous les Hébreux issus de Jacob vinrent avec leurs troupeaux, en la contrée de Gessen, en terre d'Égypte.

Sous la haute protection du Pharaon Sésostris, soucieux de récompenser Joseph, fils préféré d'Israël qui fut Jacob, sauveur de son royaume menacé par une famine de sept ans…

Joseph, qui de plus avait rempli, jusqu'au débordement, les caisses du royaume du Nil, tout en créant une obligation permanente de service pour chaque sujet, à tout moment de sa vie, sur simple haussement de sourcil du souverain ou de l'un de ses représentants.

Vous imaginez la cote de ouf du bonhomme !

Joseph mourut.

Ses onze frères aussi.

La « génération Joseph » disparut.

Et.

Surtout.

Sésostris [16], le pharaon protecteur des Hébreux en terre d'Égypte, eut le mauvais goût de mourir, comme le dernier des serviteurs !

---

[16]Aucune preuve, historiquement acceptable, de la présence des Hébreux en Égypte. Je choisis un nom qui me plaît !

***

En terre de Gessen, les Hébreux avaient obéi aux préceptes divins.

Ils avaient cru et multiplié.

Et prospéré.

À fond les manettes, grâce à la Josephophilie du fils de Râ du moment.

Non, Vanessa, pas le raton. Râ, le Soleil Dieu. Tu ne suis pas.

Personne ne conteste « Josephophilie » ? Bon, je poursuis.

Comment, « tu poursuis qui ? » Personne ! Je CONTINUE l'histoire…

Uræus, LA cobra royale, protectrice de Pharaon contre ses ennemis, lovée en position d'attaque sur la coiffe royale, l'œil fendu verrouillé sur sa proie, crochets à venin dépliés, prêts à inoculer la mort, semblait aussi inoffensive que Catherine Deneuve dans Peau d'âne, dès que l'on portait son regard sur le personnage couvert de cette coiffe.

Debout devant le trône de Ra, Dieu des dieux, statue de marbre respirante, les mains vides, les bras le long du corps, mais le regard chargé d'orage balayant l'assemblée des conseillers, prêtres, courtisans inquiets du changement de cul à lécher, serviteurs de tous sexes, de toutes affectations, esclaves aux yeux fixés vers le sol…

Noir comme la nuit des enfers, l'œil, et luisant comme une malédiction.

Un masque lisse, sans expression déchiffrable. Tranché d'un fil de rasoir parfaitement horizontal, ni relevé d'un sourire, ni abaissé d'un souverain mépris, ni crispé de colère…

Indéchiffrable.

Le Roi-Dieu ouvrit la bouche.

Et l'ère des emmerdements commença pour les enfants d'Israël.

Le vent tourne

« Peuple d'Égypte, mes sujets…

Pharaon ne forçait pas sa voix. Quiconque l'aurait perçue sans voir le locuteur, l'aurait trouvée enveloppante, calme, le débit fluide, régulier, sans heurts. Peut-être, cependant, un poil caverneuse…

Là était la menace.

Plus que dans les mots qui, pourtant, auraient jeté une ombre d'angoisse insidieuse sur l'âme et le cœur de n'importe quel descendant de Jacob-Israël.

S'il y en avait eu un dans l'assemblée.

Pour la première fois depuis l'entrée des Hébreux en terre d'Égypte, par la grâce du précédent pharaon, aucun représentant, aucune délégation, n'avait été conviée à cette très officielle cérémonie : l'avènement du nouveau maître de l'immense et respecté, et craint, royaume d'Égypte.

Pas bon, ça. Pas bon du tout ! »

« Peuple d'Égypte, mes sujets, la raison de mon vénérable, et vénéré, prédécesseur s'est trouvé abolie par la science sournoise d'infiltration et de pourrissement des esprits de ces parasites experts dans l'art du mensonge maquillé de bienveillance comme une gourgandine de l'arrière-cour du palais l'est d'amour sincère. »

Quoi, Théo ? « Du palais l'est, ça fait bizarre ? Tu veux raconter à ma place ? Appelle ça une allitération, une assonance, du génie stylistique…

« Oui, Vanessa ? Gourgandine ? Cherche pas, c'est une pute. »

« Quoi, Sophie ? On parle pas comme ça à… une préado ? Qu'aurais-je dû dire, Baronne ? Courtisane, escort girl, cagole, gagneuse, péripatéticienne, petite sœur des bites ?

Je continue, ou bien ? »

Revenons à Pharaon.

« D'abord cantonnés à un territoire, et pas le moins riche, ils ont prospéré, aidés par l'aveuglement d'un prince entiché d'eux ! Ils se sont reproduits aussi vite que les cafards, se sont introduits partout, ont diversifié leurs activités, gèrent l'argent des trois cinquièmes du royaume…

Ils sont PARTOUT ! Mais ils sont CHEZ MOI ! Et nous allons le leur faire, fermement, comprendre !

Dans les différents groupes de la hiérarchie palatale [Je sais ce que tu vas dire, Nadine, connaissant tes talents de lexicologue, « palatale » appartient au domaine linguistique de la phonétique et désigne le point du palais buccal servant appui d'articulation de certaine voyelle ou consonne, voire phonème composite. Élémentaire ! Mais, soyons fous et étendons son usage au domaine architectural !], des regards dubitatifs, inquiets ou franchement **satisfaits s'échangèrent en silence.**

Internes à chaque échelon, évidemment, on ne mélange pas…

Sauf parmi les esclaves, yeux rivés au sol. L'esclave n'a de regard que si son maître lui dit quoi regarder.

Mine de rien, que personne, j'en suis sûr, parmi mes auditrices, ne saurait confondre avec gisement épuisé – c'est moins sûr chez mes auditeurs –, vous venez d'assister à la création, par Pharaon, d'un concept qui gagnera la planète entière, pour des milliers d'années et servira de point d'appui, de levier, à des centaines d'enc… Oups ! De dictateurs et de « démocrates à poigne » de tous poils pour faire oublier à leur(s) peuple(s) QUI les a mis dans une merde noire… mesdames zet messieurs voici :

LE BOUC ÉMISSAIRE !

Générateur, œuf fécondé, matrice de tous les maux, de la pluie d'insectes ravageurs au bouton d'acné résistant, en passant par les beaux-parents et votre dernière infection urinaire.

Quel insigne honneur, pour les filles et fils d'Abraham, de devenir, collectivement, la première cause officielle, estampillée par un être d'essence divine, de tous les malheurs d'un peuple !

L'archétype, le modèle indépassable !

« Et, continue Pharaon, l'Hébreu s'installe, s'étend, s'enfle, s'infiltre !

SE REPRODUIT ! PLUS, ET PLUS VITE QUE L'ÉGYPTIEN ! »

BUT ! Deuxième but de Pharaon !

Deuxième concept novateur qui durera des millénaires :

LE GRAND REMPLACEMENT !

Encore un immense succès dans les siècles à venir ! Il est intellectuellement épuisant à suivre !

« Donc, qu'ordre soit donné aux accoucheuses cananéennes, de ne laisser vivre que les filles. Les mâles de cette engeance parasite devront disparaître ! Compris ? La semence de mâles égyptiens effacera cette moisissure ! »

Troisième but ! Le coup du chapeau, comme au foot ! Troisième invention bouleversifiante !

LE NETTOYAGE ETHNIQUE !

Une telle perversité, c'est de l'ART !

***

Pharaon lança un grand programme de BTP dont la direction fut confiée à des cadres égyptiens connus pour leur dureté envers leurs ouvriers… égyptiens… Alors, avec ces « mouches à merde d'Hébreux »…

Pour ce qui était travaux des champs, une soudaine pénurie de bêtes de trait « obligea » les paysans égyptiens à les remplacer par des Hébreux.

Toutes tâches payées majoritairement en coups de pied au cul…

Double ration pour les heures sup.

En revanche, côté sage femmes, bilan désastreux.

Aucun nouveau-né Hébreu ET mâle ne mourait.

Explication donnée par les maïeuticiennes :

« Nos femmes sont tellement fortes de constitution, que quand nous arrivons, le plus souvent, elles ont déjà mis leur enfant au monde. On n'a jamais vu de garçon… »

Pharaon, conscient d'être pris pour ce qu'il savait ne pas être (on suit ?), changea de stratégie, ordonnant à tout son peuple de noyer les nouveau-nés mâles des Hébreux. Pas les filles « ça » peut servir.

Que disais-je, déjà ?

Ah, oui…

Ça sent pas bon.

Pas bon du tout.

Du tout !

Moïse, the avenger
By Marvel Comics

Un jeune homme de la maison de Lévi, fils d'Isaac et frère de Joseph qui fut le favori du précédent pharaon et son intendant général pour le royaume d'Égypte, épousa une jeune femme de la maison de… Lévi.

Avant que Théo, Kevin, ou Vanessa ne fassent preuve d'un humour douteux concernant la probabilité que les faits ne se fussent déroulés dans les Hauts de France, région célèbre, selon une rumeur TOTALEMENT INFONDÉE, pour ses partouzes familiales, précisons immédiatement, et pour tous les récits bibliques à venir, le sens *conceptuel métaphorique* du vocable *maison* pour le peuple hébreu :

Quand je dis : *la maison* de Lévi, il faut entendre Lévi lui-même, fondateur de la lignée, même s'il est aussi mort qu'une carpe farcie.

Sa femme légitime.

Ses concubines, en CDI, CDD, voire stagiaires.

TOUS les marmots pondus par ces femelles.

Ses employés, esclaves, Alliés…

Bref, tout bipède, membré ou fendue qui dépend du bon vouloir de Lévi.

Ou de son successeur.

Des questions ?

Non ?

J'y retourne.

De l'union d'Amram, le père, avec Jocabed… la mère (bien Sophie tu suis !), naît un garçon.

Un beau garçon.

Jocabed décide de courir le risque de le garder.

Elle le garde. Caché.

Trois mois.

« Comme elle ne pouvait plus le cacher ». Là, je cite.

Le mioche devait avoir une voix de cor de chasse un jour de Saint-Hubert, le genre de voix qui fait immédiatement s'exclamer un sbire de la police pharaonique : « Nom de Râ, ça, c'est un nourrisson hébreu mâle ! J'en mets ma main à couper ! »

En tout cas, elle fabrique une boîte de jonc – donc un récipient qui ferme et non un panier, invention d'Hollywood pour une plus belle image – qu'elle rend étanche avec de la poix et du bitume, et dépose le tout le tout dans une roselière du fleuve, confiante dans la bienveillance de l'éternel…

Et qui est la belle jeune dame qui vient tout bien se baigner, avec ses suivantes, pile dans cette roselière-LÀ ?

LA Fille DE PHARAON !

Si !

Herself en personne !

Et qu'est-ce qui « l'interpelle quelque part », la fille du souverain ?

Une boîte de jonc qui colle aux doigts que c'est un vrai bonheur et qui gueule comme un cor de chasse qu'est même pas encore inventé !

Bon, elle la fait ouvrir. Les suivantes sont là pour se dégueulasser à sa place, sans dec !

C'est un petit garçon (il est à poil, pour qu'elle le sache tout de suite ?), qui chouine à s'en péter les poumons.

Elle dit : « C'est un petit Hébreu. »

Elle ajoute : « Il me fait pitié ! Mon père est très remonté contre les Hébreux, nous dirons que c'est l'enfant de l'une de vous. »

« Princesse Bithiah, dit une servante, je peux lui trouver, chez les Hébreux, une nourrice pour l'allaiter. »

Et qui est cette servante si serviable ?

C'est la sœur aînée du gueulard !

Si !

Et qui elle ramène, comme nourrice ?

Hein, qui ?

Jocabed !

Qui emporte le bambin pour l'allaiter…

Ça tombe bien, elle a du lait !

Le bol !

Mais non, que je suis distrait !

C'est normal, c'est sa mère !

Même dans « Plus belle la vie », les scénaristes n'auraient pas osé !

Mais trêve de commentaires ironiques, revenons à l'enfant hébreu sans nom.

Personne n'avait remarqué ?

Voilà une famille, des Hébreux, archétype de LA famille, dans laquelle naît

UN GARÇON, apparemment le premier, à qui PERSONNE ne donne un prénom !

Passons…

De toute façon, la psychanalyse est encore très loin d'être inventée.

Lorsque Machin cessa de téter (moi, il arrive que ça me reprenne.), sa mère hébreue le ramena chez sa mère égyptienne, déchirée de chagrin, mais consciente que son fils bien aimé ne serait nulle part plus en sécurité que dans les appartements de la fille du pharaon hébraïphobe…

Si, ça existe !

À partir de maintenant !

De plus, Jocabed se faisait du mal pour rien, car Bithiah les accueillit à bras ouverts, précisant immédiatement que le garçon ne serait jamais empêché de voir sa mère porteuse.

« Je l'appellerai Moïse, car je l'ai tiré de l'eau. »

« Pour moi la vie va commencer », se réjouit Moïse, qui préférait Moïse à Machin.

Ce qui prouve qu'il avait du goût !

Le temps passa, n'ayant rien d'autre à faire…

Moïse grandit, pour passer le temps.

Ses liens avec ses deux mères, ses deux familles, ses deux cultures…

L'une tendant vers un monothéisme encore flou, parcouru de hoquets de paganisme, l'autre dotée de dieux aux attributions précises, de prêtres, de rituels, de temples, de cérémonies somptueuses et codifiées…

En concurrence permanente les uns avec les autres pour rameuter les pigeons à plumer.

Oups, pardon, pour accueillir dans la joie les fidèles en liesse…

Et leurs offrandes, en nature, ou en pièces de divers métaux, faut pas faire la fine bouche. Le tout sous le regard aquilin et royal de Râ réincarné : Pharaon.

Si Moïse aimait immensément sa mère adoptive, il se savait, il se SENTAIT, dans ses tripes, ses nerfs, son esprit, membre du peuple hébreu.

Il se savait privilégié, connaissant parfaitement le sort commun des Hébreux d'Égypte.

Ce qui le faisait passer du chagrin à la pitié, de la pitié au désespoir, du désespoir à la rage.

Tout le palais, souverain inclus, savait à quoi s'en tenir quant à la vraie nature du « fils de suivante de la princesse »…

Pour la cour, Moïse était l'animal de compagnie de Bithiah, fille préférée du patron. Le chic du moment était plutôt le guépard, mais bon… Si ça lui faisait plaisir…

Cependant, sa vêture et son air altier, joints à une carrure d'athlète en faisaient, pour toute personne non informée, un Égyptien pur jus.

Ce matin-là, partant vers le village de sa mère « naturelle » pour lui faire un gros poutou filial, il tomba sur un petit groupe d'esclaves hébreux qui creusaient des canaux d'irrigation, sous les insultes et la bastonnade d'un contremaître égyptien trépignant de rage baveuse.

Moïse fait un rapide tour d'horizon, ne voit personne.

Il charge l'hystérique de souche, le gratifie d'un placage de rugby (anachronisme, je sais, c'est pour l'image.), Le ramasse par les chevilles, lui fait faire quatre tours à toute blinde, façon lancer de marteau, et lui explose la tronche sur un tronc de palmier.

Puis va faire le bisou à maman.

Au jour pointant un bout de nez rose, le lendemain, il prit la route de ce qu'il faut bien appeler une réserve…

Voici qu'il croise deux ouvriers de son peuple qui se couvrent d'injures, tout près d'en venir aux mains…

Vu de plus près, c'est même déjà fait, si l'on considère comme indice probant la superbe bosse « lilas foncé » qui orne une des quatre orbites…

« Pourquoi frappes-tu ton frère ? »

« T'es juge, toi, le collabo ? De quoi tu te mêles ? Tu vas me tuer, comme le contremaître ? À cette heure, tu as été dénoncé dix fois ! »

Moïse trouva plus raisonnable de déguerpir sans tergiverser, et de voyager léger pour gagner du temps…

Le fugitif se réfugia…

Si, je l'ai fait exprès, celui qui se réfugie – où que ce soit – commence par fuir.

Au sens premier, le refuge est un abri pour le fugitif. De *fugere,* fuir.

Même les refuges de montagne.

Pour le randonneur imprudent qui fuit l'orage…

Donc, se réfugia en pays de Madian, où, rompu de fatigue, il s'assit près d'un puits… Ceux parmi vous, qui ont suivi le récit de la Genèse le savent, en milieu aride, le puits est un endroit capital pour la vie sociale, à la fois bistrot, centre d'information, voire club de rencontres.

La preuve : SEPT jeunes femmes encadrant un troupeau de bovidés s'avançaient vers lui, d'un pas ondulant et paisible, dans la lumière tremblante de chaleur.

À un cil près, mais quand même après les « miss tunique mouillée », quatre bergers et leurs ovins, tentent de faire boire leur troupeau bêlant avant les bêtes à cornes des filles.

Dès le premier K.O. offert par Moïse, ils passent leur tour.

Les sept canons retournèrent chez leur père, qui se trouva être, le hasard fait bien les choses, une fois de plus, la plus haute autorité du patelin, grand prêtre de la divinité en fonction dans le secteur.

Apprenant qu'un Égyptien baraqué avait secouru ses sept top models, il le fit quérir – non, pas courir, Jennifer, quérir, chercher, si tu préfères… –, le reçut comme un messager des dieux, et, dans la foulée, le maria à Séphora, le clou de sa collec de bombasses.

Quand faut y aller, faut y aller !

Elle lui donna un fils que Moïse nomma Gersam.

« Né en terre étrangère ».

Pendant ces longs jours, le roi d'Égypte mourut.

Les cris des enfants d'Israël, qui craignaient que cela ne soit encore pire avec le suivant, attirèrent l'attention de Dieu qui se souvint d'eux et les reconnut.

« Se souvint d'eux… »

Distrait, Alzheimer… ou buveur excessif, l'Éternel ?

Du feu de dieu !

Jethro, Grand Prêtre de Madian, avait, donc, donné sa fille chérie Séphora en justes noces à Moïse. Dans la foulée, il lui donna aussi la garde de son troupeau.

C'était ainsi, en ce temps béni, le père *décidait, seul.*

Et, ni les vaches ni les filles n'avaient quoi que ce soit à dire.

Tout fout le camp !

Trêve de nostalgie patriarcalo-réac, je reprends.

À la tête de son troupeau, il ascensionne, tranquillou…

Non, Nath, il ne grimpe pas, il n'escalade pas, c'est pas de la varappe, c'est du pastoralisme bovin.

Et, quand un mot manque, pour traduire, transmettre, l'image, l'idée, l'ambiance que Je veux faire ressentir, Je LE CRÉE ! Pour les mots, DIEU, C'EST MOI !

… il ascensionne, tranquillou, la pente moquettée d'herbe grasse d'un alpage montagnard.

Bêtes et bouvier progressent vers un gros bosquet d'eucalyptus qui, en une milliseconde, se met à cramer comme une flèche de cathédrale !

À ceci près que le bouquet d'arbres NE SE CONSUMME PAS !

Le feu prend une ampleur titanesque, et… Le bois ne brûle pas !

« C'est pas Dieu possible ! », s'exclame Moïse, abasourdi.

« Mais si, mais si ! », répond le bosquet.

Car Dieu est omnipotent ET un brin farceur.

« Moïse, approche ! »

« Eueuh… c'est pas… pas pour dire, hein, mais c'est chaud ! »

« Ne crains point, aie foi en Moi. »

« Ben, c'est pas de refus, mais c'est qui, « Moi » ? »

« Je suis le Dieu de ton père, le Dieu d'Abraham, d'Isaac et de Jacob-Israël. »

Moïse gardait les yeux obstinément tournés vers ses pieds, craignant de croiser le regard de Dieu.

Et puis, hein, allez regarder un gros buisson qui crame dans les yeux…

Yaweh reprit :

« J'ai entendu la souffrance de mon peuple, j'ai vu ce que ses oppresseurs lui font endurer. Je suis descendu pour le délivrer du fouet égyptien et pour lui offrir une terre fertile où coulent le lait et le miel. Où vivent les Cananéens, Héthéens, Amorrhéens, Phéréziens, Hévéens et Jébuséens. »

« Ben, ça fait déjà pas mal de monde. », marmonna Moïse.

Dieu fit celui qui n'avait pas entendu.

« Maintenant, va, je t'envoie auprès de pharaon pour faire sortir d'Égypte les enfants d'Israël. »

« Moi, Moïse, je vais aller *ordonner* à Pharaon de laisser partir mon peuple ? »

Sérieux ? Ça sent pas un peu la fausse bonne idée et la vraie lapidation ?

« Je serai avec toi. Sois serein. »

Il y eut un silence. Long.

« Donc, je retourne en Égypte, je porte ton message aux Hébreux. Le Dieu de leurs pères, patin, couffin. Vont me demander ton nom… »

« Tu leur diras : Celui qui EST, Yaweh, le Dieu de vos pères, et de tous les patriarches a vu vos souffrances, entendu vos cris de chagrin et de désespoir. Il m'envoie vers vous pour que vous sachiez qu'il va vous mener hors de peine, hors d'Égypte, en une terre fertile où vivent les… »

« Ça va Seigneur, j'ai la liste, et je termine avec le lait et le miel. »

« C'est ça. Toi et les anciens irez devant Pharaon *exiger* qu'il vous laisse partir jusqu'à cette montagne, offrir des sacrifices à Yaweh, Dieu du peuple Hébreu. »

Moïse attendit la suite. En silence.

« Naturellement, ce gros païen arrogant refusera. Alors, je frapperai l'Égypte de prodiges terrifiants, je ferai en sorte que vous ne partiez pas les mains vides. Chaque femme recevra de sa voisine vêtements, objets de métaux précieux, bijoux, dont vous doterez vos fils et filles. L'Égypte sera terrifiée ET nue ! »

« Tu m'étonnes, je vois déjà la réputation de fosse à purin qu'on va se coltiner ! Y en a pour des siècles ! »

Une fois encore, Yaweh fit celui qui n'a rien entendu.

Magicien stagiaire

Moïse, à haute voix :

« Seigneur, loin, très loin de moi, le début d'un commencement d'une esquisse de doute à votre égard, certes non ! Mais, mes frères et sœurs du peuple hébreu d'Égypte, chicaniers, méfiants, ergoteurs, individualistes frisant le pathologique, capables de contester que la pluie mouille…

Écouter et croire un fugitif hébreu recherché pour meurtre, ça ne va pas être une partie d'osselets à la récré ! »

Comment, So ? C'est… un portrait des Français ? C'est pas faux. Les Hébreux étaient une sorte de Gaulois rouspéteurs des terres bibliques…

L'Éternel demanda :

« Que tiens-tu dans ta main ? »

« Mon bâton de marche. »

« Jette-le au sol. »

Moïse aurait pu battre le record de saut en longueur en marche arrière, tant le serpent qui était son bâton une seconde avant était antipathique, balèze de chez balèze, rouge et noir, avec des crocs de contrôleur fiscal.

« Ramasse-le. »

« Sérieux ? »

« Par la queue… Allez ! »

À peine effleura-t-il, en tremblant, la queue du monstre, que l'ophidien redevint canne…

« Alors ? »

« Alors, ils vont crier au trucage… »

« Mets ta main sur ta poitrine. »

« Voilà. »

« Retire-la. »

La main était noirâtre, purulente, couverte de bubons informes, puait comme un bouc sortant d'une vasière.

Moïse faillit vomir.

« Repose-la sur ton cœur. »

Sans enthousiasme excessif, Moïse obtempéra.

« Regarde-la. »

La main avait retrouvé son aspect sain.

« S'ils ne croient pas au serpent, ils croiront à la guérison. Et, s'ils ne croient ni à l'un ni à l'autre, tu iras puiser de l'eau du fleuve et tu la verseras sur le sol, à leurs pieds. L'eau deviendra sang.

« Il reste quand même un obstacle… »

« Lequel ? demanda l'Éternel, qui connaissait la réponse. »

« Moi… Dans ma tête, tout est bien rangé, mais dès que je parle en public, c'est comme vouloir mettre de l'ordre dans le grenier de tata Rachel !

« Je m'embrouille ! J'ai la langue plombée ! »

L'Éternel, malgré son infinie patience (demandez aux Gomorrhéens et Sodomites !), poussa un gros et long soupir, genre : « ça commence à me moisir l'odeur de sainteté… », lança en poussant la sono et en détachant les syllabes :

« STOP ! TU, TOI, MOÏSE, Je t'ai ÉLU ! TU porteras mon message ! Ton « frère, Aaron le Lévite sera avec toi. Il parlera aussi au peuple. Et, je serai avec vous, partout, à chaque instant. Prends le bâton, et va ! »

« Élu ! Élu ! Il est bon, Lui ! J'étais pas candidat moi ! »

« J'ai entendu ! Bouge ! »

Moïse s'en fût demander son bon de sortie à Jethro – son beau-père, Théo, suis un peu !

Jéthro lui donna sa bénédiction.

Moïse, sa femme, ses fils, montés sur des ânes, Moïse, le bâton de Dieu en main, fin prêt.

« Ne crains rien, en terre d'Égypte, tous ceux qui te voulaient du mal sont morts »

« Merci pour l'info, Seigneur ! »

« Prends soin de ce bâton, il te donne une part de ma puissance. »

« Tu l'utiliseras devant Pharaon. »

« Bien sûr, cet adorateur des dieux de contrefaçon refusera de laisser partir mon peuple… Tu lui diras : Laisse aller mon peuple, le premier né de l'Éternel, ou je ferai mourir *ton* premier né ! »

Ils se mirent en route.

Ils furent bientôt sur la montagne sacrée du buisson ardent, où, envoyé par Yaweh, Aaron les attendait.

Moïse lui expliqua la mission divine.

Aaron, qui ne se prenait pas pour le quart de la moitié d'un pois chiche, répondit, en se frottant les mains : « Fastoche ! »

En effet, les prodiges du bâton, la tchache d'Aaron, convainquirent les Hébreux…

Il y eut même des cris d'enthousiasme !

Chuchotés… On ne sait jamais qui écoute… ou qui dénonce.

Let my people go !
By Louis Armstrong

Remontés à bloc d'avoir franchi, haut la main, l'épreuve de la conviction de leur frères et sœurs, Moïse et Aaron prirent le chemin du palais royal.

Épaté par le culot de ces deux sous-hommes inconscients, Pharaon ordonna de les faire entrer, sous bonne escorte.

Pendant qu'ils traversaient la salle du trône, il les observa en détail.

Il vit deux gaillards, dépassant d'une tête la plupart des dix gardes qui les encadraient lance au poing, l'un vêtu de rouge, l'autre de blanc.

Ils se présentèrent, sans arrogance, mais sans obséquiosité excessive.

« Je suis Moïse ben Amram », dit le rouge.

« Et moi, Aaron ben Amram », enchaîna le blanc.

Ah, oui, il faut que je vous dise, le prédécesseur du pharaon en fonction avait abandonné sa politique d'avortement « post-accouchement », bien avant d'aller se faire peser par Osiris. Le dieu des morts, c'est ça, Kevin, bravo !

Son intendant général lui avait fait remarquer que c'était du gâchis :

« Prince divin, les mâles hébreux sont esclaves, d'office. Les laisser vivre te ferait gagner beaucoup d'argent, ils remplaceraient, pour rien, des ouvriers que tu dois payer…

« C'est pas faux… »

Il leva donc l'ordre de mort des nourrissons, et… fit jeter en prison, à l'isolement, l'intendant qui se permettait d'avoir de meilleures idées que son roi !

Non, mais !

Pharaon – le nouveau – suivez, bon sang ! dit :

« J'écoute, esclaves, faites vite, vos corvées attendent. »

Moïse :

« Voici la parole de Yaweh, dieu d'Israël, père des Hébreux : Laisse aller mon peuple, qu'il aille célébrer ma puissance et ma gloire dans le désert. »

« Il aurait pas un peu le melon enflé, ton… Yaweh, pour croire que je vais me soumettre à sa volonté ? Des dieux, on en a des pelletées ! Et lui, tout seul dans ses sandales, il va faire plier l'empire, tout puissant des deux Nil ?

Ton Yaweh, ici, ce n'est RIEN ! Je ne connais pas Yaweh ! Je m'en tamponne les hiéroglyphes, de Yaweh ! Les cancrelats hébreux ne sortiront pas d'ici !

Et, vous deux, vous allez retourner au chantier, une pointe de lance dans le cul ! »

À noter : dès qu'il est contrarié, Pharaon « cause » comme un tourneur fraiseur d'Aubervilliers, j'y peux rien !

Presque, il aurait pu dire : « Ils vont voir qui c'est Raoul ! », mais Audiard, quatre -cinq mille ans avant notre ère… Ça le fait pas.

Les deux Hébreux partis, il donna de nouvelles consignes :

« Ces cloportes travaillent à la fabrication de briques pour mes Grands Travaux, exact ? »

« Exact. »

« Avec de l'argile et de la paille, exact ? »

« Exact. »

« La paille leur est apportée sur le chantier. »

« Oui, Seigneur. »

« Maintenant, ils iront la chercher ! Ils devront, quand même, fabriquer la même quantité de briques ! Ce sont des paresseux de naissance ! Voilà pourquoi, ils disent vouloir honorer leur Yaweh dans le désert. Des tire au flanc ! Je vais leur passer le goût de la randonnée ! Et des prêcheurs illuminés ! »

Les hommes du peuple de Jacob-Israël comprirent vite qu'ils venaient de passer du difficile à vivre à l'insupportable.

Évidemment, le cumul des tâches rendait impossible la réalisation des exigences de Pharaon.

Les coups de bâton bleuirent les dos des ouvriers, zébrèrent tout le corps des contremaîtres.

Il y eut même quelques exécutions, « pour l'exemple ».

En comparaison, l'enfer était une oasis de volupté…

Les contremaîtres les plus courageux allèrent se plaindre à Pharaon.

« La charge de travail, sans la livraison de paille, est impossible à mener à bien. Le peuple dont tu es le maître est épuisé. De plus battu, fouetté à se vider de sang… »

« Ce n'est pas la tâche qui est impossible, hurla le monarque cramoisi de rage. C'est votre peuple de larves des marais qui est paresseux au-delà du concevable. Remplissez vos obligations. »

« Ou mourrez ! »

Sur le chemin du retour, la délégation tomba sur les frères Ben Amram, qui venaient aux nouvelles.

Le désespoir des rembarrés se mua en rage.

« Bravo, les frères Délire, bravo mille fois ! On était dans la merde jusqu'aux tétons, grâce à vos branquignolades, on l'a dans les narines, si on reste sur la pointe des pieds ! Faudrait voir à voir à nous sortir de là ! ON VA TOUS CREVER ! »

NOTE du CONTEUR : Le langage biblique est souvent répétitif, tarabiscoté, j'ai choisi le « banlieusard 9/3, plus accessible à des abonnés Facebook…

Sur quoi, Moïse et Aaron restèrent cois.

Moïse, le premier, retrouva ses esprits.

« Seigneur tout puissant, en quoi ma mission a-t-elle changé le sort de mon peuple ? C'est pire qu'avant ! Mon discours devant Pharaon, loin d'arranger la situation des enfants d'Israël, l'a aggravée au-delà de l'imaginable ! »

« Pas de stress, répondit Yaweh, avec la voix de Brando dans le parrain, je vais lui faire une proposition qu'il ne pourra pas refuser… Il ne va pas vous laisser partir… il va vous VIRER du royaume ! »

Les scribes de la bible étaient-ils des escrocs ?
Petit moment de réflexion nappé de doute

Après plusieurs lectures du chapitre six du livre de l'Exode, cette question m'a poursuivi jusque dans mon sommeil, habituellement peuplé de stars féminines internationales qui veulent, en général, faire des folies orgiaques de MON corps.

Ce qui, bizarrement, n'arrive JAMAIS lorsque je suis éveillé.

Vais-je, leur narrer ce passage, au risque :

1 De passer, MOI, pour un arnaqueur.

2 De mériter l'adjonction à ma personne de l'adjectif « gâteux ».

3 De voir mon auditoire ronfler comme un sénateur en séance plénière au bout de dix minutes…

J'explique (et non pas « Jex Four, comme pourrait le faire un fan d'Alice Sapritch, les vieux comprendront) :

Un nouveau dialogue s'installe entre Momo et Yaweh, ce qui serait d'une banalité confondante, pour un passage de la Bible, si l'Éternel, comme pour vérifier qu'il n'est pas atteint du syndrome d'Alzheimer, ne se mettait à remonter le temps pour évoquer ses promesses antérieures, à Abraham, Isaac et Jacob.

Non, So, il ne rabâche pas, il pédagogise. Si ! Si je veux ça existe !

La répétition est le socle de l'apprentissage !

Et puis, une fois copié, ça fera un plus gros bouquin, ça impressionne.

Emporté par l'élan, il répète ce qu'il a déjà dit dans les chapitres 4 et 5 :

Le discours au peuple, l'ultimatum à Pharaon…

Moïse, qui sait son texte, rétorque tête qui pense et langue qui boite…

On connaît.

Yaweh, malgré sa sérénité innée – forcément innée, puisque, éternel, il n'est jamais né, ici, innée signifie « pas née » – non, Vanessa, en deux mots ! C'est pas du colin de chez Picard surgelés !

Yaweh, donc, commençait à « avoir sérieusement les abeilles », les boules si vous préférez.

« Arrête de chercher à te défiler, nom de Moi ! (Je sais, je l'ai déjà faite, quand on aime, on compte pas.) Tu prends ton bâton d'une main, ton frangin de l'autre, et vous allez me foutre sa race à l'autre pompeux ! Vu ? »

Moïse se le tint pour dit, et reprit, sans enthousiasme excessif, reprit le chemin du palais.

Ainsi, je vous sauve de deux pages de répétitions dormitives.

Anesthésiantes… Chiantes, si c'est plus clair…

Incroyables talents
I

« N'empêche, j'étais pas candidat ! » marmonnouillait Moïse, sur le chemin du retour… Malgré les paroles rassurantes de Yaweh – je sais, je l'ai appelé Yahvé, antérieurement, mais Il a lu par-dessus mon épaule, et Il préfère comme ça.

Et je vais pas contrarier un esprit divin qui rase DEUX villes pour une histoire de bilboquet humain quadricouille…

Pas de « ça ziste pas » ? Y a du progrès.

Donc, Il – c'est bien, Il, 2 lettres, économie de papier, je sauve la forêt tropicale ! – dit : « Te casse pas, grand trouillard, je te soufflerai, je te colle aux semelles ! »

« Heueu… pas trop près, je suis en tongs, c'est un coup à me péter une cheville !

Il eut l'indulgence de trouver la vanne acceptable… C'est pas tout ça, mais nous voilà aux marches du palais – oui, Mimi, comme la chanson, mais sans la « tant belle fille, lon la ! » –…

Parlotte habituelle avec les body-buildés en jupette au pied des colonnes,

« Bougez pas, on va demander… »… « Le roi divin va vous recevoir ».

Frisson d'agacement chez le coach des deux frangins, qui tique sur le mot « divin »…

Comment ? C'est qui ? « Il », bien sûr, Yahvé-Yaweh ! La concentration, c'est pas ton fort, Manon !

« Encore vous ? C'est pourquoi, ce coup-ci ? » bâilla le chapeauté serpentaire…

« Eh ben… eueuh… balbutia Momo, qui cala en plein carrefour, avec un refus de priorité à police secours, le jour du permis… pour vous donner une idée de la qualité du bug de son unité centrale.

Aaron réagit immédiatement : « Tu le sais, souverain solaire, Yaweh, béni soit son nom, EXIGE, sous peine de jeter ton royaume dans la confusion et le désespoir, que tu laisses aller Son peuple hors d'Égypte pour qu'il aille l'honorer par des sacrifices, dans le désert.

"Vous me gonflez grave, rebâilla le couronné, qui aimait faire sa caillera quand on lui courait sur le métabolisme, J'ai déjà dit : NON ! Si vous comptez me faire changer de réponse, faites un miracle. Et costaud ! Pas me sortir une pièce d'or de la narine ! »

« Vois, Seigneur du Nil généreux ! » Aaron jette son bâton de marche sur les dalles. Un monstrueux serpent rampe vers le trône…

Les mages du palais en font autant avec leurs bâtons, pour le même résultat.

Le serpent des frères hébreux boulotte ceux des Égyptiens… Puis, redevient un paisible appui de marcheur.

« Ouais, lâche le monarque… Ouais… Va falloir faire mieux… Mais pas maintenant… Demain matin… Vous arrivez à point, je m'ennuyais… »

Incroyables talents
II

1. Le sang

Au matin du jour suivant, Moïse et Aaron attendaient au bord du fleuve, père du royaume, selon les consignes du Dieu unique, que Pharaon vînt rendre grâce au Nil pour ses bienfaits, ainsi qu'il avait coutume de le faire.

Phrase qui prouve, s'il en était besoin, que votre humble conteur peut dépasser le stade littéraire de : « Wesh, gro, ça farte, ou bien ? » Lorsque l'heure est grave.

Non Kevin, pas l'Eure-et-Loir ! Mais c'est bien que tu saches que ce vocable géographique existe !

Et LÀ, elle l'est ! (grave, suivez bon sang !)

Les dix plaies d'Égypte, c'est pas la grippe saisonnière !

« Coach » Yaweh briefa les duettistes, surtout Moïse, Qui donnait l'impression d'avoir roulé une pelle à un mur de briques après son crash à l'oral, la veille.

«Bon, celui-là, faut lui effondrer l'orgueil ! Alors, on se sort les doigts (Il est plus Aimé Jacquet que Jacques Santini…) et on se le traumatise. Moïse,

TU VAS LUI PARLER ! Tu lui RE-pose mon ultimatum, je ferai le starter pour t'aider au démarrage. Peuple, désert, sacrifice, sûr, tu sais ton texte.

Aaron, tu te tiens prêt à exécuter les ordres de ton frère.

Cette outre, gonflée du Simoun du désert, refusera encore, Moïse, tu ordonnes à ton cadet de frapper le fleuve du bout du bâton.

L'eau sera changée en sang… Ça roule ? »

On dirait que l'Éternel s'investit à fond dans le style « coach déterminé, non ?

Arrive le coriace pompeux.

Moïse l'interpelle. Respectueusement, mais à forte voix.

« Laisse aller mon… et la suite… » Pas un lapsus, un « eueuh », un hoquet, une hésitation ! LE pied !

« Sinon quoi ? » goguenarde l'extrait d'essence supérieure…

(Si on peut être goguenard, on peut goguenarder ! Merci de m'avoir épargné vos protestations.)

« Sinon, Aaron frappera l'eau de son bâton, et Yaweh changera l'eau pour du sang. Les poissons mourront, les Égyptiens seront dégoûtés, ceux qui en auront bu chieront du boudin ! (bon, Moïse n'a pas dit ça, mais moi, ça me fait marrer !)

« Ça me plairait bien de voir ça ! »

« Aaron, pour Yaweh l'unique, FRAPPE ! »

PLAF ! Dès l'aval du point de frappe, l'eau devint du sang.

« Reprends-toi, Roi très puis… »

RE, RE, RE, RE, etc., PLAF !

Quelques coudées en amont, les magiciens du cru, hilares, venaient, eux aussi, de changer le Nil en banque du sang !

Balle au centre.

« C'est pas tout ça, mais j'ai un royaume à gérer, les comiques !

« À demain. »

« J'y compte bien, pensa Yaweh… »

« J'ai entendu, dit Moïse »

« Je sais, dit l'Omniscient. »

Incroyables talents
III

2. Les grenouilles

« À demain. » Pharaon avait clos la séance par ces mots…

Optimiste, Pharaon !

SEPT jours ! L'effet bâton divin plus bâtons « Service magique royal » dura SEPT jours !

On vit les fellahs les plus pauvres comme les plus riches marchands creuser avec acharnement, des berges du fleuve jusque très loin dans les terres dans l'espoir d'une goutte d'eau. À s'arracher les ongles.

Quand « ceux qui ont réussi » jouent à des jeux à la con, la foultitude… (pas de réaction indignée ?) trinque.

Il n'y a rien là-dessus dans Le Livre, mais j'ai tendance à penser que Pharaon fit bosser ses mages pour que le palais ait sa livraison quotidienne de Cristaline.

Enfin, je vous dis… c'est pas mentionné…

Yaweh dit à moïse :… ce qu'il lui dit à chaque fois… Laisse, peuple, sortir, désert, sacrifices, Yaweh…

Les « mots clefs », manque plus que Google ! (Google DANS la Bible, je suis TRÈS FORT ! Tiens, je me rencontre, je te jure, je m'épouse !)

La suite laissa Momo dubitatif.

Là, je n'allusionne pas ; un film des deux Jacques : Duby et Tati.

« Sinon, j'enverrai le fléau des grenouilles ! Sur toute l'Égypte ! »

« Des… grenouilles ? Vous êtes sûr… sûr, Très Haut ? »

« Insinuerais-tu que l'Éternel (j'ai déjà utilisé le syndrome Delon, parler de soi à la troisième personne) devrait consulter ? Prendre ses gouttes ? »

« Grenouilles, ça va paniquer le Soleil humain ? »

« Tu verras… »

Fin de dialogue.

Moïse apostropha Pharaon…

Oui Sophie ? Apostropha – Pha, ça ? Chie dans l'oreille ? Pends un coton-tige.

« Yaweh t'a remis l'eau et le courant, dans le Nil (blague d'anticipation pré-EDF Suez !). Mais, crains sa colère si…

À l'énoncé de la prochaine catastrophe, le souverain, qui avait la prostate gréviste se pissa dessus de rire, tachant sa très seyante jupette.

Il avait tort !

Il existait déjà 3 800 espèces de grenouilles et crapauds (pas de discrimination péjorative !), des millions d'individus dans chaque espèce. L'auréolé les convoqua, au grand complet, en terre égyptienne ! Et fit chauffer son imprimante « 3D » pour en balancer d'autres par-dessus les premières !

La crise des migrants, puissance 1000 000… ! Les bestioles coassantes couvrirent la terre sur trois hommes de hauteur, envahirent aussi bien la cabane en torchis du dernier des fellahs que les chiottes en marbre d'Amenotroutsis II (ou VIII, c'est MON pharaon, Non ?), qui se retrouva avec le bout de la langue préhensile d'un de ces amphibiens collé à son « œil de bronze », pris pour une grosse mouche brune !

Et les Nobel de magie du cru en rajoutèrent une couche, pour ne pas passer pour des branques…

ET LE BRUIT !

Proche de ton interlocuteur à pouvoir lui rouler une galoche, OUALOU

POUR L'ENTENDRE !

SODOME, GOMORRHE, HIROSHIMA, NAGASAKI, CÉLINE DION !

L'horreur absolue…

Pharaon convoqua les duettistes.

« Je laisserai votre peuple aller faire ses simagrées à ton maître céleste, d'accord, d'accord ! Mais débarrasse-moi de ÇAAAA ! »

Moïse fit passer le message.

Sur le champ, sauf dans les eaux naturelles, *les lissamphibiens* (ça claque, non ?) de tous poils (si, elle est bonne !), moururent d'un arrêt cardiaque, et formèrent des collines de pourriture qui empuantirent le pays pendant des mois, y compris le pays de Gessen, ancien pays édénique pour les Hébreux, devenu réserve de bêtes de somme.

Soulagé et vexé d'avoir eu un moment de faiblesse, Pharaon reprit sa parole.

À mon avis, il n'aurait pas dû !

L’auditoire se rebelle !

« Alex ! Alex ! AAALEXX ! »
« Ça va pas ! ÇA VA PAS DU TOUT ! »
« DU TOUT ! »
« PAS MIEUX ! »
« ZONRAISON ! »
« Pardon ? »
« Je dis, elles ont RAISON ! »
« À propos de ? »
« À propos que tu te relâches ! »
« Que tu frises l’arnaque ! »
« Qu’on est en manque ! »
« GROS, le manque ! »
« STOOOOp ! Mimi ? »
« Ben, ça fait un bon moment… »
« Un LONG moment ! »
« TROP, TROP LONG ! »
« Que ? »
« Pas une allusion ! »
« Un jeu de mots ! »
« Une anecdote, une histoire ! »
« De ? »
(En chœur) : « CUL ! »

« D'abord, mes bisounours(es) libidineux, neuses, l'Exode, c'est pas : Y m'en reste un bon bout, je vous le mets quand même ? Avec Rocco et Clara ! Les Hébreux sont esclaves, cherchent à se tirer (non, Kevin ! C'EST PAS DU CUL !), vont, le savent pas encore, errer, sans GPS, QUARANTE ANS DANS LE DÉSERT À CREVER LA DALLE (pas toi Sophie !)… »

« Croyez que ça porte au radada ? Au tourniquet moldave ? À la multiprise en survoltage ? »

« … Ben… non… »

« Vous me refaites ça, vous finissez à une conférence de Zemmour ou Finkelkraut !

Nadine, ton air d'innocence outragée ne t'exclut pas du lot ! On se connaît depuis un siècle ! »

« VU ? »

« … »

« Bon, au temps pour les crosses. Aucun sens. J'avais envie de dire ça. »

Incroyables talents
IV

3. Les moustiques

Il dit à Moïse :

« Dis à Aaron… »

« Eueuh, Seigneur de tous les « multivers » – parfaitement, Sophie, Aaron est très, très en avance, question hypothèses scientifiques de pointe… »

À moins qu'il ne soit un peu lèche cul… Et, trouver le cul d'une entité qui n'a aucune dimension dans la physique concrète, palpable, dure, quoi, faut être chercheur dans l'âme !

… INCISE INOPINÉE : pour ceux que mes parenthèses, tirets, points de suspension (non, Kevin, un suce pension n'est pas FORCÉMENT, un percepteur !) agacent, qu'ils sachent que mon maître, SAN ANTONIO, pouvait, sans forcer, caser plus d'une page sur les immenses mérites du subjonctif imparfait entre les ragnagnas de Berthe et un pet strombolien de Béru !

Le tout avec deux timides virgules, et sans vous rappeler de quoi-t-est ce qu'il causait avant la première !

« ? »

La première VIRGULE ! Suivez, un peu !

Donc, avec moi, c'est comme si je vous offrais un Tom Tom :

« À la prochaine parenthèse, remontez de cinq lignes. »

« … de tous les multivers, pourquoi est-ce moi, Aaron, le cadet, qui suis, nettement, moins gaulé lutteur que mon aîné, qui dois engranger des courbatures pour un siècle à force de cogner comme un sourd, sur tout, à tout bout de champ ? Le droit d'aînesse, ça va un moment ! Je sens venir la création du S.G.D.C.H. !

« C'est quoi, ce truc ? demande Moïse ? »

(Dieu ne demande rien, Dieu sait tout.)

« Le Syndicat Général de Défense des Cadets Hébreux ! »

Yaweh : « Dis-moi, Aaron, un petit déluge où tu serais l'ancre de l'Arche, ça te dit ? »

« … »

« JE (c'est Dieu, deux majuscules !) préfère. »

« Assez ri ! Moïse, dis au rebelle de battre le sol du bâton, quand il tombera d'épuisement, tu prendras la relève. Que chaque grain de poussière donne naissance à un moustique. Que ces nuées assoiffées de sang assaillent les riches, nobles, traîne lattes, soldats, prostituées, enfants au sein, vieillards gâteux ! »

Ainsi fut-il. Ainsi fut-ce. Ainsi arriva-ce.

J'innove, Mimi !

Aaron et Momo le bafouilleux frappèrent le sol, à tour de rôle.

Chaque grain de poussière devint moustique.

Le ciel et la lumière du jour disparurent…

Ce qui prit de vitesse les mages locaux, qui ne pouvant frapper le sol sans risquer le suicide collectif, déclarèrent, piteusement, forfait.

« Là, c'est trop fort pour nous ! »

Pharaon tira une tronche de six pieds de long, mais ne céda pas, le cœur dur comme une stèle funéraire, et sourd comme un collecteur d'impôts royal devant une jeune veuve débitrice qui refuse de lui servir de boîte à sperme.

« Qui a chuchoté « obsédé ? »

« Bon, ben… Y lâche pas, râla Moïse.

« Laisse faire le temps, ta vaillance et ton Dieu. »

Spéciale dédicace à Pierre Corneille.

Incroyables talents
V

4. Les taons

Yaweh dit :

« Ce matin, tu n'attends pas. Tu vas au-devant de cette tête de pioche, et tu lui dis : « Laisse aller mon peuple ! Sinon, un océan bourdonnant de sanguinaires mouches à bœufs submergera l'Égypte…

« Beurk ! grimaça Aaron…

« Toi, Krazuki [quoi, Anne, c'est Dieu, non ? bon], tu parleras quand je te dirai de parler ! »

Car, mes bien chères sœurs [mes frères sont devant le foot], la rancune de l'Éternel est de l'épaisseur d'un de ses cils, MAIS qui sait l'épaisseur d'un de ses cils ?

« … Submergera l'Égypte, sans toucher UN Hébreu ! »

« Trop fort ! admira Aaron, en vue d'un retour en grâce auprès du Boss… »

Pause sémantique :

« Quiz surprise… Qui me dit le nom de la mouche à bœuf ?

« Le taon ! (Nadine, Anne, Sophie, en chœur !)

« Qui a dit : « C'est de l'argent ! » ? Kévin, t'es tout rouge ! »

« T.A.O.N., Kévin ! Comme le paon ! »

« Le taon est appelé : mouche à bœuf, car il se plaît à leur sucer le sang, malgré l'épaisseur de leur peau. Et, accessoirement, tout autre mammifère à sang chaud, dont l'homo erectus, sapiens, ou autre. »

Et, que ça fait « vachement » mal, ce qui est logique pour… une mouche à bœuf !

Action ! Ça tourne !

Bon, vous connaissez la procédure, Yaweh passe à Moïse, qui passe à Aaron, qui frappe ! (du bâton)

Dans la milliseconde, les taons remplacent les moustiques, à parité d'effectifs, martyrisant tous les Égyptiens, tous de chez tous, qui lâchent la grappe des

Hébreux, qui partent en RTT avec apéro surprise. J'exagère à peine.

« STTTOOOPPP ! hurle Pharaon, vous pouvez honorer votre Yaweh !

« Sûr ? dit Momo…

« Sûr ? dit Aaron, pour montrer qu'il suit.

« Sûr, sûr, mais ici, en Égypte !

« Ça, votre divine royauté, ce n'est pas envisageable ! Vos prêtres multicartes nous haïssent, et vont nous faire massacrer ! Nous devons sortir d'Égypte a, au moins trois jours de marche. À l'abri des anti- Hébreux radicalisés…

« Vendu ! brailla le souverain nilesque qui perdait un peu ses bas, sous les assauts des taons voraces, mais pas plus loin, et vous dites deux mots pour moi à Yaweh ! Vite ! »

Sorti du palais, Moïse pria.

Yaweh renvoya la nuée bourdonnante au néant.

Et, encore une fois, le tiaré[17] à cobra (oui Nadine, femelle. Je précise) renia sa parole. Malgré ses précédents déboires.

---

[17]Tiaré : porteur de tiare.

Car, en plus de roi d'Égypte, c'était le roi des cons.
Et les cons, ça ose tout…
Pas vrai, Michel ?

Incroyables talents
VI

5. La mort des troupeaux

Moïse commençait à en avoir plein les Birkenstock… je sais, Vanouille : « ça ziste pas encore ! ».

C'est du placement de produit, hier, j'ai passé quelques contrats…

… plein les sandales, du côté répétitif du texte imposé par le PDG céleste.

Le genre mise en demeure par huissier de justice, ou citation à comparaître dans une série américaine… Voyez ?

Yaweh ordonne… mon peuple… désert… sacrifices… etc., etc.

« Homme de peu de foi, gronda l'Unique, un rien susceptible, apprends que la répétition est le socle granitique de la pédagogie ! Bon, je te fais grâce du début, pas pour toi, hein, pour les lectrices du comité du couillon qui racontera tout ça dans une paire de millénaires.

Et on reprend à « sinon », mot qui indique, le plus souvent, qu'il faut s'attendre, à du négatif, du dommage collatéral, en un mot, du brutal !

Sinon, donc, Yaweh fera périr tes troupeaux.

TOUS ! : Bovidés, équidés, ovins, caprins, camélidés… Ce sera LA plus grande épizootie jamais vue ! »

« En même temps, y en a encore jamais eu, laissa échapper Aaron, oubliant qu'il n'était déjà pas en odeur de sainteté. (Si, Nadine, elle est bonne, celle-là !)… Oups, oubliez, seigneur ! »

« Ajoute, l'ignora l'Éternel, que pas un bestiau des Hébreux ne perdra un poil ! »

À peine le temps d'aller pisser pendant la pub, PAF !

Plus un quadrupède comestible vivant…

Au grand dam (dommage, en Carolingien courant, an 842, le 07 août)[18], de ses conseillers qui commençaient, eux aussi, à trouver tout ça lassant, et le mot est faible, Pharaon, trépigna furieusement, en hurlant :

« Nan ! nan, NAN, NAN ! » et lâcha une diarrhée verte. – SI ! verte ! – ce qui fit très plaisir aux esclaves de ménage nubiennes…

Moïse en resta comme deux ronds de manne.

Aaron décida d'attendre et voir…

Yaweh rit sous cape…

Évidemment, Il connaît la suite.

LUI.

---

[18]C'est pas de la culture, ça ? (le 07 août je blague, c'est peut-être le 08.)

Incroyables talents
VII

6. Bubons, furoncles, kystes, abcès, etc.

Bon appétit si vous êtes à table…

Pour une fois, Il laissa choir la litanie préliminaire (non So., c'est pas cochon…).

Il attaqua direct :

« Prenez, à poignées des cendres de fournaise, et… »

« Où ? coupa Aaron… »

« Toi, tu ne m'interromps pas, grinça Yaweh, agacé grave… »

Un peu comme toi, quand tu as un poil coincé dans le prépuce qui te fait pisser sur la lunette des commodités, que tu as ENCORE, oublié de relever

Avant !

Ça y est, vous avez l'image… ?

« Tiens, en voilà, des cendres ! Tu n'as rien vu, mais je viens de ravager une forêt, et la cendre est déjà tiède ! Ça t'ira, ou bien ? »

La face d'Aaron a pris une teinte à rendre jaloux un coucher de soleil sur une mine de bauxite.

Le cadet dansota d'une sandale sur l'autre, le nez baissé :

« Oui, seigneur. »

« Plus fort ! »

« Oui, seigneur ! »

« Bon ! des cendres de fournaise, et jetez-les en l'air devant Pharaon. Je les étendrai, sur tout le pays d'Égypte, sur les humains et les animaux ! » (sauvages, les animaux… Il me semble que PÉPÈRE a fait crever les autres hier, non ? Passons.)

Les duettistes appliquent les consignes : « Laisse aller, patin, couffin… Jet vertical de cendres, qui s'étalent en nappe morbide sur le royaume, tumeurs purulentes diverses et variées partout sur les corps… Y compris les magiciens royaux, trop occupés à s'arracher la peau, sous d'abominables démangeaisons pour ne serait-ce que *penser* à concourir avec les frères Cendrillon…

Et… (roulement de tambour)

« Dieu endurcit le cœur de Pharaon… »

Livre de l'exode, chapitre 9, verset 12 !

Rien qui vous choque, vous ?

Moi, SI ! on en recause !

Incroyables talents
VII bis

Bref instant de doute pascalien :

Dieu est-il un pervers narcissique manipulateur ?

Tout au long des épisodes traitant des diverses plaies qui accablent l'Égypte, je vous ai évité l'apparition et la répétition d'une phrase qui revient sans cesse, comme la gastro en automne.

« Pharaon endurcit son cœur… »

Dès le premier refus de Pharaon de laisser partir un seul Hébreu hors d'Égypte, le lecteur, ou l'auditeur, même très con, comprend tout de suite qu'il n'est pas très porté sur la générosité compassionnelle, et ne va pas, immédiatement, des sanglots dans la voix, créer sur l'heure la Société Protectrice des Hébreux (S. P. H.).

Ce trait de caractère banal, d'un tyran banal, était implicitement contenu dans le récit.

Donc, inutile.

SAUF QUE…

Là, à l'instant, ce vain refrain brise noix devient :

« DIEU endurcit le cœur de Pharaon. »

Pas du tout, mais alors pas du tout du tout, sémantiquement semblable, égal, équivalent, voire synonyme (m'était conté, vanne culturelle).

DU TOUT !

Message crypté : c'est Dieu qui souhaite que Pharaon s'entête, s'obstine, se bloque, s'enlise dans son refus, afin de pouvoir justifier de le faire souffrir, et tous les Égyptiens avec lui !

Comme un mari violent manœuvre sa femme pour avoir « une bonne raison » de la cogner…

Depuis que Sigmund s'est mordu la langue en parlant du cul de sa mère, ce qui donna naissance au beau métier de charlatan, pardon, de psychanalyste, un tel comportement est qualifié de : pervers narcissique manipulateur.

Étourderie de scribes ? Mesquinerie ?

Qui oserait croire que c'est la vérité ?

Dieu est amour !

Amour « vache » ?

Pardon pour cette digression.

Nous reprenons le cours du récit.

Merci de votre compréhension.

Incroyables talents
VIII

7. La grêle

« Bon, on va pas se la raconter », grommela Yaweh, en supprimant un bout de négation pour faire genre « proche du peuple », ce concentré d'arrogance vaniteuse et parti pour résister tant et plus !

Il dit ça, alors qu'il sait, *exactement,* quand le souverain du Nil va lâcher l'affaire…

Après quelle plaie.

Il a même fait une liste, comme pour les courses au Franprix…

Cabotin autant que faux derche, il soigne ses effets d'avant-scène !

« Dis-lui que si, au lieu de me limiter à de disgracieux boutons à jus divers, j'avais mêlé la peste noire aux cendres, son peuple et lui ne seraient même plus des souvenirs !

Je t'ai laissé vivre, avec tes sujets, SEULEMENT pour que vous voyiez ma puissance et glorifiiez mon NOM. »

C'est ça, Nicole, Dieu est ceinture noire septième dan de subjonctif.

« Demain, à cette même heure, je précipiterai sur l'Égypte, une grêle comme il n'en fut point depuis le deuxième jour de *ma* création ! (Frimeur !) Lors de la séparation du ciel et des eaux !

Mets à l'abri tout ce, tous ceux, toutes celles à quoi, ou qui, tu tiens ! »

Beaucoup d'Égyptiens appliquèrent le principe de précaution, « des fois que… »

Mais beaucoup s'en foutirent, et…

Quoi, josyane ? Y a ? Pas de passé simple pour « foutre » ?

Je sais ! ET, je trouve ça injuste ! Et contraire à la déclaration des droits élémentaires de la nature verbale !

Écoute :

« Je foutis ma cousine bien profond, jusqu'à l'emmêlage de nos poils pubiens respectifs, et elle demanda : Alors, tu commences quand ? »

Ce qui me vexa !

Tu vois bien que ça fonctionne !

… s'en foutirent et restèrent dans les champs.

Disons qu'on est demain.

Moïse pointe LE bâton vers le ciel…

Hommes, femmes, bétail (ressuscité ?), cultures, furent escrabouillassés par des apéricubes de glace d'une taille variant de la croquette « chaton » à la Pierre Noire de La Mecque, qui, je le souligne, est TRÈS antérieure à l'Islam.

Seule, la région de Gessen, où vivaient les enfants d'Israël, fut épargnée.

Une fois de plus, le monarque tenta d'enfumer Momo…

« J'ai péché… très coupable… repentir… vous pourrez sortir… priez Yaweh pour moi, qu'il arrête ce chaos destructeur… »

Moïse : « En sortant de ta ville, j'invoquerai Yaweh l'Unique. La grêle cessera, pour que vous touchiez la puissance de Yaweh l'Éternel…

Mais je sais que tu ne craindras pas encore suffisamment Yaweh pour tenir parole. »

Il progresse, Moïse, lentement, mais il progresse.

Le dernier grêlon fondu, Pinocchiotoutis Ier envoya des troupes sur la frontière.

Bien vu, Momo !

Incroyables talents
IX

8. Les sauterelles

Le lin et l'orge, mûrs pour l'un, en fleurs pour l'autre, furent anéantis par la grêle, comme d'autres végétaux précoces.

Mais, le froment et l'épeautre, plus tardifs, étaient en herbe, et pourraient se relever et mûrir…

Pharaon et son orchestre se réjouissaient déjà.

À mon avis… prématurément…

Voyons plutôt… – Non, Kevin, pas : « Ou Donald ? », les (très) mauvais jeux de mots, j'ai l'exclusivité !

Je m'en vais vous coller une interro-surprise, façon quiz, « plaies d'Égypte », ça va pas être long !

« J'ai appesanti le cœur de Pharaon et de ses serviteurs… »

ON-Y-EST !

L'Auréolé premium le reconnaît, himself, en personne :

Il a ma-ni-pu-lé l'égotique à chapeau serpenté !

Il le « pousse à la faute » comme s'égosillent les commentateurs de pied balle !

Yaweh VEUT que le cul à trône résiste !

Ça pimente, ça épice, bref ça fait bander le pur esprit !

Ça casse l'éternelle et divine routine !

Globalement dit : Dieu s'emmerde !

Tu m'étonnes !

Sans début ni fin ! Mots croisés, fléchés, tiens : même sudoku… Il a les réponses Avant les grilles !

« C'est rien que pour leur montrer de quoi Yaweh est capable quand on contredit, Yaweh ! »

Vous avez remarqué, vous aussi ?

Alain Delon a beaucoup emprunté à Yaweh… Bien qu'il dise, lui, que c'est Yaweh qui a emprunté à Delon… Passons.

…

Les Ben Amram brothers (sûr que vous aviez oublié le nom de famille…) se présentèrent devant Pharaon. Encore.

« C'est quoi, cette fois ?

« Prince du fleuve, tu as aimé la grêle ? (Aaron)

« Tu vas adorer, les sauterelles ! (Moïse)… Les quelques plantes qui pourraient encore produire, qui arrivent presque à maturité, et même la paille de celles que la grêle a aplaties, et même les tendres feuilles des arbres…

Elles vont tout bouffer ! »

« Ouais, parfaitement ! »… Clama Aaron, qui a sans doute servi de modèle pour Averell Dalton.

Son ultimatum délivré, Moïse prit son cadet par le bras. Ils sortirent.

À ce moment, poussé par les courtisans bien contents de ne pas être à sa place, le Grand Chambellan, Mamamouchi, Vizir, Babu[19], je ne sais pas comment on appelle le larbin-chef du palais royal égyptien, plié en huit devant le trône, s'aventura à dire :

---

[19]Le grand Babu : personnage de méchant, dans « Signé Furax » de Pierre Dac et Francis Blanche. Feuilleton radio, 1951.

« Ce n'est pas pour vous contrarier, votre Sublime Sérénité, mais le peuple du fleuve nourricier en a ras le profil, de l'empilement des catastrophes ! Peut-être vaut-il mieux avoir moins d'esclaves et les laisser partir. Car, et ce n'est pas pour manquer de respect à Ra, Bastet, Horus, Anubis, Hator (non So, à travers, c'est pas drôle !), Osiris, Isis et toute l'Académie Égyptienne Divine, mais leur Dieu, il est très, très fort ! »

« Ouais, Vachement balèze ! » brailla Aaron, sur le pas de la porte.

« Revenez, vous deux ! Au pied ! Tout de suite ! Qui doit honorer Yaweh ?

« Hommes, femmes, enfants, tout le peuple Hébreu.

« Je t'accorde les hommes et les enfants, allez, avant que je change d'avis ! »

Moïse pointa le ciel du doigt – Aaron regarda le doigt.

Un violent vent d'orient jeta des milliards de sauterelles sur la terre déjà très fatiguée d'Égypte.

Les belles en cuisses bouffèrent tout de chez tout !

Chauve, végétalement chauve, le royaume.

Un vrai cauchemar de végan !

Incroyables talents
IX Bis

8 bis. Les dinosaures

« Non, Je blague ! »
Yaweh.

Incroyables talents
X

9. Les ténèbres

D'un violent coup de vent d'occident, l'Éternel chassa l'entomologique nuée jusque dans la mer.

Il ne resta pas une sauterelle dans toute l'Égypte.

« Bon, grommela Yaweh, c'est pas tout ça, mais j'ai promis dix plaies sur l'Égypte, l'Égypte aura ses dix plaies !

Et fissa ! (et pourquoi Il ne parlerait pas arabe, hein ?)

Cette fois, pas de préliminaires, d'avertissement.

Droit au but !

Moïse, dresse tes bras vers le ciel !

Moïse fit.

Aussitôt, l'Égypte à midi devint l'Arctique en décembre !

Non, Mimi, pas le froid… LA NUIT !

Noire comme l'âme d'un patron de multinationale phytosanitaire !

Sans étoiles, sans lune, goudron foncé ! Très foncé !

Aucun Égyptien n'osa bouger.

Terreur et panique. Immobile, la panique, sinon, gare aux chocs !

Même ceux qui jouaient à « quatre gigots sur un seul clou » s'arrêtèrent !

TROIS JOURS !

Ne souris pas bêtement, Josyane, je t'assure que, sans bouger, ça n'a aucun intérêt !

Seuls, là où ils étaient, les enfants d'Israël bénéficièrent d'un pâle halo individuel.

Pharaon, interpella Moïse :

« Ça va, on arrête les frais ! Tu prends toute ta smala, femmes et nourrissons compris, seuls vos bœufs et moutons resteront. CA-SSEZ-VOUS ! »

« Sans bétail ? On lui sacrifie quoi, à Yaweh ? Des roses des sables ?

Nos troupeaux nous suivront ! »

« Non, mais ! », brailla Aaron, pour montrer qu'il était là.

Une gluante colère rouge emplit le cœur du souverain. Instillée, sans doute, par l'Éternel.

« Sors de chez moi, n'y reviens JAMAIS ! Ou tu mourras, et pas en douceur ! » s'enroua le filleul de Ra.

Yaweh se marrait franchement…

Ce « Dieu d'amour » mc fout les jetons…

Incroyables talents
XI

10. Mort des premiers nés d'Égypte. Bande-annonce

« Ne reparais jamais devant moi, ou tu mourras. » Avait dit pharaon.

« Tu ne me verras plus », avait répondu Moïse

« Et moi non plus ! » avait renchéri Aaron, se sentant oublié.

« Yaweh va frapper une dernière et terrrrrifiante fois !

D'accord Nadine, le Momo en fait des caisses, style Maraux et Moulin au Panthéon… C'était bien la peine de jouer les timides pathologiques, la phobie du discours en public, pour nous faire ensuite de la déclamation prophétique à péter les verres en cristal !

« TOUS les premiers nés de TOUTES les familles de ton royaume mourront, au même instant ! Tes enfants, roi sans parole, les enfants de tes enfants…

Nulle fratrie ne sera exemptée de cette taxe divine et mortelle !

Même traitement, pour les espèces animales, de la source du Nil à la mer ! »

PAUSE !

Avant de poursuivre, un peu d'éthologie comportementale divine :

Yaweh donne, itérativement, un ordre à Pharaon. Toujours le même, absolument le même.

À chaque fois, Pharaon refuse.

À chaque fois, Yaweh punit TOUT LE PEUPLE !

Parfois, animaux compris… (mais inexplicablement ressuscités)

Il appert (verbe apparoir, Kevin), de ce qui précède que :

Yaweh a le comportement d'un instituteur atrabilaire amoureux de la punition générale, sommet de l'injustice et de la contre productivité pédagogique.

Ou, d'un parrain de la Camorra napolitaine, engeance vindicative à forte tendance « familicide intégral », en application du principe de précaution.

S'il est le père de toute vie, c'est un Père Fouettard, pas un Père Noël !

Voilà, fallait que ça sorte !

Pris dans une fantastique libération d'énergie oratoire, Moïse poursuit, les bras au ciel, yeux fermés, lichette de bave aux commissures (de police ! Kév_vin ! on est dans le lyrique, là !)… Actor's studio ! Il est DANS son personnage.

L'Imprécateur, comme Brando était DANS Maria Schneider…

D'accord, mauvais goût… Tant pis, j'assume.

« Du Très Sublime au dernier fellah.

(C'est, à nouveau Momo, suivez !) Tous !

MAIS… Tous Égyptiens.

AUCUNE famille des Hébreux ne sera touchée.

Aucune de leurs bêtes ! Et, là, là…

Vous vous prosternerez devant mon frère et moi, nous implorant d'intercéder auprès de Yaweh pour qu'il vous pardonne !

Vous vous serez déchiré les vêtements, arraché les cheveux, labouré les joues de vos ongles, crevé les yeux, pour certains !

Et là, là… Je verrai ce que je peux faire. J'aviserai. »

« Tu prends le melon, frangin, le patron va gueuler, avertit Aaron, moi, j'ai rien dit. »

Ils sortirent.

« Alors, Moïse… tu « aviseras » ? L'éloquence t'est montée à la tête comme un vin capiteux ? Tu oublierais que tu n'es QUE le messager ? Hein ?

« Par-pardo- pardonne moi, Très Haut-haut, sss'il-il tete pl-plaît… »

Atterrit brutalement Moïse.

« Va pour cette fois. Bon boulot. » Yaweh savait parler aux subordonnés.

« Mais, une fois, pas deux ! »

Et pessa'h fut
Ne cherchez pas, ce n'est pas un jeu de mots !

« Moïse, Aaron ! »

« À chaque fois ça me fait sursauter, nom de D... de famille ! râla l'Éloquent de fraîche date, à me faire perdre mes sandales ! »

« Moi, je me suis habitué, » rigola Aaron, pas fâché de damer le pion à sa star du barreau de frère.

« Et moi, ça m'amuse BEAUCOUP » Pouffa Yaweh – Farceur… Yaweh- Farceur, un peu comme Schtroumpf-Grognon. »

Je sais, « berceau flottant » n'est pas avocat. Seulement, il me fallait une référence, question éloquence… J'allais pas prendre un marchand de chars d'occasion !

« Nous sommes tout ouïe, Seigneur ! En tout cas, moi ! », sournoisa le cadet peu enclin à la solidarité fraternelle.

« Ce que je vais prescrire, en cet instant, sera rituel immuable, intangible !

Pour les siècles des siècles ! »

« Qu'il en soit ainsi », dit Moïse

« Pas mieux, dit Aaron, avec plusieurs millénaires d'avance sur la première diffusion de « des chiffres et des lettres ».

« Écoutez, et retenez : ce mois sera le premier de votre année, ce jour, le premier de ce mois.

Parlez à l'assemblée d'Israël ! qu'au dixième jour, chaque foyer choisisse un agneau d'un an.

Si la famille est trop petite, trouvez à vous grouper avec une maison voisine, en fonction du nombre de personnes.

Une bête sans défaut, agneau ou chevreau.

Les enfants d'Israël attendront quatorze jours pour l'immoler.

Vous marquerez l'encadrement de vos portes de son sang.

Rien de lui ne sera mangé cru, ni bouilli, tout, chair et entrailles, sera rôti au feu.

Il ne devra rien rester.

S'il y a des restes, ils devront être incinérés.

Ne laissez que des cendres.

Vous le mangerez, prêts à marcher, ceinture aux reins, sandales aux pieds, bâton de marche à la main.

Et vous mangerez à la hâte. C'est la Pâque de Yaweh. »

« Je résume : on va becter de la bidoche cramée, brûlante, d'une seule main ! »

« Aaron ? »

« Seigneur ? »

« Ta gueule ! »

« Oui, Seigneur. »

« Cette nuit-là, je passerai sur toute l'Égypte et mettrai à mort les premiers nés. Humains ou animaux. Le sang sur vos portes vous protégera.

Sept jours, vous mangerez le pain sans levain.

Gardez souvenir de cette nuit.

Célébrez-la de génération en génération.

La sortie d'Égypte, la fin de l'esclavage. La Pâque de Yaweh. »

« Eueuh… Dis, seigneur ? »
« Aaron ? (petit patapon ! T’as pas honte Nadine ?) »
« Oui ? »
« C’est loin Canaan ? »
« Aaron ? »
« Oui, Seigneur ? »
« Ta gueule ! »
« Oui, Seigneur. »

La kermesse de l’est
(Étalage de culture cinéphilique)

Le peuple hébreu, sous la surveillance de Moïse, suivit à la lettre (même ceux qui étaient illettrés), les prescriptions de l’Éternel.

Le quatorzième jour vit les préparatifs du plus gigantesque barbecue de l’histoire planétaire !

De plus, barbecue sacré, puisque prescrit par l’Éternel !

On va pas se priver !

La lumière des brasiers tuait celle des étoiles ! Las Vegas, le quatre juillet !

L’éclat du Koh i Noor étendu à toute la terre de Gessen !

Le son des bûchers ? Un ronflement d’enfer !

Ça serait ça, avoir le feu sacré ?

Je m’égare…

Dans le même temps, Yaweh passa sur toutes les maisons, nobles ou humbles, du peuple du fleuve.

Une clameur déchirante, assourdissante, insupportable, envahit l’espace céleste. Un chant de désolation, de désespoir, suraigu et acéré, ou grave à arrêter les cœurs couvrit, étouffa l’Égypte.

Famille de Pharaon comprise…

Dans la nuit *même*, Pharaon fit venir Moïse et son cadet.

(Yaweh les avait collés de permanence palatale, exemptés de barbeuc… Averell – pardon – Aaron tirait la tronche…)

« Arrête le tir, Momo ! (énervé et vert de trouille, le couronné est facilement « familier – popu »), prends tes cousins sous le bras, et CASSEZ-VOUS !

Du balai ! RAUS ! Sortez d'entre mes sujets ! Dans le désert ! Mais LOIN !

TRÈS LOIN ! Prenez vos bœufs, brebis, chèvres, PARTEZ !

Tenez, je vous en donne autant que vous en avez déjà, j'ajoute les bijoux de mes cent favorites, ma vaisselle précieuse fraîchement achetée, des ânes de bât, et des chars à bœufs… »

Là, il s'écroule en pleurs, suçant son pouce !

« Comment ça : Tu en fais beaucoup ? Tu rigoles ! Tu vois ça, tourné par Tarentino ? »

Les Égyptiens arrivaient de partout, porteurs de vivres, offrant des bêtes de somme, afin que ces porte poisse déguerpissent au plus vite.

Les Hébreux poussèrent leur avantage, et réclamèrent bijoux et vêtements.

« Tout ce que vous voulez, mais taillez la route ! »

PAUSE

Là, exceptionnellement, je recopie le verset 36 du chapitre 12 de l'Exode :

« Et, Yaweh avait fait trouver faveur au peuple (hébreu) aux yeux des Égyptiens, qui acceptèrent leurs demandes. ET Ils Dépouillèrent LES ÉGYPTIENS. »

Ils Dépouillèrent ! Texto !

L'Éternel venait de poser solidement la base de la réputation à forte odeur de dégueulis de poivrot que SON peuple ÉLU allait se coltiner TRRÈÈS,

TRRÈÈS LONGTEMPS !

Il aurait des pulsions antisémites avant tout le monde… que… ça ne me surprendrait pas plus que ça...

Le bazar du départ de toute la famille de Jacob-Israël vers la terre de Gessen, façon western Sur la piste de l'Orégon, recommença, quatre cent trente ans après, mais… avec mille fois plus de voyageurs, et… dans l'autre sens.

D'où, « la kermesse de l'est ».

Anne, tu noteras que tout est mûrement pensé, réfléchi ! C'est pas du Zola, ou du Flaubert, mais on s'en rapproche.

Bon, merci de votre unanime approbation enthousiaste !

Malgré Aaron qui voulait, à toute force, organiser le départ…

Comment, Théo ? Pourquoi « malgré » ?

Juxtapose « organiser » et « Aaron »… Ah ! Tu vois ça pique les yeux et ça fait siffler les oreilles !

Malgré, donc… vint le moment où ils furent prêts.

Moïse et Aaron, côte à côte, firent le premier pas vers l'est.

Yaweh, Yaweh, Yaweh
… Et… Yaweh !

« D'aujourd'hui, dit Yaweh à Moïse : tout premier né parmi les enfants d'Israël me sera consacré. Le premier né mâle. [Sous-entendu : qu'est-ce que tu veux que je fasse d'une pisseuse ?]

Homme ou animal.

Il m'appartient.

Moi non plus, So, je ne vois pas bien en quoi consiste l'acte de « consacrer ».

Pour le bestiau, encore, on peut imaginer, vu les épisodes précédents… Ça peut finir en barbecue party… Avec la fumée odoriférante qui monte aux narines du créateur… Cadeau…

Pour le môme… on saura, peut-être, plus tard… Les voies de Yaweh sont impénétrables…

THÉO ! Un début de commencement de jeu de mots grivois, voire graveleux, TU SORS ! On parle de Yaweh, quand même !

Bien sûr, que tu n'as rien dit, mais ton œil fait du morse !

Non Jennifer, pas le gros phoque, le code, sonore ou lumineux !

Bon, on verra plus tard.

Messager fidèle, Moïse s'adressa au peuple :

« Souviens-toi [Oui, Mimi, Moïse tutoie le peuple ! Et si vous me coupez la chique sans arrêt, raconter seulement l'Exode va prendre une brouette d'années !] Souviens-toi, peuple, tant que tu dureras, du jour où tu es sorti de l'esclavage, sorti d'Égypte. Souviens-toi que c'est la puissance de Yaweh qui t'a libéré !

On ne mangera pas le pain levé. »

Non, Kevin, on ne le mangera pas assis non plus ! Ici, du pain levé, c'est du pain cuit avec de la levure ou du levain, ça fait gonfler ! Qui a dit « et péter, aussi ! »... Ça fait gonfler LE PAIN ! Vous êtes intenables !

« Peuple, tu sors aujourd'hui, dans le mois des Épis.

Quand tu seras sur la terre des Cananéens, des Hétéens, des Amorrhéens, des Hévéens et des Jébuséens, qu'Il a promise en don à vos pères, tu observeras ce rituel, ce même rite : pas de pain levé durant sept jours.

À ce même moment de l'année.

Le septième jour, tu feras une grande fête, en l'honneur du Dieu libérateur.

La Pâque de Yaweh. »

« Dis donc, frangin, il aurait pas pu nous trouver une terre promise moins... occupée ? »

« Ce sont des idolâtres, des polythéistes opportunistes, des sodomites, des non-circoncis ! On les vire ! On les disperse, on les Éparpille !

« Et puis, ce n'est pas le sujet ! On cause Pâque et gloire de Yaweh ! Ne mélange pas tout !

Donc... Ah, oui, pain sans levain et agneau de Pâque.

ET... Tu (c'est toujours le peuple) consacreras ton premier né mâle à Yaweh.

Les mâles appartiennent à Yaweh. »

Re- sous-entendu : les femelles appartiennent aux mâles...

Même chose pour ton bétail.

Ce fils consacré à Dieu te demandera, un jour, le sens de ce rite pascal.

Tu lui diras l'entêtement de Pharaon à te garder en servitude sous sa sandale.

Tu lui diras les cataclysmes divins sur la terre du Nil.

Tu lui diras la première Pâque, le sang de l'agneau sur les portes, le désespoir hurlant des Égyptiens.

Tu lui diras le premier pas vers la terre promise… »

Moïse se tut.

L'assemblée aussi.

« Quand est ce qu'on mange ? »

Aaron, la solennité et le recueillement…

C'est pas son truc.

Aussi long que soit le voyage
Il commence par un pas

Donc, revenons à l'action.

Moïse et Aaron, côte à côte, firent le premier pas vers l'est.

« Le chemin le plus court passe par le pays des Philistins. Mais il est bouleversé par une guerre, ce qui pourrait pousser ton peuple à vouloir retourner en Égypte…

Ne marche pas la tête en l'air, tu vas tomber ! Je ne suis pas *au-dessus* de ta tête, je suis *dans* ta tête ! Pas dans celle d'Aaron, ça fuit ! J'ai loupé un truc.

Je verrai ça plus tard.

Bon, alors, je me charge du routage, tu feras passer ton immense troupeau d'âmes plus au sud, par le désert. »

D'âMes, Jo, pas d'âNes !

J'ai vu se lever quelques sourcils sceptiques au mot routage…

« EL », premier nom donné par les Hébreux à Yaweh, a le pouvoir de vivre *toutes* les époques de l'humanité simultanément, il peut donc anticiper le vocabulaire qui manque à la période Mosaïque, ET être compris par Momo !

Comment ? C'est… capillotracté ?

Et un serpent qui parle, une femme changée en statue de sel, deux ou trois millions de spécimens d'animaux terrestres contenus dans une bétaillère nautique, construite, *à la main et avant l'invention de l'outil électrique de chez Monsieur Bricolage,* par une vingtaine de personnes grand max ! C'est pas tiré par les cheveux, non ? Si ?

Alors on suit, on imagine, on visualise…

ET ON ME LAISSE RACONTER, BORDEL !

« … plus au sud, par le désert, en direction de Soccoth et de la mer Rouge. »

Sous la conduite de Moïse, lui-même guidé par le divin GPS, la marée humaine et animale trouva un semblant d'ordre et de calme s'éloigna du lieu de ses souffrances, vers le sud-est et le désert.

Aaron et son aîné, portaient, dans deux sacs, les ossements de leur arrière -arrière-arrière, etc. grand- oncle Joseph, frère de leur ancêtre Levi, qui fut l'homme de confiance du Pharaon favorable aux Hébreux, car, sur sa couche mortuaire, il avait prédit :

« Dieu vous visitera, et vous emporterez mes os loin d'ici. »

Une prédiction à quatre cent trente ans de distance !

Chapeau, Joseph !

De l'innovation technologique divine
En matière de guidage routier
De l'orgueil meurtri des classes supérieures
Et de ses conséquences
De la lâche versatilité du bas peuple

Ils marchaient.

Le fleuve de femmes, d'hommes, d'enfants, de nourrissons, de vieillards, de chariots, de mules, de chèvres, de moutons, de bovins, de chevaux, de poules en cages, de chiens, de boulangers, médecins, terrassiers, pédagogues, voleurs à la tire, nourrices, scribes, chefs de clan, putes, manucures esthéticiennes, danseuses des sept voiles (maintenant, on dit Pôle Dance), orateurs démagogues (maintenant, on dit… pareil), colériques, zens, timides, frimeurs, tendres, brutales-taux, hypocondriaques, branleurs-euses, pessimistes, optimistes, fatalistes, rouleurs de joints… (feuille de palmier et bouse de dromadaire, le tout séché, TOP !)

Nous, quoi…

Le jour, Il les guidait, sous la forme d'une colonne se nuées, mille coudées devant les premiers.

La nuit, sous la forme d'une mince colonne de feu rejoignant les étoiles et illuminant la voie à suivre, jusqu'au dernier traînard…

« Vivement le satellite, marmonna Aaron.

« Réveille-toi, gueula Moïse, tu dors en marchant, et, même en dormant, tu dis des conneries ! »

N'empêche, il est con, mais il a un don.

Je – ne-veux-même – pas-savoir-qui-a-dit-ça…

PENDANT CE TEMPS, CHEZ PHARAON… (Sous-titre à suspens)

Tout le long du Nil, tous les Égyptiens, sans exception, restèrent figés, comateux, « K.O. » debout, sidérés (littéralement : frappés par le pouvoir des astres), plusieurs jours.

Yaweh, qui aimait beaucoup inciter ses ennemis à lui marcher sur l'auréole, pour avoir le plaisir de les aplatir, instilla dans l'esprit inerte du monarque une colère étouffante, puis le réveilla.

« Reflet du Dieu Soleil, clama son ministre du travail et des affaires sociales, tous les Hébreux fuient à travers le désert, comme il n'y a pas d'esclaves « de souche », ça va nous coûter la peau des fesses et nous niquer la croissance ! »

« Sans compter qu'ils me font passer pour un noyau de datte ! (pas de chêne, pas de gland – note du conteur) ! On ne peut pas en rester là !

Sait-on où ils sont ? »

« Ils ont passé Soccoth, ils semblent douter, ça zigue et ça zague. »

Ruse de l'Éternel, pour que Pharaon se voie déjà bouffer du kebab d'Hébreu…

« On dirait que le maître du bâton magique, en tête, a picolé comme un bac à sable… Il est saturé ! renchérit le lèche cul.

« Mon char, mes six cents chars d'élite ! TOUS les cavaliers de mes armées !

On les rattrape, on en tue un sur dix, on ramène le reste à coups de javelot dans le fessier, et on relance l'économie ! »

« Vous êtes grand, dit le suce pet (c'est pire qu'un lèche cul, non ?).

PENDANT CE TEMPS, CHEZ LES HÉBREUX… (Ouais… bon, ça le fait moins, la deuxième fois…)

Recrus de fatigue (là, admettez : classe, vieille France, top !), la masse gigantesque du *Peuple Élu* (et, à *l'unanimité !*) tirait une langue de caméléon.

D'accord, Zoé, une chacun. C'est un singulier collectif…

Un hurlement de terreur secoua l'apathie générale :

« Ils arrivent, les Égyptiens arrivent ! »

Immédiatement, les Hébreux commencèrent… à pourrir Moïse et son frère :

« On vous l'a chanté sur tous les tons : esclave en Égypte, c'est mieux que cadavre au désert !»

« Détendez-vous, Yaweh a tout prévu !

« Vaudrait mieux, dit Aaron, c'est chaud, là ! »

Autrement dit, personne n'était vraiment confiant, Momo mis à part.

« Pour aimer le peuple, faut s'accrocher ! »

T'as raison, Momo, t'as raison… »

Moïse
Coiffeur pour mer
Spécialité de raie au milieu

« Levez-vous, allez, levez-vous, pleutres à l'âme faible ! Il vous a guidés de ses nuées, le jour, de sa colonne de lumière, la nuit. Aaron a fait, ou dit, moins de deux bourdes par jour, ce qui est une preuve de Sa puissance, et vous êtes prêts à redevenir bêtes de somme ?

Levez-vous et marchez ! (dis donc, Jésus, t'aurais pas « pompé », plus tard ?)

Ne courez pas, ne fuyez pas, ne paniquez pas, MARCHEZ ! En avant, calme et droit. (C'est ça, So, la devise de l'école de cavalerie de Saumur. Momo a été TRÈS plagié !)

Vers la mer ! »

Pendant ce temps, Yaweh ne perdait pas le sien.

De plus, il s'amusait comme un préado arrachant les ailes d'une mouche.

Il a des plaisirs simples…

Sur l'aile gauche des chars, il désintégra la roue droite.

Sur l'aile droite, la roue gauche.

Sur les deux files centrales, les deux roues.

STRIKE !

Les milliers de cavaliers qui suivaient s'éclatèrent, littéralement, sur ce chaos de dimension planétaire…

Et, au-dessus de la gigantesque tarte Tatin (tout à l'envers), Yaweh qui rit à se coller le hoquet !

Je cherche un qualificatif… Polop, que dalle, nuts, nib, zobi la mouche !

Et l'Auréolé rigolard, qui cause tout le temps depuis la naissance de Moïse, pas un rot ! Pas de réseau ? Discrimination ?

Allons, pas d'hypothèses vaseuses.

Mais quand même !

Simultanément (pas facile d'éviter de répéter « pendant ce… » quand l'action se déroule en deux endroits à la fois ! Je peux pas couper l'écran en deux, moi !), l'Aîné des Ben Amram fait halte au bord de la mer.

« C'est pas vrai, alors qu'elle est rouge ? »

« Aaron ? »

« Oui Momo ? »

« Ta gueule, Aaron. »

« Oui, Momo. »

Moïse lève le bras. « Ouvre-toi, par Yaweh ! »

Et, la mer s'ouvrit.

« Ça lui va bien, la raie au milieu, sérieux ! »

« Aaron ? »

« Je sais, Momo, ma gueule… Oui, Momo. »

Un signe du bras à la foule, là, derrière :

« En avant, calme et droit. »

Les Hébreux traversent.

Tous.

Les Égyptiens se sont refait une santé.

En récupérant les roues en état, ils ont pu réunir une petite moitié des chars.

Des milliers de cavaliers, armés jusqu'aux sourcils suivent.
Voyant le passage, ils s'élancent, Pharaon en tête.
Le dernier Hébreu pose le pied sur l'autre rive.
C'est Moïse.
L'armée d'Égypte entière est dans la brèche.
Yaweh referme la mer.
C'est pas du récit épique, ça ?

Âmes de supporters
Braillards, versatiles, lâches
Pharaon, pharaon, on t'encule !

Sur le rivage, du « bon » côté, hors d'Égypte, c'est l'exultation, les chants de victoire, les Ya-weh ! Ya-weh ! ON – A – GA-GNÉ !

C'est ça, Théo, « la teuf de ouf »…

« C'est triste pour les chevaux, z'ont rien fait de mal, les chevaux… », murmure Aaron, abattu.

Le cadet vient de dire sa première phrase sensible et intelligente depuis le commencement de tout ça.

Peut-être con comme un couteau sans lame qui aurait perdu son manche, mais, il a un cœur…

De là, le reste viendra.

Israël… Ah, oui ! Il faut que je vous dise :

De plus en plus, au fil du récit, « Israël » ne désignera plus Jacob devenu Israël après son combat avec l'Ange (Dieu ?), ni même ses « enfants » (descendants, toutes lignées confondues), mais l'ébauche d'une nation, unie par lien de sang, certaines mauvaises langues diront la consanguinité, et, dans un avenir pas si lointain, le lien de la religion commune…

Israël, disais-je, danse, crache sur les vaincus, hurle sa foi en Yaweh, président du HRC (Hébreu Racing Club), alors qu'il a planqué des amulettes païennes dans beaucoup de bardas individuels…

Proclame sa fabuleuse admiration pour « Coach Moïse », alors que, de trouille, ils étaient prêts à en faire un paquet cadeau de repentance, offert à Pharaon pour qu'il soit clément et remette laisse et collier au « bétail hébreu »… Avec Aaron en prime, pour amuser les gosses du palais…

De vrais supporters de foot, qui « soutiennent » leur club… quand il gagne, et pissent dessus, quand il a un « coup de moins bien »…

Ou, qui casse la gueule aux supporters adverses… S'ils sont dix fois moins nombreux qu'eux…

Des milliers de « chorales » se formèrent, sur des milliers de coudées de plage…

Un chef de chœur psalmodiait :

« Les Philistins ? »

« On va les bouffer ! »

« Les Cananéens ? »

« On va les bouffer ! »

« Les Héthéens ? »

« … »

Et ainsi de suite, jusqu'au modèle des millénaires à venir :

« Pha-ra-on, Pha-ra-on, ON T'EN-CULE ! »

La grosse chouille dura deux jours.

Israël dormit deux jours.

Moïse fit lever Israël : mais Israël n'était plus UN.

C'était, à nouveau, une foule, un conglomérat d'individus, déjà angoissés, chacun pour soi, de ce qui les attendait, là-bas, devant, au bout du bâton de Moïse…

Vers l'est, vers Canaan.

Ils marchèrent. Trois jours.

Des mares d'eau saumâtre.

La cote de popularité des frères Amram descendait en rappel…

Le bâton de marche toucha l'eau.

Qui devint douce.

Ils burent tous.

Repartirent.

Moïse les fit camper près d'Elim, le pays des douze sources.

« C'est injuste, pour les chevaux ! »

Aaron ne s'en remettait pas.

Les ploucs, le guide et le taulier
(Musique d'ennio morricone)

Trois jours.

Moïse les fit camper trois jours. Près des eaux adamantines chantantes, qui apaisèrent leurs fibres asséchées, tout en leur redonnant souplesse et vigueur…

(Si ce n'est pas de la belle phrase balzacienne, voire châteaubriandesque, on n'en est pas loin !)

Dès le deuxième jour, mezzo vocce d'abord, le peuple entama, en polyphonie – non, Jules, ce n'est pas un état américain – en canon, son air favori : la Revendication Protestataire, nommée, par des dissidents du mouvement, « Protestation Revendicatoire »…

La nuance sémantique me laisse coi !

Ce, malgré une évidence historico- scientifique avérée :

Il n'y avait pas de groupuscules trotskistes à cette époque !

Le mystère reste entier.

« Chez les païens du Nil, nous étions rémunérés par la boîte à baffes, sûr, mais nous mangions ! Trois repas par jour ! Dont un avec viande ! Nous avions le pain, à volonté, le pain ! Y se foule pas ton Yaweh ! Moi, je vais bientôt utiliser ma ceinture comme alliance !

« C'est bien vrai ! »

« On veut avoir les dents du fond qui baignent ! »

« Y a pas loin qu'on résilie l'abonnement au Dieu Unique ! »

« Zactement, y a pas loin ! »

« STOP ! »

« Pas mieux ! (Aaron) »

« Je vais parler à la direction. »

« Moi aussi. »

« La ferme, Aaron ! »

« Oui, Momo. »

« Ça va, j'ai entendu ! »

Soupira Yaweh, un peu désabusé d'avoir « élu » ce ramassis de bras cassés râleurs.

« Voici les consignes strictes, incontournables, qui devront être suivies :… »

Moïse écouta attentivement. Très.

Il retourna vers le peuple.

Au matin, la rosée évaporée, des millions de petites galettes rondes jonchaient le sol.

« C'est quoi, ces trucs ? demandèrent-ils, méfiants… *Car ils ne savaient pas ce que c'était. »*

[Nous, auditeurs et/ou lecteurs, de ce texte hautement sacré, admirerons, au passage, l'immense et céleste logique, provenant, sans doute possible, du souffle divin, qui pousse le rédacteur à nous expliquer que les Hébreux demandent ce que c'est *parce qu'ils ne savent pas ce que c'est !*

Lumineux !

ET, révélateur : le rédacteur de l'Exode nous prend… pour des cons.

On n'avait pas compris, ET on n'aurait pas trouvé tout seuls…

C'est quand même vexant !]

« C'est le pain de Yaweh, qu'il offre à votre faim. Prenez en un gomor[20] par tête, pour chacun de vous, et ceux qui sont dans vos tentes. Attention, n'en laissez pas une miette. »

Ainsi firent-ils tous… ou presque.

Certains, de faible appétit, ou faisant la fine bouche, en laissèrent, « pour le matin ».

Mauvaise idée. Au matin, les vers y grouillaient et ça sentait le vestiaire d'après cours de gym…

Reçu cinq sur cinq.

Vint le sixième jour.

« Récoltez deux gomors, aujourd'hui. »

« Ben… hésita Aaron, ça va être tout pourrave ! »

[1. Con, Aaron, mais non dénué de logique.

2. D'où peut-il bien sortir cet argot manouche ?]

« Aaron, mon frère, en combien de jours l'Éternel a-t-il créé le monde ? »

« Eueueuh… six ? »

« Bravo ! »

« Ouaah, le bol ! (GROS soupir de soulagement) »

« Et le septième… Il a fait quoi, le septième ? »

« Bin, bin… Rien. »

« Donc, Il s'est… ? »

« … (yeux ronds) »

« Il s'est RE-PO-SÉ ! Crâne de piaf ! »

« REPOSÉ ! En souvenir de ce repos, vous ramasserez la manne pendant six jours. Le septième, il n'y aura rien à ramasser. Ce sera le sabbat.

Vous vous reposerez, selon SON exemple. »

---

[20]Gomor : mesure et récipient. 3,7 litres environ.

Bien entendu, il y eut quelques « esprits forts » pour sortir récolter, le septième jour.

Ils ne trouvèrent rien. Ils mangèrent la manne de la veille.

Moïse les avait vus.

Levant les yeux, haussant les épaules, paumes offertes au ciel, il soupira :

« Oooh, Yaweh… avec ceux-là, on n'a pas le cul sorti des ronces ! »

Rancœurs familiales
Retour à la Genèse, pour éclairer la suite

Souvenons-nous :

Isaac, fils d'Abraham eut, avec Rébecca, sa légitime, après une très longue période de stérilité, *évidemment attribuée à Rébecca,* des jumeaux.

Ésaü et Jacob.

Dans l'histoire que je vous raconte, nous suivons les tribulations des descendants de Jacob.

De Jacob, devenu Israël après son combat avec l'ange.

Mais, Ésaü aussi a eu une descendance…

Avec Ada, son épouse, ils donnèrent vie à Éliphaz.

Lequel eut un fils Amalek.

Fils d'Éliphaz, donc, et d'une de ses concubines.

Que du banal, quand on connaît la vie sexuelle d'Abram-Abraham, d'Isaac, de Jacob-Israël, qui explorèrent la salle de jeux-nursery de leur épouse, des sœurs, servantes, suivantes de leur épouse ainsi que de toute gamine et/ou matrone de bonne volonté…

La « bonne volonté » se manifestant par le V de la victoire, exécuté avec jambes, une fois la « collaboratrice » sur le dos…

Tout dans le romantisme poétiquement fleuri…

Là où c'est plus original, c'est que la concubine, Timna, aurait pu épouser n'importe quel personnage de haut rang, chez les Edomites. Belle à faire loucher, instruite (pas trop, c'est une femme), et riche.

MAIS… Timna, du genre « c'est mieux chez les autres », était super fan des cousins, descendants de Jacob Israël…

Au point d'aller se proposer directement aux cadors hébreux.

Style : « l'essayer, c'est l'adopter »

Ils firent comme les visiteurs des « portes ouvertes » chez Renault, l'essayèrent copieusement, mais ne l'adoptèrent pas.

Puis, l'envoyèrent se faire voir chez les Edomites, par charter dromadaire.

Où elle dut se contenter, étant « d'occasion » d'un CDD, éventuellement renouvelable, de concubine chez Éliphaz.

Elle en conçut une haine tenace de l'autre branche de la famille, qu'elle transmit à son fils, Amalek.

Yaweh et son peuple élu seront à jamais, pour ceux qu'Amalek engendrera et qu'engendreront ceux qu'il aura engendrés (vous suivez, ça va ?) la source de l'humiliation de Timna.

Même quand Timna sera oubliée…

Cela se poursuivra « d'âge en âge », dira l'Éternel à Moïse…

Il y aura toujours un Amalek.

Gosiers secs…
Encore…

Le fleuve humain des enfants d'Israël quitta le désert de Sin, marchant vers le sud.

Le campement s'établit à Raphidim. À l'est de la mer Rouge.

Au beau milieu d'un désert pétré…

Le nombre de sourcils soulevés au-dessus d'yeux de mérous morts (ou de candidats de télé-réalité) me pousse à croire qu'une explication imagée s'impose.

Vous comprenez « pétrifié » ?

« Oui, Johanna ? »

« Changé en pierre ? »

« Bravo, Jo ! De Pétra, la pierre. Donc, un désert pétré… ? »

« Une vaste étendue de caillasse ? »

« Bingo ! » Du caillou ! Toutes tailles, toutes formes… Du format gravillon de cage à serins à la barre des écrins !

Seule unité : la couleur ocre rouge… Genre auto bronzant pour vieux beau !

Si j'en crois le(s) s récit(s) précédent(s), on va pouvoir faire un jeu.

Mélangez : une foultitude de femmes, hommes, enfants, vieillards, veaux, vaches, cochons, couvées, chariots, dromadaires, chaleur de four d'aciérie, caillasse brûlante… à perte de vue…

Qui va gagner l'Oscar du scénario en trouvant…

Ce qui va manquer ?

Il va manquer… Ils ne vont pas trouver… ?

L'EAU !

Nathalie, Oscar du scénario !

Quand Yaweh tient un bon gimmick (un truc pour relancer l'action), il a tendance à l'user jusqu'aux gencives !

La stérilité des épouses officielles, la jalousie entre frères, l'épouse qu'on fait passer pour une sœur…

Là, le peuple a soif.

Et y a pas d'eau !

Non, Anne, l'appellation Côtes du Rhône n'existe pas encore.

Que va-t-il advenir qui va vachement nous surprendre ?

Ça va péter ! Force dix !

« Allo, Yaweh ? Allo, Yaweh ? Nous avons un problème…

« Je sais, répond-Il, histoire de faire sentir qu'on ne lui apprend, jamais, rien. ON s'en occupe.

« ON » ?

Toujours le syndrome Alain Delon : Il parle de LUI à la troisième personne.

« Bâton en main, entouré des Anciens, grimpe sur le gros rocher, cent coudées à ta droite. Frappe le rocher du bâton. De l'eau, fraîche et inépuisable, en jaillira. Le peuple pourra boire. »

Ainsi Moïse fit-il.

Les Hébreux commencèrent à boire aux multiples branches de la source.

Loin, au nord-est de Raphidim, un immense nuage de poussière obscurcit le ciel.

« Seule, une très forte armée de cavaliers peut faire voler autant de sable et de poussière, dit un des anciens. »

« De cette direction, ça vient d'Edom, dit un autre, et c'est pas bon. Du tout. »

« Donc, c'est Amalek, fils d'Eliphaz et de Timna, rejetée de Gessen, qui est chef de guerre, chez les Edomites… »

« Ces foutus rochers vont être encore plus rouges, si personne ne l'arrête, »

dit Aaron, dans un brusque rot d'intelligence.

Moïse convoqua Josué.

Josué
Rambo biblique

Yéhoshua, « Dieu sauve », appelé, selon les traductions Josué ou Joshua.

Oui mimi, comme Josh Randall, mais cette référence échappe aux moins de soixante ans !

Fils d'Ephraïm et petit fils de Joseph, chouchou de Jacob-Israël.

Joseph « l'Égyptien », vendu par ses frères, qui fut taulard avant d'être ministre (inverse de la logique, donc) et même « gérant » du royaume.

Super pedigree, non ?

Taillé comme un décathlonien, beau comme : « il devrait y avoir des lois qui interdisent ça ! », esclave marinier transporteur de pierres sur le Nil. Il créa un groupe secret qui s'entraînait nuitamment au maniement d'armes, en rêvant d'ouvrir une boucherie « pharaophage »…

Moïse va jouer la survie du peuple élu sur la confiance qu'il a en ce jeunot.

Sans trop de risques réels, puisque, dès qu'il a un souci, Yaweh services 24/24 intervient…

Bon, allez, on fait comme si…

« Réunis autant de combattants que tu peux, et va faire pleurer sa race à ce fils de p... péripatéticienne.

(Remarquez le passage du niveau de langage vulgaire, au niveau soutenu.)

Je serai sur le mont Horeb, le bâton de Yaweh à la main. »

(Voilà, voilà, avec Dieu, c'est mieux !)

Josué et son gang foncent, Aaron et Hur, montent avec Momo.

Quand le bâton est au-dessus de la tête de Moïse, les Hébreux dominent.

Dès que le bras fatigue, le temps de changer de main, les Hébreux prennent cher.

Ça duuuuure !

Hur et Aaron glissent un rocher sous les fesses du Guide, se positionnent de chaque côté, et prennent chacun, à deux mains, un poignet de Moïse, le bâton tenu horizontal au-dessus de l'élu.[21]

Non Kévin, c'est pas de la triche ! Le bâton est dans les mains de Moïse et au-dessus de sa tête. Point barre.

Et Josué vainquit Amalek, à la pointe de l'épée.[22]

« Note cette victoire dans le livre (?), dit Yaweh. Je combattrai Amalek de génération en génération. »

---

[21]Exode/17/11-13, je n'invente rien !

[22]Comment un peuple d'esclaves, parti sans armes, a-t-il pu vaincre, « par l'épée » une « vraie » armée ? Les voies de dieu… etc. ?

Et beau papa inventa l'e n a (h)
école nationale d'administration (hébraïque)

Hur, Aaron, et quelques chefs de famille débattaient du choix d'un jour de départ, en fonction de nombreux paramètres, Moïse présidait.

« La paix sur toi, mon fils ! » Tonna joyeusement une voix joyeuse de baryton-basse.

Faisant sursauter tout le groupe. Une « choré » digne de Nureyev ! C'était Jéthro.

Alors ? Qui me dit de qui il s'agit ? On décolle ses neurones du fond de la casserole…

Bien, les mains qui se lèvent…

Voyons… Nicole ?

C'est ça, le beau-père de Moïse, grand prêtre de la terre de Madian, qui recueillit l'Hébreu, après son meurtre d'un contremaître égyptien brutal.

Qui lui avait donné un travail, une maison et… sa fille, Séphora.

Non, Jenny, pas la parfumeuse.

Laquelle enfanta de deux fils, Gersam et Éliezer.

Pour les mettre à l'abri des aléas de la migration, Moïse, répudia Séphora et la renvoya, avec ses fils, chez papy Jethro.

« Des marchands Ismaélites, de plusieurs caravanes revenant d'Égypte, nous ont raconté la série de catastrophes inimaginables que Yaweh a fait passer sur Pharaon et son peuple pour contraindre ce roi borné à vous libérer de l'esclavage, à vous laisser sortir d'Égypte… Son revirement, sa poursuite rageuse, la mer qui s'ouvre devant vous et se referme derrière, anéantissant l'armée la plus puissante de l'Afrique à l'empire de l'est.

Du TRÈS grand art ! »

« Yaweh veille sur ses enfants, fit Moïse, modeste en apparence, mais qui, dans sa tête, braillait « On est les champions ! » La sono à fond.

« C'est pourquoi j'offre un holocauste à Yaweh, ne servirai plus que lui, convaincrai les Madianites d'en faire autant. »

Le soir, après les sacrifices, Jéthro, ayant apporté des vivres, convia les chefs hébreux à un grand banquet.

Pendant que les prolos « d'en bas » mangeaient des galettes de pain ramassées dans la poussière…

Comment ça, « c'est pas juste ? »…

Au matin, Moïse s'assit sur le rocher des sources, pour arbitrer les différends d'entre les enfants d'Israël.

TOUS.

Jéthro contemplait la scène, secouant la tête, plein de réprobation et de commisération.

Quand Moïse fit une pause, son beau-père lui tomba dessus :

« DÉ-LÉ-GUER ! Tu comprends le mot ? Toi, Moïse ben Amram, Yaweh le sage infini t'a délégué la transmission des lois intangibles, des règles de vie, à tout le peuple, il t'a fait le juge des faits graves, de la marche de la société des enfants d'Israël.

Il ne t'a pas demandé de juger les emprunts d'outils sans retour, les mains au cul, les chicayas de voisins, le coq qui chante la nuit, ou le chien qui course les poules !

Comment crois-tu que je m'en sortais, comme grand prêtre et chef du peuple madianite ?

Hein ?

« … »

« Je DÉ-LÉ-GUAIS ! Écoute :

1. Tu t'occupes des grandes affaires, ET tu en réfères à Yaweh.

2. Tu choisis parmi le peuple, des hommes sages, craignant Dieu, et, insensibles à la corruption… Si ! Ça se trouve !

3. Fais-en des chefs de milliers, de centaines, de cinquantaines, de dizaines.

Tu vois ? Tu délègues, et tu fragmentes !

Bref, tu crées une administration.

Ils géreront le quotidien, ne t'envoyant que ce qui les dépasse. »

« Merci, beau papa, sacré concept ! Ça devrait faire école ! On met ça en route, au plus vite ! »

Satisfait, Jethro retourna chez lui, avec fille et petits fils.

Les « sages » de Moïse, y compris Aaron, se mirent à l'organisation administrative du foutoir hébreu.

Ce qui prit un certain temps.

Heureusement, de nouvelles sources jaillissaient sans cesse du rocher.

Et Yaweh, dans sa grande bonté, fit, certains soirs, tomber des cailles rôties.

Avec la manne du matin, ils avaient le pain.

Pour saucer.

Les dix commandements
Promo et bande-annonce

Ils quittèrent Raphidim et entrèrent au désert du Sinaï.

Israël campa, face au mont. (Ex-19-2)

Depuis le chapitre 1 de l'Exode, le texte biblique parle des « enfants d'Israël », ou du « peuple d'Israël ».

Soit un (énorme) groupe d'individus ayant Jacob-Israël pour point commun.

Il semble que l'organisation suggérée par Jethro le Madianite en fit une ENTITÉ, que l'on peut définir comme : une réalité unique et indivisible.

Le nom du point commun de ces individus devient le nom générique du groupe, sans considération de taille.

… (soupirs)…

Bon, je vois que j'ai perdu du monde…

Vous bilez pas (on revient à un langage popu et clair), retenez que, sauf indication contraire de Yaweh, Moïse, ou votre humble serviteur, Israël = le peuple hébreu.

C'est enregistré ?

Garçon, la suite !

Sinaï, désert, montagne…

Sinaï signifie *épineux…* Comme dans : *buisson épineux…*

Moïse, montagne, buisson épineux… Je rajoute *feu* et *voix de Yaweh*…

Non ? Toujours rien ? Un gros buisson qui crame, *sans se consumer*… ?

AH ! Çaaaaaaaaa y est !

La révélation, la *mission* confiée à Momo !

Je raconte dans le vide ? J'ai des cyprins dorés comme public ?

Il menait des bœufs, le Moïse, et là…

Comment ça, « il conduit des veaux ? » Pas sympa, ça, Théo !

Le souvenir est d'autant plus frais que la sono divine se redéclenche :

« Tu iras devant Israël, et tu lui diras :

« Rappelez-vous ce que Yaweh a fait à l'Égypte pour vous soustraire à l'asservissement, pour vous mener vers moi sur les ailes de l'aigle ! »

On est sûr que Yaweh n'est pas le genre Gary Cooper, shérif discrètement héroïque, disant à la belle du saloon, en triturant son stetson :

« Ce n'est rien, je n'ai fait que mon travail, yep ! »

Quand il te sort du crottin, il te le rappelle chaque fois que tu vas pisser !

« Si vous respectez notre alliance, vous serez MON peuple, parmi TOUS les peuples… MAIS, vous serez, pour moi un royaume de prêtres, et une nation sainte ! »

Rien que ça ! Fais pas ci, fais pas ça… La grosse teuf !

Il n'ajoute pas : « Souviens-toi, Israël, que j'ai le déluge facile. »

Mais on sent que c'est le post-scriptum du message.

Docile, Mo claque les talons, ce qui est très con quand on est pieds nus dans des sandales. Ça fait un mal de chien.

Il réunit tous ses administratifs de fraîche date et leur transmet, à la demi-virgule près, le message céleste.

« No souci », répond Josué, en avance linguistique de quelques millénaires.

« Où c'est qu'on signe ? » Demande Aaron, qui ne demande plus « Quand c'est qu'on mange ? » vu qu'il a fini par intégrer intellectuellement qu'il y a une pluie de galettes par jour.

« Signer sur quoi ? Fleur de figuier stérile ? » répond son aîné.

C'est son côté « Chateaubriand chez les Indiens ».

En gros, la motion mosaïque est adoptée, à l'unanimité.

L'Éternel revint dans l'esprit de son porte-parole :

« Je viendrai vers toi dans une épaisse nuée afin qu'il comprenne qu'il se passe quelque chose de capital. Le peuple a besoin de signes, sinon, il ne signe pas, lol ! Elle est bonne celle-là ! », dit « Celui Qui Est » qui pouvait lire Facebook quand il voulait.

« Divine, Seigneur ! », fayota Momo.

« Normal ! »

« Au troisième jour, à compter de demain, Je viendrai au sommet du mont.

Tu vas les préparer à ma venue.

Qu'ils se lavent, ainsi que leurs vêtements.

Qu'ils s'abstiennent de la brouette philistine ou/et de toute autre activité copulatoire. Tu vas recevoir mes commandements, pas le Kama sutra !

« Hein ? »

« Laisse tomber, tu ne peux comprendre. »

Ah, Très, Très important, tu fixeras, au pied du mont, une ligne d'interdiction. Tout autour. QUICONQUE FRANCHIRA CETTE LIMITE SERA MIS À MORT ! »

Moïse descendit de la montagne et transmit les consignes à ses officiers ministériels : âmes claires, fringues propres et le canari dans la cage…

…

Advint le troisième jour.

Israël fut sorti de ses tentes par un boucan d'enfer. Oups, ce n'est peut-être pas le mot le plus approprié !

Tonnerre de milliers de tambours, sonneries de trompettes innombrables, éclairs aveuglants envahissant la voûte céleste, nuée noire foncée au sommet du mont…

À côté, les productions Paramount, c'est Martine à la plage, en super-huit !

Moïse fit venir Israël autour du mont sacré. À distance respectueuse.

La montagne tremblait, fumait comme un volcan avant l'éruption.

Tazieff aurait adoré.

Je m'égare.

Le silence se fit.

« Nous voici, Seigneur.

« Monte avec Aaron, que tous les autres restent à cette distance. Sous peine de mort immédiate. Allez, grimpez, on n'a pas l'éternité !

En tous cas, pas vous ! »

Les dix commandements
Avec un ti bout de Bérurier, de San Antonio

« Un seul Dieu, tu adoreras et aimeras parfaitement. »

MOI, Yaweh !

« Que fis-je d'autre, Seigneur, depuis le buisson ardent ? » (Moïse)

« Bin, voilà, quand c'est clair, je comprends ! » (Aaron)

« Son Saint Nom, tu respecteras, fuyant blasphème et faux serment. »

« Je m'y efforcerai, Seigneur. Et Israël avec moi. »

« Continuez, vous cassez pas, Momo m'expliquera, après… »

« Le jour du Seigneur garderas, pour le servir dévotement. »

« Il en sera ainsi. »

« Même si j'ai piscine ? Non, je blague ».

« Aaron ? »

« Oui, Momo ? »

« La ferme, Aaron ! »

« Oui, Momo ! »

« Et, ARRÊTE DE M'APPELER MOMO ! »

« Oui, Momo. »

« Rien… GROS soupir… »

« Tes père et mère, tes aïeux respecteront, ainsi que tes chefs. »

« Ça va de soi, Ô Tout-Puissant. »

« Si tu le dis… »

« Aaron ! »

« Bin, j'ai rien dit ! »

« Tu ne tueras point. »

« Pour moi, Seigneur, c'est un peu tard, le contremaître égyptien… »

« Tu n'as pas tué, tu as défendu tes frères en Yaweh. »

« J'ai tout compris, Momo, c'est : tu ne tueras pas… Sauf si… »

« Aaron ! Mords-toi la langue ! »

« C'est pas juste ! Je vérifie que j'ai bien compris ! »

« Tu ne commettras pas l'adultère. »

« Quelle horreur ! »

« À partir de doré d'l'avant, alors… »[23]

« Aaron ! »

« Quoi, encore ? »

« Dorénavant, de maintenant, c'est plus simple. »

« C'est ça, de maintenant, parce que, les Abraham, Isaac, Jacob-Israël, les fondateurs, quoi, ils se sont pas *vraiment privés* ! C'était pas du coup par coup ! Des tireurs en série, ils étaient ! Et je dirai pas QUI les a fournis…

Moïse Pleure.

« Tu ne voleras pas. »

---

[23]Emprunté à San A.

« Gardez-m'en, Ô Yaweh ! »

« Heueu… Non, rien… Mais faut que je retrouve le proprio de la mule… »

« Tu ne feras pas de témoignage mensonger contre ton prochain. »

« Toute mon âme repousse cette idée ! »

« Contre… mon… "prochain"… prochain… donc, là aussi, avant… ça compte pas. On remet le boulier à zéro… C'est bon, promis ! »

« Tu ne convoiteras pas la femme ou la maison de ton voisin. »

« La maison, quand on sera en terre de Canaan, bien sûr. »

« Momo, t'es sûr qu'Il a dit "ou", pas "dans " ? »

Genre : tu ne convoiteras pas la femme *dans* la maison de ton voisin ?

Parce que ça laisse une marge !

« Tu ne convoiteras rien de ce qui est à ton prochain. »

« Pour cela aussi, Seigneur, gardez-moi… »

« Si la femme de mon prochain *est à* mon prochain, elle est un objet, *un bien* de mon prochain, *donc, elle n'est propriétaire de rien…* »

« Donc, je peux convoiter quelque chose qui serait *de* la femme de mon prochain, puisque ce ne serait pas *à* la femme de mon prochain…

Là aussi, ça laisse une marge. »

La bouffe et la fesse boostent le Q.I. d'Aaron.

« La peur du gendarme est le commencement de la sagesse »
Surtout si c'est moi le gendarme
– Yaweh –

Israël assemblé autour du mont sacré n'entendait que très mal l'impérieuse tessiture divine.

Encore moins le basson de leur chef et guide.

Seuls, les Hébreux à oreilles de chauve-souris percevaient le son de flûte à bec d'Aaron… Israël eut-il entendu que cela eût été (bon sang ! J'ai chopé une subjonctivite aiguë !) de peu d'influence sur son taux de moralité individuel et collectif…

Pourquoi ?

Israël PÉTAIT DE Trouille !

Glacés banquise pour ceux-oui, Nath, celles aussi – que la peur congèle, cramés « fond de casserole oubliée », pour ceux que la pétoche incendie.

Tous, de chez tous, tétanisés.

Imaginez : une épaisse nuée charbonneuse, parcourue d'éclairs peu engageants, d'une sordide teinte « dégueulis de fête des vendanges », le roulement assourdissant, et ininterrompu, des chars de dix armées de Pharaon traversant cette nuée, roulement semé d'explosions inopinées dignes de l'éruption de mille volcans… Le tout sur un sol tremblant comme un parkinsonien au stade ultime.

Alors, les commandements, hein…

Les plus hardis en appelèrent à Moïse :

« Parle-nous, toi, nous serons très, très attentifs, promis ! Mais, si Yaweh nous parle, tu vas te retrouver avec le plus bel arrêt cardiaque collectif de l'histoire de l'humanité, siècles à venir compris ! Garanti !

« Calmez-vous, c'est une épreuve préventive… Dieu veut que la crainte qu'il vous aura inspirée vous incite à avoir un comportement exempt de péché. »

Israël se tint à distance et Moïse remonta vers la nuée.

Suivi par un Aaron bougon qui commençait à trouver que l'ultra trail du

Sinaï, ça commençait à lui coller les patates au fond du filet…

« Si j'aurais su… J'aurais pas venu ! »(Merci, P'tit Gibus !)

« Moïse, tu diras à Israël : souviens-toi que l'ternel t'a parlé du ciel.

Tu ne feras point près de Yaweh, de dieu d'argent, ni d'or.

Rejette les idoles.

Élève-moi un autel du sacrifice, en tout lieu où tu seras. »

Comment dit-on : « Il a pris le melon, en araméen, ou en hébreu ? »

La vie, mode d'emploi
I
Comme aurait pu dire Georges Perec

« Ton troupeau de bipèdes, là, en bas, est appelé à devenir une nation.

Connaissant les bestioles qui le composent, je crains que les commandements divins, une fois passée la stupeur de l'effroi, ne soient pas suffisants pour en faire une société fonctionnelle…

Tu vas donc leur fixer des règles. Des règles de vie sociale. Jéthro a été de bon conseil : grâce à lui tu auras du personnel pour les faire respecter.

Ne te torture pas l'esprit, je t'ai préparé le travail.

Moïse écouta.

Un bon moment.

Aaron aussi. Au début… Puis se cura le nez des deux index, afin de comparer, scientifiquement, la différence volumique entre les récoltes nasales.

Redescendu du sommet sacré, l'aîné des Ben Amram convoqua le Haut Comité d'Israël (H. C. I.), ex-Conseil des Anciens, qu'Aaron avait surnommé « Cercle des Croûtons », ce qui avait bien fait marrer le peuple…

Et expliquait en partie le changement d'appellation…

Chacun des membres était Haut-Commissaire, excepté Moïse, bombardé « Commissaire Suprême », et Aaron, « Peu Probable Commissaire Suppléant ».

Jéthro, bien que Madianite, initiateur de la structure administrative des adorateurs de Yaweh, et récemment, mais sincèrement, converti à son culte, reçut le titre de Haut-Commissaire Honoraire Conseiller Spécial du H.C.I..

Chaque Haut-Commissaire aurait la charge d'informer un certain nombre de commissaires, qui, eux-mêmes informeraient tous les Hébreux sans titre.

Nous venons d'assister, non sans émotion, à la naissance de l'aristocratie administrative.

Jéthro, qui avait une certaine expérience de la marche à suivre dans le gobage de couleuvres « tous calibres » par le bas peuple, chuchota un long moment à l'oreille de son ex-gendre…

« Pour mieux expliquer à nos frères la volonté du Très Haut, déclara Moïse à la fin du conciliabule, nous allons nous répartir en hautes sous-commissions catégorielles traitant des différents sujets qui tiennent à cœur à Yaweh, qu'il énonça avec bienveillance, mais sans ambiguïté sur ce qu'il pourrait arriver de fâcheux aux éventuels contrevenants. »

Jéthro prit le relais :

« Une délégation de chaque haute sous-commission catégorielle sera chargée d'informer les sous-commissions hiérarchiques inférieures des désirs incontournables de l'Éternel, démocratiquement ratifiées par les hautes commissions catégorielles.

Sous commissions quantitatives, pour l'instant, qui deviendront régionales lorsque nous aurons repris la terre de Canaan aux païens barbares qui l'occupent indûment ! »

À ce stade du discours, il y a longtemps qu'Aaron a lâché l'affaire.

Il dort comme un bébé et ronfle comme un chameau ivre.

Les acclamations de l'assemblée aux deux orateurs ne le réveillent pas.

Vertus hypnotiques du langage administratif sur les innocents…

La vie mode d'emploi
II
Le Code du travail

Moïse préside :

« Celui qui achètera un serviteur hébreu le fera travailler six jours et le laissera se reposer le septième, comme le fit Yaweh, lors de la création.

Ceci pendant six ans.

La septième année, il pourra quitter le service de ce maître.

Avec sa femme, s'il en était pourvu à son entrée en service…

MAIS, soyez attentifs – non, Sophie, pas attentifs « ou tives », pas de femmes dans les instances décisionnaires-donc, attention : SI, il entre en service seul et que le maître lui fournit une épouse, il sortira seul et le maître gardera pour lui la femme et les enfants qu'elle aura éventuellement eus.

Tout le monde suit ? Des questions ? »

« Ça pue le piège à prolétaires… » Marmonna Aaron, de moins en moins benêt.

« Si le serviteur dit : je veux rester avec mon maître, ma femme et mes gosses, le maître le fera marquer à l'oreille, et il sera à son service à vie. »

« Con ET fayot, en plus ! »

« Aaron ? »

« Oui, porte-voix de Yaweh ? »

« Tu veux sortir ? »

« Non, Momo. »

« Moïse ! »

« Oui, Moïse. »

« Si un homme vend sa fille pour être servante, elle ne pourra sortir comme sortent les serviteurs.

Si elle ne lui donne pas satisfaction, elle pourra être revendue, mais… »

« D'occasion ? »

« Tu chipotes la parole de Dieu, Aaron ? Non ? Revendue, donc, mais seulement à un Hébreu.

S'il prend une deuxième femme, il devra garder tous ses droits à la première.

S'il la destine à son fils, il devra la traiter comme sa fille.

S'il manque à une de ces règles, elle sera libre de partir. »

Aaron souriait aux anges…

« De quoi es-tu si content ? »

« Tu viens de définir une « servante », femme de ménage, sac à sperme et couveuse… »

« Et ? »

« Je suis TRÈS content de NE PAS être une femme ! »

La vie, mode d'emploi
III
La Justice 1

Qui frappe un homme à mort doit être mis à mort.

Cependant, si le geste est involontaire, la cause fortuite et/ou indépendante de la volonté du responsable du décès, il sera épargné.

Si l'acte a été préparé, un piège tendu, la haine exprimée, il devra être tué, même s'il est en prière devant mon autel.

Qui frappe son père ou sa mère doit être mis à mort.

Qui maudira son père ou sa mère sera mis à mort.

Celui qui vole, enlève un homme, qu'il le vende ou qu'on le trouve chez lui, doit être mis à mort.

Si, lors d'une dispute, un homme en blesse un autre, qui en réchappe, mais se trouve contraint au repos, L'agresseur sera épargné, mais tenu de verser une indemnité à sa victime.

Si un maître frappe serviteur ou servante, s'ils en meurent, ils seront vengés.

Mais s'ils survivent, même peu de jours, le maître sera quitte, car ils sont sa propriété.

Si deux hommes se battant heurtent une femme enceinte :

S'ils la font accoucher, *sans autre accident,* le coupable paiera au mari une somme fixée par les juges.

S'il y a accident, il sera appliqué la règle : vie pour vie, œil pour œil, dent pour dent… et ainsi de suite.

Un serviteur éborgné par son maître sera libéré, s'il perd une dent, du fait de son maître, il sera libéré.

Cela vaut aussi pour une servante.

On n'est pas des sauvages.

Si un bœuf encorne homme ou femme, il sera lapidé, on ne mangera pas sa chair, mais le maître du bœuf sera quitte.

« Pas mangé ? C'est beaucoup de boulot pour rien ! »

« Aaron, quoi, *encore ! »*

« Tuer un bœuf en lui jetant des cailloux ? Pour le laisser pourrir et être bouffé par les chacals ? »

« Tu critiques Yaweh ? »

« Continue, je comprendrai plus tard… »

Mais, si ce bœuf était *notoirement* agressif sans que le maître y remédie, ce maître sera mis à mort.

Il pourra racheter sa vie.

Si un homme vole un bœuf, il restituera cinq bœufs.

« Moïse… »

« Oui (inquiet) ? »

« Qui vole un œuf vole un bœuf ? Non ? »

« Et ? (Très inquiet) »

« Et qui vole un bœuf… est « vachement » costaud ! »
« Soupir… (accablé) »
« Ah, si ! Elle est bonne ! »
« On TRA-VAIl-LE ! Boucle-la ! »
« Jaloux ! (marmonné) »

Si on prend un voleur en pleine effraction, de nuit, si, frappé, il meurt, on n'est coupable de rien.

Pris de jour, on ne le frappera pas, il fera restitution, s'il ne peut, il sera vendu.

Tous dégâts dans les cultures, champs, vignes, par quelque moyen que ce soit, feront l'objet de dédommagements de valeur supérieure au bien dégradé.

Les juges apprécieront.

Les prêts de parcelles, de bêtes et d'outils, s'ils ne peuvent être rendus, feront l'objet de serment devant Yaweh.

Les juges apprécieront.

« Aaron, un commentaire ? »
« Je remercie l'éternel ! »
« De ? »
« Femme, si tu n'es ni mère ni enceinte… *tu n'es pas. Du tout.* »

Donc, Seigneur, merci pour la triplette !

La vie, mode d'emploi
IV
La justice 2

Le berlingot, la zoophilie, les faux dieux, et…

Basta, vous verrez bien !

C'est vrai, ça, faut tout vous mâcher !

Le narrateur présente, par avance, ses très sincères excuses pour d'éventuels commentaires qui, pour être intempestifs, n'en seront pas moins sincères que les susdites excuses.

Allez, Moïse, on y retourne…

Si un homme enflamme le cœur d'une vierge, qu'il couche avec elle, c'est lui qui paiera la dot, pas le père.

Si, malgré la dot, le père refuse de la lui donner pour épouse, le séducteur paiera la dot d'une vierge.

« Oui, Kevin, c'est plus cher, le neuf est plus cher que l'occasion, c'est dur à recycler, une « presque » vierge… Donc, à l'amende, le suborneur. »

Tu ne laisseras pas vivre la magicienne.

« Ce que ça vient faire là, Johanna ? Aucune idée… Dieu élimine la concurrence ? Quoique… il ne parle pas des magiciens. Deux poids, deux mesures, comme d'hab. »

Quiconque aura commerce avec une bête sera mis à mort.

« Je fais un dessin, pour « aura commerce » » ?

Qui fera des sacrifices à d'autres dieux que Yaweh, sera frappé d'anathème.

« Anathème ? Rejeté, maudit, tabou, intouchable, banni, viré de la communauté. Quiconque lui parlera subira le même sort… Ça calme…

Je suis bien d'accord, Nath, l'Éternel, c'est pas un rigolo, ça, c'est plutôt mon boulot. »

Vous ne maltraiterez pas l'étranger. Vous étiez les étrangers, en Égypte.

Souvenez-vous.

Laissez en paix la veuve et l'orphelin. Sinon, craignez ma colère !

Si tu prêtes à un pauvre, tu ne prendras pas d'intérêts.

Tu ne blasphémeras pas contre Yaweh.

Tu n'insulteras pas un prince de ton peuple.

« Les « pas princes », on peut ? »

« Couché Aaron ! »

« Moi, je demande, c'est tout… »

Ton fils premier né, tu me consacreras.

« Les filles, Il s'en astique l'auréole ? »

« Yaweh, retiens-moi, je vais le bouffer ! »

« Manger, Moïse, manger, tu parles au patron, quand même ! »

« RRRRHHHHAAAAAAAAHHHH ! »

« J'arrête ! »

Vous serez des hommes saints.

Dans les champs, vous ne mangerez pas la viande déchirée. Vous la donnerez aux chiens.

« Chouette, la sainteté, c'est que pour les hommes ! Les filles, y a une ouverture ! Moi, je n'ai pas besoin d'être saint, je suis idiot, les idiots sont innocents de nature ! Ça vous dit de baiser un idiot ? »

La vie, mode d'emploi
V
Comme ça, en vrac…

« Ça fait une belle charretée de lois et règles, tout ça, souligna Aaron, ça va être duraille de tout retenir ! »

« Certainement, répondit Jethro, certainement… Mais, je ne crois pas que Dieu veuille organiser un concours de récitation de ses commandements, lois et règles de vie en société… Ce sont des points d'appui, des rampes d'escalier, qui vous aideront à ne pas choir dans le facile, l'égoïste, la course à la satisfaction des désirs… »

« Le : tout pour ma gueule, quoi ? »

« C'est un peu brutal, mais c'est ça… Ta mémoire et ton cœur, ta conscience, en fait, te feront choisir. »

« C'est le ça se fait – ça se fait pas ? » « Ouais… Ma conscience… Dommage… »

Parce que, « dans la femme du prochain, hors de la maison du voisin »…

Ça me plaisait bien.

« Tu viens de comprendre ! »

« Ça m'arrange pas. »

« Des exemples, Moïse ? »

Tu ne colporteras pas de rumeurs, ragots, faux bruits sournois, pour nuire à ton prochain, tout comme tu ne témoigneras pas à tort pour le puissant, en échange d'une faveur ou d'un bénéfice.

Tu ne hurleras pas avec la meute, contre personne, fût-il ton ennemi, sans t'être assuré de la réalité de sa faute… Mensonge répété mille et mille fois ne devient pas vérité.

De même, tu n'appuieras pas le faible, en, justice, *parce qu'il est faible,* seulement parce que tu le sais *innocent*.

Si tu trouves le bœuf de ton ennemi errant, égaré, tu le lui ramèneras.

« Mon ennemi ? »

« Ton ennemi. »

« GRATOS ? »

« Comme tu dis… »

« Et… Si c'est sa femme ? »

« Pareil. »

« Sans la niquer avant ? »

« Intacte. »

« Même pas une tite pipe ? Elle sera intacte. »

« NON ! »

« Même si elle recrache ? »

« AARON ! Suffit ! »

Tu te tiendras loin des causes douteuses, mensongères.

« C'est écrit dessus ? « Cause mensongère, prenez l'autre trottoir. »

(Soupir agacé)

Tu ne feras pas mourir l'innocent et le juste, je ne le pardonnerais pas.

« Dis donc, frérot ? »

« Quoi ? »

« C'est qui, « tu » ? Pas moi, quand même ?

« Israël, tous, et chacun. »

Tu n'accepteras pas de cadeaux en échange de jugement déloyal ou de spoliation d'autrui.

Tu n'opprimeras pas l'étranger, *parce qu'il est étranger.*

« Ça, il l'a déjà dit ! Alors qu'il nous envoie en Canaan où vivent déjà six autres peuples, avec la consigne implicite de les virer !

« Tu connais le sens « d'implicite », toi ?

« Oui môssieu Moïse, comme ça, tu vas passer le reste de la randonnée à te demander, si je suis *vraiment* con, ou si je *fais* le con !

« Qui es-tu pour critiquer Yaweh ? »

« Je critique pas, Momo, je m'interroge… »

Tu travailleras la terre six ans. La septième, tu la laisseras aux indigents, aux bêtes de la nature.

Tu travailleras six jours durant. Le septième, bêtes et gens, maîtres et serviteurs, se reposeront.

Et tu n'adoreras, n'honoreras, pas d'autres dieux.

« Moïse, Jethro, vous croyez qu'Il s'en rend compte ? »

« De quoi ? »

« Qu'Il est limite radotage. »

« AARON, tu blasphèmes ! »

« Si peu. »

La vie, mode d'emploi
VI
La pensée du Boss, faut suivre !

Trois fois l'an, tu me célébreras dans une fête.

Tu célébreras la fête des azymes, sept jours où tu mangeras le pain sans levain, comme lors de la sortie d'Égypte.

Tu ne te présenteras pas les mains vides devant mon autel.

« Une semaine à manger du pain de régime et à rôtir de la côte de bœuf sans la manger… J'appelle ça une cure de détox ! »

« Une quoi ? »

« Rien, tonton Jethro, une vision… »

Ensuite, la fête des semailles, avec sacrifices, bien sûr.

« Là, on peut manger du pain complet ? Avec supplément gluten ? »

« Aaron, tu vas nous le fâcher ! »

« Je demande, c'est tout. »

Ensuite, celle de la récolte, quand tu profiteras des fruits de ton travail.

« Dont Il profitera aussi, parce qu'il faudra lui en sacrifier une partie… »

Et, trois fois dans l'année, tous les mâles se présenteront devant MOI, Yaweh.

« Recensement ? Visite médicale ?

« Aaron, tais-toi ! »

« Si on peut plus s'informer… »

« LUI seul sait ! »

« C'est bien ce que je dis… »

Tes premiers fruits, épis, petits de tes troupeaux, seront portés à mes autels.

« … »

« AARON ! »

« J'ai rien dit ! »

« Je t'entends penser ! »

« Toi non, Moïse. Mais moi, oui… Laisse, il M'amuse ! »

(Aparté de Yaweh, DANS l'esprit de Moïse.)

J'envoie un ange devant vous. Il vous guidera.

Écoute-le. Obéissez-lui. Mon souffle est en lui. Suivez-le en tout, et je serai l'ennemi de vos ennemis.

Il vous mènera vers les Amorrhéens, les Éthéens, les Phérézéens, les Cananéens, les Hébéens, les Jébuséens…

« Je l'ai déjà dit, mais c'est vrai… Ça fait du monde ! »

Et je les exterminerai !

« Ben voyons, pourquoi faire compliqué ? Et après, on les mange ? Ça nous changerait des galettes ! »

« Tais-toi, inconscient ! »

Tu n'adoreras pas leurs Dieux ! Au contraire, tu jetteras leurs autels à terre.

« Il n'est pas pour la libre concurrence, l'Éternel ! Ça le chiffonne drôlement. Démolition pour rénovation ! »

Servez Yaweh, votre père, Il éloignera la maladie de ton peuple.

Aucune femme ne perdra son fruit ni ne sera stérile.

« Moïse, tu peux me dire pourquoi Il semble en pleine campagne électorale ? Il est DÉJÀ élu ! Et par LUI MÊME, en plus ! »

Moïse pleure en silence, et en suçant son pouce…

Je leur enverrai des tempêtes et des nuées innombrables de frelons, en te laissant le temps de grandir en nombre et d'occuper le pays.

Note du conteur

Eueueuh… C'est encore du coaching, ou c'est déjà de la triche éhontée ?

« Le » Yaweh (comme on dit dans les Vosges profondes), il édicte des commandements, des lois, des règles… Et s'assied dessus ? (Si Il a un cul ?)

Pardonnez la rusticité du propos.

Reprise

Ses limites (du pays, suivez, bon sang !) iront de la mer Rouge à la mer des Philistins et du désert jusqu'au fleuve. Tu les chasseras devant toi.

Pas d'alliance avec eux ni leurs dieux.

Ils te feraient pécher contre MOI.

Ils ne resteront pas dans le pays.

Note du conteur

Re- eueueuh… N'aurait-il pas dit : « Tu ne brimeras pas l'étranger » ?

Moi, je dis ça, hein ?

Reprise

Aaron se roule par terre et se pisse dessus de rire.

Les montagnards sont là !
référendum d’initiative… divine

Yaweh parla ainsi, à Moïse :

« Monte vers Yaweh (toujours le syndrome Delon), toi, Aaron, Nadab, Abiu et soixante-dix des anciens, et prosternez-vous.

De loin.

« Pourquoi ? On refoule de l’amphore ? On a une haleine de mouette hépatique ? » (Aaron, qui d’autre ?)

« Toi seul monteras, les autres écouteront de loin. »

« Le peuple restera en bas. »

« Veinards, le Sinaï en claquettes, une paille ! »

Ainsi fut-il. (J’aime la formule. Vous l’aurez encore)

Moïse rapporta les paroles de Yaweh au peuple.

Qui écouta.

Et brailla : « Toutes les paroles de Yaweh, nous les accomplirons.

Moïse écrivit toutes les paroles de l’Éternel sur parchemin.

Ce qui prit un certain temps, car Il détaille et se répète, pour être sûr, *sûr*, que ça « rentre ».

Et que, l’orthographe araméenne, c’est pas de la pâtisserie orientale !

Le lendemain, dès l'aube, Moïse bâtit un autel, entouré de douze stèles, pour les douze tribus d'Israël…

Non Théo, pas « tout seul avec ses petits bras » !

Il y a les esclaves, pour ça.

Les jeunes d'Israël sacrifièrent des taureaux. À la gloire de Yaweh.

La moitié du sang fut versé dans des bassins.

L'autre moitié répandue sur l'autel.

Moïse lut les parchemins à la multitude.

Qui hurla, une fois de plus : « Tout ça, nous y obéirons ! »

Puis, il puisa du sang et aspergea la foule.

« Ceci est le sang de notre alliance avec Yaweh !

N'oubliez JAMAIS ! »

« Allez, remonte, je te donnerai les tables de pierre où seront gravés les commandements, lois, préceptes que je vous ai transmis… »

À mi-pente, Moïse dit aux anciens :

« Attendez notre retour. Avec Aaron et Hur. Si vous avez des questions, ils y répondront. »

Puis il se lança dans l'ascension du mont sacré, accompagné de Josué en qui il avait toute confiance…

La nuée couvrait le sommet.

Les deux hommes attendirent six jours.

Au septième, Yaweh appela Moïse.

Moïse entra dans la nuée.

Il y demeura quarante jours et quarante nuits.

Pour les anciens, à mi-pente, et pour le peuple, au pied du Sinaï, la nuée sommitale paraissait enveloppée d'éclairs aveuglants…

Quand Yaweh veut marquer les esprits, personne ne peut dire qu'il ne met pas les moyens…

Et Yaweh se fit chef de chantier
Avertissement au public

Afin de ne pas lasser par une très longue phase énumérative, façon recette du Gloubi-boulga, votre humble serviteur va tenter de synthétiser la pensée de Yaweh (si, si, moi !), en toute objectivité factuelle.

Les éventuels commentaires ironiques seraient à mettre au compte de ce vicieux d'Aaron, le rebelle sournois, dont l'esprit ricaneur semble très contagieux.

Dans le but de rendre fixe et définitive, de pérenniser, et autres verbes et locutions verbales synonymes ou analogues, contenant l'idée d'une durée très au-delà de l'imagination du bipède moyen, de l'alliance de l'Éternel avec son « peuple élu » qui, sachons nous en souvenir, n'était pas candidat, Yaweh eut une longue entrevue à objectif prescriptif avec le guide spirituel (armé, toutefois, d'un solide bâton, « au cas où »).

Moïse écouta, hocha la tête, prit le « garde à vous » en s'écrasant le gros orteil avec l'extrémité inférieure de ce foutu bâton.

Une brouettée de siècles plus tard, des montagnards d'une lointaine contrée reprendront ce cri en le tarabiscotant de modulations : le Yodel tyrolien.

Sans rien savoir de leur illustre prédécesseur.

« Il en sera ainsi, Très Haut. »

Et, ainsi fut-il. (Je vous avais prévenus que je vous le resservirais.)

D'abord, le matos. En offrande à Yaweh :

De l'or, de l'argent, de l'airain.

De la pourpre, du cramoisi, du lin le plus fin, du poil de chèvre.

Des peaux de béliers, teintes en rouge, des peaux de veau marin, du bois d'acacia.

De l'huile de lampe et de l'huile d'onction, des aromates, de l'encens.

Des pierres d'onyx et d'autres pierres à sertir, pour l'éphod (scapulaire) et le pectoral.

Yaweh sera parmi Israël, dans le Tabernacle, son sanctuaire.

Il nous montrera le modèle.

PAUSE

Avant de passer à la suite, il me paraît sain, sinon saint, de souligner l'ampleur de la tâche qui attend les Hébreux.

Vous n'êtes pas sans savoir : que la pourpre est une teinture d'origine marine, que tout aussi marine est la nature profonde du phoque commun, appelé ici ; veau marin.

Que le lieu de cette aventure spirituelle et humaine est le désert sableux du Sinaï... On peut donc dire : « La plage est très belle, mais… la mer est loin ! »

Enfin, que Dieu a créé l'homme, mais que l'homme n'a pas encore créé l'hypermarché. »

Réalisation.

L'Arche : Rectangulaire, deux coudées et demie de long, une coudée et demie de large, une coudée et demie de hauteur. Du plus beau bois d'acacia.

Doublé d'or pur. Intérieur et extérieur.

Une guirlande d'or pur en fera le tour.

Un anneau d'or pur à chacun des quatre pieds.

Dans ces anneaux passeront deux barres d'acacia feuilletées d'or, pour porter l'Arche.

Une fois passées dans les anneaux, elles n'en seront plus retirées.

Jamais.

Sur l'Arche sera posé un couvercle d'or pur qui la fermera et fera office de propitiatoire, pour les offrandes à Yaweh.

À chaque extrémité du couvercle sera placé un chérubin d'or pur, les ailes déployées au-dessus de l'Arche, le regard tourné vers le propitiatoire.

C'est là que paraîtront, les volontés de Yaweh adressées à Israël.

Notule rapide du conteur :

Yaweh vient d'inventer le premier écran plat seize neuvième !

Dans l'Arche sera déposé le témoignage que Yaweh nous donnera.

Notule rapide du conteur :

Le sens esthétique de l'Éternel semble une hybridation du style Louis XIV et du style « Chez la mère à titi » de Renaud…

La table : rectangulaire, longue de deux coudées, large d'une, haute d'une et demie.

Pareil, feuille d'or, guirlande, pieds, anneaux, tout pareil, barres dans les anneaux…

(Momo commence *déjà* à fatiguer.)

Cassolettes, plats, tasses de libations, coupes…

« Laisse-moi deviner, d'or pur ? (Josué)

« Gagné ! »

Le porte lampe : Sera façonné un chandelier d'or pur battu, d'où sortiront trois branches de chaque côté.

Sur chacune des sept branches, on pourra voir trois calices figurant bouton et fleur d'amandier, qui recevront l'huile de lampe.

Tiges, boutons, lampes, seront façonnés d'un seul tenant, d'or battu pur.

Vous le poserez sur le propitiatoire.

Le modèle apparaîtra sur la nuée.

Ultime notule rapide du conteur :

Et Yaweh inventa… la présentation « Power Point » !

Le tabernacle
By Yaweh incorporated - trade-mark
Notice de montage

Les murs de la Demeure seront faits de dix tentures.

De lin, de pourpre violette, écarlate et de cramoisi.

Ornés de chérubins d'or tissés par le meilleur artisan du peuple.

Chaque tenture sera de vingt-huit coudées sur quatre coudées.

En seront faits deux panneaux de cinq tentures chacun.

Tous deux seront équipés de lacets de pourpre violette pour en assurer la clôture.

Notule rapide du conteur :

Violet, écarlate, cramoisi, des chérubins d'or partout… La mère à Titi prend l'avantage…

Seront préparées des tentures de peau et poil de chèvre, onze, chacune de trente coudées de long sur quatre de large.

Un panneau de cinq tentures, l'autre de six.

La sixième sera rabattue ou repliée devant l'entrée.

La Demeure sera ainsi couverte, protégée des intempéries.

Notule rapide du conteur :

J'ai dessiné le résultat… De l'extérieur, les chérubins ne sont plus visibles.

Ça va manquer au paysage…

Du plus beau bois d'acacia seront les planches, jointoyées par chevilles, des panneaux intérieurs de la demeure. Au nord et au midi.

Hautes de dix coudées et couvertes de feuilles d'or.

Quatre piliers au fond, quatre piliers à l'entrée.

Au centre de la Demeure, lieu saint, quatre piliers auxquels seront accrochées des voiles de pourpre violette, écarlate et cramoisie sépareront le lieu

Très Saint du lieu saint.

Un voile identique, suspendu à cinq piliers d'acacia couverts d'or sera placé à l'entrée de la demeure.

Notule rapide du conteur :

L'acacia, semble-t-il, foisonne dans le Sinaï !

Le parvis de la Demeure sera délimité par une clôture de cent coudées sur cinquante.

Nord et Sud, cent coudées, Est et Ouest cinquante coudées.

L'entrée du parvis sera à l'est.

Nord et Sud, cent coudées de lin retors accrochées à vingt colonnes dorées,

Ouest, cinquante coudées de lin retors accrochées à dix colonnes dorées.

Est, à gauche, quinze coudées de lin retors sur trois colonnes dorées, à droite quinze coudées de lin retors sur trois colonnes dorées.

Entre les deux, la porte du parvis, vingt coudées de pourpre violette et cramoisie, ornées de dessins variés, portées par quatre colonnes.

Notule rapide du conteur :
Je constate le licenciement des chérubins.
La mère à Titi pleure.

Entre la porte du parvis et celle de la demeure sera posé un autel de cinq coudées de long et cinq coudées de large.
Sa hauteur sera de trois coudées.
En bois d'acacia.

Aux quatre coins, sortiront des cornes qui seront revêtues d'airain.
Seront forgés des cendriers, des pelles, des fourchettes, des bassins, tous d'airain.
Sera forgée une grille d'airain, aux dimensions internes de l'autel, qui sera à mi-hauteur, à l'intérieur de l'autel, sous la corniche.
Seront prévues deux barres de transport, qui passeront dans les anneaux de transport qui auront été posés.

Enfin, l'huile d'olives concassées pour le porte-lampes sera fournie par les enfants d'Israël.
Cette huile devra brûler nuit et jour.
Sans fin.

« C'est passionnant, tout ça, mais j'ai ma daube qui mijote, moi. Et, si ça colle au fond, c'est mort ! »
La mère à Titi voulait avoir le dernier mot.

Yaweh, styliste « tendance » spécialiste unique du vêtement sacerdotal

« Lève les yeux vers la nuée, peuple choisi par l'Éternel Yaweh.

Je suis Raphaële, ange titulaire de première classe, chargée de communication chez « Yaweh Créations » ».

Et, OUI, je suis une fille.

Pour l'instant.

J'ai la délicate, et très agréable, tâche de te présenter la toute dernière collection, été-été, de notre Infini Créateur : Yaweh l'Unique.

Ceci, afin que tu te familiarises avec la tenue de ceux qu'Il choisira pour te guider dans ta vie physique et spirituelle, l'harmonie sociale et la certification des boulettes casher.

Afin que nul ne doute de la volonté de préservation de la pudeur de ces saints hommes, qu'il n'y ait aucune tentation fantasmatique, la présentation se fera, pièce par pièce, à l'inverse de l'épluchage de l'oignon : du plus près de la chair au plus loin de la chair.

Dans l'autre sens, nous risquerions des pensées impures.

Voici donc la première pièce : le caleçon. Très couvrant, des reins au creux poplité du genou.

Mesdames, je ne tolérerai aucun commentaire inapproprié.

Poursuivons… Comment ça, « poursuivons qui ? ». Rachel trois cent vingt et un xb, à gauche du rocher rouge en pointe de flèche, dernier avertissement !

Mannequin suivant : la tunique. En lin. Fin. Blanc.

Innocence, pureté, foi, sérieux. LE blanc !

J'ai d'autres qualificatifs, mais on n'a pas le temps. Et Saül est au bout du podium.

Maintenant, j'en appelle à la concentration maximum !

Nous allons en arriver à l'Éphod.

Cette pièce vestimentaire est unique ET plurielle.

Unique, car, seul le grand prêtre pourra la revêtir.

Plurielle, car composée de plusieurs éléments obligatoires, indispensables.

C'est pourquoi, cher public… Euuh… peuple élu, Jonas s'arrêtera au centre du podium, afin de permettre à deux assistants de vous présenter chaque élément de ce vêtement sacerdotal, exclusivement réservé au grand prêtre. Comme je l'ai déjà dit.

Voilà… Écoutez… Vous entendez ? Oui, ce sont des clochettes. Non,

Rachel 321 xb, ce ne sont ni des chèvres ni aucun troupeau !

C'est… Jonas qui porte la robe sans manches de l'Éphod, toute de pourpre violette.

Sans manches, pour laisser voir celles de la tunique blanche, rappelant les vertus que cette couleur symbolise.

Le bord inférieur laisse voir la largeur d'une main de la tunique blanche, pour les mêmes raisons.

Sur l'ourlet nous pouvons admirer une kyrielle de grenades violettes, écarlates et cramoisies alternant avec des clochettes d'or fin.

Pour quoi faire ?

Je vais vous le dire.

Pour que le recueillement et le silence accueillent l'entrée du grand prêtre dans le lieu saint. Din-ding, il arrive. Vu ?

Pour tout te dire, cher peuple élu, certains collègues de la commission des critères sacerdoto-vestimentaires, étaient partisans d'appeler cette robe « manteau de l'Éphod » !

Heureusement, Yaweh a tranché en faveur des experts sérieux !

Dont je fais partie.

Y en a, je vous jure, qui ne doutent de rien !

Petit détail, mais qui a son importance, l'ouverture qui sert de col a un double ourlet, renfort nécessaire pour chasser tout risque de déchirement à l'enfilage. Rachel 321xb, je t'entends penser !

Ce double ourlet, c'est MON idée ! Modestement, c'est génial !

Le violet représentera, dans la suite des siècles, l'autorité des pontifes. Désignera le guide spirituel.

Voici que viennent Azraël et David, porteurs du tablier de l'Éphod, lui-même composite, qu'ils vont assembler par-dessus la robe de pourpre violette.

Anneaux, fibules et chaînettes d'assemblage sont, bien sûr d'argent et d'or les plus fins.

David et Azraël, dont on doit admirer les gestes d'une précision surhumaine, ce qui est le minimum pour des chérubins, êtres célestes ! (Que je suis drôle !)

C'est fait ! Jonas porte le tablier.

Observons, et commentons, ou, plutôt, observe, peuple et Je commente.

Chacun son métier, chacun sa place, toi, c'est en bas.

Le tablier, qu'est-ce, en définitive ?

Je vais vous le dire : essentiellement deux panneaux de lin, un qui couvre le devant du corps, l'autre le dos, les deux pans réunis par un scapulaire, des bretelles, pour que tout le monde comprenne, surmontées d'épaulettes.

Trois sous-éléments unis par des anneaux, chaînettes, fibules des agrafes ornementales, pour les plus illettré(e)s d'entre vous, dont je n'ai plus besoin de préciser la matière…

Quoique, quand on s'adresse aux classes défavorisées…

Donc, je le répète, pour les nuls… D'argent et d'or, les plus fins.

Ça rentre ?

Contrairement à la tunique et à la robe de l'Éphod qui seront OBLIGATOIREMENT unies, monocolores, certes très symboliques, mais quelque peu tristounes, si je peux me permettre, pour les éléments du tablier et accessoires suivants… ON SE LÂCHE !

Faut que ça pète, que ça claque, QUE ÇA PIQUE LES YEUX !

Comme le modèle porté ici !

Des incrustations de pierres précieuses, cousues main, À GOGO !

Sauf sur les épaulettes, qui seront noires.

Pour le contraste.

David accroche, aux deux bretelles du scapulaire, le pectoral, niellé des plus rares pierres de couleur de ce monde. Signe distinctif du plus haut servant de Yaweh.

Pendant ce temps, Azraël a fixé, de chaque côté du pectoral, deux bandes étroites de tissu précieux, porteuses de l'écriture divine.

L'Ourim et le Toumim, La Doctrine et la Vérité.

Je n'explique rien ! J'ai fait stylisme, pas philo !

Afin que le tablier ne baille pas, c'est très moche, Azraël donne à Jonas, qui la noue très artistiquement, une ceinture que je n'hésite pas à qualifier de bariolée. Normal, la joie de vivre est dans l'accessoire, non ?

Enfin, cette mitre de lin blanc (rappel de la tunique) sera posée sur la tête du pontife et des servants…

SAUF… que celle du grand prêtre aura, à sa base, une lame d'or fin, pour la maintenir ferme sur la tête de celui-ci. Comme vous la voyez, sur notre ami Jonas.

Ainsi, ce n'est plus une mitre.

C'est une tiare.

Symbole de la délégation de pouvoir de Yaweh à celui qui la porte.

« Ça allait Seigneur ? »

« Débriefing dans cinq minutes ».

Aaron et fils
Prêtres sacrificateurs bio-label rouge

« Aaron, ton frère, sera mon grand prêtre. »

Nadab, Abiu, Éléazar, Ithamar, ses fils, seront ses assistants.

« Aaron, Très haut ? Loin de moi toute idée de... Mais, Aaron... »

« Justement, pas de meilleurs choix qu'un quasi opposant ronchon, lassé de jouer les seconds anonymes, à qui tu donnes un titre ronflant et des habits qui piquent les yeux, MAIS affichent la haute noblesse de son statut social, pour t'assurer un défenseur vétilleux sur le respect, intransigeant sur les rituels et liturgies... Aaron sera prêt à écorcher vif sur l'autel du sacrifice quiconque pétera pendant les offrandes... »

Pour double blasphème : sonore ET olfactif !

« Maintenant que l'Éternel le dit... »

« À travers les millénaires, ce piège à vanité deviendra du « génie politique... Bon, c'est pas tout, mais on a du pain, sur la planche ! »

« Avec, ou sans levain, Très Haut ? »

« Elle est excellente, Moïse, mais une seule suffira... »

« Une seule quoi, Seigneur ? »

« Une seule blague, tu sors de ton rôle... Passons. »

« Il te faudra, pour consacrer les prêtres, suivre un rituel protocolaire qui restera immuable dans la suite des siècles. »

Tu prendras un jeune taureau et deux béliers. Vierges de tout défaut.

Tu feras des pains, gâteaux, galettes, sans levain, de la plus fine fleur de farine, pétris à l'huile.

Tu les disposeras dans une corbeille, que tu présenteras, avec les bêtes, devant l'autel des offrandes.

Tu feras avancer Aaron et ses fils dans l'entrée de la tente sainte.

Tu les laveras avec de l'eau.

(Avec du sable, ça fait mal. Note du conteur.)

Puis tu revêtiras Aaron des vêtements réservés au grand prêtre. Tu poseras sur sa tête la mitre ceinte du cercle d'or. La tiare.

Tu marqueras son front avec l'huile bénie.

Tu vêtiras ensuite ses fils de la tunique blanche.

Tu noueras les cinq ceintures et poseras les mitres sur les quatre têtes des quatre servants.

Le sacerdoce, le service de Yaweh, leur appartiendra.

Il en sera ainsi pour tous les ministres de Yaweh, tout au long des âges.

Tu amèneras le taureau devant la tente.

Aaron et ses fils poseront leurs mains sur sa tête.

Tu l'égorgeras devant Yaweh, à l'entrée de la tente.

De ton index trempé dans le sang, tu marqueras les quatre coins de l'autel.

Vous répandrez le reste du sang devant l'autel.

Les viscères, la graisse du ventre, seront fumés sur l'autel.

Mais vous consumerez à l'extérieur de l'enclos sacré la chair, la peau et les excréments.

Tu prendras le premier bélier…

Interruption spéciale du conteur

Non, Théo, pas « Breaking News » ! C'est Yaweh Info, pas CNN !

Bon ! Nous sommes au verset 16, du chapitre 29.

Qui en comporte 46 !

Il en reste 30 !

Qui ont le même but que les premiers : enseigner à Moïse les plus infimes détails du protocole d'admission dans le clergé de Yaweh.

Et comment on égorge les béliers, et ce qu'on crame, et l'onction du sang sur l'oreille, le pouce, le gros orteil, droits, des futurs prêtres, et comment on s'asperge de sang tout partout, comme des garnements dans une cuisine de resto scolaire...

Comme, me semble-t-il, il y a peu de chances que quiconque, dans mon lumineux public bien aimé, ait l'intention d'apprendre les arcanes d'un protocole, d'ailleurs devenu très symbolique (au grand soulagement de nombreux mammifères cornus !), afin d'entrer dans les ordres hébraïques, de devenir prêtre de Yaweh – non, Anne pas prêtresse, Yaweh considère la femme comme une erreur, un bug – il suffit de comprendre que, devenir prêtre sacrificateur titulaire, c'est coton de chez coton !

(Si tu lis cette phrase à haute voix, assure-toi d'avoir des glandes salivaires performantes !)

Une fois la procédure décrite au poil de nez près (si, Nathalie, de nez, je parle de Dieu, quand même !), une liste d'obligations quotidiennes ;

Comme le sacrifice de deux agneaux d'un an par jour, un à l'aurore, l'autre au crépuscule, avant la nuit totale…

Moyennant quoi, Il viendra au milieu des fils d'Abraham.

Une certitude, après tout ça :

Yaweh n'est pas Vegan !

Accessoires et denier du culte

Chapitre appelant au questionnement métaphysique, ainsi qu'à une réflexion sur l'origine religieuse des méthodes mafieuses…

Yaweh passa d'autres commandes à son chef de chantier :

« Un autel pour faire fumer l'encens.

Dessus, Moïse, pas autour… Si je me fais bien comprendre ?

« Reçu, Très Haut… D'ailleurs, j'ai essayé, c'est infect, et j'ai chopé des aphtes… »

« Bien fait ! » Répond Le Miséricordieux. »

« Comment, Christelle ? Le… Miséricordieux, c'est… Allah ? »

Dis-moi, bichette, tu connais Frédéric Dard ? Oui ? Et San Antonio ?

Oui, aussi ? Et ? C'est… Le même ?

Bin voilà, Yaweh et Allah, c'est pareil…

Donc, un autel pour faire fumer l'encens.

Tu le feras, comme ci comme ça… (voir l'autel des sacrifices, même genre).

Acacia, dorures, airain, anneaux, barres de transport.

Posé dans l'alignement de l'autre devant le voile de l'Arche.

Un allumage le matin, un entre le crépuscule et la nuit totale.

Perpétuel.

Aucune rupture dans la douce fumée qui montera aux narines divines…

« Moïse ? »

« Oui, seigneur ? »

« ATTENTION ! »

« À ? »

« Pas de patchouli profane, d’entrecôte ou d’huiles essentielles, sur MON autel des encens ! »

« J’y veillerai, Infiniment Saint ! »

« Je te le recommande… Vivement ! »

« Et, avec ça ? »

« Les prêtres ne pourront officier sans s’être lavé les mains et les pieds dans de l’eau consacrée, la pureté commence avec la propreté. »

On est pas chez les adorateurs d’idoles !

Donc, à réaliser, une cuve d’airain, sur socle d’airain.

À placer entre la tente et l’autel des sacrifices. « Quelle taille Ô Yaweh ? »

« Suffisante pour deux mains ou deux pieds… C’est compris ? »

« Mieux, seigneur, c’est gravé ! »

« Je vais te donner la recette de l’huile de consécration des prêtres et des lieux et objets sacrés. Elle devra rester secrète, transmise seulement par le grand prêtre à son successeur, désigné par lui. »

Instant de silence.

« Chaque année, tu feras le compte de ton peuple. »

« Chacun donnera *une rançon*, pour son âme, et afin qu'il ne lui arrive rien durant le recensement.

Chacun donnera un demi-Shekel. »

Le riche ne donnera pas plus que le pauvre.

Le pauvre ne donnera pas moins que le riche.

Chaque Hébreu de vingt ans révolus s'acquittera de cette contribution.

Interruption spéciale du conteur

Je vois, parmi vous, et ceux que je ne vois pas, je les imagine, des regards effarés par ce qu'ils-elles viennent d'entendre.

Moi, ça me rappelle une réplique célèbre :

« Je vais leur faire une proposition qu'ils ne pourront pas refuser. »

Don Vito Corleone...Le Parrain.

La foi, l'espérance, la charité… Et les affaires.

Yaweh est prévoyant

« Tu comprendras aisément, Moïse, qu'on ne peut pas confier la réalisation d'objets destinés à glorifier la puissance infinie de Yaweh à n'importe quel clampin droitier ET équipé de deux mains gauches… »

« C'est toi qui nous as fait, Très Haut… sournoisa Momo, d'un faux air contrit… »

« Popopop ! Minute, pépère ! (quand il s'agace, Yaweh fait penser à Gabin dans « Archimède le clochard »)… J'ai conçu et fabriqué les prototypes ! »

Après, c'est « Human made » ! Et c'est pas terrible, d'accord, mais je ne vais pas déclencher un déluge purificateur chaque fois que vous en faites une !

« Une ? titille l'assècheur de mer Rouge, un brin taquin… »

« Une bourde majuscule, une bouse, une CONNERIE GALACTIQUE ! »

Bon, on peut revenir au sujet ?

« C'est toi qui décides, Seigneur. »

« Merci, tu es trop bon ! Bien. Évidemment, il m'arrive d'intervenir. Sinon, rien n'avancerait ! Et là… »

« Yaweh est intervenu ? »

« C'est ça. Mais sur du matériel humain existant. »

« Les ressources humaines, en somme ? »

« Tu l'as dit, bouffi, répond Dieu, qui se détend d'un coup. »

J'ai choisi Béséleel, fils de Hur, ton adjoint, de la tribu de Juda, déjà très réfléchi et adroit de ses mains, donc concepteur *et* réalisateur au naturel, mon souffle a investi son âme, centuplant ses capacités. Sur tous matériaux.

Je lui ai adjoint Ooliab, fils d'Achisamech, de la tribu de Dan, à qui j'ai envoyé la même pulsion créatrice.

J'ai augmenté l'esprit de tout homme connu pour sa dextérité, pour parvenir à un aboutissement parfait.

Car seule la perfection convient au culte de Yaweh !

(Poussée extrême du syndrome Delon)

Ainsi, ils feront tout, du caleçon des prêtres, à l'arche du Saint des Saints.

Intuitivement, Moïse sut qu'il devait rester coi.

Et attendre…

« Attention, Israël, aussi grandiose que soit la tâche à accomplir, *ne profane pas le Sabbat, pilier sacré de notre alliance* ! JAMAIS ! »

Yaweh s'est reposé, au septième jour de sa création.

Son peuple se doit de suivre son exemple.

Celui qui faillira, celui qui le profanera, sera mis à mort.

Lorsque Yaweh se tut, il donna à Moïse les deux Tables de la loi.

Deux tables de pierre, gravées du doigt de Dieu.

Moïse en souleva une.

« Je ne sais pas si c'est dur, la culture, mais c'est lourd ! »

Aaron prend la main
Yaweh enrage
Moïse pète un câble et les Tables de la loi

En bas, au pied du mont sacré, le calme avait régné.

Un temps.

Sûrement un temps trop long pour que la plénitude dudit calme se maintînt au sommet…

On passa de mer calme à peu agitée… Puis, direct, à mer forte…

Aaron, en pleine concentration scientifique, appuyée sur une observation minutieuse, afin de trouver le champ lexical adéquat pour qualifier la géographie physique des diverses zones de relief de Lia, concubine (en CDD) de Hur, fut arraché à ses hautes préoccupations anthropologiques par le déboulé, façon charge de cavalerie, d'une trentaine de mâles hébreux remontés comme des ressorts d'arbalètes prêtes à lâcher leur carreau.

« On en a gros, très gros, tant va la cruche à l'eau qu'à la fin elle est pleine ! »

« Ouais, c'est ça, on sait même plus depuis combien de jours il est grimpé là-haut, ton néné… »

« Mon quoi ? »

« Y veut dire ton (plus loin) aîné. Ton frère aîné. Moïse, le moussaillon de corbeille à linge flottante ! »

« C'était pas une… »

« On s'en badigeonne le nombril à l'huile d'essieu de char ! »

« 'faitement ! On veut un guide qui sait où il va ! »

« S'il est pas en train de servir d'en-cas aux fennecs ! »

« Et le Yaweh, là, hein ? Si y nous a sortis d'Égypte pour nous laisser crever au milieu de… rien, on voit pas bien c'quon y gagne ! »

« Tout à fait ! Et le pain tout plat et pas salé, on a les dents du fond qui baignent ! »

« Même, même, avec une malheureuse caille au régime ! »

« La caille aussi, on en a ras la frange ! »

« Shlomo, tu es chauve… »

« Change pas d'sujet ! Tu prends la main, tu nous donnes un Dieu qui se bouge ! »

Aaron, pas mal bousculé par l'assaut, retrouva vite sa lucidité, entrevoyant une opportunité d'avoir enfin la place qu'il méritait : la première.

« Calmez-vous, et écoutez ! »

« Rassemblez TOUS les anneaux d'oreille en or, et apportez-les-moi. »

« Pour en faire quoi ? »

« Ça te dirait d'aller explorer la nuée, là-haut ? Non ? Il y a d'autres questions ? Non plus ? Alors… QU'EST CE QUE VOUS FAITES ENCORE LÀ ? »

Ce fut une volée de moineaux !

Jethro organisa le stockage.

Aaron et quelques forgerons burinèrent l'or. Le firent fondre. Le façonnèrent.

Bientôt, un éblouissant Veau d'Or domina le camp hébreu.

Acclamations assourdissantes :

« Israël, voici le Dieu qui t'a sorti de l'humiliant esclavage.

Aaron hurla, pour dominer le tumulte :

« Demain, nous fêterons Yaweh ! »

« Mais, c'est pas Yawweh ? Si ? »

« Me les brise pas menu ! On a un Dieu, en or, et on a un nom. On colle les deux, et roule ma poule ! (Traduction du sens général. Note du conteur) »

Quatre artisans construisirent un autel sacrificiel devant l'idole rutilante.

La cérémonie d'intronisation du divin bovidé impubère commença tôt le lendemain matin. Quelques bêtes de bât furent sacrifiées, agrémentées d'épices diverses, afin de réjouir les réceptacles olfactifs du Yaweh de rechange.

Chacun mangea et but.

Puis dansa et chanta… Des chants de glorification de la foi, d'abord.

Qui furent, assez rapidement, plus proches du franchement paillard que du frénétiquement religieux.

Là-haut, Yaweh péta un câble, une durite, et les plombs !

« Moïse, hâte-toi de redescendre ! Ce peuple de malotrus sans vergogne s'est lassé d'attendre ! Les voilà qui font des simagrées à un bouvillon auquel ils ont OSÉ donner MON NOM ! Je vais te leur coller un kit « Sodome plus Gomorrhe », plus déluge en bonus, ça ne va pas traîner, nom de… MOI ! »

Momo, patiemment, plaida la cause des hérétiques, sur le thème : « Vous ne vous êtes pas compliqué l'éternité à faire sortir CE peuple de l'esclavage et d'Égypte, concomitamment, pour les faire crever par friture et noyade dans les sables du désert ? Et puis ça va faire drôlement rigoler

Pharaon et son orchestre ! »

Yaweh en convint, et regretta de s'être emporté contre son peuple, un peu comme un père finit par passer l'éponge sur la dernière bêtise de son ado acnéique.

Moïse entama la redescente, une Table de la loi sous chaque bras.

Josué prêt à le relayer au premier coup de mou.

Josué pila sur place.

« Ça bastonne, en bas, j'entends des chants de bataille !

« De bataille ? De mécréants pleins comme des outres, oui ! Les jarres des chariots ne contiennent pas que de l'huile ! »

Et là, il voit l'idole scintillante au milieu d'un grouillement quasi orgiaque…

Il tonne, assisté par Yaweh qui fournit les effets spéciaux : voix de hard rocker-métalleux gore, à mille décibels, alternance de tonnerre roulant et de tonnerre pétant, éclairs multidirectionnels aveuglants qui éclatent des pans de montagne, un vrai bonheur de rave sous amphètes !

« Hérétiques ! Apostats ! Fornicateurs ! Sodo… ah, non, tiens, pas cette fois…

Adultères ! Païens ! Idolâtres ! » (j'en passe)

Et il jette, dans un superbe geste de décathlonien, les Tables de La loi sur un rocher.

Où elles se brisent.

Armés chacun d'une masse de forgeron, Josué et Moïse réduisirent l'idole en poussière, qu'ils versèrent dans de l'eau qu'ils forcèrent tous les membres des anciens à avaler.

Si on survit, on est calmé !

« Bravo, Aaron ! Brillant résultat de ton immense autorité naturelle !

« Ben voyons ! C'est la faute d'Aaron ! (calme déjà, Aaron a une syntaxe… originale, alors énervé, sur la défensive, on touche le fond !), Môssieur Moïse quarante jours, hein, QUARANTE ! Et pas un signe du GRRRAND Moïse !

Comme si tu savais pas à quoi t'attendre de ceux-là ! Et Moïse est bouffé par les charognards, à poils et à plumes, et le Yaweh, c'est du bas de gamme, y nous sort d'Égypte pour nous larguer dans un bac à sable illimité, et le pain est dégueu, et on veut un Dieu top-chef !

Comme je tiens à la carcasse que ma mère m'a donnée, tout seul face à une foule grossissante, en nombre et en énervement, j'ai biaisé.

J'ai réclamé que me soit fourni le plus d'or possible, ce qu'ils ont fait, et avec deux forgerons, ou trois, je sais plus, on a créé ce ti bestiau, que j'ai appelé Yaweh, pour éviter une polémique autour du nom. Et pis comme ça, y a rien à changer dans les prières et incantations ! Malin, non ? »

Moïse comprit tout de suite qu'il fallait réagir.

« Qui reste fidèle à Yaweh ? »

Tous les Lévites levèrent le bras.

Moïse les écarta du reste du peuple.

« Hommes de la maison de Lévi, de ce jour, vous êtes consacrés à la protection des lois de Yaweh. Mettez l'épée au côté, passez dans chaque tente de chaque famille des onze tribus, tuez un membre mâle, qu'il soit votre voisin, votre ami, votre frère de travail, votre parent par alliance, nous devons reconquérir l'amour et la confiance de l'Éternel. »

Les Lévites exécutèrent les ordres.

Des milliers d'hommes périrent.

J'ai comme un gros doute : quand des Hébreux massacrent des Hébreux…

C'est un pogrom… Ou pas ?

Où Moïse rame pour calmer Jéovah[24]
(Et, ramer dans le sable, c'est pas orgasmique)

« Vous avez mis un sacré chantier ! Je me dévisse la goupille de sécurité pour vous décrocher un contrat d'assurance divine aux petits oignons, et, vous, tranquilles, vous manquez de respect au patron de la boîte !

C'est quoi, les nerfs qui lâchent ?

Je vous obtiens, GRATOS, un titre de propriété pour un pays où coule le lait et le miel, et, vous…

« Ça doit coller… »

« Quoi ? »

« Rien, frangin, je dis : le lait et le miel, ça doit coller… »

« Aaron, tu as été un bébé goulafre, gueulard, puis un gamin raisonneur à questions absurdes, un ado feignant, sournois, jamais content, un ado quoi, mais hyper premium ! Et… tu l'es resté ! »

« Ma vision du monde dérange. Je me tais. »

« Excellent choix ! C'est pas tout ça, mais, si je veux calmer Yaweh, il faut que je remonte ! Bonjour l'exercice physique ! »

Moïse plaida l'infantilisme pathologique d'un peuple en cours de formation, mit sa propre vie dans la balance, insista sur

[24] Autre nom de Yaweh, Yahvé, Adonaï, etc.

l'importance de ne pas sacrifier le travail accompli pour une erreur due à une poussée de croissance…

L'éternel bougomarmonna un truc incompréhensible, et renvoya Moïse à son boulot de baby-sitter.

« Un instant, Moïse Ben Amram ! Dis bien à Israël que ma colère s'estompe, mais qu'elle n'est pas éteinte, elle est comme les braises sous la cendre du foyer ! Si ce peuple inconséquent souffle dessus, la plus belle éruption volcanique aura l'air d'un pet de coccinelle, à côté ! Je tiendrai le serment fait à Abraham, Isaac et Jacob. Mon esprit marchera devant tes frères, je chasserai le Cananéen, l'Amorrhéen, le Hétéen, le Phérézéen, le Hévéent et le Jébuséen. Marchera *devant vous*, pas *parmi vous*, car ma colère pourrait se rallumer.

« Que ta volonté soit faite, Seigneur. »

« Tu l'as dit bouffi, rigola Dieu, pour se détendre… »

Moïse transmit l'ensemble du message, insistant fermement sur le côté « simple sursis » du pardon *virtuel* du créateur, avant de révéler l'essentiel : finie l'oisiveté, mère de la rébellion, on reprend « le pied, la route », comme diront, beaucoup plus tard, les descendants de Cham le noir, ancêtre des peuples d'Afrique subsaharienne.

« Comment, Aurélia ? Subsaharienne ? Sub : « en dessous de », Sahara : « désert de sable »… Donc ? Ensablée ? Aurélia, tu réponds trop vite ! »

« Située plus bas, sur la carte, que le Sahara. L'Afrique noire, donc ! »

Je reprends.

Moïse fit dresser la tente de réunion à l'écart du camp hébreu.

Un rituel immuable s'instaura très vite.

Lorsque Moïse se levait pour aller dans la tente, tout le peuple le suivait.

Des yeux.

Moïse entrait dans la tente.

Immédiatement, la nuée, à la fois sombre et éblouissante, descendait jusqu'à l'entrée. Et Yaweh tapait la discute avec son porte-parole… Comme deux amis à l'apéro.

Mais sans l'apéro.

Le peuple entier se prosternait, nez dans le sable et cul en l'air, en mode autruche.

Mais sans les plumes.

Ensuite, le patriarche retournait au camp et Josué, son adjoint à la sécurité, restait veiller.

Lors d'une de ces palabres, le patriarche, que ça chatouillait depuis un gros baluchon de temps, à moins que ça ne l'eût plutôt gratouillé, présenta une requête, longuement mâchouillée *in petto,* de façon que (et non de façon « à ce que, comme ceux qui ont eu un commentateur de foot analphabète pour professeur de français) Dieu ne puisse croire, un instant, à une revendication, plutôt qu'à une demande de faveur :

« Divin Seigneur, depuis le buisson ardent, j'ai dit et fait tout ce que vous m'avez prescrit, devant et envers Pharaon, devant et envers le peuple, à un cil de puceron des sables près… Ce qui vient de se passer est, je le crains, le reflet de la fragilité de la foi de ce peuple versatile… »

Moïse est champion du moyen orient du complément de nom en chaîne (note du conteur).

« De ce peuple versatile, comme je disais avant d'être grossièrement interrompu par le prétentieux qui raconte MA vie toute à VOTRE dévotion. »

J'en déduis, coupez-moi si je me trompe – bien que ce soit déjà fait – que je manque un chouïa de crédibilité…

« Et ? »

« Et, je sais pourquoi… »

« Dis toujours, ça m'intéresse… »

« Yaweh dit, Yaweh ordonne, Yaweh veut que… Je leur rabâche votre nom et vos volontés à chaque tournant de dune, mais… »

« Mais ? »

« Ils *ne me croient que TRÈS moyennement* ! Je souffre d'un déficit, variable, mais incontestable, de cote de confiance populaire. Même après les phénomènes météorologiques, visuels, sonores hors dimensions humaines qui les tétanisent tant qu'ils durent, et qu'ils oublient dès leur cessation. »

« Bon, tu en arrives à ? »

« Eh bien, si j'ai trouvé grâce à vos yeux, il faudrait que je voie votre gloire, que je la sente, qu'elle m'éclaire, me touche, m'inonde de lumière, me fasse clignoter dans la plus noire des nuits… QUE ÇA SE VOIE ! »

Il y eut un long silence, Dieu n'a pas de montre, Il a le temps…

« Je vais faire ce que tu demandes, car je t'ai choisi. Assieds-toi sur ce rocher, près de moi, je ferai passer sur toi ma gloire et ma bonté. Je ne peux te laisser voir ma face, car tu en mourais… Je te couvrirai les yeux, le temps de mon passage. Le peuple reconnaîtra le signe. »

« Bon, se dit Momo, ça, c'est fait ! »

Moïse est titularisé

« Moïse ben Amram, je comprends ta colère, puisque j'ai ressenti la même.

N'empêche, tu aurais pu t'abstenir d'émietter *MES* Tables de la loi !

Ça va faire baisser ta note de fin de session de prophète stagiaire !

Mais… Je suis infiniment bon… (Moïse tousse…)… Tu vas retailler deux tables de pierre, identiques aux originales, à l'atome près.

(Yaweh infuse le sens du mot atome direct dans la boîte à questions du préprophète, alors qu'il n'apparaîtra qu'une grosse charrette de millénaires plus tard, chez le philosophe-physicien grec Démocrite. Tout le monde s'en fout, mais ça fait conteur culturé !). Et je tiens à culturé, exprès ! C'est Mon histoire, avec Mes mots ! Fin du caca nerveux du conteur.

« Je te ferai la grâce d'y réécrire les lois. Et ne rumine pas, je t'entends penser ! »

Penaud, Momo fixa son esprit sur une image de dromadaire tournant en rond.

Inventant, sans s'en douter, la méditation Yogi *et* l'interlude ORTF, années 1950>70… Mais en couleurs.

« Demain, dès l'aube, à l'heure où blanchit la campagne… Ah, non, ça, c'est pas maintenant !

Je reprends : demain, dès potron-minet, tu montes au sommet. SEUL.

Pas un clampin sur le mont. Et pas un troupeau à moins de cinq cents coudées du pied du mont.

Clair ?

« Clair, Seigneur. »

Adoncques (je ne m'en lasse pas !), le « non-candidat mais élu quand même » se farcit, une table de marbre sous chaque aisselle, une énième escalade du mont Sinaï, ce qui ne fut pas du Makrout' au miel !

Arrivé au sommet, en prenant soin de ne pas se marcher sur la langue, épuisé, vidé comme une morue sur un chalutier portugais, il s'assit sur un bout de plateforme, s'efforçant de ne pas glisser dans sa tunique trempée de sueur.

Une fois bien calé, il s'assoupit.

Vingt secondes.

«Yawweh ! Yaweh ! L'unique ! l'essence de miséricorde ! le concentré d'indulgence, l'huile essentielle du pardon ! Patient ! Généreux ! Fidèle ! Protecteur !

(Et modeste, avec ça !)

« Pardon, seigneur, recru de fatigue, je me suis laissé couler dans le sommeil.

« N'ouvre pas les yeux, Je vais passer au-dessus de toi… »

Moïse, malgré ses paupières closes et crispées, perçut un kaléidoscope bariolé et éblouissant comme mille éclairs, sentit un iceberg lui parcourir les entrailles, tandis qu'une forge volcanique lui cramait le cuir.

Glacé dedans, rôti dehors… Une omelette norvégienne !

Tout le temps que dura cette sensation, quand même pas offerte à n'importe qui, L'Éternel continua de brailler, ce qu'il avait déjà « révélé » à Abraham, Isaac, Jacob, à propos de peuple élu, terre promise et boutage hors de Canaan de divers pouilleux païens (belle assonance !), adorateurs d'idoles, mais, qu'il le veuille ou non, n'avaient eu pour seul tort que celui de faire usage d'un libre arbitre total, compris dans le « kit création »…

Non je ne critique pas, Nathalie, je m'interroge… À propos, Théo, non, recru n'est pas le contraire de recuit !

On y retourne.

Cependant, comme chaque fois également, il ajouta quelques bricoles.

« À propos de ces enfants dénaturés, garde-toi de toute alliance avec eux, car ils te piégeront… »

Ce qui pourrait bien signifier :

1– Tous des rastaquouères mal intentionnés.

2– Tiens les femmes d'Israël en laisse courte, si elles forniquent avec, elles vont vous faire des bâtards dégénérés et polluer le peuple de Yaweh.

Je dis ça, Sophie, parce que, dans le Livre Saint, « connaître et « faire alliance » ont, souvent, plus à voir avec la bête à deux dos qu'avec le savoir ou la diplomatie…

Si je ne fais pas erreur, cela ferait de Yaweh un gros raciste…

Donc, je fais erreur… forcément !

Prudent, et surtout connaissant son peuple, il exprima quelques exigences :

« Un seul dieu, MOI ! Les idoles en or, ON OUBLIE ! VU ? »

Il finit en refaisant la liste des fêtes et commémorations obligatoires, ainsi que leurs rituels, TOUTE la liste, ce que je ne fais pas ici, vous connaissez déjà !

N'allons pas déforester la planète pour un Dieu rabâcheur !

Il finit par se taire.

Ce qui permit aux tympans de Momo de refroidir.

Il ramassa les deux tables, miraculeusement réécrites.

Il prit le chemin du retour.

Sans se douter que son visage rayonnait comme le faisceau d'un projecteur dans la salle obscure d'un ciné paroissial.

Ce qui provoqua une pétoche cataclysmique chez chaque enfant d'Israël !

Par charité pour ces trouillards, il se voila…

Sabbat le fer tant qu'il est chaud
Contributions au tabernacle
Dieu choisit deux sages

Après une nuit de repos, Moïse convoqua les anciens et les chefs de groupe.

Qui se pointèrent en ordre dispersé, sans enthousiasme excessif.

« La réunionite, c'est chiant… J'ai atelier pâtés de sable avec les gosses…

Je recuis ces foutues galettes c'est du bitume froid, ces machins… mes cailles vont attacher… Il commence à me les râper, l'alpiniste ! … Et autres amabilités… »

« STOP ! Silence ! Si vous êtes là, à pouvoir encore râler, c'est qu'il m'a fallu plaider votre cause devant Yaweh ! Et, c'était pas cuit d'avance !

Il a encore les abeilles, notre Éternel… Profil au sous-sol pour tout le monde, ou on n'aura pas le temps de scier une planche pour une nouvelle Arche de sauvetage qu'on sera tous au banquet des goélands, dans le rôle du plat principal ! On boucle la boîte à couillonnades, et on ouvre les Philistines ! »

(Les Portugaises ne sont pas disponibles, les étagères à mégots non plus.)

Normal, personne ne fume ! Remarque, pertinente, du conteur.)

Aaalooors… Où j'en suis, moi ? Ah ! Oui ! Bon, Voilà…

« Tu démarres quand tu veux, Momo… »

Aaron, sauf question urgente *et*, pertinente, ce qui ne manquerait pas de me mettre sur le cul de surprise, TU LA BOUCLES !

Je ne reviens pas sur l'offrande quotidienne à Yaweh ni sur la myriade de myriades – *Théo, pas Myriam !* – recommandations habituelles, l'UNIQUE s'est concentré sur le sabbat ses rituels, ses obligations, et les averses de purin qui ne manqueront pas de noyer les contrevenants. Vous savez, comme moi, que Yaweh trouve le bizutage drôle quand c'est LUI, le bizuteur, souvenez-vous du sacrifice « pour de rire » d'Isaac.

Donc, mes bien chers frères, mes bien chères sœurs, voici les rituels, les obligations, les interdits IN-TAN-GI-BLES du jour du Sabbat : au coucher du soleil du sixième jour, toute activité humaine devra cesser.

Jusqu'au coucher du soleil du septième jour.

Ce qui implique quoi ?

« Qu'on va s'emmerder ferme ?

Josué, porté à l'action, en bon soldat… Mais, pour réfléchir au rapport cause(s)>conséquence(s), y a un manque…

Quelqu'un d'autre ?

« Ben… Qu'il faudra tout prévoir, *avant* le coucher du soleil du sixième jour ?

VOI-LÀ ! ! Bravo Rebecca ! Une femme, messieurs ! Adam était peut-être le taulier chez lui, mais sans Ève, il aurait oublié sa tête sur l'oreiller !

Bien, alors… Dites-moi tout… Que faut-il prévoir ? Oui, Léa ?

« Les repas ?

Exxxcellllent ! Au moins deux, que vous ne pourrez pas compléter en cours de Sabbat. Allons, les mâles, secouez la tête, ça va réveiller les neurones !

Oui, Baruch ?

Les nécessités du transit, solide et liquide, c'est hors rituel ? Non, si ?

A priori, tout ce qui concerne vos fonctions naturelles et/ou vitales ne vous obligeant pas à ouvrir, fermer, allumer, éteindre un appareil, un objet, est hors protocole.

Et comment on se récure l'œil de bronze ? On se tourne, dos au vent, pour se le faire sabler, par le vent susnommé ?

Bonne question, je vais m'informer…

Prévoir des torches, allumées avec décalage, pour tenir jusqu'à la clôture du Sabbat ?

Parfait, Séphora ! Mesdames, messieurs, mon épouse !

Voyons, qui me dira ce qui est recommandé, pou Sabbat ? Aaron ? Je crains le pire…

Ça fait plaisir, merci bien ! Je vais t'étonner :

Sabbat est le jour de repos de Yaweh Lui Même, après la création, c'est bien ça ?

Continue…

C'est donc un jour de grâces rendues, et d'hommage à l'Éternel. Nous devons être bien habillés, propres, peignés… C'est, me semble-t-il, un minimum !

Alors là, chapeau, frérot ! Argumentation impeccable !

Peut-être aussi peut-on prévoir des plats de fête, abondants, mijotés, variant les saveurs… Hein, porte-voix de Dieu ?

Certainement, Josué, glaive et bouclier d'Israël !

Remarque, tant qu'on va se traîner le cul dans cette foutue traversée du désert, ça va être simple : On aura le choix entre galettes dures et galettes molles, et saignantes, à point, ou cramées pour la caille… Le pied géant !

Pas mieux ! Et pour les fringues, la robe longue et les sandales, ça va avec tout !

Arrêtez de râler, j'ai une bonne nouvelle…

À savoir ?

Le coït ! Le sommet de la réjouissance ! Hosanna, mes enfants, HOSANNA !

Pourquoi tires-tu la tronche, ô mon frère ?

Bin… Je suis pas sûr, sûr de donner le même sens que toi à « bonne nouvelle »… Genre : « Transforme ton désir en spiritualité », tu vois…

Homme de peu de foi ! Non seulement c'est autorisé, mais c'est recommandé !

Ah, ouais, même un plan à trois… ou plus ?

Hur, tu blasphèmes !

J'ai vingt ans, papy, ma tunique, c'est une tente bédouine sur son mât central !

Voici les conditions d'autorisation de pratiquer : Un homme, une femme,

LÉGITIMEMENT UNIS. Et…

ET ?

Que *les deux* en jouissent !

Breaking news !

Le conteur interrompt le récit du premier des prophètes pour une observation CAPITALE :

Après avoir méprisé les femmes au point de ne citer leurs prénoms que le trente février, depuis le premier jour de la Genèse, voilà que Yaweh fait obligation à tout baiseur de faire grimper sa régulière aux tentures du tabernacle ! C'est pas beau, ça ? Et s'il n'y arrive pas, Raoul ? S'il s'échine une plombe pour un lever de sourcil ? S'il fait un quart de molle ? Pire : s'il débande *DEDANS* ? Quelle sera la sanction ? C'est pas dit ?

C'est pas sérieux !

Retour au direct !

Qu'elle « *profite* », rassure-nous, c'est QUE pour le Sabbat ?

Il n'a pas dit…

Eh bien demande, Momo, demande !

Arrête, Hur, c'est quand même sympa…

Merci, Aaron.

Sinon, il a dit quoi d'autre, l'Éternel ?

Il est entré dans le côté pratique, concret… Tout le monde ici se souvient de ce qu'il a dit, à propos du très saint Tabernacle ?

Ouais, vite fait…

EN gros…

Je… vois… En tout cas, Israël devra participer à son érection – Hur, pas de blagues salaces ! – vue ? De deux façons.

En matériel : tissus, bois, or, argent, bijoux, etc. Et en temps et huile de coude, en fonction de vos talents professionnels, même si vous êtes en apprentissage… J'ai la liste.

Dis, Moïse… C'est seulement pour quand on sera chez nous, en terre promise ?

Évidemment.

« Bon, entre le voyage, dont on a pas fait un centième, et la baston avec les racailles qui l'occupent, indûment, d'après CELUI qui les y a mis, on peut voir venir ! »

« Mauvais esprit, Josué, mauvais esprit ! »

Il y eut une pause, Moïse but toute une cruche d'eau, asséché par le discours.

« Enfin (mot qui réjouit ceux que la station debout avait pourris de crampes), Il a choisi Béséléel pour investir son esprit de nombreux talents de créativité manuelle qui faciliteront la tâche, ainsi qu'Ooliab qui connaîtra tout du fonctionnement cérébral et spirituel… »

Ils seront les enseignants de notre jeunesse.

« Ça va faire des classes chargées, dit Aaron, précurseur des cégétistes.

Leur première tâche sera de former beaucoup d'enseignants. » Répondit son frère aîné, prototype du ministre de l'Éducation Nationale.

Promettez toujours, ça mange pas de pain !

Tabernacle, une, première ! clap de fin

Comment vous dire ?

Comment vous *peindre ?*

Comment vous faire entendre, voir, toucher de votre doigt cérébral le plus sensible, *conceptualiser*, l'extatique, le sublime, le supercalifragilistiquexpidélidocious FOUTOIR que le mont Sinaï ait jamais vu depuis le premier pissou d'Adam ?

Ça grouille, ça vibrionne, ça bouscule, ça *place de la concorde,* à 18 heures, un jour de grève des transports ET de match P S G vs O M au Parc, un jour de soldes chez Nike, un jour de… NON, Nadine, je n'anachronise pas ! SI, *anachroniser*, ça existe, puisque Je l'utilise ! Un facteur d'orgues crée des orgues, je suis un facteur de mots, je crée… des mots. Bingo !

Je développe un champ lexical -non, Théo, je n'y sème rien – qui convient à l'excitation neuronale, catégorie « production d'image(s), d'un public à cheval sur les vingtième et vingt et unième siècles ! Plutôt vingt et unième pour

Théo ou Charline, plutôt vingtième pour beaucoup d'autres, dont nous deux !

De toute façon, comme je l'ai dit une pelletée de fois :

KICÉKIRACONTEUEU ?

Ça court, dans tous les sens, ça s'insère-en resquillant, donc ça gueule – dans des files d'attente que les Sélénites peuvent voir de leur fauteuil, en attendant Neil Armstrong, ça s'aperçoit, trop tard, que ça s'est gouré de file, donc, ça gueule, ça laisse choir une jarre sur les orteils d'un autre ça, donc, ça et ça gueulent, et ça échange de bourre-pif(s), ça rate sa cible et ça pète une incisive d'un ou deux autres ça… Bref, une forte odeur de couvaison d'émeute commence à envahir ce gros bout de désert !

Heureusement, les B.S.J. (Brigades de Sécurité de Josué) ne laissent aucune bulle de ce bouillon de lave éclater, justifiant leur devise : « matraque de figuier, grande gueule bouclée » !

Malgré tout, Yaweh avait soigné le boulot en remplissant les cases de la boîte à idées de Béseléel et Ooliab.

Celle du premier ressemblait à l'hybridation des boîtes à outils de tous les métiers manuels, connus, confirmés, ou en gestation dans le monde, à l'époque mosaïque (de Moïse), que *personne au monde*, ne peut dater, même à « un cheval près », ainsi que des notices et modes d'emploi afférentes à chaque corps de métier, avant-goût des « aides au montage » des célèbres bibliothèques à portes coulissantes, table abattante, tiroirs rétifs, d'une non moins célèbre entreprise scandinave fournisseuse de tous les services neuro- psy des centres hospitaliers du monde…

Celle du second (sa boîte à idées, restez concentrés !), si elle était aussi pleine, présentait un aspect plus… plus… jardin à l'anglaise… du touffu – toufou…

Vous voyez ? Bordélique Chico ? Prof de fac à veste en velours ? Créatif rêveur bohème ? Intello à deux mains gauches ? (droitier, bien sûr !)…

Le tout mélangé ?

Ah, là, ça vient !

Mais attention, hein ? Plein d'idées, souvent improbables et foutraques, mais,

Ô surprise, souvent fiables…

Surtout une fois passées par l'esprit « géométrique » de son équipier.

Géo Trouvetou testant les élucubrations de Gaston Lagaffe…

Un duo d'enf… oups !

Une paire d'as.

Peu à peu, quand même, grâce à la force de conviction de la matraque de figuier, le dispositif mis en place par les Spirou et Fantasio du bricolage XXL divin porte ses fruits… Le bouillonnement vireur de couvercle (souvent sur les casseroles de pâtes, vous avez remarqué ?) devient friselis (non, Anne, pas « pimpon sur le chihuahua », très mauvais, « l'à peu près » !) discret…

Pour ceux qui seraient perdus, c'est le friselis, qui est discret…

Si vous aimez mieux, le Tigre rugissant (c'est un fleuve, Josy, pas un gros chat) devenait une Seine tranquille…

Ça va, on raccroche les wagons ?

Le dispositif conçu par le géomètre et le poète était pourtant proche de la perfection :

Imaginez, mieux, vi-sua-li-sez : un demi-cercle de deux mille coudées de diamètre (arrondir la coudée à 50 centimètres).

Ça nous donne un demi-cercle de mille cinq cent quatre-vingts mètres, à un poil de fennec près… Couvert de tables espacées d'une coudée.

Moitié gauche du demi-cercle : Recrutement, avec mise en liste des recrutés.

Recrutés orientés vers la table qui les concerne, signalée par un dessin et un numéro sur une pancarte. Il y a peu de lecteurs, à l'époque, donc, dessin.

Pour les chiffres, on connaît, compter ses garçons, savoir les prix, de vente et d'achat, compter ses chèvres…

Comment ? Les filles ? *Ça* compte pas.

Table pour les charpentiers, tisserands, botanistes (pour les plantes tinctoriales), fondeurs, forgerons, joailliers, sculpteurs, fabricants de cierges… J'en passe…

Moitié droite, deux parties : gauche, le précieux, or argent, bagues, colliers, bracelets, boucles d'oreilles, tentures semées d'or, argent, pierres fines…

Moitié droite : poutres, bois de charpente, outillage, animaux de trait, chariots de transport, seaux, roues de rechange, tentures de doublage…

L'ébouriffant charivari chaotique (voir début de chapitre, pour les distraits amnésiques) venait de deux traits inhérents à l'humaine :

1– Le réflexe « chacun pour soi, et Dieu pour MOI ! »,

2 – La foi, d'autant plus forte qu'elle est basée sur la trouille après les démonstrations en « 3 D » de l'Éternel…

3– Sur le côté indéfectiblement « fayot » de l'être humain devant plus fort que lui…

Heureusement, la femme n'a pas encore été reconnue « être sensible », donc, est un objet, sur lequel on peut, encore, se vider de la frustration, en lui refaisant le maquillage à grands coups de canne d'acacia.

Le génie organisationnel des deux sages, remplis de Yaweh jusqu'à la glotte

(non, Nath, pas de Lascaux, mais elle est bonne) n'était, en aucune façon, en cause.

Ça se calme, Moïse se détend.

… Pas longtemps…

« Moïseueueu ! »

« Quoi, encore ? »

« On vient d'arrêter les dons demandés, ça déborde. On ne sait pas où les mettre ! On voudrait les rendre, mais on ne sait pas quoi est à qui !

« Pardon ? Koiétaki ? compris… « Qui peut reprendre quoi » ? C'est ça ?

« Bin oui… Ça va rouvrir la boîte à coquards…

« Va leur dire de ne plus donner, mais de ne pas chercher à reprendre.

Israël va avoir à mener de durs combats, en Canaan, à construire, à aménager, ce trésor nous aidera !

« Le trésor de qui ?

« Le Trésor Public, mon vieux… Ça vient de sortir ! »

Le calme, allez, osons le mot, la sérénité descendit sur le peuple hébreu.

Les équipes de travailleurs formées.

Le lieu de construction du Tabernacle et de son enceinte définie par des piquets d'acacia surmontés de fanions de couleurs diverses, les divers matériaux subtilement rangés dans un ordre facilitant les déplacements des équipes sur le chantier, sans qu'aucune n'entrave la fluidité de la progression de l'ouvrage.

Là, il faut bien reconnaître que Béseléel concocta seul le schéma directeur.

(Note du conteur.)

Nuit tombée, dodo obligatoire.

Les gardes de Josué, seuls, par quarts, veillèrent.

Au crépuscule du matin suivant… Quoi, Jules ? Le crépuscule c'est le soir ?

Eh bien, non, mon bonhomme, dans une journée, nous avons DEUX crépuscules, avant l'aurore, le soleil n'est pas levé mais le ciel s'éclaire faiblement, derrière l'horizon, et le soir, après que le soleil a disparu, mais laisse encore lueurs… Le crépuscule est affaire de lumière, pas de moment… Houla ! je deviens pontifiant… Faut que je me surveille !

Au crépuscule du matin suivant, donc, Josué réveilla les équipes de montage avec sa légendaire délicatesse et quatre trompettes, de celles qui feront tomber les murailles de Jéricho.

Il y eut des saignements d'oreilles… Mais personne ne se plaignit…

Pour vous dire, Josué, serait une hybridation de Terminator et de Rambo…

Un tendre…

Grâce au génie organisationnel de Béseléel, emplacements stratégiques des divers matériaux, plan de circulation, relève des équipes par tranches de quatre heures, intendance efficace (Yaweh, bon prince, avait levé la règle de limitation du nombre de galettes ramassables, on pouvait stocker), l'érection du Tabernacle, comme celle de la clôture du parvis, fut achevée au crépuscule du soir.

Parallèlement, Un panel d'artisans de toutes les spécialités menait à bien la réalisation de l'arche, de l'autel des encens, de l'autel des sacrifices, du bassin des ablutions, menuisiers, ferronniers, dinandiers, graveurs sur bois et métaux, ciseleurs… j'en oublie…

Seul, l'atelier de couture voué aux vêtements sacerdotaux du fait même de la complexité de la tâche – et d'Aaron piapiatant sans arrêt autour des petites mains, donnant des conseils d'une incompétence galactique, vibrionnant comme un frelon dans un bocal, critiquant les couleurs, la coupe, hurlant pour une piqûre d'épingle, râlant comme un bouc enfermé, pendant les essayages – prit un peu de retard.

« L'éphod gode, là, c'est moche ! Le pectoral penche à droite, la bretelle gauche est trop courte ! Vous étiez couturières, ou vachères ? »

« Aujourd'hui, on a laissé les vaches pour un porc gueulard ! le rembarra

Séphora, tu nous laisses travailler, ou tu comptes diriger les cérémonies à poil ? »

Mouché, et humilié par la grosse marrade des couturières, le « gueulard » baissa de quelques décibels, optant pour « le ronchon marmonneur »…

« C'est ça, foutez-vous de moi… N'empêche, la robe longue manque d'ampleur aux jambes j'ai les mollets qui frottent !

« On a vu, on la reprend ! Respire, détends-toi, pète un coup ! » (des rumeurs courent, comme quoi Séphora serait, en ligne directe, une aïeule d'Audiard)

« Et le caleçon est trop serré…

« Plains-toi ! Léa t'a fait du sur mesure, style « poutre apparente ! », Personne ne le verra, mais nous, on le saura ! Ça nous mettra en forme pour la couche conjugale ! »

Une deuxième équipe s'affairait autour des deux fils-acolytes du futur grand prêtre. Beaucoup moins usants pour les nerfs des ouvrières…

Tiare et mitre sur la tête, Aaron se mira dans une grande plaque de cuivre, tenue par deux femmes.

Miracle « Yawehsque »… Il se dit satisfait.

Très !

Peut-être le fait que les attributs sacerdotaux de ses deux « fils -assistants » piquaient moins les yeux que les siens…

Possible.

Je crois, cependant, qu'être le seul à porter le frontal d'or gravé de la devise : « Sainteté et gloire à Yaweh », qui le désignait à la foule comme LE grand prêtre, y était pour beaucoup !

Après tout ce temps passé dans l'ombre de Moïse, quasiment muet, simple exécutant pâlichon, se voir propulsé à l'avant-scène, face à un public aussi jaloux de lui qu'il l'était de son grand frère, le remplissait d'un bonheur indicible !

L'ombre de Moïse… Ben… Quand on parle du fennec… (pas de loup, dans le Sinaï, et, moralement, je ne peux pas employer *chacal*, pour faire allusion à Moïse ! Péjorativement connoté !)…

Le voilà, le « sauvé des eaux ».

En revue de détail, tournée d'inspection, comme vous préférez...

Les concepteurs, les chefs d'équipe, ceux qui ne sont rien…

Tout le monde serre les fesses.

Une olive, un litre d'huile !

Mains au dos, penché en avant, en « moon walk ralenti », l'aîné Ben Amram inspecte.

Tout.

Pouce après pouce.

C'est *très* LONG !

Se fixe.

Bras levés, ouverts : « Béni soit Yaweh ! »

Le « Hosanna » de la multitude en liesse (et soulagée !) a dû s'entendre depuis la Mongolie – extérieure, ça doit être plus loin que l'intérieure – non ?

Et la gloire divine emplit la Demeure.

« Demain matin, ô Israël, la nuée divine s'élèvera au-dessus de La demeure.

Alors, nous la démonterons, ainsi que la clôture, nous chargerons le tout dans les chariots.

Nous partirons, dans la lumière de Yaweh, vers Canaan, la promise.

Quand la nuée s'arrêtera, nous démonterons La Demeure et ferons étape… »

« Attends, attends, tu es en train de dire qu'on va se farcir le déchargement, montage, démontage, rechargement de tout le bigntz, à chaque arrêt ? Tu rigoles ? Hein ? C'est du bizutage de Grand Prêtre ? »

Je suis bien d'accord, Nadine, le mot bizutage n'existait pas, mais le *fait concret,* si ! L'humain a toujours aimé emmerder ses semblables !

« On se calme, mon frère ! Chaque matin, nous observerons la nuée.

Si elle s'élève au-dessus de La Demeure, nous repartirons.

Si elle ne bouge pas, nous ne partirons pas, et monterons La Demeure et son parvis… Jusqu'à ce que la nuée s'élève et nous guide. »

« Ben, on est pas rendus, marmonna Jethro, on va arriver sur les gencives et les païens vont nous bouffer… »

À l'aurore suivante… Rien.

La nuée divine resta invisible.

Même pour celui que certains, de plus en plus nombreux, commencèrent de nommer Le Prophète.

Israël ne fut plus qu'un bloc de sentiments mêlés et contradictoires, allant de l'angoisse à l'espoir.

Livre III
Le lévitique
Ou
Les tontons râleurs

Métaphysique de la grillade

L'attente du « signe » commença, s'installa.

Dura.

Longtemps. Très.

Pour éviter la répétition des cohues matinales, Jéthro et Josué « nationalisèrent » les tentes du premier cercle autour du Tabernacle, où ils mirent sur pied un tour de veille par foyer.

Seuls, Moïse, Aaron, ses fils et leurs familles garderaient leurs tentes sur cette prestigieuse ligne.

D'autre part, il fut décidé, à main levée, velue, la main, que seuls les hommes pourraient alerter Israël...

Réflexion de Josué, féministe radicalisé : « Le temps qu'elles soient d'accord sur la vraie couleur de la nuée divine, le Très Saint Taulier aura mis les bouts ! »

Un matin, enfin, il se passa quelque chose.

Moïse ressentit le besoin irrépressible de marcher vers l'enceinte sacrée.

Il s'arrêta face à l'entrée de la tente de réunion.

À distance respectueuse, les yeux baissés.

« Lève la tête, berger de mon troupeau. Écoute, retiens, transmets. »

« Ça y est, on part ? »

« Suis-je au-dessus du Saint des Saints ? »
« Euuh... non, plutôt dedans... »
« Donc ? »
« On reste ? »
« Bien ! Écoute, retiens, transmets... Clair ? »

« Lumineux, Très Haut. »

Moïse écouta. Longtemps.

Très longtemps…

« Va remplir ta mission ! »

Le prophète stagiaire semblait une glace à l'italienne, sur un sol carrelé, un jour de canicule.

Comment ? Belle image ? Merci Nicole !

« Seigneur… Vais-je tout me rappeler ?

« Cool, man, je t'ai fait une sauvegarde interne ! »

Car Yaweh l'Omniscient est proche des rappeurs geeks.

Éternel, on vous dit, donc, pour LUI, pas d'anachronisme…

Allez, on ne lâche pas Momo…

Qui, ankylosé de corps par l'immobilité (très) prolongée, et d'esprit par le récitatifhypnotico-apaisant du Patron se sentait comme un ursidé de base en sortie d'hibernation, ce qui est remarquable pour un hominidé vivant dans une contrée sans ours, aux hivers négligeables !

Parvenu devant sa tente familiale, il envoya quelques préposés aux messages « urgents importants » avertir Aaron, Nadab, Abihu, Ithamar et Éléazar, ses fils…

Non, Théo, je ne « fais pas long », je *fais précis* ! Nuance !

Ainsi que Jethro – beau papa –, Josué « Le Victorieux », Beséléel et Ooliab, « les deux profs de techno », et… Séphora, pour l'alibi antisexiste…

Message : « Demain, une heure après le lever complet du soleil, Haut Conseil.

Chez moi. »

Séphora aura tout préparé.

Pour la femme, l'intendance, le service… Ça m'étonnait, aussi.

Métaphysique de la grillade
II

Au crépuscule matutinal suivant, Aaron Ben Amram, Suprême Pontife Sacrificateur de Yaweh le Parfait, frère et soutien indéfectible du premier Prophète du peuple d'Israël, peuple élu de l'Éternel, Moïse ben Amram, encadré par ses quatre fils et co-servants de la gloire éblouissante du Très Haut, en tenue officielle, et rutilante de sa noble fonction, fit le premier pas en direction de la tente de son aîné.

Autant de mots pour si peu, Proust l'a dans l'os !

Veuillez pardonner ce passage brutal du registre de langage soutenu, costume-cravate, au registre familier, voire vulgaire, Marcel-claquettes-chaussettes…

Il tenait à être le premier arrivé.

Et, en bonus, à faire baver d'envie l'Hébreu moyen devant la munificence de sa mise vestimentaire sacerdotale.

Quitte, pour cela, à suivre un itinéraire improbable de mille coudées pour un trajet, géométriquement logique, qui en faisait cinquante.

Quand on aime, on ne compte pas !

Loupé !

Comment ça : « Quoi, loupé ? »

Être le premier, c'est loupé, suivez, bon sang !

Josué, le vainqueur d'Amalek l'Édomite, en armes (Josué est *toujours* en armes !), se tenait déjà sur le seuil…

Aaron dut se contenter de « faire » deuxième… « Faudra voir à instaurer un ordre protocolaire », se dit-il… (Aaron se parle franchement)

Il fallut vingt bonnes minutes pour que tout le monde soit assis à la table menuisée par Béliséel pour l'occasion…

Tout le monde ?

Non, bien sûr… Séphora et Élishéba (femme d'Aaron) distribuaient les galettes de la Manne divine accompagnées de deux sauces à base d'herbes du mont Sacré.

Et… restaient debout, Simone de Beauvoir n'ayant pas encore écrit son brûlot qui poussera les femmes à se dresser contre l'ordre divin des choses non moins divines !

Non mais alors ! Manquerait plus, tiens !

Le patriarco-prophète, ou le prophèto-patriarche, comme il vous plaira, ouvrit le bal.

« Comme vous l'avez remarqué, j'ai passé un sacré bout de temps devant LE Tabernacle.

Je suis chargé de vous transmettre son message, qui concerne le mode de vie, religieuse et civile, publique et privée, ses règles intangibles, les comportements admis et interdits, du peuple d'Israël, chéri de Dieu.

Vous, vous devrez, par l'intermédiaire, des milleniers, centeniers, dizeniers, faire ruisseler la Sainte Loi divine, et son mode d'emploi, jusqu'au dernier serviteur de la dernière maison d'Israël.

« Ça fait du taf ! », lâcha Ooliab dans son langage « popu » de travailleur de base… »

« Parlons d'abord de tous les actes concrets ayant pour but d'exhausser (pas exaucer, satisfaire un souhait, exhausser, porter au plus haut, mettre en valeur…) »

« En faire des caisses, quoi, fayoter, beurrer la rondelle ! » reprit Ooliab, sûrement aïeul naturel – et adultérin – de Mimi Audiard.

« Hagiographer, renchérit Béliséel, plus « cadre moyen », mais cérébral. »

« Lécher le cul ! Oui », dit Josué, moins diplomate…

« Je peux ? Râla Moïse, on a fini la séance lexicale ? Bon. »

« Premier exemple, l'holocauste. Sacrifice sacré à la gloire de Yaweh, sacrifice animal. »

Essentiellement du quadrupède, du bovin au lapin nain, en passant par le mouton, la chèvre… Ce qui est disponible.

« Toujours un mâle, toujours sans défaut. Le grand prêtre posera la main droite sur la tête de l'animal, pendant que ses assistants prépareront le bûcher sur l'autel. Le grand prêtre égorgera la bête. Aucun autre mode de mise à mort ! »

« Immédiatement, les assistants dépouilleront, éviscéreront, découperont en morceaux, le sacrifié. Puis, l'ensemble sera déposé sur le feu. Qui sera entretenu jusqu'à combustion COMPLÈTE !

OBLIGATOIRE ! VU ? Et, *PERSONNE* ne mangera une miette du sacrifice !

L'odeur en sera, alors, agréable à l'Éternel. »

« Ouais, ouais, ouais… Eh ben, ça ne va pas du tout, Momo !

« M'appelle pas Momo, soupira le prophète, qui en perdait la moitié de sa forme négative.

QUOI, ENCORE ?

« As-tu bien regardé, ma tenue de travail, que des dizaines de femmes se sont esquinté les yeux et les doigts à réaliser en quatre exemplaires (je voulais être sûr de ne pas manquer)

Les tissus les mieux tissés depuis les tenues du premier Pharaon ! Des pierres fines, des perles, c'est POREUX, les perles ! Ces fringues sont des œuvres d'art, du pur génie !

Et je vais saloper tout ça avec des flots de sang ? Hein ?

« Dis-moi, mon frère bien aimé, quel est ton titre, devant Yaweh ? »

« Grand prêtre sacrificateur, où tu vas, là ? »

« Qu'est-ce que tu ne comprends pas dans : « sacrificateur ».. Hein ? Un sacrificateur, ça… »

« Sacrifie ? »

« VOIOIOIlÀÀ ! Et puis, n'y aurait-il pas de femmes, en ta demeure ? Alors, où est le problème ?»

Autres offrandes, « sur le pouce »

Le rôle de Gestionnaire des affaires domestiques ayant été fixé, à la satisfaction unanime… des mâles présents, et malgré le bourdonnement entêtant des ronchonnements d'Aaron, Moïse reprit son rapport informatif.

« Bien sûr, il sera… »

« Eueuh, Vénéré Guide ? »

D'un chœur touchant d'unisson, les Dupont et Dupont de la « Société Hébraïque Multiservice » (fournisseurs exclusifs du Très Haut), coupèrent, avec respect mais détermination, la chique à l'aîné des Ben Amram.

« Faudrait voir à ne pas me faire ce coup-là trop souvent, sinon, on ne s'en sortira pas… Allez-y, j'écoute… »

« Nous aimerions connaître, commença Ooliab… la fréquence, la périodicité, poursuivit Béliséel… De ces sacrifices de quadrupèdes de taille… Et de coût d'entretien non négligeable… Voire respectables… »

« C'EST FINI, LES DUETTISTES ?» Rugit Moïse, dont nous savons qu'il pouvait piquer des colères cataclysmiques, au point de briser les Tables de la loi gravées pourtant par Yaweh himself, qui avait modérément apprécié…

« J'allais y venir. Yaweh, béni soit son nom, voit tout. Il prévoit, tout, au sens premier du mot. Il nous prévient de ce que sera le cadre moral, rituel, éthique, qui nous attend quand Israël sera chez lui en ce pays encore livré aux païens. Cette traversée est une préparation, un entraînement, une répétition, de ce que *devra* être notre vie collective en terre d'Israël, nos rituels, notre morale, nos rapports, entre enfants de Yaweh !

« Traversée, quelle traversée ? Oh ! Moïse ! j'ai les orteils qui s'ensablent et qui font des racines ! »

« Josué, Josué, toutes les batailles ne se gagnent pas au galop ! »

« Parce que, le cul dans le sable, actif comme un rocher paralytique, on les gagne ? »

« Et, prophète, même si ce n'est que pour quand nous serons en Canaan-Israël… »

« On aimerait avoir une idée… »

« Un ordre de grandeur… »

« STOP ! ÇA SUFFIT ! J'explique, vous retenez, vous transmettez ! ET VOUS LA FERMEZ ! *Je suis* le porte-voix de Dieu L'Unique ! Il a mis sa sagesse en mon esprit, son amour dans mon cœur, mais la foudre dans mon bâton ! »

« Ouais, Séphora nous a raconté ça », rigole Josué, pas ennemi de la gaudriole… »

« Tu sais si le guerrier cramé a du goût, erreur héréditaire ? »

« On se calme, intervient Jethro. On t'écoute, Moïse. »

Moïse soupira… « Sûr, sûr ? Je ne voudrais pas déranger ! »

Qu'avons-nous fait, lors de la sortie d'Égypte, vers Canaan la promise ?

Nous avons noué nos sandales bien serrées et pris « le pied, la route », comme disent les Nubiens ? (Moïse appelle Nubiens tous les noirs)

« Non, nous avons suivi un rituel très strict, que nous devrons répéter à chaque anniversaire de cette libération, par nous-mêmes, sous la main protectrice de l'Éternel, des chaînes égyptiennes. Pour cette Action de grâces, pas question de faire dans l'économique, le, taureau s'impose ! L'agneau et la chèvre pour le sabbat, pour le quotidien… Tourterelles et pigeons… ça ira…

Sur le feu de l'autel, le jabot, le cloaque et les plumes, dans les cendres froides. À l'est de l'autel.

« Donc, sur le sang de la veille, même pas coagulé, couvrant le lin raffiné de ma très solennelle tenue, viendront se coller duvets, plumes et chiures de piafs ! Le bonheur absolu ! Dites-moi que je vais me réveiller !

« Tu nous haches les olivettes en petits dés, avec tes gémissements de vieille pleureuse du Nil, tu viens de mettre mon boulier compteur de patience à zéro », énonça très calmement Josué… Et plus Josué parle bas et calme, plus le point de déflagration de la boîte à bourre-pif est imminente !

Comme souvent, Jethro fit ce qu'il fallait faire. Un signe à sa fille, discret.

Séphora pose deux flacons de terre cuite sur la table. Élisheba dispose les gobelets.

Bruit de bouchon, glougloutement apaisant…

« Ça sent la figue… dit Béséleel

« Y en a », Dit Ooliab…

Sacrifices sans sang
Si, c'est drôle !

« De la QUOI ? De la FARINE ? Oui, fleur de farine, tu ergotes, mon vénéré frère !

Arrosée d'huile et d'encens ? Pourquoi pas, hein ? Tant qu'on y est ! Et après chaque offrande, sacrifice, holocauste, on recycle nos frusques pontificales en serpillières à carrelage de maison de débauche ? Faut rien perdre, on reconvertit !

« Respire un grand coup, Aaron, dit Jethro, le Médianite médiateur… Tu étais heureux de ce poste prestigieux, unique, offert par le très, haut, très saint, et tout-puissant Yaweh !

Tu n'y vois, maintenant que désagréments ! Comment saurais-tu s'Il ne t'a pas choisi *pour* ces duels incessants en ton cœur, en ton âme ? Tu te souviens : Écoute, Retiens,

Transmets ? « Ouais, ça va… », Parfait ! Devant, tu ajoutes « Attends »…

« Apprends la patience… tu la transmettras aussi.

Je gage, sur la vie de Séphora et ses sœurs, que tu seras le modèle ABSOLU de grand prêtre, jusqu'à la fin des siècles, pour tes successeurs ! »

« Cueilli », par les propos et le ton tranquillement assuré, le pontife râleur en resta comme deux ronds de manne céleste !

« Toi, quand tu beurres la tartine, c'est des deux côtés ! Chapeau, l'artiste ! Ricana Josué, Il a pris une coudée de haut, et un melon de concours ! »[25]

« Scusez moi de vous demander pardon de perturber votre passionnant colloque, gronda Moïse, au bord du collapsus mental, mais, si, et seulement si, vous acceptez de vous souvenir que : *Je SUIS, QUAND MÊME LE PORTE-VOIX DE DIEU,* nom de LUI !

Je pourrais, peut-être, terminer cette première séance préparatoire à l'éthique à respecter en Canaan, de l'holocauste d'Action de grâce, à comment se la secouer pour les dernières gouttes, en passant par la durée autorisée du radada ! Je termine sur les sacrifices d'Actions de grâces, et ça suffira pour aujourd'hui ! Vous êtes soûlants ! »

Moïse put dérouler son discours, tranquille… six minutes, à la louche.

« Il ne m'aime pas ! Du tout ! Il m'en veut pour le Veau d'Or ! Il est rancunier ! »

Des gâteaux ! Cuits à la poêle, à la casserole, à l'étouffée ! Et allez donc ! À l'huile, en plus ! C'est gras, ça glisse ET ça colle, on s'en fout partout !

« Aaron ? »

« Ouais, quoi ! »

« TA GUEULE ! Ou tu prends le boulot, le titre, le prestige, ou je te colle au séchage des briques de bouse du combustible complémentaire ! Tu as TROIS secondes ! UNE, DEUX »

« Je prends ! je prends ! »

« Pause remontant », dit Jethro…

Plop ! Glouglou…

---

[25]J'ai vérifié, on a trouvé des pépins de melon dans des tombes égyptiennes.

« Ça sent aussi le melon… » dit Hur.

« Ça pique grave les yeux… » dit Ithamar.

« Tu m'étonnes ! Le plus gros, c'est l'oignon distillé ! » dit Jethro.

« Boisson d'homme ! » dit Josué.

« Qu'est-ce qu'y faut pas entendre... » soupira Élisheba.

Le sacrifice de paix
« De paix ? Mon cul, oui ! » (L'agneau)

La dernière goutte léchée au bout de l'index, faut pas gâcher, en économie de survie, Moïse annonça une pause de deux heures et demie, afin que chacun vaquât à ses affaires privées. Moïse avait un béguin, très net, comme bôôôcoup plus tard l'immense San Antonio. Bien qu'il ne fût pas encore inventé.

Non, Ani, pas San Antonio, le subjonctif imparfait !

Quoi que… Ça vaut pour les deux…

Passons, les voies de Dieu sont impénétrables…

Pas celles des héroïnes de San A. !

Oups, l'enthousiasme Mégara ! (Ceci n'est pas une faute, lisez Salammbo, c'est le plus bel incipit de la littérature française…) (M'égara, pour les cerveaux lents…)

« J'ai une déclaration liminaire :…

Tête de Josué, qui a parfois du mal avec les mots de plus de deux syllabes, d'un usage peu fréquent.

« Nous sommes en commission d'enregistrement des volontés de l'Éternel à propos des règles morales qu'il entend nous voir suivre, de notre comportement sociétal, des obligations religieuses, des protocoles intangibles des actes de grâce et soumission que nous lui devons, pour être *vraiment* son peuple élu.

PAS EN COMMISSION DE DISCUSSION, AVEC DÉPÔT D'AMENDEMENTS !

Râlez, chouinez, ergotez…

Mais, avant tout, écoutez, retenez, transmettez !

À moins qu'une sieste sur l'autel des holocaustes soit votre objectif profond.

Indulgent, il se fera sourd à vos éventuelles récriminations, si elles restent sans suites…

Cependant, moi qu'Il a choisi de vous donner pour guide, je me permets un conseil gratuit : poussez pas grand-mère Léa, aïeule de tous les Lévites, dans les figuiers de barbarie !

La patience du Très Haut à des limites très floues… Il ne prévient pas, Il ne correctionne plus, Il émiette, Il ventile ! Dispersion ! Dans toutes les directions des étoiles, à des millions de coudées ! Quand il en a ras l'auréole, ou plein l'aura, quand la microgouttelette fait péter la nuée, pas besoin de faire un bilan des victimes, y a plus personne pour compter ! Demandez aux Gomorrhéens et aux Sodomites ! »

« De quoi qu'on cause ? » (Béséleel)

« Je dirais même plus, on cause de quoi ? » (Ooliab)

« Du sacrifice de paix. »

« Ben, vlà autre chose » (Josué)

« Quelle différence avec la gamme précédente ? » (Jéthro)

« Voilà, une question sensée ! Prenez-en de la graine, les amateurs ! Je reconnais bien là

la sagesse de l'expérience ! »

« Le chouchou ! Normal, c'est le beau-père du gérant… » (Éléazar)

« Le sacrifice de paix n'est pas exclusivement tourné vers la soumission à l'UNIQUE…

Il en a sa part bien sûr, incinérée sur l'autel, pour réjouir son odorat. Mais la plus grosse partie est seulement cuite, pas brûlée, et partagée dans chaque famille ou clan, sans oublier l'orphelin, la veuve, le malade, l'isolé… L'unité se fait par le partage.

« Je voudrais pas lâcher les taupes dans le gazon du champ de courses, mais des familles où on s'aime à grands pains dans la tronche, j'en connais des charrettes, nuança Josué… »

« Toujours bon esprit, le va-t'en guerre… » (Ooliab)

« Tu joues avec la santé de ta triplette reproductrice…

« Arrêtez le tir, rangez les flèches ! Vous avez compris l'esprit de la chose. Pour les rituels, j'ai créé un espace ouvert de secrétaires, sous l'autorité d'Élisheba, il y aura un mode d'emploi pour tout le monde ! »

« Bien joué, rigola Josué, les faire écrire, ça les empêchera (peut-être) de parler ! »

Le sacrifice de rachat
Tarifs variables…

Le lendemain matin, Moïse vit arriver Nadab, Abihu, Ithamar et Éléazar, les quatre fils du grand prêtre Aaron… Et Aaron lui-même, « en civil » : tunique « de tous les jours » et Birkenstoks hébraïques. L'orgueil ensablé, le moral en lamelles fines, fines, fines.

Désabusé !

Parader en costard « boule à facettes » (oui, bon, c'est pas d'époque, je sais !), pour se retrouver en CDI de chef équarrisseur, ça te passe la gloriole à l'essoreuse !

Un seul point positif : n'ayant pas fait mille détours pour se faire admirer, il arriva avant

Josué chez son aîné.

Lequel Josué, toujours convivial et primesautier, déposa son épée à l'opposé de sa place à la table du conseil, pour, je cite : « En être assez loin pour ne pas découper ces canards boiteux et feignants en grillades à rôtir ! »

Ambiance…

« Messieurs ? » (on ne va pas s'adresser à deux femelles qui ne sont là que pour servir le « casse pattes » et laver les gobelets, si ?), le sujet traité fourmille de détails, dont AUCUN n'est considéré comme anodin, par l'Éternel, loué soit son nom.

Tout manquement à une concentration profonde sera ressenti comme un affront blasphématoire impardonnable !

Dont chacun, ici connaît l'imprévisibilité des conséquences sur la santé, voire la longévité du fautif… Ou des…

« Des ? Des quoi ? »

« Fautifs, Aaron, là, tu vois, pour toi, ça part moyen ! »

« Si j'ai posé la question, c'est que j'écoutais ! »

« Écouter n'est pas être dedans ! »

« Bon. Le sacrifice de rachat… »

« C'est le marché de l'occasion ? » (Béséleel)

« Le troc ? » (Ooliab)

« PFFFFFFFFFFFFFF …» (Moïse)

« Se racheter ! Après un péché ! Ça va, ça rentre ? Ou faut-il déjà faire une pause pour effondrement cérébral ? »

« Pardon, vraiment, on est « dedans », allons-y !

« Yaweh... »

« Béni soit son nom ! » (chœur)

« VOUS ÊTES EXEMPTÉS de « Béni soit son nom ! » »

« Il a prévu divers cas, que voici » :

« I. Le prêtre pêche »

« À la mouche ? »

« JOSUÉ, TUE-LE ! »

« Non ! je sors, Je SOOORS ! »

« Le péché est le fait du prêtre : Il offrira un jeune taureau, parfait en tout point ! Aaron, tu connais la démarche… C'est bon ? »

« Je modère mon enthousiasme c'est tout… »

« Attention : la tripaille sera brûlée dans l'enceinte, sur l'autel. La peau et le corps sur un bûcher, *à l'extérieur de l'enceinte.* VU ? Symbolisant ta sortie de la Voie. »

« Comment ça, *MA* sortie, pourquoi ce serait moi, ce prêtre ? Hein ? »

« Parce que je suis ton frère aîné, je te connais comme ma poche. »

« T'as pas de poche ! »

« Comme mes sandales, alors ! »

« II. L'assemblée d'Israël, que ce soit une assemblée de représentants du peuple ou le peuple entier qui loupe une marche… »

« Eh bien ? »

« Eh bien, Jethro, mon vénéré beau-père, on reprendra les modalités ci-avant citées, pour le prêtre : taureau, crémations intérieure et extérieure, même signification. »

Le nombre de bêtes sera proportionnel à la taille de l'assemblée. Clair ?

« Limpide, mon fils, mais je commence à craindre pour l'avenir de l'espèce bovine ! »

« Tu ne vas pas t'y mettre aussi ? Pas toi ! »

« Pardon… »

« III. Le pêcheur est un chef »

« On me demande ? S'ébroua Josué, qui avait la faculté peu commune (et très pratique), de rester assis, dos raide comme un timon de char, yeux ouverts, sourcils juste assez froncés pour suggérer un réel intérêt… « Je peux aider ? » »

« Me prends pas pour une buse, je connais tes astuces ! Maintenant, oui, tu peux aider… en restant, *vraiment*, éveillé ! »

Donc, si, *par erreur* (remarquez tous l'indulgence divine : Il vous accorde le bénéfice du doute quant à la *volonté de pêcher* !), un chef, militaire ou civil, sort du cadre, le prix du pardon sera un bouc, sans défaut.

Le rituel sera le même que pour le taureau, le sens, le symbole, aussi.

Reçu ?

« Fort et clair ! Cinq sur cinq ! » (Josué)

« IV. Le pêcheur… n'est personne… »

« Quesse tu dis ? » (Ooliab)

« Quesse tu chantes ? » (Béséleel)

« Personne n'est personne ! » (Jethro)

« Je veux dire, n'est rien… »

« Même pas les deux trous du cul de taupe qui jouent à l'écho ! » (Josué)

« Bon, qui n'ont pas de rôle religieux, administratif – élevé, militaire, etc. C'est mieux ?

« À peine. » (Écho I)

« Tout juste. » (Écho II)

« Je reprends, cet Hébreu de base, socle du bientôt grand Israël de Yaweh, Seigneur des batailles… »

« Là, là, c'est bien, là, ça claque ! » (Josué)

« Bof… » (écho I)

Bof… » (écho II)

« Baffes ? » (Josué)

« Assez ! J'en connais qui vont faire paratonnerre ! Incessamment, sous peu !

Allez, on y revient. L'hébreu basique, disais-je, devra fournir un agneau ou une chèvre velue…

« Pourquoi ? (écho I)

« Pas mieux ». (écho II)

« Pourquoi Quoi ? »

« Pourquoi velue ? » (Aaron)

« C'est dit comme ça, par LUI… »

« Si la chèvre doit être velue, est-ce que le bouc doit être chauve ? »

« Aaron, arrête ! »

« Sois sérieux, Momo, si Yaweh, l'a dit, ça devient un point de débat théologique. »

« Aaron ? »

« Oui ? »

« Je t'emmerde ! Séphora, viens nous servir à boire, ou je vais le tuer ! »

« Là, sûr, je peux aider ! » (Josué)

Le sacrifice de rachat
II
Études de cas et situations

Grosso modo, la pause récréative et relaxante se passa plutôt bien.

Josué ne poursuivit Tic et Tac que deux fois, épée brandie, Aaron causa comparatifs détachants avec les deux femmes, les quatre prêtres adjoints mesurèrent les mérites des Nubiennes, Édomites, Ismaélites, Éphésiennes, etc., en gonflant un peu leurs tableaux de chasse respectifs et les génitoires de Josué qui fut à un doigt de rebrandir son coupe-chou…

Des broutilles…

Moïse sortit, s'éloignant de trois ou quatre cents coudées, pour n'avoir que le vent à entendre…

J'allais oublier : Tic et Tac (Écho un et deux, vous voyez ?) finirent par la boucler, dans l'attente gourmande d'une phrase intelligible, à défaut d'être intelligente, à hacher fin, fin, fin, par leurs interruptions ineptes à la limite du terrorisme verbal…

« Bon ! Quand faut y aller, faut y aller, lança Moïse à la cantonade, qui, comme vous le savez sûrement, n'est pas la femme de Cantona, mais le côté de la scène où étaient placés les spectateurs « V I P », avec l'enthousiasme de Bacchus devant un verre d'eau. Nous allons voir quelques exemples, dans des domaines divers, pour que chacun puisse se faire une idée…

« Une idée claire », dit Tac.

« Bien nette », dit Tic.

« GRRR ! » rugit Josué.

« PFFFFFFFFFFF… », re soupira Moïse.

« ON N'AVANCE PAS ! » s'énerva le pourtant placide Jethro.

« Qu'est-ce qui grince ? » demanda Aaron.

« Mes dents ! Avoua le Guide du peuple élu… Mais je ne lâcherai pas ! Vous, les deux pique-bœufs VOUS me lâcherez ! Josué, va t'asseoir entre ces deux bubons ! Avec ton épée ! »

« Pardonne-nous, prophète… »

« Quand notre esprit... »

« Ne guide plus nos mains… »

« On s'emmerde… »

« La philosophie… »

« La théologie, tout ça… »

« Ça nous pompe… »

« GRAVE ! »

« Alors on… on… »

« Déconne ? »

« Voilà ! »

« Pas mieux ! »

« PFFFFFFFFFFF ! Josué, reste où tu es… Je continue. »

Voix off du narrateur : Pour cette page, je voudrais être payé au nombre de lignes, merci.

« Voici quatre exemples :

I. Un homme a vu, ou entendu, un acte, ou des paroles, contraire(s) aux prescriptions divines. Appelé à témoigner, il se tait, ou même refuse de témoigner. Ou ne dénonce pas, spontanément, les faits… Pêché !

II. Un autre touche un objet, un animal sauvage, ou domestique, impur, ou un déchet issu d'humains impurs, qu'il le sache ou non : Pêché !

II. Si, par exemple, toi, Tic, jures a Tac de faire quelque chose, de bien ou mal, aucune importance, et que, malgré les rappels de Tac, tu ne tiennes pas parole… Pêché !

« Pour chacun de ces péchés, c'est le sacrifice de petit bétail, qui s'appliquera. »

« J'ai une question, dit Béséléel-Tic, que Josué regarde d'un œil gourmand en astiquant sa lame, et si c'est le contraire ? »

« Le contraire ? De quoi ? »

« Ben, si c'est lui qui me prom… »

« Je te le fends en longueur, ou en largeur ? »

« Rassieds-toi Josué, sans lui, je n'ai pas mon quota d'imbéciles ! Laisse tomber. Et puis, même étêtés, ils continueraient à nous pourrir la vie ! »

« Hééééé ! Là, moi, j'ai rien dit ! »

« Fais-moi plaisir, essaie ! »

Le retour à un calme relatif permit au courtois beau papa d'en placer une :

« Mon bien cher gendre, il serait quasi blasphématoire de ma part, d'imaginer que Yaweh oubliât les plus défavorisés de son peuple… Trop pauvre pour posséder, ou se procurer, un agneau ou une chevrette… Non ? »

« Justement, père, j'y arrivais. Un économiquement faible pourra se contenter de deux pigeons en offrande réparatrice. Mieux, s'il est à un niveau tel que les volatiles ne soient pas envisageables, deux mesures de farine, que le prêtre fera fumer sur l'autel, satisferont Yaweh. »

« Et allez donc ! Je serai encore bon pour ressembler au plancher du grenier de Tata Rébecca, la boulangère ! » (Aaron, moyennement enthousiaste)

Sacrifices-offrandes
Et, on soigne la forme, hein ?
« Au rasoir », le protocole, vu ?

Étrangement, les ronchonnements aigres d'Aaron ne relancèrent pas le rififi verbal multidirectionnel.

Josué ne proféra aucune menace de transformation en carpaccio de divers membres du conseil.

Aaron médita, longuement, sur le moyen de garder un poste à fort coefficient de prestige, en refilant les corvées crades à ses fils.

Fils qui semblèrent se mettre en coma artificiel en attendant la suite.

Tic et Tac se lassèrent de leur numéro de télépathie lexicale.

Si Jethro avait en tête une belle phrase pleine de sagesse, il la garda pour lui.

Moïse, avec un soulagement évident, déclara la séance levée.

« Reprise demain. Dès que l'on pourra voir le soleil en son entier…

La nuit, en effet, apporta son comptant d'apaisement.

Sans pour autant être silencieuse.

Les veilleurs déambulant entre les tentes purent entendre les fils d'Aaron pousser des couinements bizarres, dus sans doute à leurs conversations de maquignons en femmes, les roulements d'orage des ronflements tempétueux de Josué, les orgasmes au son assourdissant de Shofar* d'Élisheba, sous le labourage sans délicatesse d'un Aaron compensant ses déconvenues lessivielles, ou la conversation, à sens unique, de Moïse avec un interlocuteur muet.

En quelque sorte, le « peuplement sonore » d'un silence nocturne ordinaire…

*probablement le + vieil instrument à vent, fait d'une corne de bouc sauvage.

L'installation autour des tables du conseil se fit dans une atmosphère plus paisible que la fin, voire l'ensemble, de la précédente séance.

Aaron avait les yeux bordés de reconnaissance, Josué avait vaincu Amalek, par trois fois, une main attachée dans le dos. En rêve, bien sûr, mais, y a pas, ça fait plaisir ! Tic et Tac terminé un canal de la Méditerranée à la mer Rouge avec, environ, trois-quatre mille ans d'avance, à la louche, Moïse avait révisé, tranquillou, sa liste de courses pour LE patron, Élisheba marchait jambes arquées, comme si elle avait mis des bigoudis « là »…

Le Nirvana, le Valhalla, le paradis œcuménico syncrétique !

« Pourvu que ça dure. », murmura Sephora, avec la même avance temporelle, à la louche, toujours, que Béséléel et Ooliab…

« Comme tu dis », soupira Momo, qui n'écoutait pas que Yaweh, et pratiquait la double écoute comme un pro ! (quand il avait un double appel)

Le premier prophète d'Israël attaqua sans attendre :

« Nous avons du pain sur la planche… »

« Ben non, » dit Écho un…

« Y a gourance, » dit Écho deux…

« C'est reparti, gémit Moïse… »

« Pas « sur la planche »… »

« Sur l'autel… Non ? »

« Josué ? »

« Oui, Mom… Prophète ? »

« Tiens-toi prêt, à mon signal, tu en prends un par les pieds, POUR COGNER SUR L'AUTRE ! »

« Oui Moïse… »

« La fois suivante, tu inverses, sois attentif. »

« Reçu fort et clair ! »

« Je reprends, ON se tait ! Sacrifice, offrandes, oblation, qui, que, quoi, cas sociaux, je coche, j'ai fait. »

Le « comment ». Le déroulement, le rituel, la procédure, le protocole…

« Tu lances un concours de synonymes, vénéré frère ? » (Aaron)

« JOSUÉ ! »

« Non, Moïse, ton cadet a raison : je crois qu'on est loin d'en voir le bout. Donc, si toi aussi, tu te lances dans le délayage, tu vas avoir des démissionnaires ! »

« Ta sagesse nous sauve, beau papa. Josué, repose Ooliab, on a du travail… »

« L'holocauste est le sacrifice essentiel, Yaweh est très, très pointilleux sur des détails :

La qualité sans défaut du bœuf, l'ordre des découpes, la durée de crémation, jusqu'à consumation de la dernière miette d'organe de la bête… »

« Il a raison, fayota Éléazar, premier assistant pontife, faut pas gâcher ! »

« Et pour toi, fayot suprême, cramer un taureau de concours, pour un être divin qui ne mange rien, n'en ayant aucun besoin, ce n'est pas gâcher ? » grommela Abihu…

« T'as bien raison, Aby, appuya Nadab. »

« Vous jouez avec votre santé… désapprouva Jethro… »

« Suffit, coupa Moïse s'efforçant au calme, j'ai pas fini, et on est loin du drapeau d'arrivée ! Il y a aussi important… et plus ardu à tenir ! »

« À savoir ? »

« À savoir, mon cher chef de guerre, que ce feu ne devra *jamais* s'éteindre ! »

« Jamais ? »

« Ordre d'en haut ! »

« Il a pas le culte aisé, le Taulier vaporeux ! »

« Tu préfères finir en holocauste toi-même ? »

« J'ai rien dit… »

« T'as vu tomber beaucoup d'eau, depuis qu'on a les miches irritées par le sable ? » (Josué)

« Ceci est un raisonnement absurde. Ce n'est pas parce que nous n'avons pas vu une goutte tomber que ça n'arrivera pas. » (Jethro)

« Au contraire, même ! » (Tic)

« J'allais le dire ! » (Tac)

« Non, Josué laisse tomber… » (Moïse)

« Dommage. » (Josué)

« Les deux « concepteurs-praticiens » vont nous bricoler un machin protecteur, que même

le déluge n'éteindra pas ! »

« Bricoler, c'est vexant ! »

« Limite humiliant… »

« Et mon pied au cul, c'est vexant, ou humiliant ? Au taf, les inventeurs ! Et fissa ! » (L'auteur transpose l'argot hébreu d'époque en Audiard de base, pour une meilleure compréhension.)

« On s'y met… »

« Au plus vite ! »

« Voilà qui est fait ! Josué, tu es nommé conseiller en chef à la motivation ! Bon, la suite. »

Vous avez bien suivi le rituel de l'offrande céréalière, rien de bien neuf… Ah, pardon, si :

Les restes pourront être mangés, sur le lieu de l'oblation, par les enfants du Grand Prêtre.

Les enfants MÂLES.[26]

« Les seuls qui comptent, non ? »

« N'en remets pas une couche, guerrier ! »

« Un jour, je crains que ce tri sexuel ne nous revienne « pleine tête » ! (Jethro voit loin !) »

« L'onction du prêtre, sa nomination officielle, fera aussi l'objet d'une offrande. Pour Aaron comme pour ses successeurs, jusqu'à la fin des temps : fleur de farine, huile, poêle… galette. Une fois cuite, découpe en morceaux, dépôt sur le brasier sacré, pour les narines de Yaweh. »

« Ben tiens… Momo, c'est toujours pas du gâchis ? »

---

[26]Lévitique, 6,11, ligne 1. Je n'invente (toujours) rien.

Suspension de séance

« Yawettes » : Pool de secrétaires de Moïse, haut-parleur de Yaweh, chargées d'enregistrer, par écrit, les instructions de l'Auréolé vaporeux… ET… qui permet au narrateur de ne pas s'épuiser sur des recommandations, certes divines, mais très, très, très… eueuh… formelles… c'est ça, c'est bien formelles.

Donc très, très, très… chiantes.

C'est ça, c'est bien, chiantes.

Mais divines, hein, j'admets !

Comment ? Ah, oui, en effet… Beaucoup de femmes savaient lire… Beaucoup plus que d'hommes… Ça n'avait aucun caractère valorisant, à l'époque. Un bonhomme, un mec, un tatoué, dirait-on de nos jours, devait être capable de découper un philistin en petits dés, pour la daube aux figues, ou de tracer un sillon droit avec une araire en bois et un zébu.

Ou de réparer un essieu de char en faisant des quintuplés à Léa, la femme de Seth ben Nathan, même en n'étant pas Seth ben Nathan !

Ça vous va ? Si c'est… vraiment dans la Bible ? Quoi donc ? Les Yawehttes, ou les quintuplés ? C'EST MA BIBLE !

Je RACONTE ! Du moment que je respecte le déroulement des faits, la forme, c'est MON affaire !

Je raconte, VOUS écoutez ! Un dessin ? Un caramel ? Une gaufre ?

Non ? Bon… Dirait-on pas... Que j'ai les mêmes problèmes avec vous que Momo avec ses Gaul… Oups ! Ses Hébreux réfractaires…

Enfin, moi, je trouve.

Momo délègue…

Souvenez-vous… Moïse a confié la gestion d'un groupe de femmes secrétaires chargées de l'enregistrement graphique des réunions du conseil. Sur papyrus ou peau de chèvre.

Troupe laborieuse et efficace, que Tic et Tac baptisèrent sur le champ (« Non », sur le sable ! dirait Josué, toujours caustique…) les « Yawehttes », en référence au patron suprême.

« Je me mets à votre place, compatit Moïse, avec une mauvaise foi rigolarde, mais très intériorisée, les différentes cérémonies sacrificielles ont des procédures, des rituels assez stricts, qui peuvent prêter à confusion.

« C'est rien de le dire ! râla Tac. »

« Faut se les goinfrer ! Embraya Tic. »

« Six catégories différentes ! »

« Cinq avec des sous-catégories ! »

« Pas deux procédures semblables ! »

« Ce qui doit être fait dans l'enceinte ! »

« Ou hors de l'enceinte ! »

« Sans compter les points cardinaux, hein ? »

« Ah, ben tiens, à l'est, à l'ouest… J'ai déjà du mal avec gauche et droite… »

« Ce qu'on doit cramer, ce qu'on doit jeter… »

« Sur quel tas ! »

« Ceux »

« Quoi ceux ? »

« Les sacrifices, idiot ! De quoi on cause, depuis des plombes ? Ceux où on peut becter les restes… »

« Et qui peut le faire ! Et, là, point de vue équité, hein ? »

« Ça veut quoi dire ? » (Jethro est mal réveillé)

« Je me comprends… »

« Développe… »

« Ben… Y aurait… comme une tendance à favoriser le clergé, là ! Je récrimine pas, je constate. Le populo fournit la bectance, les prêtres se gavent des restes divins… »

« Mauvais esprit ! Qui pratique les rituels ? » s'irrita Aaron.

« Qui fournit les bestiaux, la farine, les épis, l'huile ? »

« Arrêtez ! Tonna le prophète, nous n'en sommes pas à débattre des volontés de Yaweh ! »

« Ben, on devrait peut-être, marmonna Abihu… »

« C'est pas faux. Sussura Nadab. »

« Silence, tout le monde ! L'important, le nécessaire, l'indispensable ? »

« Ça y est, il nous refait un prurit lexical foudroyant ! Va au fait, mon gendre ! »

« Comme souvent, c'est la sagesse même, beau papa ! Voilà : Vous recevrez tous plusieurs rouleaux contenant les préceptes de Yaweh. Vous les ferez reproduire par vos Yawehttes, pour transmission. Vous nommerez de saints hommes qui les feront réciter, chanter, danser, s'il le faut ! Mais QUE ÇA RENTRE ! Des questions ? »

« Ben… »

« C'est-à-dire… »

« Bon, donc, ON FERME ! »

« ROMPEZ ! », brailla Josué, réveillé en sursaut…

Suprême pontife du peuple élu
Et… le gagnant… est…

Le lendemain matin.

À l'instant précis où le disque incarnat du soleil atteignit la ligne de l'horizon, tel un cerceau sur le fil d'un danseur de corde, le premier prophète d'Israël se planta devant l'entrée de la tente de son cadet.

« Aaron ben Amram, de la maison de Lévi, lève-toi et marche ! L'éternel t'appelle ! »

« Dis-z-y de rappeler plus tard, j'ai pas mon compte de sommeil ! »

« Ne t'ai-je pas prévenu hier ? »

« Et alors ? Ça change quoi à mon déficit dormitif ? »

« Si je te lève à coup de pied au cul, ça t'aide ? »

Aaron apparut, baillant comme un tunnel et se grattant le crâne d'une main, les olivettes de l'autre. À travers la laine de la tunique, soyez rassurés…

« C'est de la maltraitance à visées anticléricales, je suis, quand même, le grand… »

« Le grand rien du tout ! Tu es *pressenti* par Yaweh pour ce rôle. Tu comprends, « pressenti », tête de dromadaire arriéré ? Pas encore intronisé, par moi, au nom de Yaweh. »

Tu digères la nuance ? *L'énorme* nuance ! Tu reçois, tu captes, tu intègres ? Ça rentre ?

« Yo ! lâcha Aaron, qui avait un faux air d'Akénathon… »

(Pas le pharaon, le rappeur.)

« Vite fait, mais ça y est, c'est là ! » Il se tapotait le front de l'index, mais, comme il se grattait encore les Siamoises, Moïse eut un doute sur la qualité de l'enregistrement…

« Les quatre fistons, prêts ? Bon, on y va, direction le Tabernacle ! L'Assemblée nous attend. »

De part et d'autre de l'entrée du parvis du Tabernacle, l'assemblée, partagée en deux groupes d'égale importance, rappela au petit cortège la « raie au milieu » de la mer Rouge, si magistralement tracée par l'aîné des Ben Amram…

Ils s'arrêtèrent, et s'alignèrent, face à l'assemblée, entre la tente sacrée et l'autel de l'holocauste.

« Écoute, Ô, Israël ! »

Yaweh, l'Unique, t'a choisi, t'a donné, en ma personne un guide porteur de sa parole…

Ce jour, béni soit-il, Il t'offre un tuteur, un appui, un conseiller, chargé de t'assister sur le sentier caillouteux de la foi et de la sagesse, où ton pied peut buter, glisser, se tordre douloureusement et te faire choir dans l'ornière du pêché !

« C'est beau, mais c'est chiant, murmura Tic. »

« Pompeux et tarabiscoté ! Susurra Tac. »

« Analphabètes incultes, souffla Jethro. »

« Auquel je coupe la langue, en attendant mieux ? Grogna Josué. »

« Pour qu'ils arrivent tout neufs au service du Très-Haut, je vais les laver de mes mains avec l'eau des sept sources du Sinaï, dans ce grand bassin… Josué ? »

« Prophète ? »

« Prends la main. »

« Reçu… À poil, les bleus ! »

Silence et inertie…

« Si c'est moi qui le fais, j'enlève la peau avec ! EXÉCUTION ! »

Piétinements, grommellements de blaireaux contrariés, exécution d'un enthousiasme remarquablement relatif…

Moïse descend dans le bassin, les impétrants le rejoignent un par un lorsqu'il les pointe de l'index.

Il puise l'eau dans ses paumes, en frictionne, minutieusement, chaque corps en finissant par le futur Grand Prêtre.

Les voilà alignés face à la foule, les mains croisées sur « la modestie », comme des défenseurs de foot au moment du coup franc.

Josué se marre comme une « boîte à meuh »… Mais en nettement plus fort.

Rappel à l'ordre.

Josué se retient.

Et chope un hoquet « d'enfer » !

(Dont il n'a jamais été question depuis le premier livre, avez-vous remarqué ? De Lucifer non plus, d'ailleurs…)

Moïse revêtit Aaron de la tenue complète de grand prêtre, noua la ceinture de l'Éphod, sur lequel il posa le pectoral orné des pierres de vérité.

Puis, il plaça la tiare et le diadème sacré sur la tête du presque pontife (ben oui, c'est pas fini !).

Enfin, saisissant le flacon d'huile sainte, il consacra la tente sacrée, l'autel intérieur, l'au – tel extérieur, en fait tout ce qui était consacrable, achevant sa tâche en versant le (gros) reliquat sur la tête du pontife définitif.

Et, là, ça me laisse pantois !

Tous les experts reconnus en nettoyage, les femmes, donc, vous le diront :

L'huile, minérale, végétale, peu importe, comme taches, c'est le rocher de Sisyphe à faire disparaître !

Tu savonnes, tu frottes à te coller des ampoules, tu rinces…

Disparues !

Tu mets à sécher… C'est sec... les revoilou !

LE BAGNE !

Or, qu'y a-t-il, sur le crâne d'Aaron ? La tiare (« en vrai », c'est un bonnet en lin, mais Yaweh a ses petites vanités), ou l'huile s'étale, avant de dégouliner le long de l'arête du tarin imposant du cadet Ben Amram et de saloper le pectoral, le bas de l'Éphod et même la robe !

Josué est par terre, en boule, le corps parcouru de soubresauts, les deux mains croisées sur la bouche, tentant, vainement, de juguler le fou rire ET le hoquet.

« Ça le fait moyen, dit Tic…

« Très moyen, renchérit Tac…

Momo fit celui qui n'avait rien entendu, et distribua mitres et robes sacerdotales aux quatre fils, en ronchonnant :

« Démerdez-vous… »

Ce qui réduisit quelque peu la solennité du moment…

Le narrateur (pour vous servir) étant contre la maltraitance animale, se dispensera de retranscrire, la palpable, bien que sous-jacente (pas jacinthe, Nadine), délectation des rédacteurs de l'œuvre originale, ressentie à décrire l'égorgement, l'étripage, la bête bougeant encore, le découpage, l'aspersion des hommes et des biens meubles « sacrés » avec le sang, et autres joyeusetés, tous actes sensés célébrer le « Dieu d'amour »…

Un taureau et deux béliers connurent ce martyre.

Quand on aime, on ne compte pas.

« Ça pue l'olive. » Fut tout ce qu'Aaron trouva comme phrase historique.

« Ça vaut toujours mieux que ton parfum de bouc, répliqua l'aîné, un peu « chiffon ».

Le sacrifice fut répété sept jours durant.

Les enfants d'Israël avaient un grand prêtre.

Officiel. Un peuple, un Dieu, un chef, un pontife…

« Mine de rien, ça vient », pensa Yaweh.

Coup de foudre à Sinaï Hill

Ainsi, sept jours durant, sept taureaux et quatorze béliers « parfaits » (on ne va pas refiler du bestiau tordu à l'Éternel, quand même !) furent sacrifiés.

À chaque fois Momo et les prêtres, le Grand et ses sous-fifres de fils, purent rôtir et manger les morceaux que Yaweh avait désignés à son porte-voix barbu.

Pendant que le « vulgum pecus » mâchouillait sa galette plate, avec, les jours fastes, une caille pour deux…

Passons…

Comment ça, « gauchiste » ? Meueueuh non ! Allons !

Vint le huitième jour.

Aaron ben Amram était, *de fait, Grand Prêtre d'Israël, Peuple Élu de Yawweh, Éternel et*

Unique !

Il semblait avoir grandi et élargi. D'une coudée dans chaque sens !

« Il a pris le melon… dit Tac. »

« À nous les pépins… soupira Tic. »

« Un melon, on en fait des tranches ! Grogna Josué. »

« Oedème temporaire, dit Jethro le sage, ça va lui passer. »

« Vaudrait mieux pour ses miches, grinça Josué – qui pouvait être affreusement « popu » ».

« Cher frère et respecté pontife, quand on reçoit une promotion, on remercie. »

« Et ? »

« Voici une liste de sacrifices et oblations qui te permettront de rendre grâce, et… de réviser tes protocoles sacrificiels et oblationnels… Eueuhh… Jethro, ça se dit, oblationnels ? »

« Cher gendre, c'est toi le chef, *donc, ça se dit ! »*

Ainsi furent encore égorgés : deux veaux, deux béliers, un agneau, un bœuf et un bouc

Et, « oblationnés », deux sacs de fleurs de farine.

Le prophète et le pontife entrèrent, en procession… Pardon ? Oui, une procession à deux, et alors ?

Dans la tente de réunion.

Une critique, un commentaire, sur la réunion à deux ?

Non ? Merci. Parfois, moi, je m'appelle et je me rassemble. Tout seul ! Et, si je me refuse, je ME fais la gueule !

Quand ils en sortirent, ils levèrent leurs paumes ouvertes vers le ciel et crièrent, en parfait unisson :

« Yaweh, soit avec toi, Israël ! », pendant qu'une flamme, venue de nulle part, réduisait l'holocauste en cendres sur l'autel.

La foule tomba face contre terre.

« Superbe, tu as été superbe, frérot, digne, et au – delà, de ton rôle de guide spirituel ! »

« Et j'étais pas à fond, se rengorgea Aaron, passant brutalement de Rantanplan à Croc Blanc. »

Pendant que papa et tonton faisaient assaut de honteuses flatteries, Nadab et Abihu (si, si, vous voyez ! Les deux qui contestaient l'équité du Très haut quant au traitement des religieux par rapport aux laïcs… Ça y est ? Vous y êtes ? Bon, je reprends), ces deux-là, donc, prirent chacun leur encensoir, y versèrent des essences odorantes, y mirent le feu, et, avant que le prophète réagisse, les déposèrent devant l'autel propitiatoire, en offrande.

En offrande, ce qui partait d'une intention louable…

MAIS… Hors protocole, procédure, rituel, appelez ça comme vous voudrez…

Or, Yaweh *ne rigole pas avec ça* !

Une action hors protocole dans une cérémonie pilotée par le grand prêtre du Dieu unique, c'est comme un coureur hors délai au sommet du Ventoux : ÉLIMINÉ !

Un éclair aveuglant et bifide fondit sur les deux hérétiques, laissant sur le sable deux grosses merguez charbonneuses.

Tic et tac ne bronchèrent même pas…

« Ça, pour un coup de foudre… »

« C'est un coup de foudre ! »

« J'en reviens pas ! »

« Eux non plus ! » (grosse rigolade)

Aaron était statufié sur place, comme la femme de Loth…

Moïse prit la parole :

« Ils ont défié les règles fixées par Yaweh. Deuil interdit ! »

Il appela deux cousins des fils du prêtre :

« Ces renégats blasphémateurs ne peuvent rester dans l'enclos sacré, jetez-les hors du camp de Dieu, aux bêtes sauvages. »

« Faut aimer le très cuit… dit Tac. »

« Le croquant… dit Tic. »

De grands empathiques, ces deux-là !

Moïse Ben Amram
Professeur certifié de Zoologie alimentaire et religieuse

« On va faire simple, annonça le prophète… »

« Aïe, quand... »

« Ça commence comme ça… »

« On n'est pas au bout… »

« De nos peines… »

« Il y a sur terre, trois sortes d'animaux. Certains sont déclarés purs par le Tout Puissant, d'autres impurs… »

« Jusque-là, je suis… »

« Me too, dit tic, cumulant le don des langues et de prémonition, vu que les Anglais n'existaient même pas. »

« Terrestres, aériens, aquatiques… »

« Et tac ? »

Le saint prophète serra les poings, et tout ce qu'il put serrer, pour se retenir d'éclater les têtes des duettistes l'une contre l'autre, et celle de Josué, à grands coups de son propre casque, vu que le chef de l'armée d'Israël était plié de rire !

« Eau douce et salée, reprit-il, simulant, très mal, l'indifférence. »

Ou, peut-être la surdité ?

Va savoir…

« Parmi les terrestres, deux critères IMPÉRATIFS et INDISSOCIABLES : Sabot fourchu, et, qui rumine. Les deux conditions sont nécessaires. »

« Un bœuf, ça marche, alors ? » (Jethro)

« Bon exemple, allez je vous teste un peu… »

« Ah bon… »

« Interro surprise ? »

« Comme ça, sans leçon avant ? »

« Sérieux ! C'est abuser ! »

« Silence, vous avez des yeux, et un cerveau… Essayez de combiner les deux, vous verrez, ça marche… parfois… Je vous cite un animal, vous dites : « je mange, ou : je ne mange pas on y va ? »

« Bof… »

« Pas mieux… »

« Le chameau ? »

« Je ne mange pas ! » (Jethro)

« Parce que ? »

« Il rumine, mais pas de sabot fendu ? C'est ça ? »

« BRAVO, beau papa ! Tout le monde a compris ? »

« Ouais, on a un champion, on attend les questions… »

« Je sens que ce jeu… (tic) »

« Va « vachement » plaire ! VACHE, je mange ! (Tac) »

« Le porc ? »

« On mange pas ! (Josué, Tac, Jethro, Tic… en même temps) »

« Motif ? »

« Sabot bien divisé, ne rumine pas ! (les quatre, encore) »

« Bien vu ! Un point chacun ! »

« On est les champ… »

« C'EST PAS FINI ! On passe aux aériens. Un principe facile à retenir : Tous les rapaces sont impurs ! Ceux que vous voyez le jour, comme ceux qui vivent la nuit. Clair ? »

Hochements de tête approbateurs…

« Bien, rejetez, aussi, le cygne, l'autruche, le pélican, les corbeaux et leurs cousins… »

Les Yawettes sont en train de vous faire une liste. Que vous reste-t-il ? »

« Les poules ! (Josué, vainqueur d'un poil de… Pardon, je m'égare !) »

« Plus général, plus varié ? »

« La volaille ! (Éléazar, d'un duvet de poussin) »

« Et maintenant ? »

« Les aquatiques ? »

« Beau papa, tu fayotes… »

« Toute façon, c'est le chouchou… »

« Je ne relève même pas ! »

« Si ! Rien que dire : « Je ne relève pas », c'est relever ! »

« Les aquatiques, c'est simple : écailles, nageoires… Je mange ! »

« Donc, écrevisse, beuark ! On mange pas… »

« Magnifique Ithamar ! Une carapace, pas de nageoires, l'écrevisse ne nage pas, elle marche ! »

« J'en termine, par les pullulants tous interdits rats, souris, cloportes, tous les insectes, les « grosses cuisses », comme, comme… »

« Ben, les sauterelles ?

« Voioioilàààà ! Grillons, criquets migrateurs… On mange, c'est « croquant gourmand » !

Vous avez été excellents, si, si ! Donc… Pause remontant ! »

Y en a un peu plus… j'vous l'mets quand même ?
L'accouchement

« Debout les morts ! Le cimetière déménage ! Magnez-vous ! »

(Belle attaque de chapitre, n'est-il pas ? Ça surprend, ça intrigue, cette interpellation peu compatible avec la solennité du « Livre des livres », non ?)

Normal.

Josué (sûr, vous l'aviez deviné !) n'est pas réputé pour son phrasé modeste, sa voix veloutée, sa délicate convivialité… Ou alors, je confonds.

La « pause remontant » avait duré, la veille… Vraiment duré… La gnôle patriarcale avait été frappée d'une violente et inexplicable crise… d'évaporation.

Au point de faire tituber les frères Ben Amram comme des culbutos sur la bosse d'un dromadaire, et leur faire beugler, pour accompagner Josué, une délicate chanson sentimentale dont je vous livre le texte de haute volée :

« Dans le lit de la Phara-onneueu, nous étions quatre-vingts archers ! (hic)

Chacun un coup dessus, chacun un coup dessous !

Et va z y donc, c'est pas ta mère ! »

Ce qui manque, un chouïa de hauteur religieuse, n'est-il pas ?

À part le chef d'armée, frais comme un tilapia, le gardon est rare dans les torrents du Sinaï, la petite troupe se traîna, lamentablement, jusqu'aux tables du Haut conseil…

Plus si haut que ça, pour l'heure…

Tous s'assirent.

Plus ou moins dignement, plutôt moins que plus, pour être objectif.

Sauf Jethro, las mais présentable, et le chef de guerre, raide comme une fin de mois de chômeur – pas de remarque, Sophie, c'est pour l'image.

Je vous narre une épopée qui trimballe un plein semi-remorque de siècles, avec le champ lexical du vingt et unième siècle après « l'acrobate ». D'où le chômeur, le semi-remorque, et le champ lexical… Pour une compréhension immédiate, visualisée… À moins que vous n'ayez toutes fait araméen, première langue, et toi aussi, Jordy !

Moïse resta debout, avec un reste de tangage léger, mais debout.

« Pour hier, j'irai plaider devant Yaweh… »

« Tu vas finir en rôtisserie… »

« Notre ancêtre Noé, pour fêter le retour au sec après le déluge, s'est mis chiffon comme une serpillière, au point des s'offrir une sieste de vingt-quatre heures, à poil comme un lombric ! »

« ET ? »

« L'Éternel a passé l'éponge… Bon. On reprend. Le sujet dont il m'a entretenu concernant spécifiquement les prêtres et les guérisseurs, je ferai court. »

Loi de base sur la femme en couches.

« C'est un sujet, ça ? » (Gynophilie « radicale » de Josué)…

Moïse feint la surdité. Et poursuit…

« Si la femme donne naissance à un garçon, elle sera impure pendant sept jours.

Comme elle l'est aux jours de ses règles…

« Et ça fait quoi, « impure » ? (Éléazar) »

« Tu fais ta lessive à la main, tu vois ? » (Béliséel)

« Non… »

« Tu te fais plaisir tout seul. Tu y es, là ? »

« AAAAAH, c'est ça ! … Dommage… »

« Quoi, « dommage » ? »

« Sais pas… Ça glisse mieux, non, Ces jours-là ? »

Un vrai concours d'élégance… de légèreté !

Momo, imperturbable :

« Le huitième jour, l'enfant sera circoncis. La mère devra laisser passer trente-trois jours, pour être purifiée du sang perdu. »

Si elle accouche d'une fille, elle sera impure quatorze jours, comme aux jours de ses règles, plus soixante-six jours…

« LE DOUBLE ? »(Éléazar)

« Je confirme. »

« C'est la rupture ligamentaire garantie ! Une incitation à l'adultère ! »

« Garçon ou fille, la purification ne sera effective que lorsqu'elle aura offert l'holocauste d'un bélier à l'Éternel, et un couple de pigeons pour le sacrifice du péché… Elle sera de nouveau pure ! »

« Des femmes pures, y en a pas ! » Grogne Josué… Sans doute par rancune d'une blessure secrète.

Qui se prend un coup de torchon qui lui change l'oreille droite en tomate trop mûre !

« Il arrive un moment où trop, c'est trop, à la fin des fins ! » rugit Séphora.

C'est au tour de Moïse de se marrer.

Y en a un peu plus… j'vous l'mets quand même ?
La lèpre… et la tortue
« Plus c'est mauvais, meilleur c'est ! »
Platon

Non, je blague !

La pause, arrosée *exclusivement* d'eau de source, fut brève.

Tout le monde se rassit.

Le prophète se leva. Tenant debout sans son bâton magique, il avait retrouvé prestance et crédibilité.

Ou pas loin, surtout, à part Josué, en comparant avec les autres « mâles dominants » de la tablée !

« Même remarque que précédemment : prêtres guérisseurs, court. »

« Tu boudes les verbes ? » (Jethro)

« Convalescence d'abus de remontant… Fatigue, économie énergie. »

« Et, le sujet ? »

« La lèpre. »

« On va drôlement » (Tac)

« Se marrer ! » (Tic)

« Je suis pas d'humeur ! Josué, tu me couves ces deux-là ! »

« Avec plaisir ! Soyez sympa, les duettistes, dites une connerie, mon épée a besoin d'exercice ! »

« D'ailleurs, tout bien réfléchi, je vais aller un peu dans le détail… la lèpre, c'est un sujet sérieux, sur lequel on peut s'attarder utilement… »

« Sûr, plus sérieux que les gonzesses ! » (Si, Nath, il y avait un mot hébreu équivalent à « gonzesses", la goujaterie est arrivée avec Adam !)

« Josué, mon chef de guerre unique et préféré, je t'ai requis pour *museler* les interrupteurs, pas pour *être* un interrupteur… Je disais, il importe que le plus grand nombre ait des notions, sur les signes de ce fléau, même si le diagnostic définitif et le traitement doivent rester, exclusivement, affaires de spécialistes officiels. Prenons un exemple – et pensons à le rendre après usage, comme auraient pu dire mes deux casse-noix préférés – : Tonton Lot, Yaweh le bénisse, a, sous un œil, un gonflement, une dartre… »

« Aux figues ! » (Itamar)

Moïse se fige un instant… puis…

« Ah, oui ! Dartre aux figues ! Très drôle ! Josué, celui-ci aussi ! »

Josué opine…

(Oui, du chef, Kevin, *c'est* un chef !)

« Une dartre, un bouton persistant, une plaque blanche… Zou, chez le pontife, assisté de son guérisseur ! Examen des deux pros. La lésion est plus profonde que la peau, les poils ont blanchi autour, palper est douloureux : c'est la lèpre !

Tonton Lot est déclaré impur.

« Même s'il n'a pas ses règles ? » (Éléazar)

Grosse marrade, les mâles rigolent toujours, aux blagues « de femmes » qui les mettent mal à l'aise…

« Josué, ajoute celui-là aussi. »

« Déjà noté ! »

« Si la lésion est superficielle, la plaque sans gonflement, sensible, sans être douloureuse, sans excroissance, le prêtre le mettra sept jours à l'isolement. Réexamen, rien n'a bougé ?

Précaution, prudence… sept jours encore… Pas de changement ? Tonton Lot pourra être libéré, il est pur ! *Après* avoir lavé ses frusques… Il fouette comme une chèvrerie ! »

Tout le monde voit le système ? On va dire que oui… La nomenclature des localisations, des origines possibles : furoncle, blessure négligée, cicatrices enflammées, etc., et leurs protocoles de traitement(s), seront remis, sur papyrus, aux prêtres, aux médecins, voire, aux prêtres médecins. Si, frérot, y en a ! Même chose pour les symptômes associés, alopécie, fatigue permanente, céphalées, dégoût de manger, etc. (oui, encore !), et toutes les combinaisons possibles entre eux. Ainsi que les mesures à prendre pour entraver la propagation du mal, papyrus récapitulatif.

Tout homme, ou femme, déclaré impur(e), devra vivre et être soigné(e) en dehors du camp, loin du peuple.

Jusqu'à… hum… guérison éventuelle. Qui ne pourra être proclamée QUE par le prêtre.

« On devrait s'arrêter là, faudrait pas gâcher ce moment de joyeuse folie, ironise Josué. »

« Ça m'a filé l'bourdon, dit Tic… »

« Et, à moi les abeilles, soupire Tac. »

Zizi qui pleure
Gros malheur !

À peine son aréopage testostéroné assis, le patriarche fit une déclaration liminaire qui stupéfia la virile assemblée :

« Séphora, Elisheba, asseyez-vous. Les hommes, serrez-vous ! »

« Contre laquelle ? » (Éléazar)

« On choisit ? » (Tac)

« À la courte paille ? » (Tic)

« Vos gueules, les brèles ! » (Josué)

« Ça y est, je peux ? » (Momo)... Tout le monde a eu ses compléments papyrus, pour la lèpre ? Hochements approbateurs. Bien. La lèpre est terrible, affreuse à voir, mortifère... Vous savez qu'il en est d'autres, dont une que les femmes doivent savoir reconnaître, pour signaler, informer, enseigner, en direction des autres femmes... Nos deux conseillères...

« QUOI ? Deux FEMMES ? Conseillères ? » (Josué)

« Trouverais-tu à redire ? La voix du prophète était dangereusement suave... »

« Non, berger d'Israël... la surprise, c'est tout. »

« Tant mieux. Je les fais entrer au conseil parce que j'ai, parce qu'Israël a, besoin d'elles. »

Et, elles y resteront, ni plus ni moins importantes que les hommes. D'ailleurs, dorénavant,

le service sera assuré par un homme et une femme, rotation hebdomadaire des couples !

(Faut voir la tronche des couillus ! Josué frôle la détresse respiratoire !)

« Le service à table, un homme ? »

« Ne saurais-tu pas tenir une assiette aussi bien que ton gobelet, chef des armées ? »

Taquin, le coiffeur pour vagues !

« Ah ? Parce que les conseillers vont… »

« Non, TOUT le conseil est exempté… Y COMPRIS LES FEMMES. Des questions ? »

… Ceci est l'ange qui passe, en se retenant, difficilement, de rigoler !

« Paaaaaarfait ! Un instant, je me rassemble… je récapitule… lèpre… contagion… besoin

des femmes… hmhmhmmmm, ça y est ! »

« Il arrive qu'un homme constate un écoulement hors de son « membre fondateur »… »

« Ouais, verdâtre clair. » (Éléazar)

« Avec des reflets jaunes. » (Tic et Tac, en chœur !)

« Liquide, mais épais, gluant… » (Josué)

« Enfin ! Vous avez un domaine d'expertise ! » (Jethro)

« Tant qu'ils baiseront des chèvres, hein ? » (Séphora)

« Voire le bouc ! » (Élisheba)

« Arrêtez le tir ! (Moïse… Las, très las…)… Épiloguer sur les sources du mal ne mènera nulle part… Cet écoulement le rend impur. Même si l'écoulement a séché et fait bouchon dans le méat.

« Auquel cas le méat coule pas ! » (Jethro)

« Beau papa ! Pas vous ! »

« Pardon… »

« Tout ce qu'il touchera, objet ou humain, sera impur(e). »

Homme ou femme qui le touchera devra laver ses vêtements ET sera quand même impur(e), jusqu'à la nuit. S'asseoir sur son siège, se coucher sur son lit, obligera à laver ses vêtements, prendre un bain, tout en restant impur(e) jusqu'à la nuit… Une liste de cas sur papyrus est prévue.

Si l'écoulement cesse, il comptera sept jours, un lavage de ses vêtements, un bain prolongé en eau courante…

« Les torrents du mont Sinaï sont glacés, ça va lui racornir le cyclope ! » (Élisheba)

« Il sera « en maintenance » un moment, au mieux, une « demi-molle !», pouffe Séphora !

« Ai-je dit que j'avais fini, mesdames ? »

« Excuse-nous, Prophète, mais, là, on a l'image… »

Moïse a du mal à ne pas rire, les autres font plutôt la gueule… »

« Le plus souvent, ça passe tout seul, sinon, guérisseurs, feront ce qu'ils pourront. Mesdames, inspectez le kit reproduction de vos partenaires et faites passer l'info… Enfin, si vous ne voulez pas finir comme Abihu et Nadab, façon gigot oublié sur le gril, pensez à vérifier votre jauge de pureté… L'Éternel est un rien sensible sur le sujet… »

Nota Bene : Le narrateur à ressenti l'étonnement désapprobateur de quelques un(e)s.

« Momo « cause » trop 20e -21e siècles. »

Pour la énième fois, c'est MA bible. On y parle comme je veux. Pour des gens d'aujourd'hui !

Si je vous l'écris, dis, en araméen… Qui aura l'air d'une truffe ?

Grande lessive, grand pardon
Et, dans la série : « faut un coupable »
Le bouc émissaire

Cette séance du conseil s'annonçait tranquille…

Les gros sourcils de Josué étaient d'une horizontalité de mer d'huile.

Aaron, raide comme une deuxième quinzaine de chômeurs, essayait d'être aussi hiératique que l'imposait sa haute fonction.

Tic et Tac, n'ayant encore personne à interrompre, étaient en mode veille.

Jethro était… Heueu… ben… était Jethro, juste Jethro.

Les survivants parmi les fils d'Aaron rêvassaient à tous les galbes de seins et fesses possibles (« sous pontifes » se voyant « sur dames »), silence et sourire béat.)

Les deux belles-sœurs se chuchotaient des trucs à l'oreille, genre : « Non ! Il a fait ça ?

Jusqu'où ? »

Eh bien que nous en mourions d'envie, nous n'épiloguerons pas sur ce « où ».

Donc, zen au carré.

Pourtant, Moïse n'était pas serein (canari non plus, Théo !), pas vraiment…

L'expérience de cet apprentissage, « sur le tas » de la pédagogie, l'amenait à penser que : « Quand c'est la rassrah dès le début, ça finit par se tasser avec ma boîte à baffes sur pattes, là, ça sent plutôt le calme plat étouffant, avant la tempête force dix…

Le conférencier, guide, prophète, patriarche, coiffeur pour vagues, porte-parole de Dieu (ça, ça claque ! Non ?), se tourna vers le trio Aaronesque. Solennellement

« Yaweh a un message particulier pour son Grand Prêtre, et ses assesseurs : le Saint des Saints, la tente de rencontre, n'est pas l'échoppe « épicerie-liqueurs-écrivain public » de Mouloud l'ismaélien, ouverte « 24/24 »… Il y a un protocole de respect à suivre. »

À la lettre !

D'abord, pas de vêtements laïcs dans le Tabernacle. D'ailleurs, tout laïc autre que mon porte-parole qui y pénétrerait finirait comme les irrespectueux fils d'Aaron

Tout prêtre en tenue laïque, itou !

« Yaweh a dit « itou » ? » (Jethro)

« Yaweh a dit « itou » » (Momo)

« Ça fait « divin »… eueuh… Moyen, moyen… »

« Va lui dire beau papa… C'est pas tout, avant de mettre les vêtements saints, saints, saints comme sacrés, pas comme sanitaires, vu ? Il devra se laver, nu, dans l'eau courante. »

Ensuite seulement, il pourra porter la tenue sacrée, du caleçon à la tiare, et passer le rideau, pour faire face à l'Arche.

Ton frère, m'a-t-il dit, ses assistants et tous leurs successeurs dans les siècles, devront se soumettre à ce rituel immuable.

« Ça rigole pas ! » (Tic)

« Ou alors, c'est mal imité ! » (Tac)

« Vos gueules, les mouettes ! » (Josué)

« Merci, Josué. Je l'aurais sans doute formulé différemment, mais c'est l'idée. Revenons aux rituels…

Chaque année, le dixième jour du septième mois, Aaron et ses fils, ou leurs successeurs, conduiront une grande fête d'expiation, de pardon, de réconciliation, avec l'Éternel.

Là encore, le déroulement en sera immuable au long des siècles.

Pour amener le pardon divin sur tout un peuple, il convient que le prêtre obtienne le pardon, pour lui et sa famille, ses assesseurs devant être ses fils… »

« S'il n'a que des filles ? » (Éléazar)

« Et pis quoi, encore ? » (Josué)

« Il devra trouver dans sa parentèle. »

« Et si… ils sont trop jeunes ? »

« Éléazar ? »

« Oui, prophète ? »

« Tu me les râpes, fin, fin, fin, Dieu avisera ! »

« Bien dit ! Non mais… Des pisseuses ! Tout fout l'camp ! » (devinez…)

« Quand j'étais grand prêtre, avant Yaweh, il y avait des prêtresses, pour la Déesse Mère. »

« Des déesses ? Peuple de mauviettes ! » (Je dis qui, ou c'est inutile ?)

« Si je dérange, hein ? Vous le dites… »

« Pardon, prophète. » (en chœur)

« Alors, pour son pardon familial, Aaron devra offrir un jeune taureau pour le sacrifice du péché, et un jeune bélier pour l'holocauste. Tiens… Interro surprise, différence entre sacrifice et holocauste ? »

Ithamar, très fayot : « Moi, msieur, moi, moi ! »

« Oui ? »

« EUEUH… holocauste, on crame tout, sacrifice, les prêtres peuvent en becter une part ?

J'ai bon ? »

« L'élégance lexicale n'y est certes pas… Mais c'est la bonne réponse ! »

« OUOUOUAIAIAIS ! »

« Il est vraiment, il est vraiment phé-no-mé-nal ! » (Tic et Tac)

« Du calme, on parle religion, divinité ! Du respect ! »

Bon, pour le pardon du peuple, les israélites devront fournir, au grand prêtre, deux boucs, dont un servira au sacrifice pour le péché, et un jeune bélier, pour l'holocauste.

« Et l'autre bouc ? »

« Tu verras ? »

« Aaron procédera au sacrifice du bouc pour Yaweh, ses fils, à l'holocauste ovin… »

« Comme le coq ? » (Tac)

« Hein ? »

« Mais si, le coq « ovin » ! » (Tic)

« Je le hache ? » (Josué)

« Laisse, on continue… Pour le bouc destiné à Azazel… »

« Qui ça ? » (Ithamar)

Jethro intervient : « Dans la religion que je servais, en terre de Madian, c'était un démon, une sous-divinité chargée d'emporter les défunts dont la pesée de l'âme penchait du mauvais côté… Pas très avenant, ce démon.

« Pourquoi on lui refile un bouc ? »

« Et comment on fait ? »

« Si vous me laissiez finir… Les prêtres poseront leurs mains sur son dos, ils diront les formules » appropriées, les péchés du peuple l’envahiront, il sera lâché dans le désert, où Azazel l’attend.

« On lui met tout sur le dos, quoi ? » (Sephora)

« Tu as tout compris, ma chère épouse… »

« Ça, ça va très bien marcher, suis sûre ! » Élisheba.

Tout sur nos amis
Zizi et foufoune !
Je vous donne déjà – la conclusion…
C'est caca boudin

Une fois de plus, Moïse attendit, assis, que tout le monde le fut aussi, dans le brouhaha décroissant – lentement – des conversations…

Lorsqu'il n'entendit plus que les bourdonnements des deux femmes, il toussota dans son poing : « Mesdames, s'il vous plaît ? »

Comment, Sophie… C'est ? Sexiste ? Non, c'est statistique, théorème de Krazuki :

« Si dans une assemblée de cent personnes qui tardent à s'asseoir, parce qu'elles discutent, il y a deux femmes, ces deux femmes seront les dernières assises. » »(note du narrateur)

« Je préviens, ça va être long et contrariant. »

« Passque, jusque-là, c'était… »

« Court et rigolo ? » (T et T)

« Joyeux ? (Ithamar) »

« Mouvementé, bastonnant grave ? » (Josué)

« Jethro ? Un peu d'ironie ? » (Moïse)

« ÔôôH, l'ironie fatigue les yeux des oiseaux… » (avec la voix de Gabin chantant « Je sais »)

(note du narrateur)

Rires cristallins des deux femmes, les seules à avoir compris la blague surréaliste…

Momo, sans se démonter : « Long, parce qu'une grande variété de situations seront citées.

Contrariant, parce qu'il y a des chances que nous nous reconnaissions, dans ces exemples,

et que le rouge de la honte se répande sur nos fronts ?

« On va causer cul ? »

« JOSUÉ ! On va *examiner, en détail*, les relations… physiques, certaines… interdites, car elles déplaisent à L'Éternel… »

« Ben… c'est ce qu'il a dit, on va causer cul, empalement philistin, charrette déjantée… » (Éléazar)

« Le morceau du boucher » (Tac)

« Le boucher du morceau… » (Tic)

« Le balancer du pendu… » (Tic)

« Quoi ? » (Josué… Moïse lève un sourcil intrigué)

« Ben, faut un pendu… » (Tac)

« Qui balance... » (Tic)

« Et… Faut sauter » (Tac, plié !)

« OOHH, les cons ! » (Josué)

Moïse se marre, en douce.

Les filles en pleurent (de rire), chacune sur l'épaule de l'autre.

« Ça doit fatiguer. » (Jethro sérieux comme un procureur.)

Moïse, cette fois, tousse pour de bon, et les filles sont déjà calmées (les statistiques, c'est pas l'évangile !).

Josué ronchonne.

Question : depuis l'Exode, ai-je écrit, une fois, « Josué sourit » ? (n du n)

« C'est pas pour vous presser, mais la piscine à vagues ferme tôt, il faudrait… »

« Quoi ? On a une piscine à vagues ? » (Éléazar)

« Yaweh, Ô Yaweh, qu'il est con ! Non ! Je veux qu'on s'active ! Silence et écoute attentive ! TOUS ? Et toutes, pardon les filles… » Yaweh dit :

« Tends l'oreille, Ô, Israël, Je suis Yaweh, l'unique, votre Dieu, entends mes commandements ! »

« Encore ! » (T et T)

« Oui encore ! » (Momo, en transe, mais pas sourd)… Rejetez les us…

« C'est quoi, les zusses ? » (anonyme)

« Les coutumes, les traditions, le mariage avec la sœur, les faux dieux, de l'Égypte, d'où Je vous ai libérés, délivrés de l'esclavage, ainsi que les pratiques des païens de Canaan que Je chasserai devant vous ! »

Appliquez, respectez, pratiquez, selon Mes règles !

« Il est monté en boucle ! » (Séphora)

« Kesstu racontes ? » (Elisheba)

« Sais pas, ça m'est venu comme ça ! »

Le Prophète, impassible :

« Voici ce que vous ne ferez pas : tu ne coucheras pas avec ta mère ni avec ton père ! Ni avec la femme de ton père… »

« Même si c'est pas ma mère ? »

« Même, Tac, tu déshonorerais ton père ? »

« Trop tard, mais on va arrêter, juré ! »

« Tu ne coucheras pas avec le mari de ta mère. »

« Même si c'est pas mon père ? »

« Même, tic, tu déshonorerais ta mère. »

« Mêmes réponses que Tac… Je sens venir la *GROSSE* liste de sacrifices du péché ! »

« Aaron, un forfait global, c'est possible ? »

« Ni avec le frère ou la sœur de ton père, ou de ta mère, car il y a un lien de sang. »

« Dommage, adieu tata Rachel ! » (Ithamar)

« Ah, bon ? Toi aussi ? » (Éléazar) « T'as raison, frère, elle est bonne ! »

Discrets et délicats, les vicaires de l'éternel ! (Note du narrateur)

« Tu ne dois pas coucher avec ta sœur, ou demi-sœur. »

« Bonjour pour choisir la meilleure moitié ! »

« En bref, tu ne dois pas attenter aux liens du sang ni à l'honneur ! »

« Heueu… Prophète ? »

« Je t'écoute ? »

« Une mère et sa fille ? »

« Liens du sang, ET honneur du père-mari… Tu t'abstiens ! »

« Je me branle ? »

« Lien du sang »

« ? »

« Avec toi même ! Verboten ! »

« Cékoiça ? »

« Je ne sais pas, mais je sais que TOUS les Hébreux le sauront, un jour… »

« ? »

« Je suis Prophète, ou bien ? »

« Question ? »

« Toi, Josué ? »

« Et pourquoi pas ? Un guerrier est forcément un con ? *CLICHÉ ! »* (pour Sophie : un mot équivalent)

« Ève est bien une part féminine, extraite d'Adam ? »

« ET ? »

« Comme lien du sang, ça se pose un peu là, non ? Attends, *TOUS les humains* descendent du couple premier ? »

« Tous… »

« Des filles et fils d'Adam et Eve ? »

« Abrège ! »

« Donc, liens du sang, depuis le début ? Dérogation pour initialisation du système ?

Je m'interroge, moi, le bourrin porte épée à un neurone… »

« Pardonne-moi si je t'ai blessé… Je ne peux te répondre… Les voies de Dieu… »

« Sont impénétrables, je sais ! Eh bien… pas le cul de mon cousin Abel, oui, Abel, comme l'autre… Pour finir… On est tous cousins, sur terre ? Tous pécheurs, pécheresses ? »

« Là, je peux répondre ! Après Babel, les humains se sont dispersés, d'accord ? Ont rejoint qui des forêts, qui des steppes, des montagnes, de côtes, du froid, du chaud, du sec, du trempé, etc. Environnements et climats ont érodé les liens n'en laissant que des traces, au fil du temps… »

« Maître ? (Ithamar) Jethro, il dit souvent : « L'obsession du détail est parfois, fatigante…

Chez mon gendre… J'ai souvent l'impression qu'il sodomise les hyménoptères… »

« Hein ? »

« Qu'il encule les mouches, Dugland ! »

« À propos de mouche : tu n'auras pas de rapports impurs avec les animaux ? AUCUN ! »

« Environnements… et climats… Je suis sceptique ! » marmonne Josué. Redevenu lui-même.

Un gros bourrin réac…

Fais pas si, fais pas ça
Air connu

Jethro, durant la courte pause, sirotant son jus de figue (sans alcool), fut intrigué par l'attitude quasi fébrile de Moïse…

« Un souci, mon gendre ? Je peux t'aider ? »

« Dans ce que je dois dire, là, à la reprise, il y a, certes des apports nouveaux, mais aussi pas mal de prescriptions déjà développées lors de la remise de Tables de LA LOI… Tu connais nos gugusses, ça va tourner chahut, vite fait, conseillères comprises… »

« Écoute, tu testes avec UN sujet déjà évoqué, et, si ça tourne au montreur d'ours, UN : Josué fait les gros yeux + gros coupe-choux, DEUX : moi, je fais le moralisateur gentillet. »

Après, tu ne pioches QUE dans du neuf ? Les milleniers, centeniers, dizeniers, bosseront les révisions !

« Pas con, beau papa ! »

« Merci, finement observé, sourit Jethro. »

[Là, l'humble narrateur se permet un petit apport personne l : j'ai essayé de dire « merci » en faisant un grand sourire, ça donne : « mverfi »… mais, je ne suis pas Jethro !]

« Je déclare la séance ouverte ! »

« Je suis Yaweh, votre unique Dieu, soyez saints, comme je suis saint, respectez père et mère, n'adorez ni les dieux fallacieux, ni les idoles de métal ? »

« C'est spéciale révision ? » (Tac)

« Y aura interro ? » (Tic)

« Ça comptera pour le badge « Fan de Yaweh ? » »

« Ah ! Non, pas toi, ma douce ! »

« Ta douce, Prophète, elle en a ras la frange ! Si on retourne en arrière, je démissionne ! »

« Pareil ! » (Elisheba, furax !)

« Là, tu reprends au début du début, on connaît, sauf qu'aujourd'hui, on est assises ! »

« On en a gros ! »

« *Très gros* ! »

« Ça va ! … Aaron ? Tes fils compileront le déjà vu, pour redistribution. »

« À ton service… »

« Voyons… du neuf, du neuf… Ah ! Là ! Quand tu moissonneras, tu laisseras une bordure d'épis, tout autour, pour le pauvre et pour le voyageur, *même* étranger. »

Pareil pour les grappes tombées de ta vigne.

[J'aime beaucoup le « *même* » ! N. du N.]

« Ouais, c'est très beau, mais tant qu'on a les miches ensablées ici, ça me surprendrait qu'on se gave de quatre quarts et qu'on se torche au gros rouge ! »

« Josué, pas d'aigreur ! »

« Pas de risque, on boit de l'eau et y a plus de gnôle de figue ! »

« Continuons… L'homme qui couchera avec une esclave, sans la racheter, ou qu'elle soit affranchie, sera puni, il devra un sacrifice à Yaweh ? »[rappel : Yaweh parle de LUI à la troisième personne. n d n]

« Quand vous serez en Canaan, si vous plantez un fruitier, trois ans il sera impur, mais, la quatrième année, vous pourrez manger ses fruits… Vous ne devez rien manger de sanglant, vous raser la tête, faire de la divination, de la magie, ni vous tatouer, ni…

« *STOOPEUH* ! »

« Quoi, Jethro ? »

« T'es sûr, Prophète, que L'Unique ne nous fait pas un coup de fatigue ? Un *GROS* ? Ou de Sirocco ? *PERSONNE* ne peut retenir un tel fatras, on dirait la trousse à maquillage d'une pute sacrée, centenaire et gâteuse, de mon ancienne religion ! Je m'inquiète pour SA santé ! »

« La santé d'un être éternel ? »

« À 929 ans, Adam se pensait immortel, à 930, il était mort ! »

« Mettons que Dieu compte sur la foi… Tu dois honneur aux cheveux blancs. Ne consulte pas de pythie…

« Parce qu'elle mange trop ? » (Tic)

« Hein ? »

« Ben oui, la Pythie vient en mangeant ! » (Tac, plié, avec toute la table !)

« Accueillez l'étranger comme un frère. Ne mens pas sur les poids, les volumes, les longueurs… »

« Sur la longueur, j'en connais ! » (Elisheba, ironique)

« Pareil ! » (Sephora)

« Yaweh proclame : Je vous ai affranchis des Égyptiens, respectez mes règles ! »

« On va ranger tout ça, avant, parce que là, sans intention vexatoire… C'est le boxon ! »

« Josué ! »

« Pardon Seigneur, langage de soldat ! On se refait pas ! »

Du rôle curatif de la peine de mort Dans le traitement de la récidive

« Cinq sabliers de pause… À l'eau ! Compris ? On est loin du bout ! »

« Du bout de qui ? » (Séphora s'étrangle, Jethro, faux cul, a la tête dans les mains, mais ses épaules tressautent…)

« Elisheba ! » Une femme de grand prêtre ! T'as pas honte ?

« Tant qu'il ne « le » montre pas, non… » (Séphora est par terre, Jethro est violet !)

« Si c'est comme ça, on reprend ! Fin de la pause ! »

« EEEEEHHH ! nous, on n'a rien fait ! »

« Ni rien dit ! »

« C'est pô jusse ! »

« Je dirais même plus : C'est pô jusse ! » (dans l'ordre : TIC, TAC, Ithamar, Éléazar)

Note de Yaweh : « Monsieur Ben Amram est plein de bonne volonté, mais a du mal à tenir sa classe : 10,5/20.

« Je vais faire mieux, Seigneur ! » TOUS ASSIS ! PAS BOUGER !

Vos réactions, assez… disons brouillonnes, m'ont fait passer assez vite, sur les questions relationnelles… eueuh… physiques…

« Moïse ? »

« Chochotte ! »

« Ça va pas, dans ta tête, Séphora ? »

« Tu peux pas dire le CUL, comme tout le monde ? La baise, la bête à deux dos, un clou, quatre gigots… »

« Yaweh va te foudroyer ! »

« TANT MIEUX ! Au moins, ma dernière sensation vaudra le coup, au moins ! »

« Sephora, enfin ? »

« Quoi, Sephora ? Depuis que tu es factotum, porte-voix, comptable du Nuageux, je peux pas dire que j'ai beaucoup dansé autour du mât ! On pourrait râper une bûche de chèvre de dix ans dans mon puits d'amour, tellement il est sec ! »

« On en reparle ce soir, laisse-moi finir mon travail, je t'en prie… »

« Suis trop bonne ! »

« Bon, on rattrape : tu ne dois pas connaître de femme pendant ses… eueueuh… »

« Ses ragnagnas, quand son bouffon saigne du nez, allez sors nous ta liste estampillée. »

« Mâle dominant, on est blindé ! »

« Seigneur ! Une à la fois, pas les deux ! Josué ! »

« Compte pas sur moi, Prophète, je me marre trop ! Je veux voir comment tu vas t en sortir ! »

« On en… »

« Reparle ce soir, avec ta femme ? »

« LÂ-CHEZ-MOI ! Je reprends… Donc ces jours-là, tu ne dois pas ! Épicétou ! »

Tu ne dois pas coucher avec un homme comme avec une femme ! GROOOOOS PÊCHÉ ! TRÈS !

« Ça, c'est pour un homme… Et une femme ? » (Elisheba, tout sourire)

« Comment ça, « Et une Femme ? »

« Beauf, un grand garçon comme toi ! Tu n'sais pas qu'il y a des femmes à femmes, des qui s'entretiennent la pelouse ? »

« Yaweh ne m'a rien dit de tel... »

« Ben voyons ! S'Il n'a rien dit, c'est permis ! T'as entendu, belle-sœur ? Pour les jours de jachère ? »

« Cinq sur cinq. »

« Ça va, mon gendre ? »

« Je gère, beau papa, je gère ! »

« Ouais… c'est… » (Tac)

« Impressionnant ! » (Tic, qui pouffe)

« Encore un effort, et… »

« Elles le remplacent ! »

« Pas loin ! » (Josué)

« Femme ou homme, pas de rapports intimes avec un animal ! »

« Ne sacrifiez pas d'enfants à Moloch, Baal, dieux des païens de Babylone, la grande prostituée ! »

« J'ai assez de travail avec les bœufs, chèvres, moutons, pigeons, tourterelles ! À bas les cadences infernales ! »

Ces horreurs sont, hélas courantes chez les peuples que je vais vous aider à chasser de ce qui sera Terre d'Israël ! Et je ne change pas pour avoir pire, ni même seulement pareil !

Écoutez, attentivement, très ! : Toute personne d'Israël qui fera UNE de ces choses haïssables, sera retranché du peuple élu.

« Chassé ? » (Jethro)

« Mise à mort ! » Sans appel.

« Enfin ! On se décide à stopper les risques de récidives ! C'est pas trop tôt ! »

(Josué, aux anges !)

En vrac
Pendant que j'y pense

La nuit de Moïse connut trois phases.

La première fut l'explication de hiéroglyphes prévue lors de l'assemblée du conseil.

Commencée façon « truite de Schubert » mezza voce, atteignant, très vite, les décibels agressifs du « hard métal », pour finir, réconciliation oblige, par « La chevauchée d'*une Walkyrie*, avec directives de rythme et de profondeur, très distinctes pour tout le premier cercle de tentes autour du Saint des Saints, dont ma préférée : « Tape dans l'fond ! J'suis pas ta mère ! », qui laissera surtout, inexplicablement, des traces dans l'inconscient québécois… Mystère, mystère !

Autant dire que le quota collectif de sommeil indispensable ne fut pas atteint…

Surtout du fait que, quitte à ne pas dormir… Il y eut, incontestablement, contagion…

C'est donc une troupe « molle du genou » qui gagna « piano-piano » la table du conseil.

Même Yaweh, dans son Tabernacle… Baillait !

C'est dire !

« 'seyez-vous, dit Momo, déjà lui-même assis, dos rond, en appui sur les coudes, le menton dans les paumes, les derniers cernes de reconnaissance se perdant dans sa barbe… comme les autres Jules, Josué compris…

Les deux nanas papotaient, cool ma poule, fraîches comme la brise de mer… »

« Mais, comment... » (Tac)

« Vous faites ? » (Tic)

« Mes pépères, qualité du projet concepteur, et précision du montage ! Conçues pour supporter l'accouchement, qui peut durer des heures. »

« Ouais ! C'est pas votre écouvillon à amphores de table qui va nous mettre à plat ! »

« Merci, Elisheba, de cet apport capital aux travaux de cette assemblée. Je reprends la main… Enfin, je vais essayer. »

Tu n'alourdiras pas le fardeau des vieux, des sourds, des aveugles, des bègues, bref, de tous les handicapés ! Crains ma colère !

Tu ne les moqueras point !

Tu ne consulteras pas les spirites, les voyants, mâles ou femelles, les magiciens, les faux prophètes…

« Les vrais auront une carte professionnelle ? » (Tic)

« Et syndicale ? » (Tac)

Haussement d'épaules du vrai (?) Prophète…

« Qu'Éléazar et Ithamar soient plus qu'attentifs, ce qui vient les concerne, eux et leurs successeurs. Vous ne devrez pas vous souiller en touchant les morts. Sauf ceux ayant un lien d'union, avec vous. »

Vous ne vous ferez pas de marques cicatricielles, votre corps m'appartient… La circoncision en est la marque.

Ni de tatouages, même raison.

« Trop tard, tous les guerriers, ayant combattu avec moi, en portent un. »

« Ah ouais ? » (Tic)

« C'est quoi, le dessin ? » (tac)

« Un cheval et une lance. »

« Super ! » (en chœur)

« Si je dérange, dites-le ! »

« … »

« Ils ne se raseront pas le crâne ni la barbe sur les côtés, ils n'épouseront pas une prostituée… »

« En niquer une, vivante, bien sûr, ça ne souille pas… ? Tu as dit : « pas les morts »… »

« Je demanderai, Éléazar. »

« Si la fille d'un prêtre se prostitue, elle souille son père. »

Elle sera brûlée par le feu. (sic, n du n)

« Sûr que par l'eau, c'est plus dur… »

« Josué ! Le respect ! Le Grand Prêtre, oint par l'huile sainte, prendra soin de son aspect, de ses cheveux, de sa tenue sacerdotale.

Une fois en terre de Canaan, il vivra dans le sanctuaire. Il n'en sortira pas.

Il ne pourra épouser qu'une vierge. Aucune autre femme. Une vierge de son peuple.

« Et pour les tatouages ? »

« Yaweh vous prend comme vous êtes. Vous n'en ferez pas d'autres. »

Bon, sur ce, je sais pas vous, mais moi, je me recouche !

SEUL !

« Ça tombe bien, ça me disait rien, c'est moi qui fais tout le boulot. » (Sephora)

Dans les dents !

Les fêtes de Yaweh…
C'est pas toujours la teuf de ouf !

« Yaweh, nous le savons tous, a œuvré six jours à sa création, donnant vie à l'être humain le sixième jour, se reposant le septième.

La première fête honorant la création ET le repos de Yaweh sera donc hebdomadaire.

Pour les siècles des siècles… *Aucune activité* ! AUCUNE… De l'extinction d'une chandelle le premier soir, *avant* le coucher du soleil, à la durée d'une prière d'Action de grâces, toujours la même, *après* le coucher du soleil, le lendemain. »

« Mon gendre, qu'en est-il des rapports intimes ? Peux-tu trancher ? »

« Si on tranche… » (Tac)

« Ça rend les rapports intimes… » (Tic)

« Compliqués ! » (En chœur !)

Moïse, résigné :

« Ça commence ! Bon, beau papa, Il a créé le couple au dernier jour ouvré, exact ? »

« Exact ! »

« En état de marche, exact ? »

« … »

« Eh bien, Yaweh m'a glissé, implicitement, que Sabbat et jouissance allaient, étaient… complémentaires… »

« OUOUAIAIS ! (tous les mecs), les filles se regardent en souriant… »

« À condition… d'être un couple marié ! »

« Beueueuh… ! » (Idem), les filles se marrent…

« Ne pleurez pas, hommes, Yaweh sera… compréhensif… Jusqu'à Canaan… »

« Pas de doute… » (Elisheba)

« Yaweh est un mâle ! » (Sephora)

« Les filles, n'imitez pas Tic et Tac ! Je vais droit au « burn out » ! (OUUIII, Sofi, un mot *hébreu* équivalent !)… Ça, c'est fait ! »

« La pâque… un-une volontaire ? Bien Aaron, bravo, on t'écoute ! »

« Quatorzième jour du premier mois, au crépuscule, célébration de notre sortie d'Égypte. »

« Bien, et… »

« Au quinzième jour de ce mois, donc, le lendemain. »

« J'aurais trouvé ça tout seul ! » (Josué)

« On n'interrompt pas l'orateur ! »

« Et à travers… »

« Éléazar ! Vingt pompes ! Josué, tu surveilles, et *toi non plus*, tu ne coupes personne ! »

« Sept jours, pain azyme, pas de travail pénible, sacrifices « top », quotidiens, à Yaweh ! »

« Je résume, hein ? »

« Le pain, sans le vin… » (tac)

« Ça fait des miettes. » (tic)

« Qui grattent la gorge ! »

« Et pas que… »

« Je vais en bouffer un ! Bon, la fête des premiers produits… »

« KéKcékça ? » (discrètement anonyme, les pompes, sans doute !)

« Ça sent la punition collective ! »

« Essaie, chéri, et je te la noue serré avec un fil à pêche ! »

« À la fin de la première moisson, en terre de Canaan, nous devrons porter une belle gerbe de nos produits au Pontife, pour une offrande à L'Éternel. Dès le lendemain du sabbat qui suivra la moisson. Vous répéterez ce rite tous les ans. Pendant sept semaines, vous répéterez cette offrande plus des sacrifices d'animaux, j'abrège, Aaron connaît, et c'est lui qui fait le taf. »

« Yaweh, avant Dieu Unique, il n'aurait pas fait une formation de percepteur ? »

« Pèse tes mots, Josué, Il ne montre pas les dents avant de mordre ! Et n'oubliez pas la part du pauvre et du voyageur… »

« Le premier jour du septième mois sera un jour de recueillement mémoriel, qui vous sera annoncé par des sonneries de trompettes. Repos complet obligatoire et sacrifices par le feu par le Pontife et ses assistants. »

Le dixième jour, de ce même mois, sera le Grand Pardon. Vous devrez jeûner, et pleurer sur vos péchés, sous peine d'être mis à mort !

Les prêtres feront tous les sacrifices par le feu prévus pour le rite de réconciliation.

Aucun travail ! Le quinzième jour de ce même mois sera le premier d'une série de sept, où vous offrirez des sacrifices de feu, en remerciement de l'aboutissement généreux de vos travaux, grâce à Yaweh. Le huitième sera jour d'assemblée, et soir de repas de fête !

« Sans blasphémer, dit Ithamar, prudent, c'est super, tout ça, structuré, et tout et tout, mais… d'un chiant… sérieux ! »

« Réfléchis, mon neveu… « Tout ça » nous apporte un dieu protecteur « maous costaud ». ET une terre, bien à nous ! »

« On l'a pas encore, la terre Tonton… Pas encore. »

« On n'a rien sans effort, fiston… »

Et, maintenant, une belle (?) Histoire De tonton Alex

Avant que la séance ne s'achève – non Théo, pas « de monsieur Seguin », mais elle est bonne –, Jethro interpella Moïse :

« Prophète, ces séances, qui honorent au plus haut point chacun – et chacune – des participants-pantes – créent un certain désordre dans nos familles. L'absence du père sème la confusion, quant au respect de l'auto… »

« L'absence du père ! Y s'touche, le Sage ! Il a fumé du papyrus des marais ! T'entends ça, Fofo ? (Fofo, c'est Séphora), *L'absence du père* ! Eh, le païen repenti ! C'est le manque de levrettes avec tes vestales qui te ronge le chou ? »

« Ou l'entre fesses des jeunes porteurs de torches ? » (Fofo)

« L'absence, dans une maison, c'est la *DÉFINITION DU MÂLE* ! »

« Zétiez pas absents, tous, là, quand vous preniez des coups de latte au derche, au cul des charrues égyptiennes ? »

« Eueuh… Moi, j'étais pas en Égypte… »

« Raison de plus pour que tu fasses le presse-purée ! »

« ? »

« ÉÉÉCRAAASEUH ! Enfonce-toi la tronche dans le sable ! Finis ta soupe ! Ronge-toi les ongles jusqu'à l'épiphyse proximale de l'ulna, autrement dit l'olécrane, autrement dit le coude ! Braille Elisheba (qui a fait un master en anatomie comparée)…

« Et nettoie la table, après ! Rajoute Fofo…

« Constatant que les nerfs lâchent, intervint le patron, qui se voyait déjà avec un steak haché de Madianite tartiné sur la toile de la tente du conseil, comme le Sabbat – oui, Aaron, je sais, toi, tu dis Shabbat', va pour shabbat', c'est toi le grand prêtre, pas vrai ? Alors, va pour Shabbat' ! Je vous donne un jour de congé !

Dont votre humble serviteur va profiter pour vous raconter une histoire, qui vous sortira, un chouïa, de la litanie des règlements du « Proviseur Divin ».

OH, OUIIIIIIIIIII ! UNE HISTOIOIOIREUH ! (la foule)

Il y avait, parmi les israélites, un homme, fils d'une israélite, et… d'un Égyptien !

SI, NADINE ! ÉPICÉMOIKIRACONTE, OU PAS ?

Bon ! De toute façon, dans un récit d'une telle rigueur scientifico-logique, *tout* peut arriver ! Un jour, pour une obscure histoire de galettes de manne mal partagées, une baston vocale du niveau d'un concert d'ACDC sous acide fit péter des tympans à cent coudées à la ronde !

Au cœur de la tornade phonique, ce fruit contre nature (d'après les Hébreux « de souche) blasphéma contre LE NOM !

Un profond et immédiat silence tomba sur la foule.

Comme une enclume du haut de la tour de Pise…

Pourquoi la tour de Pise ? Parce que !

En un rien de temps, les gardes de Josué le saisirent, un à chaque membre, le transportèrent devant Moïse, à la porte de sa tente familiale, où il était en train de se couper les ongles… des pieds en se contorsionnant.

Prophète ou pas, tes ongles ne te demandent, jamais, l'autorisation de pousser.

Grande aura, détails vulgaires.

Moïse entra sans tarder en communication avec l'Éternel. (Non, Théo, pas « Allo, Houston ! »)

Qui, n'étant pas sur répondeur… répondit. (C'est assez oxymoral à dire…)

« Fais sortir du camp celui qui a souillé mon nom. Que tous ceux qui l'ont entendu lui posent la main sur la tête, tour à tour.

Puis que tous le lapident. »

Chacun comprendra qu'on ne peut insulter Yaweh, sans en perdre la vie, israélite ou étranger, ou concentré des deux !

« Il en sera fait ainsi, Seigneur ! »

Momo délégua l'exécution à Josué et reprit ses travaux de jardinage d'orteils…

Le chef de guerre ajouta une « touche perso » :

« Que chaque Hébreu prenne une pierre, pas plus grosse qu'un œuf de caille. »

« Mais, chef, il va mettre huit jours à crever ! »

« Justement ! S'il le faut, on fera plusieurs passages… »

Zélé, le Josué !

Un shabbat' XXL
Mode d'emploi

Les deux jours sans séance avaient fait un bien fou à tout le conseil.

Le match entre le Madianite et les deux filles d'Israël, gagné, à l'unanimité des juges, par les belles-sœurs, la lapidation du malotru, Josué s'étant finalement résolu à oublier l'œuf de caille pour l'œuf de poule… Le côté convivial et interactif, compétitif (pierre au torse, dix points, à la tête, trente, un œil, cent… Jambes et bras, un) avait détendu la quasi-totalité des membres…

Quasi… car Jethro, si sage qu'il fût, boudait.

« Aujourd'hui, sûr, ça va vous plaire… Par ma voix, Yaweh va vous parler de notre entrée en terre de Canaan ! »

« Faudrait d'abord qu'on coupe les racines qui nous montent jusqu'au trou de lance, depuis le temps qu'on est plantés là ! (Josué, immédiatement redevenu « Shtroumpf grognon. »

Je sais, Sophie… un mot hébreu équivalent !)

« Quand, enfin, vous serez entrés en terre de lait et de miel, Canaan la promise, la terre observera un Shabbat' pour Yaweh. »

« T'as capté, toi ? » (Ithamar)

« Que tchi, pas une broque frérot ! (Sophie), en pleine crise d'anachronicophobie, est placée en réanimation. »

« Prophète vénéré. » (Tic)

« Peux-tu nous éclairer ? » (Tac)

« Le Shabbat', tout le monde « capte » ? »

« … (hochements de têtes, clairement positifs) »

« Six jours, on bosse, on s'active… »

« Un jour, on glande… »

« Ou on baise ! »

« Trivial… Mais exact. »

« Et… »

« Le rite que vous respectez, pour les jours de la semaine, vous l'appliquerez à la terre, en années… »

« Développe, fiston, j'ai compris… mais il y a des femmes ici, pas sûr qu'elles aient percuté ! »

« Il a un malaise, le ratichon multicartes ? » (Lili)

« Il veut qu'on le remette minable ? » (Fofo)

« Les couilles, ça fait pas tout, si elles gardent les neurones ! »

« Il va voir qui c'est Lili ! »

« Du calme, les filles… Beau papa, on range la provoc, le mouchoir par-dessus. Merci ! »

« Précaution n'étant jamais superflue, je développe. *Pour tout le monde*, vu ? Bon. Dès l'entrée en terre promise, vous travaillerez la terre : céréales, vigne, fruitiers, et tous produits de la terre. Six années durant, vous travaillerez, taillerez, récolterez… Mais… »

« Ça va, on a compris, la septième, jachère totale ! Année de Shabbat', j'ai bon ? »

« Parfaitement, Josué… Mais on dira « Année shabbatique. À propos, Aaron, « Shabbat », sha va, mais « shabbatique », sha me fait bizarre… On verra… »

« Et, on va becter quoi, les années shabbatiques ? »

« Homme de peu de foi, cher guerrier, et surtout, de peu de mémoire ! Que te reste-t-il de ma première leçon de shabbat' ? Que s'est-il passé, la veille du premier Shabbat' ? Hein ? »

« Aaaaah, oui ! Double récolte de manne ! »

« Voioilààààà ! Donc ? Elisheba ? »

« La sixième année, double récolte, de TOUT ! »

« Parfait ! De plus, si, la septième année vous ne pouvez labourer, tailler, moissonner, vendanger la vigne non taillée, il vous sera permis de consommer ce qui viendra naturellement de la terre. Végétal et animal… Des questions ? »

« Traire, manger nos bêtes ? »

« Vous ne mangerez pas celles de l'année. Pour le lait, est-ce que vous faites pousser l'herbe des prés ? Non. Alors, prenez le lait. Et faites-en ce que bon vous semblera. »

Vous compterez sept fois sept années shabbatiques, ce qui fera quarante-neuf ans.

« Balèze, Yaweh, en arithmétique ! » (Tac)

« Y a du niveau ! » (Tic)

« La cinquantième sera le Jubilé, le Shabbat des Shabbats. L'année du retour au berceau chaque famille, où qu'elle soit en Canaan, à ce moment-là, l'année de remise à zéro des comptes.

Les prêtres de toutes les régions de votre terre vous donneront la marche à suivre.

Ceci, dès le premier jubilé, car le peuple d'Israël en Canaan aura, déjà, une histoire.

La prochaine séance du conseil, L'Éternel, par ma voix, établira une ultime fois, le pacte d'alliance qui nous liera à lui pour les siècles des siècles. »

LE DÉPART EST PROCHE !

« Eh ben, c'est pas dommage ! »

« Josué, quand je fais dans le solennel, tu es prié de suivre ! »

« Eh ben, c'est pas dommage, Ô Prophète ! Ça va ? »

Moïse, désabusé : « Faudra faire avec ! »

Une proposition que vous ne pourrez pas refuser « Don » Yaweh

« Apprenez, retenez, transmettez !

Depuis la construction du Tabernacle, de l'enclos sacré, depuis la première ouverture de séance de ce conseil, vous *savez* que ces trois actions concernant les prescriptions de Yaweh sont, et resteront, jusqu'au jour du Jugement, le socle et le liant du peuple élu de l'Éternel.

Vous, membres du conseil, avez appris.

Vous retiendrez.

Vous transmettrez.

À ceux que vous aurez choisis, *pour qu'ils transmettent.*

Ainsi, les préceptes de Yaweh envahiront les âmes et les cœurs du peuple entier, de génération en génération, jusqu'à la consommation des siècles dévolus à l'humanité.

La connaissance des lois vous fera obligation de les observer avec assiduité, vous vous y attacherez scrupuleusement.

Alors, les épées de vos ennemis vous seront indifférentes, car vous les chasserez devant vous, dans le souffle de Yaweh.

Vous moissonnerez en paix, jusqu'aux vendanges de vos vignes, que suivront des semailles porteuses de récoltes abondantes !

Vous vous coucherez sans craindre les cauchemars, et vous lèverez pleins de foi, d'énergie et d'espoir…

MAIS !

Revenez aux cultes idolâtres, rejetez les commandements des Tables de la loi, adonnez-vous à la débauche sous toutes ses formes, jurez le Saint Nom, humiliez père ou mère, et vous regretterez le fouet de l'Égyptien ! Vous trouverez les plaies que je leur ai envoyées très bénignes auprès de celles que je *vous* enverrai !

Ainsi me parla Yaweh.

J'ai appris, retenu, je vous ai transmis.

À vous, maintenant.

« Hé bé ! » (Tic)

« Y a bon discours, comme disent les Nubiens ! » (Tac) !

« J'ai failli en pleurer ! » (Éléazar)

« Chochottes ! » (Josué, incurable…)

Livre IV
Nombres

Organisation de la préparation de l'organisation de la préparation d'un possible voire probable, départ éventuel[27]

Moïse dispersa le conseil des lois du peuple d'Israël.

Et…

Il ne se passa rien.

Jusqu'au deuxième Shabbat' suivant.

Shabbat', Théo, pas « chat bite » ! Je ne me serais pas permis ! ET… Et, je te rappelle que ta mère est présente !

Le lendemain de ce Shabbat', disais-je, le Prophète s'en fut directement à la tente du Saint des Saints sous l'œil interrogatif d'anciens membres dudit conseil glandant avec une louable application.

Tous mâles.

Car, en fin de compte, il s'était bien passé quelque chose.

Les belles-sœurs étaient redevenues ménagères, couveuses et repos du guerrier, même si le mot est flatteur, Josué excepté, pour les hommes du conseil.

Commentaire de Josué : » Quand tout est à sa place, ça baigne. »

Jethro : « C'est pas faux. »

---

[27]Cf : Voir l'ouvrage « Hébroïtude et langue d'acacia », Yaweh éditions.

Josué, c'est sa nature, Jethro est rancunier.

Tous les autres ? Faux culs… mais certainement approbatifs.

LE consensus !

Ils attendirent…

Un sacré (normal !) bon bout de moment !

(Admirez la précision nano moléculaire de l'estimation temporelle !)

« J'ai de bonnes nouvelles ! »

« Meilleures que les greluches remises à leur place ? M'étonnerait ! » (Immuable Josué !)

« Pas mieux ! » (Jethro, gynophile repenti)

« Je vous laisse juges : Yaweh, béni soit son saint nom, m'ordonne d'organiser la préparation… »

« D'un plat de cailles aux raisins, sans caille et sans raisin ? »

« Josué, tu frises le blasphème ! »

« Tant mieux, il était tout raide ! »

« Trêve de bêtises… Non, de préparer… le *départ pour Canaan* ! »

« Sans dèc ? (Jethro, qui baisse beaucoup, côté « classieux » !) »

(Qui bai*ss*e, Théo, deux s ! – n du n –)

« Tu reprends les belles-sœurs ? »

« Non, Mishaël et Eltsaphane les remplacent. »

« Et on commence ? »

« Dès que Tic et Tac les auront ramenés, allons à la tente du conseil. »

Ainsi parla le Prophète.

Ainsi fut-il. (Oui, encore !)

Béséléel et Ooliab (pour que vous ne finissiez pas par oublier qui sont Tic et Tac) ramenèrent les neveux d'Aaron, plus anxieux, si ce n'est rétifs, qu'enthousiastes.

« C'est quoi qu'on a fait ? » (Eltsaphane)

« Ouech, frère, la honte, comment tu causes, sérieux ! » (Mishaël) (Non, Kevin, pas Shumacher !)

« Rien de mal, soyez tranquilles, vous venez d'être nommés, à l'unanimité de moi-même, guide d'Israël et porte-parole de Yaweh, membres titulaires du conseil des dix.

« Sérieux ? » (en chœur)

« Très sérieux ! »

« On peut refuser ? » (M)

« Essayez… »

« Non, non… Ça marche. » (El)

« Sage décision. »

« Le Prophète installa le nouveau conseil et ouvrit la séance. »

Après avoir rappelé les belles-sœurs à leur poste « naturel » : assurer l'intendance au service des dix sages… mâles.

Définition pratique du principe, divin, de normalité.

Organisation de… etc.
II
Le recensement

« En ce premier jour du deuxième mois de la deuxième année depuis notre premier pas hors d'Égypte, je commencerai par remercier Mishaël et Eltsaphane d'avoir montré un enthousiasme aussi remarquable, à l'idée de rejoindre notre conseil. »

Les deux impétrants récents piquèrent un fard maous, genre « framboise compotée », mais ne pipèrent mot…

« Là, il se… » (Tac)

« Fout de vous ! » (Tic)

« Heureusement que vous… » (Mish)

« Êtes là.. ». (Elts)

« On aurait pas… » (Mish)

« Compris tout seuls ! » (Elts)

« Meeeerrde, deux « échos » de plus ! » (Josué)

« La chance ! » (Jethro, abattu)

« Je m'interroge sur mon flair… » (Momo)

« Passons… au travail… En vue de la mise en mouvement vers Canaan la Promise, Yaweh veut que nous procédions au recensement, tribu par tribu, de tous les fils d'Israël, ayant passé leurs vingt ans, et aptes au combat. Un recensement exhaustif et précis ! »

Répartissez-vous le travail. Le chef de chaque tribu sera responsable du recensement de sa tribu, il sera assisté des chefs de famille, et de groupes de familles.

Je suis conscient que c'est une très lourde tâche… Que, vu la précision exigée par l'Éternel, elle demande du temps.

Vous avez dix crépuscules du matin et dix crépuscules du soir pour me présenter vos résultats.

« Pourquoi qu'y dit pas : Vous avez dix jours ? Ça serait plus clair… » (Elts)

« On voit que tu es nouveau, toi… ça ferait moins « Prophète » ! »

« Aptes au combat… Yaweh prévoit du shproum ? » (Mish)

Aaron s'en mêle, condescendant :

« D'où tu sors ? Es-tu bien sûr d'être Hébreu de souche ? Tu es à un cheveu du blasphème ! Yaweh ne « prévoit » pas… Il sait ! D'autre part, on débarque pour leur piquer leur terre, leurs biens, leur bétail, sans parler du cul de leurs femmes, tu crois qu'ils vont dessiner des licornes à deux bosses ?

« La parlotte, c'est *déjà* de l'obstruction aux ordres divins ! Allez, et soyez productifs ! »

Moïse, majestueux !

Dix jours passèrent.

Les conseillers se présentèrent devant le Prophète.

Jethro, redevenu « le sage », depuis qu'il n'avait plus à affronter Sephora et/ou Elisheba, endossa le rôle de porte-parole :

« Mon gendre… »

« NON ! »

« ? »

« Nous sommes en séance officielle, « Prophète » serait plus séant, en séance, ne crois-tu pas, vénéré père de mon épouse ?

« Je crois surtout que ta grosse tête ne passe plus dans les entrées de tentes sans faire tomber les piquets ! Mais, je m'incline, Prophète !

« Entrons, et mettons-nous au travail. »

Ainsi fut-il. (Je sais, Sophie, c'est lassant, mais j'aime le son de cette locution.).

Les membres du conseil, assis, bras croisés, patientèrent dans un silence moyennement serein, la fin de la consultation, par leur DRH, des rouleaux de papyrus et autres tablettes d'argile…

Ce qui prit un certain temps… Voire un temps certain.

« Eh bien… C'est de la belle ouvrage ! »

« Keskidi ? » (Elts)

« Ydi, comme tu dis, ignare, qu'on a fait un taf de ouf ! Du bon boulot ! » (Tac)

« Je valide. » (Tic)

Le soupir de soulagement collectif souleva les papyrus ! Pas les tablettes, faut rester crédible…

« Maintenant, que fait-on de tout ça, *Prophète* ? »

« Range l'ironie, beau-père… »

Je vous explique tout demain, une journée de congé vous fera l'esprit clair.

Organisation de… etc.
III
Ordre de camp, ordre de marche

« Lorsque l'Éternel jugera que nous sommes prêts, la nuée enveloppera le Tabernacle Saint et s'élèvera au-dessus. Comme vous le savez, ce sera le signal du départ pour la terre où coule le lait et le miel.

« Et où nous attend, sans même s'en douter, un bon gros bloc de païens sanguinaires, sûrement pas décidés à nous donner la ferme et le cheptel de vaches ! On va devoir tailler dans la viande, et en laisser de la nôtre par terre !

« Certainement, Josué ! Tu as parfaitement raison. C'est pourquoi nous faisons ce que nous faisons : Donner une armée structurée au peuple de Yaweh.

« Keskidi ? »

« Dis-moi, Mishaël, il va nous la faire souvent, celle-là ? » (Jethro)

« Papa l'a bercé trop près du mur, tout petit… C'est p'têt' ça… »

« Pas de souci, plus con qu'Aaron, faut chercher, et le voilà grand prêtre ! Et tu sais quoi ? »

« Quoi ? »

« Depuis il est moins con ! La fonction crée l'organe ! »

« Méfie-toi, Josué, tu vas finir intellectuel ! Tu évolues ! sourit Moïse. »

« Oui, mais un intellectuel qui marche ! Nuance ! »

« Je t'explique : une armée structurée, est bien organisée, hiérarchisée (avec des chefs, tu comprends ?), qui suit les ordres, entraînée… Qui fonctionne, quoi ! »

« Ne t'en fais pas, Mishaël, grâce à sa question, tout le monde a compris ! Ils devraient te remercier ! Pas vrai, frérot ? » (Moïse peut être taquin !)

Aaron sourit jaunâtre…

« En tout cas, je vous renouvelle mes compliments, si, si, on va pouvoir faire passer aux chefs de clans, un projet d'organisation sans bavure ! »

« On y va. Il y aura quatre groupes de trois tribus. Ce qui fait ? »

« Douze tribus ! » (Elts)

« Dis, en calcul, c'est mieux ! » (Jethro, baba)

« Tu parles, tu renverses une salière, il te dit illico, combien y a de grains sur la table ! »

« HEIN ? »

« ET, combien il en reste DANS le pot ! »

« Noooooooooon ? »

« Non, là, je déconne ! »

« C'est fini ? On peut travailler ? » Moïse s'agace…

« Les divisions s'installeront, pour le campement, autour du Tabernacle. Selon les points de l'horizon solaire. Les ouvertures des tentes tournées vers Lui. *TOUJOURS ! »*

À l'est, la division de Juda, composée des tribus de :

Juda,

Issachar,

Zabulon.

Soit un bloc de : 186 400 combattants.

À chaque lever de camp, ils partiront les premiers. Toujours.

Au sud, la division de Ruben comprendra :

La tribu de Ruben,

de Siméon,

de Gad.

Soit : 151 450 combattants.

Ils lèveront le camp les deuxièmes… Quand on déplacera la tente Sacrée, Les Lévites s'installeront autour d'elle, au milieu des autres camps. Il en sera de même en mouvement.

Seuls, ils pourront toucher aux objets liés à la tente du Témoignage. Ils seront ses servants.

EUX SEULS ! Hébreu ou étranger, tout non-Lévite qui touchera *quoi que ce soit* du Saint des Saints, sera mis à mort !

« Les postillons, ça compte ? » (Elts)

Moïse, chuchotant : « Ô Yaweh, pour les truffes, tu m'as donné un flair de cochon paria ! »

(Si, Nadine, dans *MA* Bible, y a des truffes ! (N du n))

« Y pourrait répondre, c'est pas poli ! »

« T'as oublié, les deux saucisses cramées qu'on a sorties du parvis ? » (Mish)

« Sûrement pas ! »

« Tu veux finir charbon foncé, toi aussi ? »

« Pas question ! »

« Alors… BOUCLE-LA ! »

« Écoute ton frère, grinça Moïse, avec un sourire carnassier ! J'aimerais aller au bout de mon propos… »

Un temps… « Bon… À l'ouest, au couchant, sera la division d'Ephraïm :

Tribu d'Ephraïm,

de Manassé,
de Benjamin.
Soit 108 100 combattants.
Ils lèveront le camp en troisièmes.
Enfin, au nord, la division de Dan :
Tribu de Dan,
d'Aser,
de Nephtali.
Soit 157 600 combattants.
Ils lèveront le camp les derniers.

Plus les Lévites pour lesquels, Il n'a pas voulu de recensement militaire…

Un total de 603 550 combattants enregistrés !

Interruption spéciale !

1– Quatre décomptes, quatre terminés par zéro ! Pas de 201, 184, etc. des comptes ronds !

Y a pas, Il est fort !

2– La population masculine *combattante* du peuple élu, sans les femmes, les vieux, les mouflets, les handicapés, représente plus de monde que la grande armée du Corse entrant en Russie, en 1812, bordels de campagne compris.

Moi je veux bien, mais… j'ai des doutes !

Fin d'interruption spéciale

« Chacun a bien compris ? Installation, lever de camp, resteront immuables ! Des questions ? »

« Moi, j'en ai une. » (Elts)

« C'est : Keskidi ? » (Josué à peine moqueur…)

« Non, c'est autre chose. »

« Parle, Eltsaphane, ignore ce cruel lourdaud ! »

« Jacob-Israël a bien eu douze fils ? Juste ? »

« Continue… »

« Nous avons quatre divisions de trois tribus ? »

« C'est ça… »

« Alors… Ça fait treize. Les Lévites sont bien une tribu, non ? »

« C'est quoi ce phénomène ? Y pige pas les mots de trois syllabes, et là y nous sort un discours et trouve un truc que j'avais pas vu ! »

« Je te l'ai dit, Josué, dès qu'il s'agit de chiffres, il se transforme ! »

« Prenez-en de la graine, les autres ! Notre « Keskidi » a repéré quelque chose qui avait échappé à tous ! Même à Jethro le sage ! En effet, Joseph, le fils de Jacob qui fut vice-roi d'Égypte, a eu deux fils, Manassé et Ephraïm. Lorsque Jacob rejoignit Joseph en terre du Nil, il bénit Ephraïm de la main droite, et Manassé de la main gauche, faisant ainsi du cadet l'héritier de Joseph, et le chef de sa tribu.

Joseph, sur son lit de mort, partagea sa tribu en deux parties. Il en confia une à Manassé. »

Créant, de fait, une treizième tribu…

Les Lévites sont une tribu, seulement, ils sont voués au service exclusif de L'Éternel, à travers celui du Saint des Saints.

« Merci prophète. »

« Josué, si tu manies l'ironie méprisante, quand tu t'aperçois que tu parles à un miroir, c'est trop tard… Rumine ça… »

Organisation ? etc.
IV
Lévites… l'élite ?

Le jour suivant, il n'y eut pas de conseil.

Pas sous sa forme habituelle.

Mais il y avait une assemblée sous la tente du conseil. Convoquée par le Prophète.

Étaient présents : Moïse, Aaron, Éléazar, Ithamar, Eliassaf, Elizafan, Zouriel. Ces trois hommes (évidemment !) avaient un lien entre eux et avec Momo, son frère, et ses neveux.

Ils étaient de « la maison de Lévi », fils d'Israël qui fut Jacob.

Des Lévites, comme le Prophète et le Grand Prêtre de Yaweh.

Plus encore, de ces Lévites qui massacrèrent trois mille Hébreux coupables d'avoir renié Yaweh, pour se vouer au Veau d'or.

Ce qui déclencha une rage terrifiante chez le Prophète !

On peut parler d'un double lien du sang.

Ils étaient, chacun, chef d'un groupe de familles :

Eliassaf, des Guershonites, descendants du premier fils de Lévi, Guershon. Elizafan, des Kehatitess, issus de Kehat deuxième fils.

Zouriel, des Mérarites, issus de Mérari, troisième Fils.

Une fois tout le monde assis, le Prophète prit la parole :

« Ici, ce jour, en ce lieu, nous avons un lien indéfectible, inaltérable.

Nous sommes les Lévites, issus de Lévi, fils de Joseph « l'Égyptien », lui-même fils d'Israël qui fut Jacob.

Les Lévites, vous l'avez remarqué, n'ont pas été recensés pour l'armée d'Israël.

Une tâche sacrée leur est exclusivement réservée, au point que tout non-Lévite qui tenterait de s'en mêler devra être mis à mort.

Les Lévites seront les auxiliaires des prêtres, les serviteurs du Saint des Saints !

Les trois chefs de groupes de familles que vous êtes seront oints et consacrés à cette sainte et noble servitude, par le Grand Prêtre.

À travers vous, tout homme que vous désignerez sera considéré, lui aussi, comme consacré… Attention, cela vous permettra une circulation dans l'enclos du Tabernacle.

Dans l'enclos seulement ! En aucun cas dans le Saint des Saints. Sous peine de mort !

Sauf demande expresse du Grand prêtre.

Même en ce cas, vous ne toucherez *Jamais un objet du culte* ! Comme l'arche ou le chandelier. Même sentence.

« Va falloir faire « sacrément » gaffe ! », soupira Elizafan.

« Exactement, Elizafan. D'autant que c'est ton groupe, les Kéhatites, qui sera responsable du chargement, du voyage, du déchargement des objets sacrés. Qu'Éléazar, premier prêtre assistant d'Aaron aura enveloppés dans des tentures, pour que vous puissiez les manipuler. »

« Éléazar… fait bien les choses ! », rigola le Kéhatite en chef.

« Et allez donc, encore un humoriste ! » se résigna Moïse.

Qui poursuivit : « Les Guershonites, Eliassaf, auront la charge de tout le textile de la tente sacrée, des cordages de tension, au démontage du départ, durant le transport, et à la réinstallation. Ainsi que des toiles de clôture. Des questions ?

« Tant qu'il n'est pas question de lessive… Non, Prophète ! »

« Les Mérarites, eux, seront responsables du « dur » : charpente, panneaux de bois, colonnes, mâts, piquets. Des questions ?

« Tout le lourd, chiant à déplacer… Le coup de bol, quoi ! Mais ça ira. »

« Et encore un râleur ! »

« Ho ! Prophète, du moment qu'on fait le boulot, hein ! »

« Et limite irrespectueux ! Le kit complet ! »

Respire un coup, So, t'es toute pâle… D'accord, un mot hébreu équivalent à kit !

« Les Guershonites camperont à l'ouest, les Kéhatites au sud, les Mérarites au nord. En camp fixe, comme en bivouac. À l'est seront les familles d'Aaron, des fils d'Aaron, et la mienne. »

« Qu'il en soit fait ainsi, selon la volonté de Yaweh, béni soit son nom ! »

Téléthon tabernaculaire
Le don est sacré et… un poil obligatoire

Le conseil des dix, « classique », avait repris possession de la tente de « brain storming ».

(Un anxiolytique pour So, merci.)

Et, détail, apparemment seulement, Les dix étaient assis… Même Moïse.

Signe de passage à une discussion quasi égalitaire, quasi, car il y a, quand même un guide suprême, un grand pontife, et deux sous pontifes, la crème des autorités religieuses d'un peuple en voie de développement !

OU… Signe que Moïse a des varices taquines.

Le Prophète est assis au « haut » bout de la tablée, celui qui ne tourne pas le dos à la porte, car, déjà, en ces temps à peine post diluviens, on avait intégré qu'en cas d'attaque-surprise, la personne assise au « bas » bout était la première à mourir. La règle était donc : le Patron fait face à la porte.

Demandez à Doc Holliday. Oui, Mimi, cinéphile, le narrateur !

« Je n'irai pas par quatre chemins… »

« Tant mieux, ça sera plus court ! » (Tac)

« Josué, le prochain, tu lui coupes le petit doigt ! Le premier qui n'a plus ni doigts ni orteils a gagné ! Bon, la consécration des prêtres, c'est fait, même s'il y a eu un malheureux incident, qui a diminué la population sacerdotale de premier échelon de moitié. »

Yaweh n'ayant pas dit « on remplace », on ne remplace pas.

Maintenant, toutes les tribus d'Israël se doivent de faire allégeance, voire soumission *totale* à Yaweh l'Unique et Éternel.

Le Tabernacle est achevé, l'enclos est achevé, les prêtres et moi les avons consacrés.

Je propose, *fermement*, qu'ait lieu une cérémonie d'inauguration, de ce saint lieu, symbole de l'unité de notre peuple, libéré, délivré !

« Fermement… En Prophète courant, signifie : « Je dis, vous faites ! » ? » (Jethro)

« Bravo, beau papa ! »

Tic lève un index inquiet :

« Je peux dire un truc et garder mes doigts ? »

« Dis toujours… »

« J'aime mieux quand tu es debout ! »

« Pourq… Aaaaah ! Vous avez cru que vous pouviez ergoter, discutailler, contredire… Parce que je suis assis ? Comme vous ? »

« Bin oui… »

« Eh ben non ! Ce sont mes foutues varices ! »

Le Guide devait être soulagé de ses lourdeurs de jambes, car il se leva, l'ancien bègue se sentant plus à l'aise debout, torse bombé, gestuelle large, que replié sur une chaise.

Je suis sûr que chacun se souvient que c'était un athlète, chacun, sauf le contremaître égyptien, qu'il trucida d'un seul coup de poing alors qu'il fouettait des ouvriers hébreux.

Un mort, bizarrement, présente très vite des troubles de la mémoire…

« Varices ou pas, je pourrais encore sandaler le fondement des inattentifs ! Et les confier à Josué pour une manucure gratuite ! »

Je sais que tout le peuple a constaté que seuls les Lévites ont œuvré à l'édification du Tabernacle et de son parvis, comme il a (le peuple) remarqué que le recensement pour l'armée ne les concernait pas. Non qu'ils soient ignorants en matière d'armes, trois mille renégats adorateurs d'idoles, pourraient en témoigner, s'ils n'avaient, et pour les mêmes raisons que le tortionnaire égyptien, eux aussi des difficultés mémorielles.

Non.

Les Lévites n'ont qu'une tâche : servir Yaweh, en veillant sur la Tente de la Rencontre, son montage, lors des étapes, son démontage, lors des départs, le chargement et déchargement, le transport de tout ce qui constitue ce symbole de notre foi et de l'unité du peuple élu par l'Éternel.

« Ce n'est pas pour mettre mal à l'aise ta modestie légendaire, mon gendre, mais j'ai failli applaudir ! Si, si ! Quelle magnifique évolution dans l'art de construire un discours ! Pas vrai, vous autres ? »

Brouhaha approbateur à forte tonalité laudative… En hébreu familier, chœur de lèche-cul…

« Ouais, moi je préfère quand tu parles de coups de pied au cul… » (Josué)

« Je charge tous les présents d'informer les chefs de tribu des consignes suivantes : le lendemain du prochain Shabbat', ils se présenteront à l'entrée du parvis avec six chariots et douze bœufs, soit un chariot pour deux tribus, et un bœuf par tribu. C'est une chose d'avoir édifié le Saint des Saints, encore faut-il pouvoir le déplacer aisément entre deux étapes… Ça, c'est donc pour le service du Tabernacle. »

« Nous, à Madian, on appelait ça un impôt en nature… »

« Mauvais esprit, beau papa, gare aux doigts ! »

« En tout cas, j'ai tout compris, c'est une contribution populaire au service d'un symbole allégorique collectif, non ? » (Eltsaphane)

Ébahissement général !

« Heueu… Il a… » (tic)

« Pris des trucs… » (Tac)

« Non, ça arrive… d'après Sigmun ben Amram, il souffre de « connerie » à éclipses aléatoires, ensuite, il ajoute : « ça fait 150 sicles ! » »

(L'ancêtre du shekel israélien, Nadine ! Et, non Kevin, pas le shekel à poil dur ! C'est fini, oui, ou bien ?)

« Bravo, Eltsafane, tu es un modèle de morale civique ! »

« Keskidi ? »

« Ça y est, il est rebarré ! » (Josué)

« Ne nous laissons pas distraire ! Je poursuis. »

« Qui ? » (Tac)

« Déjà faite, celle-là ! » (Jethro)

« Voici le Tabernacle doté de moyens… Ensuite, chaque jour, un chef de tribu et ses proches collaborateurs viendront déposer des offrandes devant le rideau, sur le parvis. Dans le but de constituer un trésor de guerre, et de prévoir les futurs sacrifices et oblations propitiatoires… »

« Keskidi ? »

« Y dit que tu vas perdre un doigt ! »

« Non, il a dit… Ah, oui propitiatoire, adjectif qualificatif, « qui peut rendre favorable ». »

« Dis donc, Mish, je croyais qu'il était surtout fort en chiffres ? » (Éléazar)

« Bien sûr, surtout en chiffres, mais fort en tout… Quand il n'est pas « de l'autre côté »… »

« De l'autre côté de quoi ? » (Josué, toujours « concret »)

« Ben, ça… si on savait… »

« Habillez ça comme vous voudrez, ça reste un impôt ! »

« Certes, beau papa, mais, pour résister aux assauts de l'océan de païens qui s'apprête à nous noyer, cet impôt est une digue ! »

« La digue, du culte, en somme ! » (Tic et Tac)

Remets-toi, Thierry, il y en aura de pires ! demande à Sophie !

« Si je perturbe vos conversations, n'hésitez pas… grince le Prophète. Je récapitule : Le lendemain de ce Shabbat, dons pour le fonctionnement du Tabernacle. Le lendemain du lendemain, dons quotidiens, tribu par tribu, pour le trésor de guerre et l'entretien de l'humeur favorable de l'Éternel. »

Des questions ? Alors, à bientôt.

Le soleil était encore bas sur l'horizon lorsque les chariots couverts, tirés par les bœufs « offerts » par les tribus furent rassemblés devant l'entrée de l'enclos sacré.

Moïse, qui s'y connaissait grave en bétail, mais si, souvenez-vous, il soignait les troupeaux de son beau-père, Jethro, à l'époque grand prêtre de dieux de contrefaçon, en terre de Madian, avant de devenir premier conseiller de son gendre ? Ça y est ? Bon !

Moïse, disais-je, inspecta les bestiaux, tandis que Beseléel et Ooliab, Tic et Tac, conseillers en « intelligence pratique », hyper spécialistes « toutes réalisations ligneuses » (bois, si on est dans le vulgaire), expertisaient les chariots.

Ce qui prit un certain temps… Mais ce termina par un triple « Parfait ! »

Non Nath, pas de pancartes, on n'est pas à l'école des Fans !

Le lendemain du lendemain, pour reprendre l'expression du DRH. De Yaweh, Nashon, de la tribu de Juda.

Il offrit : pour Sophie, les mesures sont en système métrique, pour le confort de l'auditoire-lectorat, *je SAIS que les grammes « zistaient pô ! »*

Un plat en argent de 350grammes.

Un bol en argent de 80 grammes,

Les deux remplis de fleur de farine mêlée d'huile.

Non, je ne sais pas pourquoi, Nadine, je *RACONTE* la Bible, je n'ai pas *ÉCRIT* la bible !

Une coupe en or… d'un certain poids, pleine d'encens.

Un jeune taureau parfait, un bélier, un agneau tous pareils pour un holocauste,

Deux chevreaux pour les sacrifices du pêché et de la paix,

Plus : deux taureaux, cinq béliers, cinq boucs, cinq agneaux, « au cas où ».

Je vous entends déjà, public chéri, mais ingrat, gémir dans vos tites têtes : « Allez, on va se farcir *DOUZE LISTES* ! »

Eh ben, non ! … Pour ne pas se lancer dans une ruineuse surenchère, les douze chefs s'étaient entendus pour faire, au poil de mouche près, la même liste de dons !

Comment ? « Fallait y penser ? »… ben, tu vois, ils y ont pensé…

Ceux qui m'aiment prendront le train… de chariots
Yaweh

Moïse prit à part son frère, le grand prêtre sacrificateur, ainsi que ses fils et assesseurs.

« Yaweh m'a dit : « Le temps du départ approche. Le Saint des Saints, le cœur du Tabernacle, ne peut voyager sans que la Menorah n'ait été allumée selon les rites prescrits aux prêtres. As-tu révisé la procédure ?

Aaron, un peu vexé : « Depuis toujours, tu tiens à me rappeler que tu es l'aîné, le chef, la voix de l'éternel, mais, si l'éternel m'a désigné, malgré quelques broutilles, c'est qu'il croit en moi, qui es-tu pour douter de son choix ? Et puis, s'il en était besoin, le sort de mes deux fils aînés me pousserait au plus grand zèle, n'est-il pas ? »

Nadine ne me demande pas d'où vient le côté British du chef cureton, je n'en sais rien !

« Pardonne-moi, frérot, je suis un peu tendu, le stress (calme Sof. ! n du n) des préparatifs, sans doute… je te fais toute confiance ! »

« Ben voyons… jusqu'à la prochaine… Tu le trouves mal allumé, le chandelier ? Pas une goutte qui coule ! Jamais contente, la famille !

« Aaron, tu es maladivement susceptible ! »

« Je confirme, et Sceptible, il est jamais content non plus ! »

Vanne qui laissa perplexe l'auditoire familial, surtout en un lieu sacré.

Et par l'équivalent du pape, quand même !

« Fais-moi penser à t'en coller une, quand je l'aurai comprise ! » (Momo, suspicieux) (Et Picieux, il est pas content ! Surenchère du narrateur)

Bon, maintenant envoie tes deux érotomanes chercher Eliassaf, Eliazafan et Zouriel, les chefs des familles lévites, pour qu'ils se rassemblent devant le parvis. Toi et tes fils les aspergerez avec l'eau qui purifie, et, une fois qu'ils se seront *entièrement* rasé le corps, tu pourras les vouer au service du Tabernacle.

Aaron fit installer une estrade devant l'entrée du parvis, quelques gros bras non-Lévites y disposèrent trois grands baquets, qu'ils remplirent d'eau des sources du Sinaï, une fois les cuves pleines Aaron les consacra, le Pontife s'installa face au récipient central, chacun de ses fils-assistant devant les deux autres.

Tout le monde visualise ? La clôture, l'ouverture, devant l'ouverture, le podium… Un baquet, un curé… C'est bon.

Pendant ce temps, les balèzes constituent une réserve de seaux d'eau en peau, pendus sur une longue perche, reposant sur une série de fourches de bois, manche solidement planté dans le sol. Image seize neuvièmes, technicolor, Moïse tunique rouge à gros plis majestueux Aaron and son's pareil mais en blanc, plus le bleu et l'iphod incrusté de pierreries pour le grand prêtre Soleil voilé, ciel d'orage, trains de nuages plus ou moins sombres, le tout pris en contre-plongée !

L'Oscar assuré ! Hollywood années soixante !

La tribu d'Eliassaf, qui passe en premier, s'est formée en deux colonnes. Les prêtres plongent les mains dans les cuveaux, puis les secouent, comme toi quand tu sais pas où tu as mis cette foutue serviette, au-dessus des Lévites qui défilent.

Moïse est un peu chiffon : « Tu es sûr qu'ils en reçoivent tous au moins une goutte ? »

« Quand tu as cinq minutes, va demander à Yaweh, qui a, quand même, créé les océans, de créer l'arrosage automatique, on arrêtera de se coller des douleurs articulaires pour le reste de notre vie ! Gros malin ! »

Rien que pour les Guershonites d'Eliassaf, il fallut douze heures…

Et quatre équipes de porteurs d'eau, veillant sur le niveau des baquets, qui ne devaient pas descendre au-dessous de la moitié de leur contenance maxi…

« Elizafan et ses Kehatites, demain, dit Moïse, merci à tous ! »

Ni les prêtres ni les costauds ne répondirent.

Ils ronflaient…

Il fallut deux jours, un par tribu, pour purifier les Kéhatites et les Merarites…

Yaweh avait dit, aussi : « Ils se raseront entièrement le corps »…

Ce fut beaucoup plus aisé.

Méthode : les Lévites furent partagés en binômes. Lévite A et Lévite B. Les deux à poil.

A rasait B, puis, inversion des rôles.

Vint le moment du rasage du « nid du coucou »…

On ne pouvait pas risquer de blessures mettant en danger la perpétuation de l'ethnie hébraïque pour une pudibonde tentative d'autorasage…

Le service trois-pièces devait être l'objet d'un service… mutualisé.

Ordre du Prophète, ergo, de Yaweh !

Un nombre, non négligeable, de mâles lévites, s'aperçurent alors, rougissants, que la main leur équipier leur faisait le même effet que celle de leur épouse ou copine… Transformer leur limaçon guimauve en obélisque !

Trouble doublement… troublant quand l'effet était réciproque…

Au point que des témoins mal intentionnés, ou simplement envieux, affirmèrent avoir assisté ce jour-là, à « une partie d'trou du cul qu'était pas dégueulasse ! », comme le chantera, au milieu du vingtième siècle un fantaisiste de cabaret.[28]

Je suis sûr que ce ne sont que calomnies…

Eliassaf, chef des Gurshonites, déclara : « Déjà scalpé (un mot équivalent, So, cool !), à un bout, le voilà tondu à l'autre ! Ça ne ressemble plus à rien ! »

Ce qui amena la remarque suivante d'Aaron : « Le service de la religion, ciment de la nation, a des servitudes qui sont un honneur !

Eliassaf rétorqua : « Et ta sœur ? » Ce qui est bénin, par rapport à : « Et mon cul »

« Myriam ? Elle t'embrasse ! »… Avantage Aaron !

Le Pontife fit face à la foule des Lévites, rhabillés, oui, mesdames…

Il ouvrit grand les bras, engloba, virtuellement, tous les Lévites dans le cercle de ses bras refermés, doigts entrecroisés,

---

[28]Philippe Nicaud, années 60.

comme s'il les portait sur son cœur, descendit de l'estrade, en essayant, victorieusement, de ne pas s'étaler comme une galette de manne miraculeuse.

Arrivé devant l'autel propitiatoire, il sembla bercer un enfant, puis ouvrit de nouveau les bras, avec un mouvement du torse vers l'autel, pour « offrir » les Lévites à l'Éternel.

Comme aucun éclair ne vint le réduire en cendres, nous pouvons en déduire que ce fut un succès.

Il fut procédé à une suite de sacrifices de divers quadrupèdes et volatiles qui provoqueraient une pandémie d'ulcères variqueux et purulents dans toutes les associations de protection animale, de nos jours.

Il y eut des brouettes de promesses solennelles, des Actions de grâce, des bénédictions en averses, puis Aaron prit la parole, sur un hochement de tête de Moïse :

« Lévites, vous devrez service au Tabernacle, entre le jour de vos vingt-cinq ans et celui de vos cinquante années. Ensuite vous ne serez plus soumis au service actif.

Retraite « plein pot » à vingt-cinq ans de service ? »

Le rêve d'un cégétiste !

C’est pas l’homme qui prend l’désert
C’est l’désert qui prend l’homme…
tantantan…

Au premier jour du premier mois de la seconde année depuis la sortie d’Égypte, Moïse réunit son « conseil des sages » (te marre pas Théo !), et lui joignit les chefs de tribu.

« Le temps est venu d’organiser la Pâque, le quatorzième jour de ce mois, afin de rendre grâce à Yaweh pour cette libération d’un injuste et humiliant esclavage. »

Formulation qui, si on a, comme votre modeste narrateur, mauvais esprit, laisse penser qu’il peut y avoir un esclavage juste et valorisant. Mais, passons.

« Nous devons suivre à la lettre, les prescriptions et procédures données pour la première

Pâque. À LA LETTRE ! »

« Je crois que tout le monde a compris mon gendre. »

« Prophète, beau papa, Prophète ! Et je veux entendre la majuscule ! Bref, je compte sur les chefs de tribus pour faire en sorte que « perfection » soit le vocable unique présidant à cette célébration !

« Il en sera ainsi, j’y veillerai ! » (Josué)

Ainsi fut-il.

Ou presque.

Au matin du jour béni, Moïse, soucieux, convoqua Aaron, ses fils, et leurs cousins pour un conseil restreint.

« Cinq hommes sont venus me soumettre un cas particulier, le leur : il se trouve qu'ils sont impurs, ce jour, car ils ont touché un cadavre… »

« Chacun ? » (Elts)

« Aïe, aïe, aïe, qu'est-ce qu'il va nous pondre, l'entorsé du cerveau ? » (Josué est le garde du corps de Moïse, il le suit partout)

« Josué ! Respect des faibles ! … Explique toi, Eltsafane. »

« Ils sont cinq. Juste ? »

« Juste. »

« Nous voilà donc face à diverses hypothèses. Juste ? »

« Avance, bon sang ! »

« Ont-ils touché, chacun séparément, un mort différent ? Ce qui ferait quand même cinq refroidis que personne n'aurait vus avant eux… Ont-ils touché ensemble, le même cadavre, ce qui pose la question : « pourquoi ? », ou bien, l'un, l'un d'entre eux a-t-il touché un cadavre, après quoi, insouciants, ils ont fait une partie de « chat touché-chat mangé » ?

« Mais, il nous torche un vrai discours ! »

« Un chiffre, cinq, dans la phrase du patron, et hop ! Il sort un énoncé à données variables… L'instant d'après, y sait plus son nom ! Il est comme ça depuis son premier « Areu ! » »

« Eh ben, c'est un poil lassant, soupire le Prophète… »

« Vous verrez, on s'y fait. »

« Bon, en tout cas, dans n'importe laquelle des hypothèses exposées, la réponse de Yaweh est unique :… »

« C'est mieux… » (Éléazar)

« Que caleçon… » (Ithamar)

« QUOAAA ? » (Momo, d'un très seyant violet…)

« Tu as dit : tunique… » (Élé)

« C'est mieux que caleçon ! » (Itham)

« Maintenant, c'est sûr, Tic et Tac sont contagieux ! » (Aaron)

« Seigneur, j'ai bien compris qu'une démission n'est pas une option envisageable, mais si vous coupiez le son à certains, ça me ferait des vacances ! »

Moïse attendit une réponse divine intra crânienne, un peu le Wi-Fi de l'époque… et dut se rendre à une évidence contrariante : L'Éternel pouffait en sourdine, pour retenir, avec peine un fou rire, comme un présentateur de J.T. dont la très sérieuse équipière vient de lâcher un pet triomphal d'Énarque sorti du moule « dans la botte » !

(Les initiés comprendront, les autres demanderont à tonton Google…)

« Merci de votre aide seigneur, pensa Moïse, un rien chiffonné. »

« De rien, Don Camillo ! S'étouffa de rire l'auréolé premium. »

« ? »

« Laisse, tu ne peux comprendre, mes voies sont impénétrables ! » (hurlement, suraigu, de rire !)

« Bon, qu'est-ce qu'on fait, en cas d'impureté pour la pâque ? »

La crise d'hilarité de Yaweh s'arrêta net, pas un hoquet ! À croire que ce n'était jamais arrivé !

« Tu as raison, Prophète, soyons sérieux… En cas d'indiscutable empêchement, celui qui aura manqué la Pâque devra accomplir le rituel le même jour du deuxième mois… »

Ah, un détail en passant, quiconque aura manqué à l'accomplissement du rituel sans motif valable sera mis à mort !

« Comme ça, direct ? »

« Comme ça, direct ! Des questions ? »

« Non… non, c’est très clair, Seigneur… Très… Carré. »

Moïse transmit.

« Éléazar et Ithamar, vous avez retenu ? Alors, allez expliquer aux clampins qui attendent hors de l’enclos. Insistez sur le fait qu’une deuxième erreur serait l’ultime ! »

Chacun rentra chez soi, l’esprit en Paix.

La Pâque se déroula à la satisfaction générale.

Mieux aurait été excessif, sérieux…

Le lendemain matin, une nuée vaporeuse chapeauta la tente de la rencontre.

En milieu de matinée, le prophète convoqua Béséléel et Ooliab, ses responsables techniques attitrés.

« Trouvez-moi des artisans, parmi ceux qui ont œuvré pour l’ornement du Saint des Saints, des spécialistes des métaux nobles. Il nous faut deux trompettes d’argent martelé.

Elles serviront à appeler le peuple en assemblée devant l’entrée du parvis.

Pour tout le peuple, on sonnera des deux instruments, pour les chefs de division en tribus et famille, d’un seul.

Pour la mise en marche des divisions, les sonneries seront modulées.

Ce sont les fils d’Aaron qui sonneront des trompettes.

Pendant qu’on y est, faites-en faire quatre, on ne sait jamais. Et j’aime pas manquer.

« C’est très sage, patron. »

« PRO-PHÈ-TE ! Faut vous le dire comment ? Je sens venir des postes vacants dans le prolétariat artisanal, vas-y avoir du sang neuf dans la maîtrise d’œuvre ! Barrez-vous ! »

Ce qu’ils firent.

Au vingtième jour du deuxième mois, la nuée s’éleva, sans doute possible, au-dessus du

Tabernacle.

Au premier son, modulé, de trompe, ou selon préférence, au premier son de trompe modulé, la division des descendants de Juda, Issachar et Zabulon partirent.

Le tabernacle démonté et chargé dans les chariots, deux des familles lévites partirent.

Les Guershonites et les Mérarites.

Vint le tour de Ruben, Siméon et Gad.

La dernière famille lévite, les Kéhatites, chargés des objets sacrés, suivirent.

Il fallait que le montage du Tabernacle soit bouclé quand ils arriveraient à l'étape.

« L'étape… Ékomankonsékonéhalétape ? (Désolé, l'articulation d'Eltsaphane « savonne »)

« Tu as oublié ? Là où l'Éternel vaporisé s'arrêtera ! » (Mish)

À son tour, la division des fils d'Ephraïm, Manassé et Benjamin se mit en route.

On ne voyait plus la nuée, quand la division des fils de Dan, Aser et Nephtali ferma le cortège qui paraissait infini.

C'est donc dans l'ordre et la sérénité que le peuple des enfants de Jacob Israël quitta le

Sinaï.

La nuée divine les menait le jour.

La flamme les guidait la nuit.

Personne ne se retourna.

Où la randonnée commence… Moyen Moïse frôle le break down

« Lève-Toi, Ô Yaweh, que tes ennemis fuient devant toi » !

Telle est l'incantation que clama Moïse, au moment du départ du Sinaï.

Ce qui lui valut, en Wi-Fi intra crânien, la verte réponse de l'Éternel :

« Ça te collerait des aphtes, de dire « s'il vous plaît ? », sur un ton très modérément bienveillant…

« Pardonnez-moi, Seigneur. »

« Ça ira… pour cette fois. »

Nous le retrouvons, le Prophète, pas Yaweh, on n'a pas les accréditations, au milieu du cortège, parmi les Kéhatites, responsables des objets sacrés.

C'est leur troisième jour de marche *continue*. Le jour, guidés par la nuée, la nuit par la flamme géante.

Devant, la nuée s'est arrêtée.

Dès leur arrivée, sans perdre une micro seconde, Guershonites et Mérarites assemblent le Tabernacle dans son enclos sacré. La division de Juda installe ses trois familles à l'emplacement prévu par le Prophète par rapport au Lieu Saint.

La division de Ruben en fait autant.

Les Kéhatites confient méthodiquement les objets sacrés aux prêtres, qui les déballent et les placent.

Les fils d'Ephraïm, Manassé et Benjamin se posent à leur tour.

La division de Dan, Aser et Nephtali, l'arrière garde, position très risquée, rejoint ses quartiers…

« Tout le monde sont là ! Braille Josué… »

« EST là, Josué, EST, le monde, c'est singulier ! »

« Ben, ça fait une chiée de lascars, pour un singulier ! »

« Reviens, Ô Yaweh, vers les enfants d'Israël… (pause)… EUEUH, s'il te plaît. »

« Je préfère ! N'oublie plus… »

Le Prophète prit un tabouret dans un des chariots, de l'enclos et s'assit devant l'entrée, pour souffler. Son beau-père le rejoignit en boitillant et fit de même.

« Des douleurs, beau papa ? »

« Tant que je bouge, ça va, mais alors, quand je m'arrête, entre une fatigue qui me donne l'impression de peser plus lourd que le Sinaï et les courbatures... Je… »

« ON EN A RAS LA FRANGE ! »

Une fois leur cul retombé sur leur siège (sûrement un record mondial !), les deux respectables membres éminents du conseil des sages se firent un brushing à la dignité chiffonnée avant de répondre au groupe *très remonté* qui avait longé l'enclos en silence pour avoir l'avantage de la surprise…

Jethro fut le plus rapide :

« Je te fais remarquer que tu es chauve, lança-t-il au meneur qui avait quelque pas d'avance sur les autres. »

« Me prends pas pour un bouc épileptique (?), la frange, c'est une image ! On en a marre, plein le sac, plein le dos, et le reste ! »

« Nous sommes censés deviner ? Ironisa Moïse, qui avait déplié ses quasi quatre coudées de haut et toisait le nerveux… Plein le dos *de quoi* ? »

« De LA MANNE ! »

« C'est mou ! »

« Ça colle aux dents ! »

« Pire, ça colle *les* dents ! »

« Et, trois jours de marche, trois ! »

« J'ai fini sur les gencives ! »

« On pisse même plus, tellement on transpire ! »

« On est desséchés, ça irrite ! »

« Sûr, si on baise on va faire des miettes ! »

« FAUT QU'ON CAUSE ! »

Personne n'eut le loisir de « causer »…

Gavé jusqu'à l'auréole par les lamentations, gavé de chez gavé, Yaweh lâcha le feu de sa colère, cramant un bon millier de chariotées de mécontents… Quelqu'un conteste « chariotée ? Une fois, deux fois, trois fois, adopté !

La rôtissoire divine n'avait certes pas apaisé le mécontentement, mais calmé, pour un moment, les plus combatives ardeurs.

Plus de hurlements revendicatifs.

Restait un bruissement-grondement sourd assez inquiétant…

« Moïse, tu vois ça avec ces ingrats, si je me laisse aller, je vais devoir me trouver un autre peuple élu… Merci bien ! »

Silence radio dans le crâne du prophète.

« Prophète, dit un successeur improvisé du défrangé hargneux, indisponible pour cause de cuisson excessive, en plus de quatre cents jours, on s'est farci la manne quotidienne, comprends-nous, ça lasse, et on a eu moins de cent cailles par tête, sur cette durée. »

« Parfaitement, et la caille, c'est peut-être goûteux, mais son quotient roboratif est nul ! »

« Que voilà de beaux parleurs… Soupira le Prophète. »

« Je travaillais au palais… J'appris à m'expliquer… »

« Moi, j'étais chez un fermier, on était nourris et logés ! Viandes, poissons du fleuve, sans parler des pastèques, des poireaux, des concombres, de l'ail, des oignons ! Gratos ! »

« C'était mieux avant, quoi ? Même avec l'esclavage… »

« Ben, là, on bouffe de la farine goudronnée, on se flingue les orteils sur des caillasses, on a des grains de sable plein la toison, un dieu bipolaire qui te cajole et te réduit en cendres le temps d'un éclair… T'as raison, grand, c'est le paradis au désert ! On en redemande ! »

« Ouais ! C'est vrai ! Et on a bien du bétail, mais on fait tellement de sacrifices de toutes sortes, et d'holocaustes, à l'Éternel, que, bientôt, on remplacera les bœufs, pour tirer les chariots ! »

Le bureau des pleurs resta ouvert longtemps…

Moïse s'écroula sur sa couche, épuisé et un peu déprimé…

Un gros peu.

Son sommeil fut un puits sans fond. Mais très habité. Il revivait les regrets, les plaintes, des femmes et des hommes, ainsi que la colère divine.

À ce jour, Moïse, face à l'Éternel, avait surtout exprimé ses doutes, quant à sa capacité de convaincre les Hébreux de le suivre, ses talents d'orateur (il était bègue, ça vous revient ?), la probabilité de vaincre Pharaon…

Là, il passa de l'obéissance qui doute à la demande d'explications (très) agacée :

« Ô Éternel, mon maître (oui, alors, à retenir bien, bien, bien, quand tu te prépares à emmerder un supérieur, commence, *toujours,* par lui beurrer la tartine, c'est comme pour la sodomie, ça passe mieux !), pourquoi m'as-tu donné ce fardeau ? Est-ce moi qui ai créé ces zigotos ? Faire de moi un guide, un maître, alors qu'ils me prennent pour leur nounou ! Me manque que le lait ! Ils sont obsédés par le carné, la bidoche, la barbaque, le tournedos, le jumeau le paleron. Un de ces jours, y en aura une pour bouffer son mec pendant le radada ! comme les araignées ! Je SUIS PAS AU NIVEAU ! Crame-moi illico, j'aurai la paix ! »

Sans s'étonner plus que ça (évidemment, Il sait tout !), Yaweh, sans s'énerver (ça, c'est plus rare !), répondit : « Tu te dévalues, et, comme tu es MON Prophète, tu ME dévalues.

Voici ce que tu vas faire : Parmi les Anciens d'Israël, tu choisiras soixante-dix hommes que *tu* considères comme sages et responsables. Tu viendras, avec eux devant le Tabernacle. Je mettrai dans leur esprit une parcelle de l'esprit que j'ai implanté dans le tien. Ils t'aideront à porter ce fardeau humain. Et, tu parleras au peuple, tu lui diras :

« Purifiez-vous, vous qui avez geint et pleuré devant l'Éternel, vous qui avez crié contre

LUI ! Purifiez-vous, vous qui vouliez à toute force de la viande ! Purifiez-vous, demain vous en mangerez ! Trois fois dans la journée. Pas que demain, pas cinq jours, ni dix, ni vingt… Mais TOUT UN MOIS ! Jusqu'à la nausée, les dents du fond qui baignent ! Le dégoût total ! Vous vomirez, mais ne pourrez-vous empêcher d'en reprendre !

La satisfaction outrancière de votre désir sera votre châtiment ! Voilà ce que tu diras à ces pedzouilles ingrats ! »

Yaweh fut soulagé et satisfait.

Momo, moins.

Beaucoup moins !

Quand ça veut pas… ça veut pas !
« Les emmerdes, ça vole en escadrille »
Jacques Chirac, sumo maigre
Hobby : Moïse gaulois

Moïse revint devant le peuple, portant les paroles de Yaweh.

« Vous allez manger de la viande, plein de viande. »

Majorité de « OUOUAIAIAIS ! »… Plus : « Plein comment, « plein beaucoup ou bien ?

« Comment ça, *vous ? Pas toi,* pourquoi ? C'est chelou ! » (chelou, c'est pour Kevin, Vanessa, Théo, etc.)

« Tu as raison, Shlomo, *nous* allons manger de la viande. Et ça va *vous* plaire moyen… »

« Ceux à qui ça plaira pas, on s'en occupera ! » (Josué)

« Laisse, soldat, j'explique… »

Le prophète, alors, détaille le projet Yawehsque : gavage continu, un mois, addiction, régurgitation, gnagnagna…

Non Sof, Il ne dit pas gnagnagna, c'est pour abréger !

Il y eut un moment de silence… de silence comme un silence entendu par un sourd de naissance, voyez le concept ?

Personne n'eut le temps de brailler de rage, car à l'instant même il se mit à pleuvoir… des cailles, des millions de cailles.

Le ciel en était noir !

Bientôt, le sol aussi…

Il y eut quelques : « Merde, encore des piafs ! », des : » Pas d'zoziaux, du gigot ! », mais, dans l'ensemble, enfants, vieillards, guerriers, femmes, toute la foule se mit à ramasser les bestioles n'importe comment, avant de s'organiser un minimum, en envoyant les gamins chercher des sacs de toile, pour les remplir au maximum et les ramener à la tente familiale et revenir… Pur délire !

Dès la chute des premiers volatiles, Moïse, à la tête des soixante-dix lauréats, futurs « assistants prophètes », rallia rapidement (mais sereinement) l'enclos sacré, où il les disposa en couronne autour du Tabernacle, ne s'apercevant même pas qu'il en manquait deux : Eldad et Medad [non Nadine pas : « sont dans un bateau ! » Suis !], qui s'étaient laissés tenter par la récolte d'emplumés…

La nuée divine, joliment irisée, très « Souvenir de Ploermel », bref les goûts de la mère à titi, les enveloppa… Tous, même les deux bâfreurs restés sur place…

Ce que Moïse n'avait pas prévu, Yaweh si, mais il aime les farces, souvenez-vous du :

« C'est pour de rire ! » du pseudo sacrifice d'Isaac par Abraham, c'est le court, mais impressionnant effet secondaire de la manip, une violente poussée de prophétisation compulsive !

Je serais bien incapable de faire un état exhaustif des déclamations de ces malheureux complètement à l'ouest, ce qui est paradoxal pour des moyen-orientaux, mais on en a entendu de toutes sortes !

« Veni, vidi, vici – Charles André, entrez ou sortez, mais cessez ce va et vient ridicule – qui a eu cette idée folle ccrrouiczzz (incompréhensible) – chez casto y a tout ski faut – il suffit de traverser la rue, pour… » (inaudible)

Moïse, K.O. debout, vit arriver Josué, furieux, hurlant : « Prophète, y a Medad et Eldad qui décerclent (bin oui, y avait pas de jantes !), ils se prennent pour toi, ils vont te piquer ton turbin ! Je les ai fait arrêter ! On les lapide ?

« Calmos, Josué, ça s'est arrêté pour ceux-là, une blague du patron ! »

Voix off :

Pendant ce temps les affolés du gîte à la noix, après avoir fait des stocks, pas bien malins, sans congélateurs, s'étaient mis, faute de mieux, à dévorer les cailles crues, certains, même, *avec* les plumes ! La folie volaillère, atteignit des sommets qui auraient fait passer le Sinaï pour une taupinière…

Moïse, Josué et les soixante-huit stagiaires – assistants-prophètes restèrent comme soixante-dix ronds de flan face au tsunami masticatoire.

« Ça met les poils ! Ça fout la trouille ! », murmura le porte-voix de Yaweh !

« Ouais, ils pourraient fermer la bouche pour mâcher, c'est crade ! »

« Les bras m'en tombent ! », soupira Moïse…

« Pas les miens, » gronda Yaweh.

Et, pour la deuxième fois de la journée, Yaweh incinéra, vivants, quelques dizaines de milliers d'Hébreux…

Moïse, désapprobateur : « Ne devaient-ils pas vivre ce châtiment un mois, Seigneur ? »

« Ils parlaient la bouche pleine, j'ai pas supporté ! »

Ce fut une très grande tuerie.

Jethro nomma ce lieu : Kibrot-Hataava, traduisible par : « le cimetière des goinfres », car on y ensevelit ceux qui se laissèrent envahir par l'avidité.

Le peuple partit pour Hazeroth, et y resta.

« La famille, tata Rachel ? Aïe, aïe, aïe ! Sur mes yeux ? t'as raison ! que des emm… »

Hazéroth, deuxième jour.

Myriam et Aaron, faisaient les cent pas le long de la clôt…

« Pardon, Nathalie ? Céki, Myriam ? Tu as raison… Bien, tu te souviens du coffre-berceau-chaloupe du bébé hébreu sur le fleuve ? Oui ? Parfait… Qui le trouve dans les roseaux ? Une servante de la fille de Pharaon. Juste, et… ? La fille de Pharaon a un gros coup de cœur pour le lardon… Et ? La servante, propose sa mère comme nourrice ?

Ne doute pas, Nath, c'est excellent ! Et, la mère de la servante est aussi ? Celle du futur Moïse ! Donc ? Eeeeh oui ! La sœur aînée de Momo ! Voaaaalà !

C'est pas du scénario en béton, ça ?

Vous vous en rendez compte ? Ce chapitre commence par un nom de FEMME ! Sœur *AÎNÉE de Moïse* ! Depuis quand les femmes ont-elles le droit de naître *avant* le premier mâle ?

Tout fout l'camp !

Déjà !

Allez, on y retourne… Donc, Myriam et Aaron font les cent pas. Ils discutent…

Or, une étude statistique (de nos jours, mais probablement déjà vraie à l'époque), montre que, dans une fratrie de trois, quand deux des trois parlent, et que le-la troisième est ailleurs, celui-ci, ou celle-ci, est, à quatre-vingt-dix pour cent de probabilités, l'objet du colloque. Si, de plus, ils regardent autour d'eux avec l'air du petit dernier qui a voulu voler la confiture sur l'étagère, a cassé l'étagère et tous les pots de confiote, vous pouvez miser votre virginité (supposée ou réelle), que c'est l'absent, ou l'absente qui prend cher.

Écoutons…

« … alors, y me dit : » Pas frérot, nom d'une galette de manne ! PRO-PHÉ-TE ! Porte-parole *officiel* de l'Éternel ! Non, mais, j'te jure ! Je lui ai torché le cul, changé ses langes ! »

Et, à chaque rototo, il m'en balançait une gorgée sur le mascara ! D'abord mouflet crade, maintenant, grand con frimeur

« Aucun doute, son tour de tête bat ton tour de poitrine, à plate couture ! J'attends qu'il me dise : « Merci mon brave. », et qu'il me file une pièce ! Ça va pas, moi aussi, je suis quelqu'un !

« Et moi, rien… »

« Normal, pour une femme… »

« Et MA main dans TA gueule, tu la trouveras « normale ? »

« Te fâche pas, mais dans la société dans laquelle... »

« Range ton baratin, j'ai pas besoin d'un cours d'étude sociétale ! »

« Revenons au sujet… T'as des idées pour lui racornir l'ego ? »

« En plus, il épouse une Madianite ! Même pas vraiment belle ! » (gentillesse de fille à fille !)

Il n'y eut pas un mot de plus… de leur part...

Un brouillard irisé – genre étendard LGBT, vous voyez ? – les enveloppa, tandis que la voix tonnante d'un Yaweh furax leur beuglait aux tympans :

« Braaavoo ! Encore ! Super la loyauté familiale ! Moïse est le plus humble des hommes !

D'ailleurs, le voici. Voyons ce que vous avez à lui dire… Rien, bien sûr ! Écoutez : Je suis Yaweh, votre seul Dieu, j'ai choisi votre frère pour être MA parole dans le peuple hébreu !

Vous avez une objection ?

Silence très… parlant.

« Affaire classée ! »

« Yaweh-la brume » disparut. »

Moïse et Aaron virent alors que Myriam était frappée de lèpre blanche…

« Aaron tomba à genoux, aux pieds de son frère. »

« Nous avons été injustes, stupides, envieux, nous regrettons, nous allons nous corriger ! Ne la laisse pas comme ça… Je te supplie Ô Yaweh ! »

Par le truchement de son Prophète, Yaweh fit connaître sa décision :

« Qu'elle soit isolée du peuple, au jeûne total, avec seulement une cruche d'eau quotidienne, pendant sept jours. Ensuite… Elle pourra revenir. »

Ainsi fut-il. (y avait longtemps ! Que voulez-vous, j'adore le son de cette locution !)

À son retour, le peuple quitta Hazéroth pour le désert de Parân.

Mission très possible, mais… ça dépend par qui !

Au désert de Parân, les enfants d'Israël découvrirent un lac de taille respectable, abondé par plusieurs sources, ceint d'une une belle étendue de verdure, semée de palmiers, arbustes buissonnants, ou buissons arbustifs, au choix, question subjective de ressenti littéraire, comme on dit dans Télérama, et, futés, ils s'y installèrent.

Quand je dis : « découvrirent », n'exagérons rien, n'oubliez pas qu'une vapeur divine colorée comme un char de la gay-pride, les guide vers les bons coins, et que, la nuit, la flamme divine assure l'éclairage public…

Non, Jordan, les couleurs ne sont pas dans l'original, mais, moi, ça me fait marrer d'imaginer que ce sont les couleurs du drapeau gay, quand on sait ce que ce dieu caractériel a fait à deux villes, parce que Shlomo a refait le filetage de David !

Moïse sortit de la tente sacrée, l'air soucieux.

« Frères en Yaweh, j'ai de nouvelles instructions. Les choses sérieuses vont commencer. »

Vous avez sans doute remarqué qu'une seconde table est aboutée à la nôtre. Je viens en effet d'envoyer chercher douze hommes, douze chefs, de famille, ou administratifs, milleniers ou centeniers… Ils seront là, devant notre conseil, pour se voir confier une mission d'une importance capitale pour la suite de l'« Opération Terre Promise », ils ne devraient plus tarder. D'ailleurs… l'un de ces braves est déjà à cette table.

« ? »

« C'est toi, Josué. »

« Tant mieux, je commençais à me sentir comme un croûton de manne de l'an dernier dans un bac à sable ! »

En effet, ils ne tardèrent pas… Légèrement anxieux, comme des contremaîtres convoqués chez le DRH…

« Messieurs, commença le Prophète, forçant, juste un peu, sa voix de baryton basse, pour faire plus « briefing opérationnel », vous êtes, en quelque sorte les précurseurs, les initiateurs, les déclencheurs, de la série d'actions qui fera de nous les maîtres de Canaan la promise ! À l'appel de votre nom, prenez place à la table du conseil.

Pour la tribu de Ruben, Shamoua.

Tribu de Siméon, Shafat.

De Juda, Caleb.

D'Issachar, Igal.

D'Ephraïm, Josué, déjà assis.

De Benjamin, Palti.

De Zabulon, Gadiel.

De Manassé, Gadi.

D'Aser, Setour

De Dan, Amiel.

De Gad, Gueouel.

De Nephtali, Nabi.

« Nous ne pouvons même seulement *penser, imaginer,* nous imposer aux peuples divers qui occupent Canaan, sans un minimum d'informations de toutes sortes… Un GROS minimum ! Des infos sur les reliefs que vous aurez traversés, sur les gens aussi : forts, faibles, en paix entre eux, mêlés, séparés, si les villes sont fortifiées, reliées par des routes nombreuses… Les cultures, l'outillage – efficace ou pas –, si la terre vous semble riche, les forêts, – et quelles espèces d'arbres –, quels fruitiers – d'ailleurs vous rapporterez des fruits –, s'il y a des vignes… S'il vous semble, aussi, qu'il y a beaucoup d'hommes en armes…

Toute information sera bonne à prendre !

« Tu veux qu'on t'en ramène un ou deux, pour une causette au coin du feu ? »

« Surtout pas ! N'ayez pas l'air de vous cacher, mais soyez quand même discrets… »

« Discrets, douze clampins, que personne n'aura jamais vus, ni d'Ève, ni d'Adam ! Dans des bleds où tout le monde se connaît, et connaît ceux des trois quatre trous voisins depuis dix générations ! Même si c'est parce qu'ils se sont mis sur la tronche pour des histoires de terrains, de baisouillages pas nets, ou d'ânes vendus boiteux ? Tu rigoles Prophète ! »

On fera trois groupes, on se fixera des missions différentes, on ne se regroupera que quand on traversera le Néguev pour rentrer !

« Parfait, Josué, tu de charges de gérer tout ça. »

« Ça vous va, les gus ? »

Approbation bruyante, et d'une émouvante unanimité…

Si la testostérone avait une odeur, ça aurait shlingué grave, sous la tente !

Les douze partirent. Au pas commando… Pardon, Théo ? Le pas commando ? C'est cent coudées marchées, cent coudées courues, et, non, aucun d'eux ne savait que ça s'appellerait comme ça, les Amérindiens des grandes plaines non plus, pourtant, c'est comme ça qu'ils capturaient les mustangs ! Il faut, certes, nommer les choses, mais, l'important, c'est la chose. Non ?

Arrivés au Néguev, Josué scinda la troupe en trois groupes.

Le « Josué » continua tout droit, le « Nabi » partit à gauche, le « Gadiel », à droite. Il fut convenu… (très drôle, Nadine ! « le contraire d'un con parti » ! TRÈS !)… Que le lieu de la séparation serait aussi celui du regroupement...

« Donc, on s'attend ? », s'informa Nabi.

« À ton avis, ça veut dire quoi, « regroupement » ? Ah, pendant que j'y suis, puisque je vois que j'ai affaire à des flèches, marchez comme tout le monde, hein ! »

Entre le départ de l'oasis et le retour à l'oasis, quarante jours s'écoulèrent… Comment, Théo ? Comment ils… ont fait Shabbat ? Eueuh… Joker ? Ah, attends… J'ai ! Ils ont eu une dérogation, pour « nécessité impérieuse, dans l'intérêt du peuple élu !» Ça te va ?

Moïse leur accorda de se reposer jusqu'au lendemain.

« Soyez à la tente du conseil, dès le lever du soleil. »

Ils y furent…

Moïse avait cédé le haut bout de la table à Josué, chargé de mission, qui s'était auto- désigné rapporteur.

« Soyons clairs, prophète, nous ne sommes pas encore, loin de là, les tauliers de Canaan…

Yaweh a promis une terre de lait et de miel, eh ben… *C'est une terre de lait et de miel*... Tout pousse ! Des légumes, des fruits, des baies, sauvages et cultivées… Et, BIEN cultivées ! Pas manchots, les païens… Z'économisent pas, la sueur, le tour de reins, les courbatures ! Et la boîte à idées tourne plein pot ! Z'ont imaginé des systèmes d'irrigation de malade !

Le chou imagine, la paluche réalise ! Ce qui nous colle le pif sur le nœud du problème : pas cons, d'une santé qui fait peur aux maladies, solidaires, même après des siècles de bagarres… On va pas les virer en soufflant dessus ! Et, attention, les bestiaux qu'ils élèvent, les légumes qu'ils cultivent, ça finit dans leurs écuelles… Et ça se voit ! Des carrures de portes de temple, pour les hommes, des courbes à vouloir se faire géographe pour les femmes, capables de porter un veau nouveau-né sur cent coudées ! Je parle des femmes, là !

On a vu peu d'hommes en armes, mais j'ai eu l'occasion d'entrer dans une ville où j'ai fait le tour d'une caserne… Je n'ai fait qu'entendre, mais j'affirme, aux gueulantes des sous off, au boucan des armes entrechoquées, que c'était pas une partie de rigolade, y faisaient pas de la méditation, les gus !

Je suis tout acquis à Yaweh, hein, pas de souci, mais, son cadeau d'alliance, pour le sortir de l'emballage, ça va pas être du précuit à réchauffer ! La marche dans le sable, comme entraînement, ça va pas suffire… faut forcer sur le parcours du combattant et le maniement d'armes ! Vont vite comprendre qu'on vient les pirater, et ils nous feront pas une voie royale de pétales de roses ! Les Amorites, les Jébuséens, les Hittites, sont pas des tites bites (pardon, c'est juste pour la rime), loin de là, et les potes d'Amalek ont une féroce envie de revanche, après la raclée du Sinaï.

Le langage très « adjudant de quartier » ne choquait pas… pardon, plus, personne au conseil…

Si Josué s'en tint à un rapport concis et plutôt réaliste, avec juste le petit souffle d'exagération qui met en valeur le travail accompli, il n'en fut pas de même de quelques as de la frime qui, retournés dans leurs campements respectifs, se laissèrent aller à jurer avoir vu, de leurs yeux vu, des géants auprès desquels ils avaient l'air de sauterelles, et qui les regardaient avec un appétit évident…

Il ne fallut pas longtemps pour que ce genre de rumeur se répande dans tout le peuple.

Aussi, quand Caleb, qui trouvait Josué timoré, proposa « d'aller leur savater l'oignon », l'enthousiasme populaire fut-il d'une modération admirable !

Josué, averti à propos des : « Y en a des qui disent que », renonça, par lassitude, à se mettre en rogne…

« J'ai seulement dit qu'on n'était pas prêts, là, tout d'suite maintenant ! Mais, suffit de faire en sorte que… (Gros soupir) Faut vraiment avoir la foi, pour s'occuper d'un tas de brèles pareil ! »

Terre « promise »… c'est pas gagné !

Note du narrateur : Les désaccords sérieux qui se sont fait jour après le rapport de Josué, les rumeurs répandues dans le peuple à partir de récits fantasmés, le caractère bouillant de Caleb, de la tribu de Juda, auprès de qui notre brave bourrin, Josué, pourrait passer pour un champion du concept d'abstraction, défini par le regretté MichelAudiard comme, je cite : « un intellectuel assis » (qui comme chacun sait, va *beaucoup* moins loin qu'un con qui marche), l'ensemble de ces paramètres, donc, a semé une grandiose zizanie, génératrice d'un boxon apothéotique ! (Là, j'entends claquer un max de synapses, et des neurones, par pelletées, hurler à la mort ! C'est pas une phrase, c'est le sketch de Devos, « Le rond-point », avec un panneau « sens interdit », à toutes les sorties !)

Bon, toujours est-il, que, dans la confusion, le vocabulaire classieux de gens bien élevés risque d'en prendre plein les gencives !

Par avance, le narrateur décline toute responsabilité, à propos du champ lexical très « fluctuant » des protagonistes, qui pourrait bien « mergiturer » comme à Trafalgar

Comment, Sophie ? C'est pas une note, c'est ? Une préface ? Bien trouvé, So !

FIN DE NOTE.

« C'était mieux AVANT ! »

« Quand ça, avant ? »

« On s'en fout, avant, c'est tout ! »

Une troupe d'une quarantaine » d'anciens » (oui Kevin, de vieux), se presse devant l'entrée de la tente du conseil des dix, remontés comme le surgissement des Alpes au tertiaire (c'est pas de la comparaison « label rouge, ça ?), quarante archétypes du beau vieux de roman hugolien, quarante druides d'Uderzo, ou directeurs de l'école des sorciers…

Mais… qui braillent comme des « ultras » du PSG, se bousculent, se balancent des coups de bâton de marche pour être devant l'entrée, le plus près possible des conseillers.

L'apparition de Josué, épée en main, calma un peu les ardeurs, surtout au premier rang des contestataires.

Josué était en pleine force de l'âge, taillé à la hache, pratiquait le maniement d'armes, la course de fond et l'art du combat à mains nues, tout au long de la semaine – sauf jour de Shabbat –, alors que les gueulards grinçaient comme de vieilles charrettes au moindre effort physique, bavochaient sur leur tunique en mangeant, quelques-uns, même répétaient les cris des autres, sans rien comprendre…

« Je vais trancher les mains de ceux qui ne reculent pas, vous me connaissez, non ?

Vous savez que je le ferai. »

L'arrivée de quelques membres de la Force Hébraïque de Sécurité, création de Josué en personne, endurcie par un entraînement acharné, acheva de ramener le calme…

« Le conseil, le prophète et le grand prêtre vous écoutent…

« Aaaah, ben oui, parlons-en de ces deux-là ! Ils nous ont mis dans une belle mouise !

Nous, en Égypte, on n'était pas si malheureux que ça ! D'accord, on était esclaves, mais, on mangeait à notre faim, des aliments variés, et de qualité, vu que de la semence à la cuisson, c'est nous les Hébreux, qu'on assurait toute la chaîne !

« Et logés qu'on fut ! Et habillés, chaussés, soignés même, les maîtres veillaient à la bonne santé de leur main d'œuvre ! »

« Et les dieux du pays nous cramaient pas pour un pet de travers !

Nos familles nous ont envoyés, nous, les anciens, pour éviter un affrontement violent, mais c'est devenu une certitude, on ne veut pas se faire laminer par des peuples plus forts, les tribus vont désigner un nouveau chef… Et on va retourner en Égypte ! Les frangins maléfiques, on n'en veut plus !

Les ancêtres hurleurs menaient un tel tapage qu'un attroupement secondaire se greffa sur le premier, tournant peu à peu à la foule, heueu… énervée. *Très* énervée !

Caleb, intrigué, avait suivi le mouvement et faisait face à la manif grondante, à côté de Josué.

Moïse et Aaron, à genoux, bras ouverts, yeux au ciel, attendaient une intervention de l'Éternel…

Sur ordre, les FHS sortirent une table. Josué et Caleb grimpèrent.

« Mes amis, mes frères, mes sœurs, CAMARADES !

Malgré une voix à péter les amphores, les trois premières interpellations furent sans effet. »

Nous pouvons raisonnablement soupçonner une intervention divine, un coup de pouce céleste, car la quatrième couvrit le tumulte ! Avec un bienfaisant effet de sidération, effet qui permit à Josué d'embrayer dans la foulée… et dans un silence de nécropole.

« Vous avez été abusés, trompés, bref, pris pour des manches, des baltringues, des buses, des mous du bulbe… Bref : des cons ! Ce pays est un lieu magique, nous avons six cent mille hommes en âge de porter les armes, avec une troupe cent fois plus réduite, nous avons mis une branlée éléphantesque aux bouffons d'Amalek, moitié plus nombreux, souvenez-vous, bordel ! Moïse a *ouvert la mer en deux* ! Comme une pastèque ! Il l'a refermée sur l'armée du plus grand souverain du monde, vous entendez ? DU MONDE ! »

À l'heure qu'il est, il pleure sa mère, le prétentieux ! Il se planque dans un trou de taupe !

Yaweh nous l'a promis, Yaweh va nous aider ! On va les piétiner ! Leur bouffer les yeux !

Canaan sera la terre des Hébreux ! COMPRIS ?

Ce discours-là, j'en témoigne, dans un vestiaire de rugby, ça marche. Il manque seulement le « retour aux fondamentaux »… Là, que dalle.

Silence, quelques secondes… Puis :

« On s'en fout, connard, on en a MARRE ! De la marche, du sable, de la manne, tiens, même des cailles ! ON VA LAPIDER CES DEUX FOUTEURS DE MERDE ! »

En ÉGYYYYPTEUEU !

D'un coup, de nouveau, le silence se fit… Car :

La luminosité passa d'un rayonnement solaire à faire tripler les actions Ray Ban à une pénombre marronnasse…

Sauf au-dessus du Tabernacle, où la nuée Yawehsque était passée de l'arc-en-ciel au rouge « sang artériel » zébré d'un noir peu engageant.

Un vent de force vingt (au moins), sur l'échelle ouverte de Beaufort, hurlant comme un millier de loups flanqua tout le monde par terre.

Et impossible de se relever !

L'Éternel parla à son Prophète :

« Jamais contents, ces mules arriérées ! Inéducables ! J'en ai l'auréole qui rétrécit ! Ça me fout des migraines ! Je vais faire table rase ! Un bon gros virus, bien vicieux ! EXTERMINATION ! Ils vont chier du sang, par les yeux, la bouche, les trous de nez, le trou de balle ! Plus un seul ! On repart avec toi, ta petite équipe et vos descendants !

À force de franchir les bornes, il n'y a plus de limites !

(Point de départ de la notion de truisme ! Note du narrateur.)

Devant la radicalité du propos, Moïse se lança dans une vibrante plaidoirie :

« Si tu en viens là, les Égyptiens l'apprendront. Et la répandront partout avec un commentaire fielleux, genre : Tu parles d'un Dieu, le Yaweh ! Il a tué tout un peuple, avec cruauté, en plus, parce qu'il n'a pas été capable de le faire entrer en terre de Canaan ! »

Terre qu'il lui avait promise, « juré-craché »… C'est rien qu'un gros bâtard de bouffon !

Et… Oui, Sophie ? C'est une plaidoirie de… rapeur ? Ben… Ouais, ça lui est venu comme ça, sœur !

« Alors, sois toi-même, Seigneur : GRAND ! Pardonne-leur. Comme tu l'as fait depuis l'Égypte…

Soucieux de son image, Yaweh pardonna… Si on veut…

« Tu leur diras : Yaweh tiendra parole, le peuple Hébreu aura Canaan.

Mais pas votre génération ! Ceux qui ont semé le défaitisme en revenant de mission, ceux qui les ont crus, qui ont crié contre moi, ceux qui ont vingt ans et plus, mourront dans ce désert ! Vos enfants, conduits par Josué et Caleb, serviteurs fidèles et loyaux recevront la terre promise ! De ce jour dans quarante ans. À errer dans le désert. Nous devons repartir,

Jusqu'à la mer Rouge, et refaire tout le chemin. Vos fils seront bergers dans le désert.

« Que ta volonté soit faite, Seigneur, approuva Moïse, sans enthousiasme excessif.

« Quarante ans, dit Josué… Et même pas pour partir en retraite… »

Où ça commence mal et… ça finit… pas terrible

Apprendre qu'ils allaient se farcir quarante piges de tournicoti, tournicoton, dans le sable et la caillasse, à se nourrir de pain gommeux, fade, plat, accompagné, pas tous les jours, de cailles rachitiques, ne poussa guère le peuple à faire la « Ola » dans les tribunes.

D'autant qu'on manquait de tribunes… Et que Josué et Caleb ne se privaient pas de leur claironner ce qu'ils pensaient des événements, dans un style, un style… fleuri :

« Dix imbéciles morts de trouille cherchent à vous la faire partager, leur pétoche, en vous serinant des carabistouilles de géants cruels, d'ogres à dents de sabre, de magiciennes cannibales, des conneries que n'avalerait pas ma nièce de cinq ans, et vous gobez sans mâcher ? »

« Écoutez Caleb, bande de bulles de vide ! Ils vous ont retourné ce qui vous sert de cervelle comme une galette de manne sur la bosse d'un dromadaire de course ! »

« Belle image, guerrier ! »

« Merci Prophète. Moi, à la place de Yaweh, j'vous la collais illico presto, la pidémie ! »

« L'è, Josué, pas la pidémie, l'épidémie… La maladie contagieuse… ! »

« Si tu veux ! La chiasse verte mortelle ! Qui te vide si tant bien qu'on peut te rouler comme un tapis ismaélite ! Tellement chiasse et tellement verte que le désert aura l'air d'un pâturage, du Sinaï au Néguev ! Il est trop bon, le dieu de Noé, Isaac, Jacob ! Quarante ans, QUARANTE ANS ! *Avec un troupeau d'imbéciles !* »

Les chefs de familles, milleniers, centeniers, convoqués devant le conseil des dix, penauds, semblaient atteints d'une subite et foudroyante crise d'aphonie suraiguë…

Pas un mot, pire, pas un son !

« AAAAALORS ? Vous en dites quoi, les rebelles en papyrus mouillé ? » Hurlait Josué, rouge écarlate fluo, veines gonflées, filet de salive aux commissures.

Il y eut UN courageux… Un millenier, un administratif. Ceux à qui ça paraît peu crédible font, tout simplement de la discrimination négative.

« On a décidé de se faire pardonner, on va passer la montagne et attaquer ces ennemis de Yaweh ! On va les…

"Vous avez *QUOI ? « Décidé ? »*... Dis, prophète, tu le crois qu'il peut y avoir autant de connards « haut de gamme » dans un même endroit ? Dis-moi que c'est un cauchemar ! Dis, réveille-moi ! Ils viennent de se prendre la colère de l'Éternel comme un mur de briques en pleine face, et… Ils EN REDEMANDENT !

« Il n'a pas tort, vous êtes insensés ! Vous foncez tout droit dans le mur dont parle notre chef de guerre ! Ne désobéissez pas au tout puissant ! Yaweh ne sera pas avec vous, vous allez vous faire piétiner ! Hacher menu ! »

Quelques « courageux de circonstance » (et de fraîche date), se mirent à brailler.

« On va y aller ! On n'a besoin de personne ! On va voir qui va hacher qui ! »

Ils virent.

C'est une horde hurlante et déchaînée qui se jeta vers les montagnes… Une ruée chaotique, qui fit des blessés avant même qu'une sorte d'espèce de tentative d'essai de bataille n'ait débuté.

En face

Un bloc ordonné de fantassins des nations cananéennes.

Un bloc silencieux, aucun cri… Seulement le choc des épées et lances frappant les boucliers en cadence, une cadence lente, immuable.

Devant ce bloc, formée en triangle, comme un coin d'éclatement de bûcheron, la cavalerie

Amalécite. Frémissante de désir de revanche ET impassible.

Quand les premiers Hébreux ne furent plus qu'à deux cents coudées, le cavalier de pointe lança la charge, épée brandie. Immédiatement, l'infanterie se mit à courir derrière.

Les cavaliers s'enfoncèrent dans la horde braillarde comme un fer rouge dans du Chabichou, ou comme papa dans la bonne, au choix…

Fauchant de tous côtés comme jour de moisson.

Ensuite, les fantassins fignolèrent le travail. Appliquant la consigne : un esclave estropié ne sert à rien, donc… Pas de prisonniers.

La première vague d'imbéciles était à peine à terre que le gros du flot hébreu avait fait demi-tour, tentant vainement de battre les chevaux à la course.

C'est seulement quand une pluie de flèches faucha une vingtaine de cavaliers, que la charge cessa.

L'armée cananéenne commença de reculer, en ordre, au pas, sans faire demi-tour…

Une ligne de cent archers hébreux, Caleb au centre, avait cassé l'élan de la cavalerie amalécite… Qui se replia en bon ordre.

« Si mon boulot, c'est de sauver un tas de demeurés dont la cervelle passerait par le trou du cul sans le dilater, j'suis plus très sûr d'avoir la vocation militaire ! » Grognonna Josué.

Le hibou bouboule, ou ulule… le Josué grognonne, quand il ne gueule, braille, hurle, pas.

Au camp oasien, au-dessus du Tabernacle, devant Aaron et fils, devant le Prophète, intrigués, la nuée irisée était agitée de soubresauts…

Yaweh *SE MARRAIT* !

Le prophète, le grand prêtre et ses acolytes entendirent distinctement :

« Bon sang, les boulets ! J'ai un goût de chiotte, en peuple élu, MOI ! »

Péché voulu, pécheur foutu !

La répétition est la base de la pédagogie.

Alors, Yaweh est un *immense* pédagogue !

Surtout sur un de ses sujets fétiches… LUI et les sacrifices, holocaustes, oblations que les membres de SON peuple élu lui doivent.

Et la qualité des animaux ou végétaux offerts, et les gestes rituels à observer, et l'ordre protocolaire, et la combustion de l'encens, et ses parfums préférés, et patin, et couffin…

Pour ce qui est de la répétition, de la redite, du rabâchage, les plus imprudents allant jusqu'à parler de radotage, Il était très au-dessus du niveau d'un titre olympique !

Les diverses remontées gastriques (la manne, c'est peu digeste) ayant poussé les Hébreux à la rébellion l'incitèrent à en remettre une couche.

Aussi ne sommes-nous pas surpris, au moment où nous prenons l'antenne, de trouver le Prophète dans un garde à vous crispé, face à l'entrée de la tente de rencontre, écoutant, fataliste, la logorrhée, nettement orientée vers l'engueulade maousse, aisément résumable en : « Comme DRH, tu ne vaux pas un rot de chameau diphtérique ! »

Ne me demandez pas pourquoi « diphtérique »… SES voies sont impénétrables !

Coup de chance, nous arrivons un poil avant du NOUVEAU ! Ou presque !

« Mon bon Moïse, je me rends compte que je t'ai confié une tâche difficile au plus haut point… Et que tu ne t'en sors pas si mal, en tenant compte du tempérament, volontiers vétilleux, ergoteur, pinailleur, atrabilaire, velléitaire, chicanier, versatile, querelleur, du troupeau que je t'ai donné à mener en terre promise ! Je reconnais sans discuter que tu as du mérite. De ton côté, tu comprendras que, présenter une demande d'excuses serait manquer de respect à mon essence divine. Nous sommes d'accord ? »

Moïse se contenta de hocher la tête.

« Bien, voyons s'il est possible de faire entrer un grain de bon sens, individuel et collectif, dans ces crânes de granit…

Tu leur expliqueras que, si toute faute ne peut rester sans châtiment, il faut peser attentivement, minutieusement, *les circonstances.*

Collectivement, si malgré ton enseignement, tes zozos font une boulette, *sans savoir que s'en est une,* c'est une *erreur,* pas une faute. La collectivité fera le sacrifice du péché, un taureau parfait, et une oblation de céréales, plus une offrande de vin… Le prêtre fera le rite de réconciliation, pour la communauté des enfants d'Israël, et ils seront pardonnés.

Si, en revanche il y a faute volontaire, préméditée… Pas besoin d'entrer dans les détails, tu as vu ce qui arrive… Tu le leur rappelleras…

De même, pour un cas individuel, l'erreur se réglera par le sacrifice du péché et le rite de réconciliation accompagné d'offrandes.

MAIS… celui, celle qui agira délibérément en contradiction avec un des commandements, qui blasphémera, par exemple, devra être retranché de son peuple !

« Rejeté, exilé, chassé ?

« Mis à mort ! Il fallait y penser avant ! C'est tout pour l'instant. »

Ce même jour, qui était jour de Shabbat (au fait, si vous n'aimez pas le h, enlevez-le), une foule très énervée amena à Moïse un homme surpris à ramasser du bois.

Le Prophète se connecta à son patron :

« Scusez moi, seigneur, ramassage de bois un jour de Sabbat (ça vous plaît mieux, sans le h ? On alternera !), on fait quoi ?

« Lapidation, immédiate ! *Par toute la communauté !* »

Là, je ne voudrais pas être de mauvaise foi, bien sûr – ça va, oui, j'ai un côté faux cul comme un député centriste, personne n'est parfait ! – mais là, le tout puissant prend la responsabilité de provoquer un paquet de « dommages collatéraux ! Je m'explique : souvenez-vous du commencement de ce Livre, le recensement des hommes aptes à porter les armes. On aboutit à un total de 603 550 hommes. Ajoutons les femmes, les vieux hors service armé, les nouveau-nés (ben oui, même à errer dans le désert, on baise !), les mioches, les ados boutonneux… on frôle les deux millions !

Visualisez un peu : un gus terrorisé au centre d'un amas de deux millions de lanceurs de cailloux ! Combien de projectiles, lancés par les plus éloignés, vont assommer les lanceurs des rangs de devant ? Hein ?

« Tout puissant », peut-être, mais gravement distrait, l'auréolé premium !

Comme aucun bilan n'apparaît dans la version originale, admettons que Yaweh ait un poil aidé les pierres à voler jusqu'au but…

Mais, là, c'est de la triche !

« Ah, j'oubliais, Prophète, les Hébreux, en signe de reconnaissance, d'identité commune, devront porter des vêtements à franges surfilées de bleu. »

Moïse, que plus rien n'étonnait, venant de Yaweh, hocha affirmativement la tête…

Point de vue classement des sujets, pas top non plus, le CRÉATEUR…

Putsh au tabernacle !
By Harlan Cohen
(Je sais, c'est « Coben », mais ça fait pas Hébreu !)

« Les champs n'étaient point noirs, les cieux n'étaient pas mornes.

Non, le jour rayonnait dans un azur sans bornes… A écrit le grand Totor, suggérant un décor idyllique, une ambiance à se sentir en paix avec le monde entier…

« Peace and love », genre, tu vois ? Mais toi, tu te méfies… Vu qu'au-dessus de cette entame édénique, tu as lu le titre : « Tristesse d'Olympio ».

Ce qui fait que tu sens, mieux, tu *sais* que ça va tourner à la purée de piment de Cayenne qui tombe dans le riz au lait vanillé !

Toi, lecteur, tu sais, comme moi…

Eh ben, le Prophète et le grand prêtre, experts pourtant en emmerdements migrateurs volant en formations serrées… Pas du tout, du tout… !

Ils prennent le soleil devant l'entrée de l'enclos sacré, peinards, béats, un verre de gnôle de figue à la main, comparant les mérites des différents bois disponibles pour les holocaustes, bref, ils profitent.

À fond !

Paupières closes… Au bord de la somnolence bienheureuse.

Une ombre.

Lumière et douce chaleur disparaissent.

Ouverture brutale des paupières, sursaut.

« Qu'est-ce que c'est, *encore ? »* Pense Moïse… À la fois las et fataliste.

Un gaillard type « Josué énervé » (d'accord, Kevin, il est *toujours* énervé !), poings sur les hanches, pieds écartés, menton agressif (non Nadine, c'est pas un Bogdanov !).

Un pas derrière, trois autres, qui singent, l'attitude belliqueuse du meneur. Je choisis le mot « meneur », car, c'est l'évidence, il n'est pas là pour inventer la conviviale réunion Tuperware !

En fond d'écran, deux cent cinquante hommes en armes. Dont un, l'antépénultième, à droite, au premier rang, se cure le nez avec une application digne d'éloges.

Ce qui effrite un peu la solennité martiale de la scène…

« Je suis Coré, de la maison de Lévi, derrière moi, Dathan, Obiram et Ôn, de la tribu de Ruben. Les deux cent cinquante autres, des chefs de division, de tribu, de famille, des milleniers, centeniers, des gens qui pèsent !

[Non, Nathalie, avec un P, pas un B ! (note du narrateur)]

Yaweh l'a dit au Sinaï : toute la communauté est sainte ! Et Yaweh est au milieu d'elle !

Alors, pourquoi vous élevez-vous au-dessus de nous ? Nous en avons assez de vous, les frères ben Amram ! »

« Coré, du sang de Lévi, il ne te suffit donc pas que Yaweh ait dévolu aux Lévites, ta tribu, la tâche la plus sacrée qui soit, servir le sanctuaire ? Et, par là même, servir la communauté, de la plus glorieuse des façons ? D'approcher l'Éternel en son tabernacle ?

Non ? Tu veux accéder au pouvoir de la prêtrise, avec tes trois comparses…

Voilà, ce que nous allons faire :

Demain, Aaron et ses fils présenteront, avec moi, un seau de braises sur lequel nous ferons fumer de l'encens.

Tes partisans et toi en ferez autant devant Yaweh. Il fera savoir qui est saint, qui peut l'approcher, ou non. »

S'ensuivit une conversation que l'on pourrait définir comme « à bâtons rompus », sans qu'il soit possible de dire, précisément, sur la tronche de qui.

Les rebelles finirent par accepter.

Chacun retourna à sa tente familiale, dans l'attente (l'attente, la tente ! Quel talent, ce narrateur !).

Attente qui fut brève.

Le temps d'un claquement de doigts, la terre s'ouvrit sous les pieds des rebelles.

AVALÉS ! Par le sol !

Qui n'eut même pas un rot !

Quand la ruée multidirectionnelle provoquée par la panique se fut calmée, et le silence revenu, Moïse, redressant au maximum ses quatre coudées de haut, hurla, aussi fort qu'une sono de rock métal (silence Sophie !) : « Y a du rab, ça vous dit ? »

Silence, ça pousse !

Il fallut une éloquence sans égale, à Moïse, pour convaincre l'Éternel, quasiment en rage, de ne pas se livrer à une coupe à blanc chez les contestataires. Mais il y parvint.

« Tu vas dire à chaque chef de tribu des enfants d'Israël de graver son nom sur son bâton de marche, et de te le donner. Sur le bâton représentant les Lévites, tu écriras le nom d'Aaron, car il n'y a qu'un bâton par tribu, et tu ne peux représenter une tribu plus que les autres : tu conduis *tout* le peuple Hébreu. Tu comprends ?

Aaron alignera les bâtons dans le saint des saints, devant l'autel du Témoignage.

Au matin, le bâton de celui que j'aurai choisi aura bourgeonné. Ainsi cesseront les murmures complotistes ! »

Si, monsieur « je sais tout », on disait *déjà* complotiste ! Sans être éternel, puisque commençant avec l'humain, il est bien parti pour n'avoir pas de fin !

Ainsi fut-il. (Ne râlez pas, je ne l'ai pas faite depuis longtemps, celle-là.)

Devant les douze chefs, pour éviter toute contestation ultérieure, Aaron disposa les bâtons devant l'autel du Saint des Saints.

Malin, il confia la garde du tabernacle, pour la nuit, aux chefs convoqués, plus Aaron.

Il mit même les points sur les « i »… Anne, je t'aime beaucoup, mais, comme pinailleuse,

Sophie me suffit ! Pourquoi n'y aurait-il pas une expression équivalente en Hébreu ?

Parce que ? Y a pas de i, en Hébreu ? Dis, tu as fait « Hébreu protohistorique », en seconde langue ?

Passons ! Donc, pour Anne : il « enfonça le clou. » :

« Petite ou grosse commission, c'est *SUR PLACE* ! vous restez ensemble, jusqu'au résultat ! Pas de litige pourrisseur d'ambiance ! »

Au matin, Moïse ouvrit lui-même le rideau.

Le bâton d'Aaron le Lévite portait des bourgeons, des fleurs et des amandes mûres.

Oui, *mûres* ! Yaweh a souvent tendance à en faire trop… Mûres, passe encore, mais, sur un bâton en bois d'acacia…

Il n'y eut, cependant aucune contestation.

Le fendeur de flots rendit chaque sceptre à son propriétaire, précisant :

« Aux étapes, depuis l'entrée de l'enclos, le peuple pourra venir voir le symbole du choix de Yaweh… Dites-le à vos familles. »

Propos qui, loin de pousser les Hébreux à faire la Ola du bonheur, relança les grognements méfiants de l'israélite de base :

« Ça va pas mieux, la tête ? S'approcher du Tabernacle ? Pour finir en gigot cramé, ou disparaître dans les entrailles de la Terre ? Oualou, peau de balle ! »

Jamais contents ! et… vulgaires, avec ça !

« Grenelle du saint des saints »
« C’est comme ça, épicétout ! »
(Yaweh)

« Éveille-toi, grand prêtre de Yaweh ! tonna Yaweh sous la voûte crânienne d’Aaron, car c’est Yaweh qui te parle ! Debout ! » (Chouette, j’ai casé trois « Yaweh », en deux lignes !) Aaron, littéralement arrraché (si, il faut trois « r », pour suggérer la surprise brutale, la panique, l’égarement, le désarroi, la recherche fébrile, voire fiévreuse, du dernier souvenir conscient, les repères temporels : quel jour qu’on est, les repères spatiaux ; où suis-je, les repères organiques ; faut que j’aille pisser… etc., etc.). Dans le nano-instant suivant, prise de conscience de *QUI* appelle, tout en tentant, sans grand espoir, de *ne pas* penser : « Quel est le con qui se trouve drôle ? Superposé à : « Qu’est-ce qu’on mange ? », préoccupation numéro un du Aaron « ante sacerdotem ».

« Pardonnez-moi, Très Haut, je ne suis pas Moïse, qui, lui, s’est habitué à vous avoir en résidence dans sa tête… Ayez la bonté de pardonner ma toute dernière pensée, j’ignorais que c’était vous. »

« Ta dernière pensée… Celle où tu m’appliques un qualificatif… passons ? Ou l’autre ?

Si c’est l’autre, aujourd’hui, c’est manne *et* caille. »

Aaron s'efforça de s'approcher le plus possible d'un maintien altier afférent à son titre de

Pontife Suprême d'Israël, tâche assez ardue quand votre Dieu, en personne, vous extirpe du sommeil en vous hurlant dans les oreilles de *l'intérieur*, alors que vous étiez, en rêve, certes, mais quand même, en pleine levrette avec l'épouse de votre frère !

Deux questions :

1. est ce qu'Il peut *aussi* entrer dans les rêves ?

2. est-ce que « ça compte » ?

Yaweh suivit tout ça, très musé…

Il reprit : « Je t'ai confié la garde du dogme, à toi, et, bien sûr, à tes fils, vous êtes les seuls, avec Moïse, à pouvoir pénétrer dans la Tente de la Rencontre. Vous êtes des Lévites, descendants de Lévi, fils de Joseph.

C'est pourquoi seuls les Lévites pourront entrer dans l'enclos du Tabernacle, afin de vous servir. Mais ils ne devront, JAMAIS, toucher les objets sacrés. Ils en mourraient.

Aucun membre des autres tribus n'entrera dans l'enclos sans en mourir.

Quoiqu'il arrive dans le lieu saint, tes fils et toi en serez responsables. »

« Même si cela arrive, quand nous dormons ? »

« Organisez-vous… Et puis, quand je vois à quoi s'occupe ta pensée quand tu dors, hein ? »

« Pas de souci, Seigneur, on s'organisera ! », s'empressa Aaron, pas très chaud pour justifier ses fantasmes « sentimentaux ».

« La Tente de la rencontre et ses accessoires sacrés symbolisent MA PRÉSENCE, le Dogme, l'Alliance de ce peuple avec Yaweh. Tes fils et toi répondrez de tout péché contre le Saint des Saints, le Dogme, la Prêtrise. Quelle que soit la personne qui le commet. »

Seuls, les prêtres entreront dans le Tabernacle, seuls les lévites auront accès à l'enclos, le peuple, formé par les autres tribus, restera, *toujours,* à l'extérieur.

Vous recevrez une portion de tout ce qui me sera offert. Une fois implanté en Canaan, le peuple donnera le dixième de tout ce qu'il produira pour l'entretien des Lévites…

De ce dixième, les Lévites devront me faire offrande du dixième. Est-ce clair ?

« Lumineux, Seigneur. »

Yaweh quitta l'esprit du Pontife.

Le laissant quelque peu perplexe, voire dubitatif.

D'un côté un titre ronflant, une rémunération en nature plus que convenable, une tenue « qui en jette »… De l'autre, un patron aux pouvoirs illimités et au caractère dangereusement imprévisible, *très* sujet aux sautes d'humeur mortellement dévastatrices…

« Je me demande si j'ai fait une si bonne affaire que ça », murmura-t-il, en se recouchant pour essayer de retrouver son rêve.

Au fait, est-ce que rêver, c'est tromper ?

Manque d'eau, manifs, désobéissance échecs diplomatiques… En deux mots, la routine

Avant la fin du premier mois à l'oasis, Myriam mourut et fut enterrée…

Comment, Théo ? « Et alors ? »

Eh bien, justement… J'ai eu beau relire, à plusieurs reprises, l'intégralité du chapitre original, force m'a été d'admettre que cette entrée de chapitre n'avait aucun lien, aucun rapport, aucune utilité – un peu comme une femme loin de ses casseroles – avec, et pour, la suite du récit…

Nadine, pose ce pot de fleurs !

Sauf que… Si je me souviens bien, et c'est le cas, la frangine avait clashé grave Moïse, sa « grosse tête », et son goût lamentable en matière de sentiment, et de bête à deux dos, puisqu'il s'était maqué avec une quasi-Philistine !

Il avait, d'ailleurs, semblé, lui pardonner.

« Erreur graaave ! », aurait dit le regretté Michel Colucci !

Depuis la fuite du premier couple du jardin d'Éden, Yaweh ne pardonne *que* si ça l'arrange ! Et Myriam s'en sort bien, elle a échappé à la lapidation.

C'est le sens des mots « clémence » ou « bienveillance » chez LUI.

Simple question de point de vue, trouvez pas, vous ?

Or, semblablement à l'arrivée à Raphidim, à l'est de la mer Rouge, au commencement de l'Exode, et malgré la générosité de l'oasis, l'eau vint à manquer.

Encore…

Une grosse mare à palmipèdes et échassiers divers, même *très* grosse, pour deux millions d'assoiffés, la cuisine, la toilette (enfin, surtout les femmes), et si les sources qui l'alimentent souffrent du fait d'une longue période sans pluie… Ben… ça fait pas bézef !

Du fait que j'ai pu mesurer votre perspicacité aussi affûtée que collective, je ne doute pas que vous saurez me dire ce que cette pénurie va amener… ? Oui ? Non ? Mimi ?

Le ? Foutoir… revendicatif ? Gagné !

Revoilà donc les rengaines habituelles du peuple élu contrarié : « C'était mieux avant, Les Égyptiens étaient cool, l'esclavage, c'est la garantie de l'emploi, on a le gosier comme un four à pain, on serait mieux morts… et j'en oublie…

Plein.

Tout ceci accompagné de promesses d'énucléation, émasculation, exsanguination, crémation en pièces détachées (détachées du propriétaire *vivant*, sinon la foule s'emmerde), j'arrête ici, la liste fait deux pages.

« Causez entre vous, lança Aaron à la horde orageuse, on va aux infos, on revient très vite !

« Pas mieux, appuya Moïse. » La tunique retroussée aux hanches pour courir plus vite.

« Aaaah ! C'est pas con, ça !» Approuva le pontife, perdant toute solennité sacerdotale, pour une allure de sprinter diarrhéique.

Ils achevèrent leur galopade par un « glissé ventral » du plus bel effet, qui trouva son aboutissement devant le rideau du Tabernacle, la tête dans le sable, comme deux autruches apeurées…

« Fa recvommenf'sse, lve caffajve de gveule ! » brailla Moïse, crachant le sable comme une bétonnière (baisse le doigt, Sof, j'ai compris !), Y fvfvont fenkfore nous lvapfider !

Ptchou ! (ceci est le bruit de l'expectoration des derniers grains par l'aîné), tandis que le cadet, d'un très seyant bleu de Prusse, moulinait des quatre membres, en essayant de se déboucher la trachée…

« Fausse route », dit Yaweh.

« Fausse route », dit Moïse.

« Fausse route, mais vrai con », dit Josué qui avait couvert leurs arrières, avec un peloton de F H S., il est redevenu lui-même…

Quelques mots, modestes.

Pour Josué, une thèse de doctorat de psychologie.

« Que faisons-nous, Seigneur ? L'eau manque cruellement. »

« Retournez devant l'assemblée, sur le gros rocher ocre rouge à tête de Sphynx. Prophète, parle-lui ! »

« À qui ? À l'assemblée ? »

« AU ROCHER ! Suis, un peu ! »

« Je parle au rocher, devant le peuple ? »

« Tu en as vu d'autres, non ? »

« Eueueuh… là, y sont chauds comme des beignets-là, Très Haut ! »

« Et mets le son à fond ! Toi, Aaron, lève les bras au ciel et glapis comme mille fennecs ! »

De toute façon, avec le boucan qu'ils feront, ils ne comprendront pas un mot !

L'eau jaillira, il y en aura à profusion, pour bêtes et gens.

« Qui c'est Profusion ? » Demande Aaron, à qui l'encombrement des bronches par le sable avait provoqué une anoxie cérébrale, légère, mais sensible. »

« Vous voyez, dit Josué, normal, redevenu… *normal* ! »

Les frères gravirent le rocher…

« Je ne vais sûrement pas me lancer dans un discours, en attendant la pluie de caillasses sur la boîte à fantasmes », chuchota l'aîné au cadet, en même temps qu'il frappait le roc de son bâton à surprises.

L'eau jaillit de toutes les anfractuosités du bloc. (anfractuosités, c'est pour moi, c'est cadeau !).

« Ça, ça va pas LUI plaire. » (Josué.)

Doctorat de psycho, je vous dis !

« *QU'EST CE QUE VOUS NE COMPRENEZ PAS ? DANS : « PARLEZ AU ROCHER ?*

HEIN ? » hurla Le Tout Puissant (surtout en décibels !), simultanément dans les crânes des frères Ben Amram, au point que Josué, placé entre eux, bénéficiait de la stéréo ! »

« Tout ça, c'est du Travail ! Faut impressionner le panel de clients ! Marquer très fort l'image produit, percuter l'imaginaire collectif ! Fixer la zone de chalandise ! Tu gââches !

Moïse, tu gââââcheuh ! C'est quoi, l'objectif ? Hein, C'est quoi ? FI-DÉ-LI-SER ! Vu ? »

Dans ce cas précis, par la terreur si nécessaire, sinon, le doute s'installe ! Et un client qui doute, c'est vite une case vide dans ton bilan comptable ! Me refais pas ce coup-là !

Jamais !

« Pardonne à ton vil serviteur Ô Yaweh… »

« Pas mieux, marmonna Aaron. » Expression génétiquement transmise, comme une tache de naissance.

« En fin de compte, depuis le temps qu'ils me cherchent de poux sous l'auréole, je fatigue !

Donc, je confirme, cette génération n'entrera pas en terre promise ! »

Plus tard, le conseil envoya des messagers au roi d'Édom, afin d'obtenir l'autorisation de traverser son pays.

Le bide total ! Un refus cassant, méprisant, menaçant.

Moïse envoya une seconde délégation qui se heurta, dès la frontière franchie, à une interminable muraille de cavaliers, fantassins, engins de jet… Manifestement, Édom avait prêché le front commun contre l'invasion, avec succès, à ses voisins.

Israël fit demi-tour.

Direction le mont Hor. Ce qui, reconnaissons-le, n'était pas vraiment un raccourci pour le lait et le miel.

Et ce n'est pas tout.

Au pied du mont, Moïse, Aaron et Éléazar, son fils aîné, furent convoqués au Tabernacle.

« Montez au sommet, tous trois. C'est la fin du chemin terrestre, pour Aaron, Moïse, tu mettras les vêtements de pontife à Éléazar. Il sera le nouveau grand prêtre. »

Quand, au retour de l'oncle et du neveu, le peuple apprit la mort d'Aaron, il pleura pendant trente jours.

Ce qui prouve que c'était un beau ramassis de faux culs !

Prier, c'est doper ?

Le roi cananéen Arad, qui vivait dans le Néguev, fut prévenu de l'arrivée des Hébreux.

Il prit, sans la moindre hésitation, sans réflexion non plus, d'ailleurs, pas son genre, la tête d'une troupe de cavaliers et lança un raid éclair, au cours duquel il fit une poignée de prisonniers. Regagnant à pleine vitesse l'abri de ses remparts.

Un modèle d'action coup de main

Sidération hébraïque, Josué était loin du point d'impact, Moïse invoque Yaweh : « Livre-moi nos ennemis, Seigneur, je détruirai leurs villes en offrande à ta gloire ! »

Pause

Je sais, public chéri, mon amour, comme fayotait le grand Pierre Desproges, que ta phénoménale mémoire, infaillible, t'a immédiatement rappelé que, dans le livre de la Genèse, ton narrateur unique, et cependant préféré, avait affirmé le principe que, dans ces contrées, une ville suffisait pour être roi. Je confirme. Je n'ai, cependant, jamais prétendu que l'on ne pouvait être roi *que* d'une ville !

Celui-ci est de Format L, voire XL, il règne sur plusieurs villes ! Ergoteurs !

Premier point.

Deuxième point : Si, dans un match de foot actuel, l'entraîneur d'une des équipes tient aussi la fonction d'arbitre, c'est encore mieux que le dopage pour un champion cycliste américain !

Enfin, il me semble… Comme il me semble que c'est bien ce que fait l'entraîneur des

Hébreux.

Les deux parties tinrent leur part du marché : L'éternel colla aux Cananéens une Gastro « de l'autre monde » (expression « courante »… pardon, j'ai honte, mais j'aime).

Josué et Caleb rasèrent la contrée.

Le peuple se remit en marche, par le chemin de la mer Rouge. Objectif : contourner Edom.

Josué et Caleb étaient bien d'accord : Edom et sa coalition des peuples les plus costauds et les plus aguerris militairement étaient un trop gros morceau pour Israël.

« Sont pas prêts », dit Josué dans son style lapidaire, économe de salive.

« Non, et c'est pas pour tout de suite ! » renchérit Caleb.

La chaleur sèche, lors d'une longue marche, qui plus est en terrain malaisé, grossit beaucoup la fatigue. Physique, le muscle tétanise. Morale, genre : « Mais qu'est-ce que je branle dans ce foutoir ? Putain, Shlomo (ou David, ou Gad, ou Ézechiel), ce que tu peux être con !

T'as un boulot, payé à coups de savate, *MAIS,* logé, nourri *TROIS FOIS PAR JOUR* ! Et pas avec du pain tout plat qui te soude les dents, hein, céréales, volaille, mouton, légumes engraissés par les crues du fleuve, peinard ! Y a pire ! Et toi, enfariné, tu suis le premier illuminé à barbe blanche qui fait trois tours de saltimbanque avec un bâton tordu et des criquets ! Pauvre cloche fêlée !

À peu de chose près, ils, elles (les « chiennes de garde veillent à la parité !) pensaient tous, toutes, la même chose !

Pour la énième fois depuis le premier pas de Moïse hors d'Égypte, le Prophète, un peu las du côté répétitif de la chose, dut subir la mauvaise humeur de son troupeau…

Yaweh intervint, avec sa bienveillance coutumière.

En envoyant, en pleine foule, des serpents venimeux qui tuèrent un gros paquet de mécontents agressifs…

Yaweh, toujours dans le trip « sévère, mais juste », mesuré, attentif à équilibrer au mieux le rapport faute/sanction. Sanction qui se doit d'éduquer, de faire comprendre au fautif *en quoi* il l'est, fautif.

Afin que, certain qu'il a compris (oui Nadine, ou elle…), il soit possible de lui dire, avec une sereine bienveillance : « Va, et ne pèche plus ». Pour ne plus pécher, le venin de vipère à corne, c'est garanti !

Comme d'hab', les révoltés de papier crépon, débaroulèrent (champ lexical du roi Arthur dans Kaamelot, excellllllente référence !) aux pieds de Moïse chouinant comme une nuée de redressés fiscaux :

« On regrette ! On n'aurait pas dû ! La vie de ma mère, les os de Tata Rachel, on arrête, on le fera plus, supplie Yaweh le tout puissant de nous épargner encore une fois, juré craché, on se tient à carreau ! S'TE PLAÎT ! Demande-lui ! Demande-lui ! »

Le Prophète eut à peine le temps de lever les yeux au ciel :

« Fais fabriquer un serpent de cuivre, accroche-le sur une perche, chaque fois que l'un(e) de ces ahuri(e)s sera mordu(e), qu'il-elle le regarde. Il ou elle ne périra pas. »

Ainsi fut-ce. (Ça change de « ainsi fut-il », on se lasse.)

C'était : la minute « bricolage et astuce », un tutoriel divin.

Au bout de quelques heures, les serpents disparurent.

Israël reprit sa marche interminable.

Sans moufter. Pas un soupir agacé, une toux mécontente, un haussement d'épaules navré, accompagné d'un hochement de tête fataliste… Ou l'inverse, ça marche tout pareil.

Vous pouvez aussi intervertir les adjectifs… ou en trouver d'autres

C'est modulable. Essayez, c'est ludique, et syntaxiquement éducatif !

Mais je m'égare…

Oboth-Ié Barim, vallée du Zéred-vallée de l'Arnon…

Béer où Yaweh dit à son prophète de faire creuser un puits que lui, Yaweh, remplit d'une fraîche au parfum de ciel de printemps (je sais c'est nunuche et ça ne veut rien dire, mais

Il nous fait une crise de bisounoursite suraiguë !), car il est miséricordieux…

Si, si, bande de mécréants ! Quoi, le feu du ciel, la terre qui s'ouvre, les vipères à corne ?

À un moment, faut sévir, un peu de jugeote !

Je continue ;

Matana-Naliel – Bamoth – etc., etc.

C'est pas pour retenir, c'est pour faire un effet ! La répétition, la lassitude, la fatigue…

J'aurais cité Aubervilliers et Shanghai, vous n'auriez pas tiqué ! Ces bleds, vous ne pourriez même pas répéter leurs noms ! C'est pas vous qui marchez, mais, rien que d'écouter la liste, ça vous colle le bourdon ! Vous voulez qu'ils picolent de la gnôle figue-oignon, qu'ils se vannent, s'engueulent, se trahissent, baisent comme des prises multiples, bataillent, se révoltent et s'écrasent devant l'Éternel pétardier, échappent à sa vindicte, et… rebaisent, pour fêter ça ! Vous savez quoi ? *Vous ne me méritez pas* !

Allez, je reprends. Par pure conscience professionnelle, par bonté d'âme envers un public d'amateurs.

Le roi des Amorites venait de vaincre le roi de Moab et de lui confisquer toutes ses villes.

Josué y vit une opportunité :

« Les trois quarts des Moabites sont morts ou esclaves, Sihon triomphe… Son armée est victorieuse, Prophète, mais au bout du bout, bourrée à mort, complètement démobilisée ! »

Motivation nulle ! Si Caleb et moi lançons des attaques éclair sur toutes se villes, tout de suite, on les anéantit ! Sans risquer de grosses pertes !

« C'est toi qui vois, dit Moïse, toujours aussi enclin à laisser les autres décider, quand il n'avait pas d'instructions divines.

« C'est moi qui vois ? T'entends, Caleb ? Alors c'est tout vu, Prophète, tu vas économiser dessaoulage, le dessaoulement, choisis, le plus rapide de leur histoire, depuis vingt générations ! Jusqu'à la mer Rouge, qu'ils vont cavaler, d'une traite !

« Je valide, Moïse, approuva Caleb, on n'aura pas deux occasions du même tonneau !

« Allez, Yaweh est avec vous. »

Ce fut encore plus facile que prévu.

Le roi, le prophète… et l'ânesse

Adonques (ça en jette non ?), Josué, avec son peuple de pousse-cailloux râleur et fatigué, s'était montré fin comme le renard des sables… Deux vaniteux, fiers et cons comme des coqs sur un tas de fumier, se volent dans les plumes. Josué patiente…

Il y a, c'est en général le cas, un vainqueur et un vaincu.

Le vainqueur chasse le vaincu hors du tas, quitte à lui faire la course à l'oignon.

Puis revient en gueulant « on est les champions ! » à s'en péter la jugulaire, tout en traînant un peu l'ergot, rapport à la fatigue, et en vacillant beaucoup, rapport à la gnôle figue-oignon, décidément très en vogue dans la contrée.

Là, « y a plus qu'à ! »… Josué, Caleb, et l'élite des F HS volent dans les plumes du vainqueur, tellement vite et fort qu'il ne comprend même pas ce qui lui arrive !

Ayant un minimum de bienséance, je ne filerai pas plus longtemps la métaphore du tas de fumier, par décence envers les Moabites, qui pourtant ont un nom à faire hurler de rire toutes les cours de récré francophones.

Je sais pas vous, mais moi, j'entends « Moabite », mon mauvais génie, sur mon épaule, me souffle : « de ch'val »… en ricanant !

Mais, trêve de billevesées abracadabrantesques, revenons à la geste de la conquête de la Terre Promise par le peuple élu au suffrage universel direct de Yaweh lui-même, avec un score d'une voix sur une, soit cent pour cent de l'inscrit *et* du votant.

Ce qui est assez rare, même pour Haïti au temps des Duvalier…

La « Task force » d'Israël avait laminé *un* roi de Moab. Pas *les* rois de Moab. Justement, Balak était un roi de Moab. Et les Moabites – j'ai entendu, Kevin – avaient été témoins de la capacité de nuisance du duo Josué-Caleb… Ils serraient vigoureusement les fesses, style « une olive, un litre d'huile », ainsi que tout ce qu'ils pouvaient serrer.

Pendant que le roi Balak faisait les quatre-vingt-dix-huit pas dans la salle du trône, à la façon d'un futur père attendant le résultat de l'accouchement de sa concubine préférée.

Tout pareil ! Sauf que c'est lui qui se devait d'accoucher.

D'une idée qui lui sorte le fondement du figuier de barbarie…

Un bon point : il savait pouvoir compter sur les Madianites, ses voisins, aussi impressionnés que ses sujets, et qui, de plus, avaient vu leur grand prêtre de la déesse mère rallier « Yaweh le prétentieux ». Le surnom vient d'eux, pas de moi.

Mais Balak comptait bien plus sur son arme secrète : Balaam, devin, mage, prophète, retour d'affection, bénédiction et/ou malédiction, sur demande, soins dentaires et communication commerciale. Résultats garantis, ou remboursement immédiat, si le client est vivant. Bref, l'honnêteté faite homme.

Actuellement en résidence à Pétor, pas très loin, sur l'Euphrate.

Une délégation Moabito-Madianite lui fut dépêchée, pour le convaincre, moyennant un défraiement, très généreux, de venir jeter tout son catalogue de sorts aux Hébreux, et, pour faire bonne mesure, de les maudire jusqu'à l'extinction des siècles.

Informé, Balaam leur dit, « installez-vous pour la nuit, vous devez être las, je vous dirai demain ce que Yaweh m'a dit de faire. »

Quoi ?

Jusqu'ici, nous avions un Dieu unique, un prophète, Moïse, et voilà qu'un gougnafier, qui pue l'escroc niveau doctorat, nous déclare benoîtement qu'il lui arrive de taper la discute avec Yaweh ! Yaweh, Dieu des Hébreux. Balaam est Sumérien, les Sumériens sont des adorateurs de Baal, Dieu anthropophage ! Voilà qui est paradoxal !

Mais… qui sommes-nous pour critiquer le créateur de toute chose, vie, situation, dont nous savons pertinemment que, bien qu'elles ne fussent pas à péage, ses voies resteront impénétrables, hein, qui ?

Je sais pas vous, mais moi, j'aime ces phrases qui laissent l'auditeur avec un air de poisson lune qui aurait gobé un oursin…

On reprend.

D'ailleurs, ça tombe bien, L'Éternel, tel qu'en lui-même (j'avais pensé à « en chair et en os », mais j'ai aussi pensé : Il ne va pas aimer ! Et je ne me sens pas de vocation particulière à finir en méchoui !).

Et oui, ma petite Jacinthe, j'aime aussi les longues parenthèses digressives…

L'Éternel, tel qu'en lui-même, donc, se fit entendre dans la boîte à magouilles du spirite stagiaire :

« Je te laisserai partir avec ces mécréants, mais tu ne leur diras que ce que je te dirai de leur dire. C'est dit ? »

Ce qui, convenons-en, fait beaucoup d'apparitions du verbe dire, certes diversifiées, certes, mais enfin… C'est lourd !

Au matin, Balaam se rendit à l'écurie de son ânesse, sella son ânesse, monta sur son ânesse et partit avec les princes de Moab… sur son ânesse.

QUOI ? Yaweh bourre une phrase de formes variées du verbe dire, moi, j'y colle un troupeau d'ânesses.

On est quittes !

Yaweh, mal luné envoya un ange armé d'une épée de feu sur sa route, montant en gamme dans la dissuasion.

Un grand type en robe longue, format basketteur NBA, avec des ailes et une épée rôtissoire, pour la brave bête, c'est beaucoup, en une seule fois !

Panique !

Blocage des quatre pattes (pas d'ABS !), arcage, ou arquage – Je sais ! Ça ziste pas, mais c'est vachement « parlant » – éjection, façon saut de l'ange inversé (bras pendouillant), jambes écartées… final : vautrage humiliant du « devin », qui n'a rien deviné, dans les herbes qui piquent et la caillasse qui coupe.

Bien entendu, en bon ami des bêtes, le mage outré flanque une volée de coups de canne à l'ânesse

Balaam ramassa son baluchon, défroissa sa dignité chiffonnée, monta sur l'équine créature, et repartit. Monté et monture s'engagèrent dans un chemin de vignoble, étroit, flanqué de deux murets.

Ça passait, mais juste. En plus, le vice du hasard, quand même, ça tournait ! Naturellement, à la sortie dudit, tournant, l'ange fait son Spielberg : épée chalumeau, rugissement féroce de deux cents décibels et des brouettes, rot de force dix qui plaque l'ânesse contre le muret de gauche (mais pas socialiste)… Coinçant douloureusement le pied du charlatan contre la pierre râpeuse !

« On *voit* la scène, quel talent, Alex ! »

« Merci, c'est trop ! »

« Non, non, c'est mérité ! »

La rage de Balaam fut limitée dans sa force de frappe par l'étroitesse du passage.

L'ange fit le coup une troisième fois. La pauvre bestiole se laissa choir au sol, coinçant sous elle une jambe du loquedu… Qui la frappa trois fois.

Pas quatre, lâchant même son bâton, de stupeur et de terreur !

L'ânesse lui parlait ! « Pourquoi m'as-tu frappée à trois reprises ? Ingrat !

« Parce que tu t'es payé ma tête ! Et que j'ai mal partout ! »

« Je te sers, fidèlement, sans rechigner, depuis deux décennies. T'ai-je déjà mis dans l'embarras ? »

« Ben, eueuh… Non ! »

Là, Yaweh lui ouvrit les yeux, et il vit l'ange !

Aussitôt, le lecteur d'avenir multifonctions se prosterna, se répandant en suppliques bégayantes :

« Pardonne à mon insignifiance, Ô glorieux Yaweh ! J'ignorais que tu étais sur mon ch...

« Pourquoi as-tu maltraité, ton ânesse dévouée et fidèle, ingrat personnage ? C'est moi qui l'ai effrayée, vas-tu tenter de me frapper ? »

Balaam resta coi.

« Bon, puisque tu sembles y tenir, va voir Balak. Mais, n'oublie pas : tu diras *exclusivement ce que je te soufflerai !* »

Balak accueillit « son » mage

« C'est pas trop tôt ! »

C'est bon de se sentir désiré !

Rime riche, poète à sec
(Proverbe sumérien)

Habitué à faire marcher son monde à la trique, Balak, roitelet en carence vitaminique qui se voyait aigle royal régnant sur les sommets, fit, naturellement, une erreur psychologique en accueillant le mage sumérien :

« C'est maintenant que tu arrives ? Je t'envoie la fine fleur des noblesses de Moab et Madian, je te couvre d'or à t'empêcher de respirer, et toi, tranquille tu te la joues condescendant en prenant tout ton temps ? »

« Bonjour, d'abord, roi respecté, bien que malpoli, tes reproches sont injustes et déplacés, car : tu n'as aucune idée des causes de mon arrivée tardive, tu pouvais demander à tes garçons de courses, ensuite, *TU* es demandeur, *Je* ne t'ai rien demandé, *MOI,* enfin, tes sacs d'or ne changeront rien à ce que j'ai déjà affirmé à ton éminente délégation, à savoir que je ne dirai que les paroles que Yaweh mettra dans ma bouche. Rien de plus, rien de moins. À toi de voir. »

« Conscient qu'en effet, il avait plus besoin du mage, que le mage de lui, Balak se fit pâtisserie au miel pour son hôte et son escorte d'élite. »

Une fête ogresque – des objections ? – basée sur force grillades dégoulinantes et boissons festives à souhait mit l'huile nécessaire dans les rouages…

Je serais porté à penser que les protagonistes de cette bâfrerie princière et néanmoins à but ouvertement maléfique, voire destructeur pour les Hébreux, selon le vœu de Balak, s'étaient montrés raisonnables en matière de consommation de liquides alcoolisés, ou bien étaient dotés d'une solide résistance à la picole, car c'est d'un pied assuré qu'ils gagnèrent le haut plateau de Bamoth-Baal, d'où il était aisé de voir les environs… jusqu'à perte de vue. Ce qui, somme toute, me semble sémantiquement raisonnable.

Balaam se montra très impressionné par le formidable grouillement d'humains, de bétail, et de divers véhicules à traction animale qui couvrait la plaine au point qu'on ne voyait quasiment plus une parcelle du sol.

« Hééé bé, »… souffla-t-il, baba. Parfois, le devin, bateleur pourtant, sait faire sobre.

« Débarrasse-moi de ces larves toxiques ! » trépignait Balak, couvert d'acné rosacé…

(Psycho somatique, déjà ?)

« Il en sera comme Yaweh jugera qu'il doit en être. Très exactement ! »

Et, Yaweh inspira Balaam, tout en lui laissant une grande liberté stylistique :

« Prince Balak, pour ton service, j'ai quitté Pétor,
Ma ville, pour un pont d'or.
Aussi haut, aussi long, que soit ce riche pont,
Pour maudire Israël, les enfants de Joseph,
Bénis de Yaweh, ton pont, au fond…
C'est pas bézef !
Je ne saurais maudire
Ce que l'Éternel a béni,
Ce qu'il m'a dit de dire,

Mot pour mot, je l'ai dit !

Je t'avais prévenu,

Prince, tu l'as…

Cherche toi-même la rime en U ! »

On aurait pu s'attendre à une colère d'ouragan contrarié de la part du potentat déçu.

Balak eut une expiration prolongée, très prolongée, génératrice d'un calme fragile, certes, mais remarquable…

« Je comprends, ce lieu émet des vibrations néfastes, allons en un lieu plus propice à ta concentration, si ce n'est à celle de ton Dieu, j'offrirai sept holocaustes propitiatoires, il me sera favorable, il comprendra quel tragique il a fait en choisissant cette vermine pouilleuse ! »

« Tu as raison, ironisa Balaam, traite-le de crétin, ça va sûrement le mettre de bon poil ! »

Balak ne démordit pas de son projet. Transfert géographique, bûchers de sacrifices, poème déclamé avec emphase par le mage… Inspiré par Yaweh, ce qui est, encore de nos jours, une sérieuse garantie de qualité prosodique… En Israël. Poème apologétique… quasi hagiographique (un brevet de sainteté, en gros), pour… les Hébreux.

« Caramba, encore raté ! ».

C'est ce qu'aurait hurlé Balak, en piétinant son sombrero… S'il avait été mexicain.

Ce qui, reconnaissons-le volontiers était très peu probable, statistiquement, en terre moabite – j'ai entendu, Nathalie ! T'as pas honte, une honnête mère de famille ?

N'empêche, il se laissa aller à des propos que le plus conciliant des médiateurs professionnels eût qualifiés de « peu amènes », ce qui, en langage diplomatique correspond à : « pas piqué des hannetons »… ou des vers, les goûts et les couleurs, n'est-ce pas ?

Il souleva des doutes très vexants à propos : des habitudes sexuelles de sa mère, dans ses relations avec le troupeau de porcs gangrénés qui fournirent la jarre de semence qui servit à le concevoir, ses capacités réelles de nuisance par malédiction, la réalité de l'homologation par les puissances cosmiques, d'un prétendu Yatruc, ou Yamachin, sorti de nulle part, que, lui, Balak, en personne, défonçait, sans onction à l'huile d'olive préalable, par une voie parfaitement pénétrable, mais très peu propice à la reproduction.

Ah, je vois que cette phrase m'a fait perdre du monde… Pardon, Sophie (encore !)… ?

Bravo, ma So ! Exactement ! Il a même crié, fou de rage : « Ton Yabidule, je l'encule ! »

Ce qui révèle un goût inné de la rime !

Balaam parvint à contenir toute ombre de colère dans sa réplique, calme, pédagogue, ainsi que le ferait un père plein de patience, expliquant à son tyrannique petit dernier trépignant, que, non, il ne pouvait pas monter sur la table, pisser dans la soupière, et exiger de regarder ses quatre frères, et sa sœur la déguster à la cuiller.

Non. Il ne peut pas !

« Balak, tu as raison, tu es le roi.
Je ne dirai pas des quoi…
Tes ambassadeurs, en ma ville sont venus,
Ils m'ont vu,
Je les ai prévenus :
Ma bouche ne dira
Que ce que Yaweh y mettra.

Ton or RIEN n’y pourra !
Pire, gens de Moab, d’Amalec, d’Édom la fière,
Vous serez vents de poussière.
Par les Hébreux, lc jour viendra
Où même le sable vous oubliera. »
Ce qui n’a guère de sens, on est bien d’accord.
Mais ça a de la gueule !

Là-dessus, Balaam remonta sur son ânesse et reprit la route de Pétor la tranquille, là-bas, au bord de L’Euphrate nonchalant.

« Je vous l'avais bien dit les étrangères, toutes des salopes ! » Tata Rachel

Le temps passait. Et le temps qui passe, sans but à atteindre, c'est l'assurance de l'arrivée insidieuse de l'Ennui (Majuscule voulue, c'est quelqu'un, l'Ennui !).

Ledit ennui est en liaison directe, sur le principe des vases communicants, avec la citerne à conneries.

Laquelle, arrivée à saturation, fait péter les vannes, lâchant un tsunami de diverses actions qui, on ne sait pourquoi, ont le don de rendre l'Auréolé… Eueueuh… Grognon ?

(Pour s'installer, sémantiquement, dans le doux euphémisme.)

Car, grognon, chez Yaweh, c'est, direct, la mise en route du prototype, taille « divine », du lance-flamme. En vrac, louper un rite dans un rituel, sauter le Shabbat, sauter la femme, fille, nièce, mère, grand-mère, pire, neveu frère, oncle, etc., etc., du ou des voisins.

Et j'ai bien dit : voisin(s), car, voyez-vous, si une femme est violée par toute une division (ou plus si capacités réceptives « ad hoc »), Yaweh fera les « gros yeux » aux couillus…

MAIS, la salope aguicheuse (ça marche pareil, au pluriel), est *certaine*, de se voir marquée au fer, lapidée, démembrée, carbonisée en holocauste expiatoire, ses cendres dispersées dans le désert.

Or, à la longue, le peuple conçut un très beau, consistant, odorant crumble de tous ces péchés agaceurs d'Éternel.

Surtout, DU CUL !

Le cul, c'est maaaal ! (merci Coluche)

Pire : avec des *étrangères* !

Plussss pire : avec des étrangers !

Ça, ça passe PAS ! Disait celui de dessous…

Prenons une courte pause dans cette coruscante narration… (Vite, un défibrillateur, le public est en arrêt cardiaque. Déconnexion éclair de tous les lobes cérébraux !), pour peser, au trébuchet, les nuances sémantiques d'un même objet lexical.

Vanessa, remonte la mâchoire inférieure, tu baves…

Le substantif *peuple, est* un objet lexical.

Lorsqu'il est employé pour traiter de sujets banals, le mariage, l'épidémie de fièvre aphteuse, la cuisine, l'élevage des bovins, des caprins, des gosses, etc. le peuple, c'est tout le monde : mâles zé femelles.

Lorsqu'il s'agit de politique, de cul, de guerre, de cul, de picole, de cul, de jeux d'argent, de ki ka la plus longue, la plus grosse, la plus dure, et qui pisse le plus loin pour écrire son nom dans le sable – ce qui, notez bien, est plus difficile que dans la neige – donc, et dix de der, de cul, le peuple… c'est *exclusivement*, l'homme, le mâle, le mec, le cador, le gus, le kéké, bref, celui « qui en a » !

La femme n'est que quantité négligeable, « celles qui ne sont rien »… et pour une grosse brassée de millénaires !

Pour bien allonger l'ardoise, « le peuple » se mit à manger des animaux interdits, donc sens numéro un : tout le monde.

Puis, ce même peuple, se mit à sacrifier à une palanquée de dieux barbares dépeceurs de nourrissons, pendant que les tentures du Saint des Saints se couvraient de poussière.

Moïse confia à Josué, le soin d'exécuter les meneurs, comme prescrit par l'Éternel.

Le chef de guerre fit décapiter quelques milliers de renégats, dont les corps furent pendus, sous les bras, tout autour de l'enclos sacré.

Ce qui amena une surprenante, mais admirable résurgence du monothéisme, à la frontière de Moab.

Alors que Moïse, Éléazar, fils d'Aaron, le premier grand prêtre, devenu lui-même grand prêtre à la mort de son père, et le fils d'Éléazar commentaient les événements devant la tente du conseil, un fils d'Israël, tenant par la taille une Madianite, s'engouffra dans la demeure de ses frères, ses intentions libidineuses peintes sur le visage.

Finéas, c'est le fils d'Éléazar, sentit, en lui, monter une colère torrentielle.

Il marcha droit sur une escouade de FHS, s'empara de la lance du gradé qui la commandait, entra dans la tente d'où montaient des feulements de lionne, en contrepoint de hoquets d'homme ivre.

Surplombant l'animal à huit membres qui se tordait sur la natte en râlant de plaisir, il leva haut la lance et la planta dans les deux êtres exultant, les clouant au sol.

Il sortit les laissant agoniser…

Les exécutions cessèrent, Josué, fléau de Dieu, arrêta de battre le grain humain.

Yaweh, satisfait, interpella Moïse :

« Aaron, quoique pas très futé, fut nommé par moi, Yaweh, grand prêtre du Saint des Saints.

À la mort d'Aaron, je t'ai dit de désigner son fils, Éléazar.

Aujourd'hui, Fineas vient de relever l'honneur du peuple Hébreu en faisant justice pour son Dieu ! Pour cette raison, et seulement celle-là, Finéas sera grand prêtre de Yaweh.

Et les fils aînés de ses fils aînés, à travers les siècles. J'ai dit ! »

Jethro, pensif : « Je me demande ce qui nuit tant à la sérénité de Yaweh, en matière de culs féminins ? De culs féminins *étrangers*, surtout !

« Moi, dit Josué, délicatement raffiné, du moment qu'il y a les trois entrées… étrangère ou pas, rien à battre ! »

Josué, trouvez pas, vous, qu'il a souvent le mot de la fin ?

Et que Yaweh à un sens de la justice… taillé à la serpe ?

Yaweh tient ses comptes à jour
Yaweh se fait féministe ! Si ? Si !
Josué, nouveau prophète !

Yaweh ordonna à Moïse et Éléazar, nouveau grand prêtre d'Israël, qui, soit dit incidemment, en avait ras la tiare que tout un chacun parle de lui ainsi (« nouveau »), de faire un second recensement dans toutes les tribus, des hommes de plus de vingt ans aptes à porter les armes, pour la survie du peuple de Yaweh.

Admirez le talent inné de votre modeste conteur ! Premier mot : Yaweh, dernier…

Yaweh ! Dans une phrase d'ampleur respectable, habilement et harmonieusement séquencée… Je suis bon, je suis *TRÈS* bon !

Je me rencontre, je m'épouse !

Mais revenons à l'essentiel. Non, Théo, je ne pense absolument pas que ce soit moi, l'essentiel !

Pourquoi ce recensement bis ?

Je vous aide : pensez à l'exaspération de l'esprit créateur devant la tiédeur religieuse de ce peuple, jamais satisfait de son sort, et à la punition promise.

En quoi consistait cette promesse de châtiment ? Nathalie ? C'est parfait !

Quarante ans d'errance sur une terre désertique et hostile, de telle façon qu'aucun membre de la génération du premier recensement n'ait le bonheur d'entrer en terre promise. À l'exception de quelques-uns, dûment désignés par l'Éternel en personne !

Hein ? Ça ne rigole pas !

Ce recensement, outre permettre à Josué de se faire une idée claire de l'état de ses forces, va assurer une vérification de l'accomplissement de la malédiction divine.

L'armée était au top, et, hormis Josué et Caleb, la génération des contestataires professionnels avait disparu.

Le prophète, le grand prêtre, les chefs de famille croisaient les données recueillies, en les commentant doctement…

Cinq jeunes femmes, épaule contre épaule, pour s'encourager, vinrent droit sur eux.

D'un pas ferme et décidé, mais sans agressivité dans leur attitude générale.

« Notre père, Zelofehad, descendant de Joseph par Manassé, est mort dans le désert.

Il n'était pas des conjurés qui suivaient Coré le renégat blasphémateur contre Yaweh.

Il n'a pas renié Yaweh.

Je suis Mala, l'aînée, et voici Noa, Hogla, Milka et Tirza. »

(Kevin, trèèès drôle : « zavez pas vu Tirza ! », si, si, très !)

« Notre père n'a pas eu de fils. Est-ce une raison pour que son nom disparaisse ? Il faut que les femmes héritent et perpétuent son nom. Donne-nous une propriété parmi les frères de notre père.

Embarrassé, Moïse fila refiler (!) le problème à Yaweh.

Toute la gent masculine du peuple élu fut mise K.O. debout par la réponse de l'Éternel :

« Les filles de Zelofehad *ONT RAISON* ! »

« Le silence qui suit Yaweh est encore du Yaweh ! », aurait déclamé Guitry, de sa voix de Colvert bronchitique… »

Sauf votre respect, un pet de puce aurait paru ouragan…

« Un tendeur a pété ! gémit Caleb, prenant, pour la première fois Josué de vitesse. »

« Tout fout l'camp ! »

« C'était mieux avant… »

« C'est la fin des couilles dominantes »

Je vous fais tout le catalogue du Zemmour Club, ou c'est bon ?

« Voici la règle que j'édicte, pour que les noms des familles de ceux qui conquerront la Terre Promise, après avoir erré dans les sables, ne sombrent pas dans l'oubli : Si un homme meurt sans fils, l'héritage va à la fille. Si pas de fille, a ses frères. Si pas de frère, aux frères de son père. Si son père n'a pas de frères… l'héritage ira à son plus proche parent *par le sang.* Ce sera ma loi ! »

Par le sang... Donc, les épouses… Peau de balle et balai de crin !

Si je peux me permettre !

Et d'ailleurs, je peux… Vu que c'est bibi qui raconte !

Certains prétendent avoir entendu Yaweh murmurer : « Ça, c'est fait, la suite ! »

« Moïse, dans le désert de Zin, je t'ai dit de parler au rocher, pour avoir de l'eau. Tu as ignoré mon ordre. Au lieu de parler, tu as frappé le rocher. Aaron, déjà est parti. »

Tu monteras au sommet du Nebo, contemples, de là, le don que je ferai à ton peuple.

La terre de Canaan. Quand tu l'auras bien vue, je t'emporterai.

« Qu'il en soit ainsi, » dit Moïse, résigné.

« Mais je ne peux laisser le troupeau sans berger. »

« Prends Josué, pose la main sur lui, mène-le devant Éléazar, qu'il le consacre en présence du conseil, Prophète d'Israël. Il sera officiellement Prophète, c'est un homme solide, et Caleb l'assistera. Quand tu le jugeras prêt ».

Ainsi fut-il.

« C'est bien ma veine, marmonna Josué ».

D’un prophète à l’autre
Le stagiaire

Pendant que Josué, moyennement enthousiaste à l’idée d’endosser le rôle de Prophète de Yaweh face au peuple élu, se faisait des goinfrées de manœuvres, parcours du combattant, maniement d’armes de poing, de jet (dont la fronde, qui deviendrait emblématique avec David, bien après lui, mais bien avant Thierry (je sais, blague de vieux, mais *MOI*, je la trouve bonne !) et la parenthèse *dans* la parenthèse, c’est top ! Non ?), Moïse et Éléazar répondaient à la convocation de l’Éternel, au sommet d’une montagne, par une chaleur de four, petit coup de pression du taulier vaporeux, vicelard, car, comme vous le savez, ou alors, faut consulter, Il a la faculté – non Kevin, pas la Sorbonne – de parler à qui Il veut, direct dans la tête.

Que voilà une phrase concise, ramassée, droit au but, en un mot : un coup de sabre !

Comment Kevin ? Ça fait… ? Quatre mots ? Va jouer au foot sur la voie rapide.

« Moïse, tu as appris ton boulot sur le tas, à l’ancienne, à part que tu causes pas aux rochers quand je te l’ordonne, tu as fait ça au poil ! »

Note du conteur : ce jour-là, Yaweh « cause » comme Gabin dans « La belle équipe », Il a beaucoup aimé le film, j'y peux rien !

On reprend.

« Éléazar, tu as appris ton métier en étant l'acolyte de ton père, le premier grand prêtre, tu étais prêt à reprendre après lui. Josué, lui, est d'abord un castagneur. Mais je le veux, *LUI,* et personne d'autre, à cause de son tempérament suffisamment impressionnant pour calmer les agités. Surtout assisté de Caleb, qui n'est pas, non plus, du genre à prendre des bains de lait d'ânesse… Sans parler des FHS, qu'il a formés à son image ! Un peu comme moi, avec Adam. Vous comprenez ?

« Oui, Très Haut ! »

« Quoi de plus beau qu'un chœur unanime ? » rigola Yaweh…

Dans la plaine, Caleb, qui faisait travailler la FFFHS, Flèche de Frappe de la Force Hébraïque de sécurité, l'élite de la crème du gratin de l'armée d'Israël, malgré sa robuste constitution de Tyrannosaure qui, comme tous les gens sensés le savent, n'a jamais existé, puisque d'après quelques illuminés « scientifiques » ayant abusé du formaldéhyde en perfusion, il serait apparu deux cents millions d'années avant Adam (!), j'vous jure, y en a, hein ? Pourquoi pas une terre ronde, pendant qu'on y est ? Caleb, donc, commençait d'avoir les galettes de manne au fond du sac de jute, vu le rythme imposé par Josué, « fin énervé » comme on dit dans les Vosges, à tous ses subordonnés, dont Caleb.

Et la boucle est bouclée.

Josué qui, depuis deux bonnes heures, travaillait son sprint, autour des cinq mille hommes du groupe de travail à « effectif réduit », un bélier sur les épaules. « Pour le souffle »…

« *JOOOSUÉÉÉ !* »

Là, il faut un ralenti dé-com-po-sé, limite image par image :

1. Les sandales de l'athlète restent sagement au sol.

2. Ses orteils forment deux jolis bouquets à dix coudées du sable, à la verticale, sans élan !

3. Le bélier frôle de peu la sortie de l'attraction terrestre, passant à « ça » (geste avec le pouce et l'index formant un bec de canard asthmatique), de la mise en orbite !

4. Retour sans douceur de tous les composants à terre

5. Rire tsunamique de Yaweh.

Qui, charitablement, baisse de quelques tons… Dans la tête de Josué, à la fois groggy et furibard.

« Tu verras, on s'y fait, demande à Moïse.

« T'es pas drôle, ta hauteur. » Réplique Josué, déjà revenu du choc, et peu au courant du protocole « homme – Dieu. »

Mais qui sandale, quand même le cul de Caleb, parce… qu'il est le plus près.

Nath, quand on est en sandales, on sandale, le cul, si on n'est pas en bottes… on ne peut pas botter… Élémentaire.

« File au parvis du Tabernacle, au lieu de rouscailler (Il ne s'était pas encanaillé comme ça, point de vue langage, depuis la Genèse !) comme un cégétiste !

« Un quoi, ta grandesse ? » s'ébaubit le guerrier.

« Laisse, tu peux pas comprendre… Allez, trace, fissa ! » (un festival linguistique, Il est en forme !)

Moïse et le grand prêtre (j'ai zappé « nouveau », ça lui déclenche un psoriasis terrible, il sème des pellicules partout ! À table, c'est dégueu !), accueillirent le porte-parole fraîchement impétré… Allons, bon Sophie, dis rien, je sais ! Le verbe impétrer ne se trouve dans aucun dico ! Pour l'instant. Suis-moi bien : le dictionnaire définit comme suit le mot « impétrant » :

« Personne qui a obtenu un titre, un diplôme, un poste d'une autorité. »

C'est pas une autorité, Yaweh ? Si ? Bon, donc, Josué a été impétré prophète par Yaweh, forme passive, ou, Yaweh a impétré Josué prophète, forme active.

Pour en faire un prophète impétrant, qui déboule tout juste dans la carrière. Donc, on vient de *créer* le verbe impétrer !

Elle est pas belle, la vie ?

Reprenons.

Moïse ouvrit la bouche… et la garda ouverte, vu que Josué avait fourré ses quatre doigts non opposables dedans, jusqu'aux amygdales !

Ce qui lui diminuait nettement la prestance, surtout avec les yeux exorbités, et le son, peu harmonieux, soyons honnêtes, des gargouillis qu'il émettait, du fait de la brutalité de l'encombrement intempestif, gargouillis beaucoup moins sexy que sa tessiture sensuelle de baryton basse, celle qui avait jeté Sephora sur le dos, faisant le V de la victoire avec ses superbes jambes…

« Écoute-moi bien, Momo, Quarante ans que je te colle à la tunique, je me suis farci les dix commandements, les holocaustes, les sacrifices de grâces, du pêché, de repentir, de réconciliation, et tous les protocoles de toutes les cérémonies, puisque, si je ne suis pas en train de désosser de l'Édomite, de l'Éphésien, du Madianite, du Moabite ou du Philistin, je suis à tes côtés pour protéger tes fesses des malfaisants, malveillants, malappris, rebelles, renégats, repris de justesse – si, elle est bonne ! Et j'ai pas fini ! – je t'ai sauvé le cuir si souvent que j'ai l'impression d'être ta nounou ! Alors, lâche-moi l'équipement de survie de l'espèce ! On a un grand prêtre et deux pousse-cailloux pour l'aider, non ? C'est leur taf ! PAS LE MIEN !

Toi, tu inaugurais, normal que tu aies dû te farcir la totale, puisque la voix du Divin Taulier, c'était toi ! Tu les as *FORMÉS*, les déguisés ! Maintenant, ils sont au point, ils pourraient faire le boulot, en marchant sur les mains, si Éléazar n'oubliait pas si souvent de mettre le caleçon rituel !

Si, bonhomme, tu oublies !

Alors, soyons clairs, je serai le guide des Hébreux, le porte-voix de l'Auréolé, ça baigne !

Mais, les simagrées-protocolo-mystico Yawesques, PAS QUESTION !

Comme Il sait tout, Il sait ça aussi ! Il m'a choisi et fait consacrer, c'est son affaire.

Et, quand il faudra casser du salopard, je ne leur demanderai rien, moi ! »

« Ça va nous changer du centrisme mou. », pensa Yaweh…

Bataille sans merci, tueries, viols partage du butin… Tout ce qu'on aime !

Yaweh convoqua devant la Tente de Rencontre, sa doublette de Prophètes ainsi que sa triplette cléricale (Éléazar), Finéas (son fils), et Eli (fils d'Ithamar), et les harangua ainsi : « Les Madianites commencent à me baver sérieux sur l'auréole, non que j'aie peur qu'elle rouille, lol (Si, il a dit « lol » ! Ça gêne quelqu'un ?), mais leurs petites magouilles de coalitions, avec tous les traîne-patins de la région dans le but d'éradiquer mon peuple élu… Ça va un moment ! Je ne vais même pas leur faire une proposition qu'ils ne pourront pas refuser, pas de temps à perdre, VOUS ALLEZ ME LES BROYER ! CO MME LE BLÉ EN MOULIN ! PUL-VÉ-RI-SÉS, Je les veux, poussières de grenier, balayures ! COMPRIS ? »

« Compris, Ton Altitude suprême, et c'est pour moi ! Tant que Momo respire, quand y a besoin, l'équarrissage de malveillants, c'est à moi ! »

« Dis, Moïse – et les trois autres –, il faut Me faire évoluer la base lexicale de Josué, hein ? »

Ça la fout mal !

« Nous y veillerons, Seigneur… »

« Ton altitude ! Je t'en foutrais, moi ! » rumine l'Unique…

Il y eut une courte consultation entre les deux prophètes à laquelle participa Caleb, chargé de l'application du plan concocté par les deux autres.

Les deux autres, les deux autres… C'est vite dit, Moïse s'y connaissait en plans de bataille comme votre serviteur en mathématiques « non euclidiennes ».

Et même euclidiennes, d'ailleurs.

Soyons sérieux, Josué expliqua son idée, point par point à son aîné en prophètorat, lequel approuva, point par point itou en prenant l'air concentré et admiratif.

Puis, les trois firent le tour des douze tribus, pour mettre les chefs de famille « au jus ».

Oui, Nath, j'ai dit « au jus », au courant, humour d'électricien !

Y a pas que LUI, qui cause populo !

Au matin, douze unités de mille hommes, mille par tribu, étaient présentes, parfaitement équipées, au point de regroupement.

Josué appliqua une deuxième fois la méthode qui lui avait si bien réussi contre les Amorites : le raid éclair. À un moment d'attention relâchée. En plein marché, quelques instants avant l'aube, à l'heure du repas méridien… Au choix

Surgir, frapper le plus vite, le plus fort possible. Tuer tous les mâles en âge de combattre, capturer femmes et enfants, pour l'esclavage.

Avec des groupes de combat à effectif variable, en fonction de l'importance de la cible.

Ne pas laisser de fugitif, source d'alerte pour les objectifs suivants.

En quatre jours, ce fut terminé.

Pillages et chargement des chariots (pris à l'ennemi) inclus !

Un orfèvre, le Josué !

La troupe victorieuse reprit le chemin du camp hébreu, pour retrouver la communauté, dans les plaines arides de Moab, près du Jourdain, à la hauteur de Jéricho.

Où Moïse les accueillit, dans une colère sinon noire, du moins gris très foncé ! Très, foncé !

« C'est pas Dieu possible ! [note : je crois avoir déjà avoir fait crier ça à Moïse, excusez la facilité, mais vous comprendrez que j'ai autre chose à faire que d'aller vérifier !], C'est pas Dieu possible-Non, Kevin, Momo ne radote pas, c'est une astuce pour ceux qui se perdent dans mes digressions San Antoniennes ! –, vous avez laissé vivre les enfants et les femmes !

Vous êtes bouchés, comprenez rien à rien ! Z'avez la comprenette ensablée ! Ce sont ces sorcières qui ont poussé nos valeureux hommes à la fornication démoniaque !

Que si ma tunique était en bronze, ça sonnerait la soupe ! Tuez-moi tout ça, les garçons d'abord, puis toutes les femmes « déverrouillées » ! Ne gardez que les « neuves », avec cachet de sécurité !

« Momo… » (Josué)

« C'est bien clair ? »

« MOMO ! »

« QUOIOIOI ? »

« Envoie chercher une brigade d'accoucheuses… »

« C'est quoi, l'embrouille ?

« Cher collègue, moi, je veux bien que nos gus fassent l'inspection eux-mêmes, mais, à ce compte-là, va pas en rester des masses avec le diplôme de rosière ! »

Moïse pigea, Moïse fit…

Et, pourquoi, Nadine, mon soleil nocturne, n'y aurait-il pas eu de rosière, chez les Hébreux ? Auraient-ils été moins machos et cons que les Bourbonnais ou les Flamands ?

Ou les Corses ? (m'en fous, j'ai pas de villa là-bas !)

« D'autre part, reprit le Prophète le plus gradé, à l'ancienneté, vous resterez sept jours hors du peuple, ceux qui ont tué quelqu'un ou touché un mort devront se purifier.

Éléazar s'occupera de ça… Et, dites-moi, cette enfilade de chariots, ces troupeaux de bétail, c'est quoi ? Attendez, je me doute bien un peu, mais dites toujours. »

Caleb intervint. « Pas de guerre sans prise de guerre, Prophète, et là on est gâtés ! »

« Pas de précipitation ! Yaweh, dans son incommensurable sagesse, a prévu la chose… »

Et fixé des règles. La répartition du butin obéit à ces règles…

« La quoi ? S'exclamèrent les douze chefs de mille, dans un chorus parfait, commençant à voir venir la maousse déception… »

« La répartition, le partage, si vous aimez mieux ? »

« Non ! »

« Comment non ? »

« Non, on n'aime pas mieux ! Partage entre qui et qui… Dis voir ? »

« Entre les combattants, qui recevront la moitié… »

« C'est moins mauvais que je pensais… »

« Et l'ensemble du peuple, qui recevra l'autre moitié. »

« C'est très clair grommela un des chefs, c'est pas flou… Pourtant, sûr, je sens dans mes os… qu'y a un loup… »

« Sur ces deux moitiés… »

« Qu'est-ce que je disais ? Hein ? Loup y es-tu ? »

Imperturbable, Éléazar enchaîna : « En fonction du type de produit, bétail, bijoux, outils, vierges, tissus bruts ou vêtements, une part variable, dite « part de dieu » sera versée en offrande à l'Éternel.

« Coucou, les baisés, comptez-vous ! »

« Caleb ! Baisse d'un ton ! »

« On va à la baston, on fait le sale boulot, et on partage « moit'-moit' avec les planqués ? »

Et, cerise sur le cake, sur chaque moitié, « Yaweh » reçoit sa part ! Et, qui c'est qui représente Yaweh ici... Hmmmmm ? Le Prophète, et les trois déguisés !

« Et moi, Caleb, moi… depuis peu… mais ça compte. »

« Oh, putain, LA boulette ! J'avais oublié ! »

« T'inquiète, au fond… t'as raison. Mais faut t'y faire, c'est comme ça. »

La tension retomba, un peu.

Les équipes du Tabernacle firent le tri, les comptes, le transport…

Chacun reçut son dû.

Étrangement, les lévites, serviteurs du Tabernacle, des fonctionnaires sacrés en quelque sorte, sortirent gagnants, haut la main du partage… Étonnant, non ?

La longue histoire de l'animosité fonctionnaires/salariés du privé commença LÀ !

Jourdain est, Jourdain ouest
Interro surprise

« Canaan, ou plutôt la terre de Canaan, c'est quoi ? Allez, lancez-vous… »

« Ben, c'est la terre promise… »

« Bon début, mais encore ? »

« Ben… C'est au bord de la mer… »

« Oui, laquelle ? »

« Ben… la Méditerranée, non ? »

« Si. Tu pourrais oublier « Ben » ? Merci. Et, par rapport à la terre de Canaan, la mer est à… à… l'… »

« L'ouest, comme ma sœur ! »

« Juste, ET très drôle ! Si, si ! Donc la limite ouest de Canaan, c'est la mer. Et à l'est ? »

« Forcément le royaume de Moab, eueuh, d'Édom, De Madian, ça doit être dans le coin, Moïse s'est planqué là quand il a zigouillé un Égyptien… »

« C'est pas mal du tout So ! En désordre, mais pas mal ! »

Et, la frontière, c'est…

« Le Jourdain ! C'est le fleuve ! »

« Bravo Nadine ! La frontière de l'est, c'est le Jourdain. Les Hébreux étant encore à l'est du Jourdain, dans le pays des Moabites, ne sont pas encore en Canaan. Canaan, c'est grand comme les Hauts de France, mais sans l'odeur de Maroilles. Au sud, c'est le désert. »

Au sud du désert, l'Égypte… Au nord, les Araméens. Canaan elle (ou lui, je chipote pas). Est occupée par plusieurs peuples, peu enclins à se laisser virer…

Reprenons le récit.

Les Hébreux victorieux occupaient les plaines moabites, à l'est du Jourdain. Et même un peu plus, débordant, au sud, sur les terres des Edomites, au nord sur les terres des Amorites.

Parmi les tribus, les « fils » de Gad (les descendants), ceux de Ruben, et la moitié de ceux de Manassé, s'y trouvaient fort bien. Ils étaient, avant tout des éleveurs de bétail. Gros et petit. Or, les terres qu'ils occupaient se prêtaient parfaitement à cette activité. Vastes étendues d'herbes grasses, terrain à peine ondulé, fermes et dépendances déjà en place, à agrandir, probablement, car les Hébreux devraient caser leurs troupeaux avec ceux des Moabites vaincus.

Restait à convaincre Le Prophète Originel…

Qui partit en vrille dès le dernier mot de la requête, pourtant bien argumentée… Sauf la petite phrase finale : « Ne nous fais pas traverser le Jourdain. »

« C'est reparti ! Vous vous souvenez, de pourquoi on s'est tous farci quarante balais…

[Si, Sophie, il a dit balais, mais en argot Hébreu !] de randonnée touristico-culturelle dans le sable et les cailloux qui bousillent les sandales, pour pas causer des orteils ?

Eh ben, je vais vous le dire ! Parce que des péteux comme vous sont revenus d'une mission de renseignement en Canaan, pleurant leur mère de trouille, avec des fariboles de géants cannibales. Du coup, le peuple de Yaweh lui a fait un doigt, et refusé d'entrer en terre promise !

Colère du boss (non, Nathalie, pas Springsteen !), total : quarante ans fermes !

À PIED ! Nom d'… une pipe !

Vous voulez qu'il fasse un « bis », avec *votre* génération ? Des potes de vos vieux, ne reste que Caleb et Josué !

« Et toi, prophète ! »

« Moi, j'ai déjà mon préavis de licenciement définitif ! Mon billet de sortie ! Mes RTT éternelles ! Et, je vais vous dire, avec des emmerdeurs comme vous… C'EST PAS TROP TÔT ! »

« Calme toi, Moïse, tu dois prendre ton envol depuis le mont Nebo, d'où tu admireras la terre de lait et de miel vers laquelle tu as mené ton peuple ! Et, écoute : laisse-nous faire les travaux nécessaires à l'établissement de nos deux tribus à l'est du Jourdain, ainsi que la demi-tribu des fils de Manassé, et nous jurons, devant Yaweh, qu'au moment où Josué décidera d'entrer en Canaan, nous laisserons choir les outils de paysan, pour les armes du combattant ! Et nous traverserons en tête ! »

Moïse, se calma d'un coup, se gratta la barbe, pensif, puis laissa Yaweh parler par son truchement (mot que je trouve moche, mais qui fait riche)…

« Accordé ! Mais, si vous manquez à Yaweh, quarante ans de randonnée sableuse vous attendent, à la fin desquels vos os blanchiront au soleil. »

« Ah, j'oubliais ! Il y a un avantage certain, à installer nos tribus de ce côté du Jourdain, lorsque nos armes auront conquis Canaan, cette terre portera le nom de notre père à tous, Israël qui fut Jacob.

Il sera bon qu'Israël ait agrandi Canaan. Le résultat obtenu par nos armes fera réfléchir ceux qui voudraient lui chercher noise. »

« C'est pas con », dit Moïse, dans un style très épuré.

Forts de l'approbation divine, Gadites, Rubenites, Manassites commencèrent d'organiser leur implantation à l'est du Jourdain.

Y a plus qu'à !

Yaweh, vaporeux foncé au-dessus du Tabernacle, vaporeux gris foncé parce que de mauvais poil, état dont il n'était pas coutumier – non, Thomas, ce n'est pas ironique – apostropha Moïse :

« Remue-moi un peu ces vacanciers permanents ! La conquête de Canaan a déjà quarante balais (!) de retard et… »

« Mais, Seigneur… »

« Tu parles quand je te dis ! Je sais, je sais… (Yaweh est fan de Gabin), c'est moi qui les ai punis, pour purger le peuple de cette génération de geignards… Que veux-tu, m'avaient énervé ! Et moi, quand on me cherche trop, je correctionne plus ! Je dynamite ! Je disperse ! Je ventile ! (Gabin et Blier, aussi !) Quand l'éternel parle, les mortels écoutent ! (tout Audiard, en somme…)

Bon, on peut rester sérieux, un dix milliardième d'années-lumière ? Pas que ça à faire, moi ! Mains sur le buzzer… Top : Je suis un cours d'eau de moyenne importance, je prends source sur le flanc occidental du massif de l'Hermont, au nord de Canaan, je traverse la mer de Galilée, qui n'est pas une mer, mais un lac (ces païens, faut toujours qu'ils friment !) je me jette dans la Mer morte, à la hauteur de Jéricho ? Je suis… Je suis…

« Le Jourdain ? »

« BRAVO, Éléazar ! Quatre à la suite, tu es LE CHAMPION ! »

« Eh, quatre ? Il a donné qu'une réponse ! Ça vaut pas ! »

« Va trier les grains de sable, Josué ! »

« Si j'aurais su, j'aurais pas v'nu ! Dès qu'on a un Dieu, y fait gagner ses larbins ! »

« J'ai entendu, Josué ! »

« J'espère bien, Vot' Sérénité ! »

Le Très-Haut haussa les épaules (et pourquoi n'en aurait-il pas ? Tiens, trois même !)…

« En choix de prophètes, je suis pas au top ! Je choisis d'abord un gus au physique d'athlète avec un tit' air de penseur, c'est un roseau mou ! j'en mets un autre en stage d'insertion, c'est un bourrin grossier, qui ne me craint que les jours de neige au Sinaï !

Enfin, on va faire avec…

Bon, Momo…

« Seigneur… »

« Ah, je t'en prie, hein, tu me lâches, hein ? Je t'ai fait, choisi. Je t'appelle comme je veux ! »

« Plaque d'Égout, si j'veux ! »

« C'est quoi ? »

« Laisse tomber, tu peux pas savoir ! .,. Bon, Prophètes ? »

« Oui Très Haut ? » simultanèrent Momo, et Josué… »

« Pour entrer en Canaan, vous traversez le Jourdain, parce que, parce que… ? »

« Ben, s'te blague… Faut ÊTRE en Canaan ! … Rigole Caleb »

« Mais, on EST en Canaan, conteste Éléazar… »

« AaaaHH, booon ? Lâche Yaweh, baba ! Et… on peut savoir depuis quand ? »

« Depuis, qu'avec votre sainte présence, vot' Altitude, on a mis la branlée du millénaire aux Moabites ! Voilà depuis quand ! »

« Moïse ! Moabites ! J'ai entendu ! Tu te relâches, Prophète ! T'es pas dedans ! »

« Tant qu'y zy sont pas non plus, j'ai des hémorroïdes ! » (GROOOSSSE rigolade générale)

Moïse ! Tu es suspendu !

« Je peux pas, Seigneur… »

« Pourquoi ? »

« Passqu'un pendu, ça bouge ! »

Éléazar est violet, Caleb se pisse dessus, Moïse a les veines du cou comme des pipelines !

« Vous me les savatez jusqu'à la mer, qu'ils la traversent, qu'ils se noient, ces adorateurs d'idoles hideuses ! (Yaweh a un gros penchant pour les allitérations et assonances), au jus ! Pas de répit, de pause, de trêve, de quartier, exterminez-les ! »

En même temps, rasez les temples de leurs faux dieux usurpateurs ! Inondez les ventres de leurs vierges nubiles de votre semence, pour éradiquer toute trace de ces races maudites !

Voilà pour l'utile, pour le plaisir du combattant, et pour établir, une bonne fois QUI est le maître, inondez leurs bouches et leurs culs !

« Seigneur… »

« Josué ? »

« Le guerrier qui baise beaucoup perd de vue sa mission, c'est le manque de radada, qui fait la férocité. »

« Te voilà fin connaisseur de la nature humaine, guerrier ! Mais il faut en passer par là ! »

La nouvelle de votre férocité doit voler à travers Canaan, comme le faucon chassant l'alouette ! La peur fera la moitié du travail !

« Moi, je me dirais : plus rien à perdre ! Je serais remonté comme un mari cocu ! Dévastateur, prêt à tout ! »

« Raison pour laquelle je ne suis pas mécontent de t'avoir fait naître du bon côté, guerrier ! »

« Pas con, ça dit Caleb ! »

« J'te l'fais pas dire, répliqua Yaweh. »

Ici, votre dévoué narrateur souhaite faire une pause de haute portée philosophique, sociétale, anthropologique, historique, en un mot : tout simplement humaine… Si, Anne, ma princesse au petit pois, tout ça à la fois !

Yaweh détestait le dernier Pharaon en titre, qui le lui rendait sans barguigner, marchander, si vous préférez – mais, tous deux avaient le même goût prononcé pour une méthode imparable de colonisation, ou de réduction drastique des opposants : le nettoyage ethnique. Méthode qui consiste à tuer tous les hommes, et à « enceinter » les femmes, de préférence, les plus « motivantes », pour les autres, voir à la rubrique « hommes ».

« Vous vous installerez, vous partagerez les terres, en superficie, en fonction de l'importance de vos familles de vos clans, pour la situation des lots, il y aura tirage au sort. Vous prendrez ce que le sort vous attribuera. »

« Attention, si vous ne les chassez pas *TOUS*, ceux qui resteront seront comme sable dans vos yeux, ou épines d'acacia sous vos ongles ! Et, je *VOUS* traiterai comme j'avais prévu de *LES* traiter ! »

Là-dessus, Yaweh entreprit de donner un cours de géo définissant les frontières d'Israël, Ex Canaan. Et, le Yaweh, quand Il décrit… Il décrit ! À la plume de cul d'autruche près !

Ça duuuure des plombes ! Au point d'endormir Caleb *debout* ! Et, le Caleb… (j'ai pris le tic Vosgien de mettre « le ou la » devant les prénoms et patronymes, depuis 33ans que j'y vis), c'est un brave gars, mais… il ronfle autant qu'une flottille de B52 au-dessus d'Hanoï, en 1971 ! Une véritable horreur sonore ! Aussi, il se fait gauler par le vigi… le chérubin de service, et sortir du groupe avec glaive – lance-flamme aux miches ! Pardon, je me suis laissé aller, je vais me reprendre en main…

Donc, pour des raisons de santé publique, je vous épargne cette purge.

À noter, cependant, qu'un tantinet faux derche comme un communicant politique, l'Auréolé perpétuel simule l'ignorance du fait évident que les frontières ont changé, deux tribus et demie s'étant confortablement installées à l'est du Jourdain…

On parie que ça va durer un (grrrroooos) bout de temps ?

Dans la foulée, L'Éternel désigna les hommes, pour la plupart des chefs de tribus, qui seraient chargés du partage des villes et des terres. Villes et terres qui *ne sont pas encore conquises* !

Un proverbe, beaucoup, beaucoup plus tardif dira : « Ne vends pas la peau de l'ours avant de l'avoir tué. » Soit.

Un proverbe Hébreu, de l'époque, dit, lui : « Tant que t'as pas une commande SIGNÉE, tu tues que dalle ! Vu ? »

Vous sentez la nuance ?

Bon, mais c'est le Tout Puissant, Il fait ce qu'Il veut !

Yaweh aborda ensuite le cas des Lévites.

Attachés exclusivement au service du Tabernacle, ils ne participent pas aux combats.

En conséquence, au partage non plus.

Donc (ce chapitre me bouffe mon stock de donc !), c'est sur la part des douze autres que leur serait constitué un patrimoine foncier, plutôt agricole.

Là, Yaweh vient de donner naissance à l'antipathie génétique du laborieux paysan envers le « planqué fonctionnaire parasite ». Belle création, toujours vivace !

Yaweh poursuivit : « Puisqu'on parle de partage, tout le monde a bien suivi mon jugement quant à l'héritage des filles de Zelofehad ?

Hochements de têtes, affirmatifs et approbateurs…

« Pourquoi ai-je posé cette règle ? Hmmm ? »

« Sûrement pour une très bonne raison, flagorna Éléazar, immédiatement intronisé lèche cul en chef. »

« Bof, dit Josué en se curant un entre-deux dentaires, avec une dague philistine. »

« Je passe, ronchonna Caleb, je gagne jamais à ces jeux de c... connaissance, c'est ce que j'allais dire ! Juré, craché, O, Yaweh ! »

« Ça va, ça va, petit malin ! C'est moi qui passe… l'éponge. Mais surveille ce que tu dis, et à qui tu le dis ! Donc, elles héritent, personne, absolument personne, ne peut leur prendre quoi que ce soit… Mais ? »

« C'est drôle, dit Moïse, qui n'a plus grand-chose à perdre en vannant, l'Auréolé, mais je me demandais quand ce « mais » arriverait… On y est ! »

« Mais elles devront épouser un homme de leur tribu, afin que leur bien reste dans celle-ci. »

« Et que ce bien revienne à leur époux, Le chef de famille ! Brillant, Très Haut, très fin, impressionnant ! »

« Arrête grand prêtre, ça commence à se voir… »

« Quoi donc ? »

« Ton penchant pour la course dans le sens du vent, tu vois ? »

Éléazar baissa la tête, rougit et se tut.

« C'est pas que je voulusse casser l'ambiance festive et conviviale, n'est-ce pas, mais, envahir une contrée, la vidanger de ces hommes, de ses femmes de deuxième main, et enfourner un gniard dans chaque nubile réceptive, ça se prépare, même en étant soutenus par l'éternel, béni soit son nom !

« T'as raison, pépère… y a plus qu'à ! » Josué. (Qui d'autre ?)

Remerciements

Mes sincères remerciements à :

Marraines : Annie Carletti ; Danièle Kaiser, Chantal L'Hote, Nadine Derozier, Sophie Dalle, Laura Luccisano, Tiphanie Lechat, Nathalie Clément, Aurélia Cheminant, Anne Marie Chilard, Prescillia Donas Clavelin, Christelle Bonhour Oster, Nicole Méline, Christelle Finocchy, Karine Sayer, Mirelle Cordani, Nathalie Lusier, Valérie Borgne, Jacqueline Taurines, Céline Voltane, Jenifer Combeau, Frédérique Kauffman, Élizabeth Fontaine, Alexandra Muller.

Parrains : José Llamas, Pierre Hipp, Jordan Beldico, Thiery Dalle, Thomas Llamas, Gene Matisse, Malik Abdellaoui.

On ne fait rien tout seul (en tout cas, pas moi), votre patiente bienveillance, vos suggestions, vos commentaires m'ont apporté motivation et énergie.

J'étais dopé à l'amitié.

Imprimé en France
Achevé d'imprimer en juillet 2021
Dépôt légal : juin 2021

Pour

Le Lys Bleu Éditions
83, Avenue d'Italie
75013 Paris